KB014989

바퀴벌레

바퀴벌레

1판 1쇄 발행 2016년 8월 3일　**1판 5쇄 발행** 2016년 9월 27일

지은이 요 네스뵈　**옮긴이** 문희경
펴낸이 김강유
편집 이승희
디자인 길하나

발행처 비채
주소 경기도 파주시 문발로 197(문발동) 우편번호 10881
등록 1979년 5월 17일 (제406-2003-036호)
주문 및 문의 전화 031)955-3200 **팩스** 031)955-3111
편집부 전화 02)3668-3292 **팩스** 02)745-4827 **전자우편** literature@gimmyoung.com
비채카페 cafe.naver.com/vichebooks **인스타그램** @drviche
트위터 @vichebook **페이스북** facebook.com/vichebook

ISBN 979-89-349-7551-9 03890　책값은 뒤표지에 있습니다.

비채는 김영사의 문학 브랜드입니다.

이 도서의 국립중앙도서관 출판예정도서목록(CIP)은 서지정보유통지원시스템 홈페이지
(http://seoji.nl.go.kr)와 국가자료공동목록시스템(http://www.nl.go.kr/kolisnet)에서
이용하실 수 있습니다. (CIP제어번호: CIP2016017865)

COCKROACHES

바퀴벌레

요 네스뵈 장편소설

문희경 옮김

비채

차
례

태국에 거주하는 노르웨이 사람들 사이에 소문 하나가 돌고 있다.
노르웨이 대사 중 한 명이 방콕에서 교통사고로 사망했는데,
실은 아주 불가사의한 정황에서 살해당했다는 것.
이렇다 할 근거는 없지만 좋은 이야기의 소재가 되는 소문이었다.
이 책에 나오는 어떠한 인물 혹은 사건도 실제 인물이나 사건과
무관하다. 현실은 훨씬 더 기묘하므로.

1998년 2월 23일, 방콕에서.

PART 1

COCKROACHES

1

1월 7일 화요일

신호등이 초록색으로 바뀌었다. 대형 트럭과 자동차, 오토바이와 툭툭*이 으르렁대는 소리가 점점 커지면서 로빈슨 백화점의 유리창이 덜컹이는 모습이 딤의 눈에도 보였다. 줄줄이 서 있던 사람들이 움직이기 시작했고, 빨간색 긴 실크 드레스가 진열된 쇼윈도가 사람들 뒤 어둠 속으로 사라졌다.

딤은 택시를 잡았다. 만원버스나 군데군데 녹슨 툭툭이 아니라 에어컨이 나오고 기사가 입을 꾹 다물어주는 택시. 딤은 머리 받침대에 기대어 달리는 기분을 만끽하려 했다. 아무 문제 없어. 모페드** 한 대가 쌩 하고 지나갔다. 뒷자리에 탄 소녀가 바이저 헬멧을 쓴 빨간 티셔츠에게 매달린 채 멍한 얼굴로 택시를 보았다. 꽉 잡아. 딤은 속으로 말했다.

택시는 라마 4세 로드에서 대형 트럭 뒤로 들어갔다. 트럭에서는 시커먼 배기가스가 번호판이 보이지 않을 정도로 자욱하게 뿜

* 인도 및 동남아시아에서 흔히 볼 수 있는 교통수단. 인도에서는 '릭샤'라고도 불리며, 예전에는 인력거가 주를 이루었으나 지금은 오토바이 및 삼륜차 형태로 운행된다.
** 모터 달린 자전거.

어 나왔다. 에어컨 시스템을 거쳐 들어온 배기가스는 차갑고 냄새가 거의 없었다. 거의. 딤이 조용히 손을 들어 의사를 표하자, 택시기사는 백미러를 힐끗 보고는 바깥쪽 차선으로 나갔다. 아무 문제없어.

딤의 인생은 늘 이런 식이었다. 농촌에서 여섯 자매 중 하나로 태어났는데, 아버지는 딸 여섯은 너무 많다고 말했다. 일곱 살에는 누런 흙먼지 날리는 길에서 캑캑거리고 손을 흔들면서 큰언니를 실은 달구지가 흙탕물 흐르는 개천을 따라 시골길을 굴러가는 모습을 바라보았다. 큰언니는 깨끗한 옷과 방콕행 기차표, 팟퐁의 주소가 뒷면에 적힌 명함 한 장을 받아들었고, 딤이 팔이 떨어져라 손을 흔들어주어도 폭포처럼 눈물만 쏟았다. 엄마는 딤의 머리를 쓰다듬으면서 쉬운 일은 아니겠지만 아주 험하지도 않을 거라고 말했다. 그나마 언니는 엄마가 시집오기 전에 했던 것처럼 시골에서 '콰이'로서 이 집 저 집 떠돌지는 않아도 되었으니까. 게다가 미스 윙이 언니를 잘 돌봐주겠다고 약속한 터였다. 아버지는 고개를 까딱하고 검게 변한 이빨 사이로 빈랑 침을 뱉고는 술집의 '파랑*'들이 앳된 처자들에게는 돈을 잘 쳐줄 거라고 한마디 보탰다.

딤은 엄마가 말한 '콰이'가 무슨 뜻인지 몰랐지만 물어보지 않았다. 물론 황소를 뜻한다는 건 알았다. 주위의 여느 농가들처럼 딤네 집도 황소를 키울 형편이 못 돼서 논을 갈 때가 오면 동네에서 돌려쓰는 황소를 빌렸다. 나중에서야 딤은 황소에 딸려오는 계집애를 '콰이'라고 부른다는 것, 그리고 아이의 노동도 거래의 일부라는 사실을 알았다. 이것은 전통이었다. 딤은 너무 나이 들기 전

---

* 태국에서 유럽인을 부르는 통칭.

에 자기를 받아줄 농부를 만나고 싶었다.

열다섯 살이던 어느 날, 아버지가 딤을 부르면서 해를 등지고 모자를 손에 들고 논을 헤치며 다가왔다. 딤은 바로 대답하지 않았다. 일어서서 작은 논을 둘러싼 푸르른 산마루를 지그시 바라보다가 눈을 감고 나뭇잎 속의 나팔새 소리에 귀를 기울였다. 유칼립투스와 고무나무의 냄새가 났다. 이제 자기 차례가 온 것이다.

첫해에는 여자들 넷이 한 방에서 지내면서 침대와 음식, 옷까지 모두 나눠 썼다. 옷은 특히 중요했다. 괜찮은 옷이 없으면 괜찮은 손님을 받지 못했다. 딤은 춤추는 법, 웃는 법을 혼자서 깨쳤으며 술만 사주는 남자와 섹스를 원하는 남자를 알아보는 법도 터득했다. 처음 몇 년간은 아버지가 돈을 받기로 계약해놔서 몇 푼 손에 쥐지 못했지만, 미스 웡이 딤을 마음에 들어해서 점점 딤에게 돌아가는 몫을 늘려주었다.

미스 웡이 만족한 데에는 이유가 있었다. 열심히 일하는 딤에게 손님들이 술을 사주기 때문이다. 미스 웡은 딤이 아직 붙어 있어주는 걸 다행으로 여겼다. 두어 번 아슬아슬한 고비는 있었다. 어느 일본인이 딤과 결혼하고 싶어 했지만 딤이 비행기 표를 살 돈을 달라고 하자 청혼을 무른 적이 있다. 또 한번은 어느 미국인이 딤을 푸켓으로 데려가 귀국 일정까지 미루면서 다이아몬드 반지를 사준 일도 있었다. 남자가 떠난 다음 날 딤은 반지를 전당포에 맡겼다.

가끔 돈을 적게 줘서 딤이 항의하면 꺼지라고 욕하는 손님도 있었고, 시키는 대로 해주지 않는다면서 미스 웡에게 일러바치는 손님도 있었다. 이런 사람들은 바에서 딤의 시간을 사도 미스 웡이 돈을 챙기고 나면 끝이고, 나머지 시간은 딤이 독립적으로 일한다는, 그들의 방식을 이해하지 못했다. 그녀는 독립적인 존재였다. 딤은 쇼윈도의 빨간 드레스를 떠올렸다. 엄마 말이 옳았다. 쉬운 일은 아니지만 아주 험하지도 않았다.

딤은 어떻게든 순진한 미소와 행복한 웃음을 잃지 않으려 애썼다. 남자들은 그걸 좋아했다. 아마 그래서 왕리가 〈타이 랏〉*에 광고를 낸 GRO, 그러니까 'Guest Relation Officer' 일자리가 딤에게 돌아갔을 것이다. 왕리는 작달막하고 까무잡잡한 중국인 남자로, 수쿰윗 로드의 조금 외진 곳에 모텔을 하나 운영하고 있었다. 주로 외국인인 손님들은 특별한 것들을 요구했지만 딤이 들어주지 못할 정도로 별나지는 않았다. 솔직히 말하면 바에서 몇 시간씩 춤추는 것보다는 그 일이 더 좋았다. 게다가 왕리는 돈을 잘 쳐주었다. 딱 하나 걸리는 게 있다면 방람푸에 있는 그녀의 아파트에서 왕리의 모텔까지 시간이 오래 걸린다는 점이었다.

망할 교통체증! 차가 다시 꿈쩍도 않자 딤은 택시 기사에게 내리겠다고 말했다. 여기서 내리면 저쪽 길 건너 모텔까지 차선 여섯 개를 가로질러야 했다. 택시에서 내리자 공기가 후끈하고 축축한 수건처럼 몸을 감쌌다. 딤은 차들 사이의 빈틈을 찾으면서 손으로 입을 틀어막았다. 그래봤자 별 소용이 없고 방콕에는 달리 숨 쉴 공기가 없는 것도 알지만 적어도 냄새는 막을 수 있었다.

딤은 차들 사이를 미끄러지듯 빠져나가면서 픽업트럭 짐칸에 가득 탄, 휘파람을 부는 소년들을 피해야 했다. 토요타 한 대가 가미카제처럼 스쳐가서 하이힐 끈이 풀어질 뻔했다. 그녀는 그렇게 도로를 건넜다.

* 태국의 일간지.

딤이 휑한 프런트에 들어서자 왕리가 고개를 들었다.

"손님이 별로 없나 봐요?" 딤이 물었다.

왕리는 뚱한 얼굴로 고개를 끄덕였다. 지난 한 해 동안 몇 명 되지 않았다.

"밥은 먹었어?"

"예." 딤은 거짓으로 대꾸했다. 왕리가 호의를 보였지만 그가 안쪽 방에서 끓인 국수를 먹고 싶은 마음은 추호도 없었다.

"기다려야 할 거야." 왕리가 말했다. "'파랑'이 한잠 주무시고 싶다네. 준비되면 전화하겠대."

딤은 신음소리를 냈다. "자정 전에는 바에 돌아가야 되는 거 알잖아요, 리."

왕리가 손목시계를 보았다. "한 시간만 기다려줘."

딤은 어깨를 으쓱하고 앉았다. 일 년 전이라면 그런 식으로 대들었다가는 왕리에게 내쫓기기 십상이었겠지만 지금의 그는 한푼이 아쉬운 형편이었다. 딤 역시 그냥 돌아갈 수도 있지만 그러면 먼 길을 온 게 헛걸음이 된다. 게다가 왕리한테 신세진 것도 있었다. 더 험한 포주 밑에서도 일해봤으니까.

세 개비째 담배를 비벼 끈 후 딤은 왕리가 내준 쌉싸름한 중국차로 입을 헹구고 카운터 너머 거울로 마지막으로 화장을 확인하려고 일어섰다.

"내가 가서 깨울게요." 딤이 말했다.

"음. 스케이트는 가져왔지?"

딤은 가방을 들어 보였다.

딤의 하이힐이 낮은 모텔방들 사이 빈 진입로의 자갈을 저벅저

벽 밟았다. 120호실은 바로 뒤쪽에 있었고 방 앞에 차는 보이지 않 았지만 창문에 불이 켜져 있었다. 어쩌면 남자가 일어났을 수도 있 었다. 가벼운 바람에 짧은 스커트가 올라갔지만 별로 시원하지는 않았다. 몬순*이, 비가 간절했다. 그러다 홍수가 나고 길바닥이 진 창이 되고 빨래에 곰팡이가 피면 이내 다시 건조하고 바람 한 점 없는 계절을 그리워하겠지만.

딤은 주먹을 쥐고 가만히 문을 두드렸다. 미소를 머금고 "성함이 어떻게 되세요?"라고 영어로 물었지만 대답이 없었다. 딤은 다시 노크하고 손목시계를 보았다. 드레스 가격을 몇백 바트쯤 깎을 수 있었을 텐데. 아무리 로빈슨 백화점이라고 해도. 손잡이를 돌려보 니 놀랍게도 문이 잠겨 있지 않았다.

남자가 침대에 엎드려 있었는데, 처음에는 자고 있는 줄 알았다. 그러다 남자의 샛노란 재킷에서 삐죽 튀어나온 푸른색 유리 칼자 루가 반짝 빛나는 게 보였다. 머릿속에 온갖 생각이 밀려들었다. 무슨 생각이 먼저였는지는 몰라도 그중 하나는 분명했다. 이러나 저러나 방람푸로 돌아가기는 글렀다는 생각이었다. 마침내 목소 리를 되찾은 그녀의 비명은 대형 트럭의 경적 소리에 묻혀버렸다. 때마침 수쿰윗 로드에서 트럭 한 대가 조심성 없이 알짱대던 툭툭 을 피하느라 빵 하고 길게 경음기를 울린 것이다.

* 계절풍.

2
1월 8일 수요일

"국립극장입니다." 트램 스피커에서 나른한 콧소리의 안내방송이 흘러나오고 문이 홱 열렸다. 닥핀 토르후스는 차갑고 축축한 어둠 속으로 내렸다. 싸늘한 공기에 갓 면도한 뺨이 따끔거리고 입에서 나오는 언 입김은 오슬로의 소박한 네온등이 발하는 은은한 불빛을 받았다.

1월 초였다. 그는 피오르가 얼음으로 뒤덮이고 공기가 더 건조해지는 늦겨울이 훨씬 낫다고 여겼다. 그는 드람멘스바이엔 가街를 따라 외무부 쪽으로 걸음을 옮겼다. 빈 택시 두 대가 그의 옆을 지나칠 뿐, 거리는 텅 빈 것과 다름없었다. 엔시디게* 시계가 건너편 건물 위에서 캄캄한 겨울 하늘을 배경으로 붉게 빛나면서 이제 겨우 여섯 시임을 알렸다.

그는 문 앞에서 출입증을 꺼냈다. '직위: 국장'이라고 적힌 아래에 지금보다 열 살 어린 닥핀 토르후스가 사진 속에서 턱을 쳐들고 금테 안경 너머에서 단호한 눈빛으로 카메라를 응시하고 있었다.

---

* 노르웨이 보험회사.

18

그는 출입증을 대고 비밀번호를 누르고 빅토리아 테라세*의 육중한 유리문을 밀었다.

토르후스가 스물다섯의 나이로 이 건물에 들어선 것이 거의 삼십 년 전이었다. 그 후로 모든 문이 그에게 쉽게 열리지는 않았다. 외무부 산하의 외교관 교육기관에 다니던 시절에는 외스테르달 사투리가 심하고 품행이 촌스러운 탓에 주변 환경에 잘 녹아들지 못했고, 같은 해에 입학한 베룸 출신의 상류층 소년에게 그 점을 지적당하기도 했다. 다른 학생들은 정치학과 경제학, 법학을 전공한 학생으로, 그들의 부모 또한 학자나 정치가, 혹은 학생들이 진입하려는 외무부 귀족 사회의 일원이었다. 토르후스는 농부의 자식으로, 오스의 농업고등학교를 졸업했다. 그런 것들이 크게 신경 쓰인 것은 아니었지만 토르후스는 경력을 쌓는 데 진정한 친구가 중요하다는 사실을 알게 되었다. 토르후스는 예절을 익히려고 애쓰면서 그들과 더 열심히 친해져서 부족한 부분을 채워나가려고 했다. 각기 조금씩은 다르지만 누구나 자기 인생에서 어디로 가고 싶은지 어렴풋이나마 알고 있었다. 오직 한 방향만 인정받을 수 있다는 사실도. 위로 올라가는 것.

토르후스가 한숨을 쉬고 경비에게 고개를 까딱하자, 경비가 유리창 아래로 신문과 봉투 하나를 내밀었다.

"다른 건……?"

경비가 고개를 저었다.

"오늘도 제일 먼저 오셨네요, 토르후스 씨. 봉투는 통신과에서 주던데요. 어젯밤에 왔어요."

---

* 오슬로 시내 중심부에 위치한, 정부 기관들이 모여 있는 건물.

토르후스가 층마다 깜빡이는 번호를 쳐다보는 사이 엘리베이터가 그를 건물의 높은 층으로 데려다주었다. 그는 각 층이 그의 경력에서 특정 시기를 의미한다고 생각하며 매일 아침 지난날을 돌아보았다.

2층은 처음 2년 동안 외무부 연수를 받으면서 정치와 역사에 관해 길고 두루뭉술한 토론을 나누고 프랑스어 수업을 들으면서 혼자서 꾸역꾸역 버티던 곳이다.

3층에 있을 때 그는 현장으로 발령받았다. 캔버라에서 두 해를 보내고 3년간 멕시코시티에 나가 있었다. 아름다운 도시들이었고, 그 점에 관해서는 불평할 수 없었다. 사실 희망 근무지로 런던과 뉴욕을 일순위로 올리긴 했지만 두 도시는 누구나 탐내던 인기 지역이라 그 일을 패배로 여기지 않기로 마음먹었다.

4층에 있던 시절에는 노르웨이로 돌아왔다. 그리고 태평하고 풍족한 생활을 누리게 해주던 넉넉한 해외 수당과 주택 보조금이 끊겼다. 그는 베리트를 만났고, 베리트가 아이를 가졌다. 새로운 해외 파견지에 지원할 시기가 왔을 때는 이미 둘째가 나올 예정이었다. 베리트는 토르후스와 같은 지역 출신으로, 매일 친정어머니와 이야기를 나누었다. 그는 조금 기다려보기로 했다. 트로이 사람처럼 열심히 일하면서 개발도상국들과의 쌍방무역에 관한 기나긴 보고서를 완성하고 외무부 장관 연설문을 작성하고 능력을 인정받으면서 외무부 건물의 위층으로 올라갔다. 정부에서 외무부만큼 위계질서가 확실히 잡혀 있어서 경쟁이 치열한 부처도 없었다. 닥핀 토르후스는 전선으로 나가는 군인처럼 사무실로 출근해서 묵묵히 일하고 만반의 준비를 마치고 누군가 시야에 들어오면 사정없이 발사했다. 몇 차례 격려를 받기도 했다. 그는 '주목받는' 인물이 되었다는 생각에 베리트에게 파리나 런던에 갈 수 있을 거라고 설명했다. 그런데, 그들의 권태로운 결혼생활을 통틀어 처음으로 베리트가 결사반대했다. 그는 순순히 물러섰다.

위로 올라가던 기세는 거의 흔적도 없이 사라졌고, 어느 날 아침 그는 문득 욕실 거울 속에서 열차를 측선으로 옮긴 관리자, 5층까지 올라가보지도 못한 채 은퇴를 십 년 남짓 앞둔, 적당히 영향력 있는 관료와 마주했다. 물론 세상을 놀라게 할 쿠데타를 일으켜 위로 올라갈 수도 있겠지만, 그런 위험한 시도를 하다가는 반대로 순식간에 밑바닥에 처박힐 수도 있었다.

그럼에도 그는 지금까지 그래왔듯 꾸준히 노력하면서 남보다 한발 앞서 나아가려 했다. 매일 아침 누구보다 먼저 사무실에 출근해서 평화롭고 조용한 분위기에서 신문과 팩스를 훑어보고, 오전 회의 시간에 남들이 눈을 비비면서 잠을 쫓고 앉아 있을 때쯤이면 이미 보고를 마쳤다. 치열한 근면성이 그의 혈관에 녹아 있는 듯했다.

그는 잠긴 사무실 문을 열고 불을 켜기 전 잠시 머뭇거렸다. 여기엔 사연이 있었다. 그리고 불행히도 그 사연이 알려지는 바람에 그는 외무부 사회에서 전설적인 인물이 되었다. 몇 해 전 어느 날, 오슬로의 미국 대사가 아침 일찍부터 토르후스에게 전화를 걸어 전날 밤 카터 대통령의 발언을 어떻게 생각하는지 물었다. 그때 막 사무실에 들어선 토르후스는 신문이나 팩스를 미처 살피지 못한 탓에 대답할 말을 찾지 못했다. 두말할 것도 없이 그 일로 그날 하루를 망쳤다. 그 뒤로 상황은 더욱 나빠졌다. 이튿날 아침, 토르후스가 막 신문을 펼칠 때 미국 대사가 전화해서 전날 밤 사건들이 중동 정세에 어떤 영향을 미칠지 의견을 물은 것이다. 그다음 날에도 비슷한 일이 벌어졌다. 토르후스는 의심과 정보 부족으로 자신 감을 잃은 채 더듬거리며 일관성 없는 답변을 늘어놓았다.

그는 더 일찍 출근했지만 대사에게 남다른 육감이 있었던지 매일 아침 토르후스가 자리에 앉는 순간에 귀신같이 전화벨이 울렸다.

그러던 중 토르후스는 대사가 외무부와 정면으로 마주한, 작은 아케르 호텔에 머문다는 사실을 알고서야 어찌된 영문인지 알아챘 다. 일찍 일어나기를 좋아한다고 알려진 대사는 토르후스의 사무 실 불이 다른 사무실보다 먼저 켜지는 것을 보고 열정 넘치는 외무 부 국장을 굶려주고 싶었던 것이다. 토르후스는 그 길로 나가서 헤 드램프를 사왔고, 이튿날 아침에는 신문과 팩스를 모두 훑어본 다 음에 사무실 불을 켰다. 이렇게 3주 가까이 흐른 후 마침내 대사가 손을 들었다.

하지만 지금 닥친 토르후스는 장난을 좋아하는 대사 따위에 신 경 쓸 겨를이 없었다. 통신과에서 온 봉투를 열어보니 암호화된 팩 스를 해독한 서류에 '일급기밀' 인장이 찍혀 있고, 그 안의 내용은 책상에 흩어진 문서에 커피를 쏟게 만들 만한 것이었다. 짧은 메시 지에는 상상의 여지가 많았지만 기본적인 요지는 이랬다. 주태국 노르웨이 대사 아틀레 몰네스가 방콕의 사창가에서 등에 칼이 꽂 힌 채 발견되었다.

토르후스는 팩스를 다시 읽고 내려놓았다.

기독민주당의 전 의원이자 재정위원회 위원장을 역임한 아틀레 몰네스가 이제는 모든 관직에서 물러난 것이다. 토르후스는 도저 히 믿기지 않아서 자기도 모르게 아케르 호텔을 힐끗 내다보면서 혹시라도 커튼 뒤에 누가 서 있지는 않은지 살폈다. 팩스의 발신자 는 당연히 방콕의 노르웨이 대사관이었다. 토르후스는 욕을 했다.

22

하고 많은 날 중에 왜 하필 지금, 왜 하필 방콕이란 말인가. 아스킬
드센 국무장관에게 먼저 알려야 하나? 아니다, 국무장관은 곧 알게
될 터였다. 토르후스는 손목시계를 보고 수화기를 들어 외무장관
에게 전화를 걸었다.

비아르네 묄레르가 가만히 노크하고 문을 열었다. 회의실이 일
순 조용해지면서 모두의 얼굴이 그를 돌아보았다.
"이쪽은 비아르네 묄레르 강력반 반장입니다." 경찰청장이 소개
하면서 자리에 앉으라고 손짓했다. "묄레르, 이분은 총리실의 비욘
아스킬드센 국무장관님, 그리고 이분은 외무부의 닥핀 토르후스
인사국장님이시네."
묄레르는 목례를 하고 의자를 빼서 한없이 긴 다리를 타원형 커
다란 오크나무 책상 밑에 가까스로 집어넣으려 했다. 아스킬드센
의 날렵한 젊은 얼굴을 텔레비전에서 본 적이 있는 것 같았다. 총
리실 사람? 심각한 상황임이 분명했다.
"이렇게 급작스럽게 불렀는데도 와줘서 다행이오." 국무장관이
'rrr' 발음을 굴리면서 손가락으로 초조하게 탁자를 두드렸다. "청
장, 지금까지 하던 얘기를 간략히 전달하시지요."
묄레르는 20분 전에 경찰청장에게서 호출을 받았다. 아무런 설
명도 없이 15분 안에 외무부로 오라고 했다.
"아틀레 몰네스가 시신으로 발견됐는데, 아마도 살해당한 것 같
네. 방콕에서." 경찰청장이 설명을 시작했다.
묄레르는 토르후스 국장이 금테 안경 너머로 눈동자를 굴리는
것을 보았고, 설명을 다 듣고는 그가 왜 그런 반응을 보였는지 알
았다. 오직 경찰만이 칼이 척추의 한쪽에 박혀서 폐를 뚫고 심장에

꽂힌 채 발견된 사람이 '아마도' 살해당했을 것이라고 진술할 수 있을 테니까.

"호텔방에서 여자에게 발견됐고……."

"사창가에서." 금테 안경을 쓴 남자가 끼어들었다. "매춘부에게."

"방콕의 내 동료랑 얘기해봤네." 경찰청장이 말했다. "공정한 사람이야. 한동안 사건을 덮어두기로 약속했네."

묄레르는 처음의 직감에 따라 어째서 살인 사건을 발표하지 않고 기다려야 하는지 물어보려 했다. 언론에서 신속히 보도하면 아직 사람들의 기억이 또렷하고 증거가 남아 있어서 경찰에 제보가 많이 들어올 터였다. 하지만 어쩐지 지나치게 순진한 질문으로 치부당할 것 같았다. 대신 그는 이런 사건을 언제까지 비밀에 부칠 수 있다고 생각하는지 물었다.

"우리가 사건을 입맛에 맞는 버전으로 만들어낼 때까지요." 국무장관이 말했다. "현재 버전으로는 안 됩니다, 아시다시피."

현재 버전? 그렇다면 진짜 버전은 이미 검토를 마치고 기각했다는 뜻이었다. 비교적 신참인 '경찰 간부*'—줄여서 PAS— 인 묄레르는 왠만하면 정치인들을 상대하는 일은 피했지만 위로 올라갈수록 정치인들과 거리를 두기가 어려워진다는 걸 알았다.

"현재 버전이 불편한 건 알겠는데, '안 된다'는 건 무슨 뜻입니까?"

경찰청장이 묄레르에게 경고의 눈길을 보냈다.

국무장관은 대수롭지 않게 받아들이는 듯했다. "지금 시간이 많

---

* politiavdelingssjef.

지는 않소만, 묄레르, 현실 정치에 관해 간략히 짚어드려야겠군요. 지금부터 내가 하는 말은 물론 모두 극비예요."

아스킬드센은 무의식적으로 넥타이 매듭을 바로잡았다. 묄레르도 텔레비전 인터뷰에서 본 적이 있는 행동이었다. "음, 노르웨이에서 전후 역사상 처음으로 생존 가능성이 꽤 높은 중도정당이 나왔소. 의회 기반이 탄탄해서가 아니라 우연히 총리가 이 나라에서 가장 인기 없진 않은 정치인이 되는 중이기 때문이에요."

경찰청장과 외무부의 국장이 웃고 있었다.

"하지만 총리의 인기는 모든 정치인의 영업 자산이 그렇듯 취약한 기반 위에 쌓인 겁니다. 신뢰 말입니다. 무엇보다 중요한 건 호감을 사거나 카리스마를 보여주는 게 아니라 신뢰를 얻는 겁니다. 그로 할렘 브룬틀란*이 어떻게 인기 있는 총리가 된 줄 압니까, 묄레르?"

묄레르는 몰랐다.

"매력적인 인물이라서가 아니라 그녀 자신이 주장한 그런 사람이라고 다들 믿어줬기 때문이오. 신뢰, 이게 관건이에요."

회의실에 둘러앉은 다른 사람들이 고개를 끄덕였다. 분명 아주 중요한 사전 학습이었다.

"자, 몰네스 대사와 현재 총리는 서로 긴밀히 연결되어 있소. 정치 경력뿐 아니라 우정도 돈독해요. 동문수학했고, 당내 서열도 함께 올라갔으며, 함께 청년운동의 현대화에도 앞장섰소. 게다가 둘이 젊은 나이에 의원으로 선출되어 스토르팅에**에 들어갔을 때는 같이 집을 얻어 살기도 했지. 그러다 당의 공동 승계자가 될 구도

---

* 사회민주당 당수로서 1986년부터 두 차례 집권한 여성 총리.
** 노르웨이 의회.

가 뚜렷해지자 몰네스가 자진해서 세상의 관심에서 물러난 겁니다. 그가 총리를 전폭 지지한 덕에 고통스러운 당내 결투를 면하게 됐소. 그 일로 총리는 당연히 몰네스에게 은덕을 입은 셈이고."

아스킬드센은 입술에 침을 바르고 창밖을 내다보았다.

"달리 말하면 몰네스 대사는 외교관 교육을 받지 않았고, 총리가 힘써주지 않았다면 방콕에도 가지 못했을 거요. 정실인사처럼 보이지만 용인되는 방식이에요. 사회당에서도 도입해서 흔히 쓰는 방법이지. 라이울프 스틴도 칠레 대사가 됐을 때 외무부 경험이 전혀 없었으니까."

다시 묄레르를 쳐다보는 아르킬드센의 두 눈이 어딘가 장난스럽게 반짝거렸다.

"이번 일이 새나가면, 그러니까 총리가 직접 임명한 친구이자 같은 당 동지가 사창가에서 현행범으로 발견된 사실이 밝혀지면, 총리의 신뢰에 얼마나 큰 타격이 갈지 굳이 강조하지 않아도 되리라 믿소. 게다가 살해당한 채로 말이오."

아르킬드센이 경찰청장에게 계속하라는 신호를 보냈지만 묄레르는 질문을 참지 못했다.

"사창가에 드나드는 친구 하나 없는 사람이 어디 있습니까?"

아스킬드센의 미소가 입꼬리에 걸렸다.

금테 안경의 외무부 국장이 헛기침을 했다. "당신이 알아야 할 얘기는 다 했소, 묄레르. 판단은 우리에게 맡겨주시오. 현재 우리한테 필요한 사람은 이 사건을 수사하되…… 불행한 사태를 초래하지 않을 사람이오. 당연히 우리도 살인범이 한 명이든 여럿이든 잡아들이고 싶지만 살인을 둘러싼 정황은 추후 통보가 있을 때까지 비밀에 부쳐야 해요. 국가의 안녕을 위해. 아시겠소?"

묄레르는 고개를 숙이고 자기 손을 보았다. 국가의 안녕을 위해. 빌어먹을. 국가는 정작 집안의 안녕을 위해 별로 해준 것이 없는데. 그의 아버지는 경찰 조직의 상부로 올라가보지도 못했다.

"경험상 진실은 웬만해선 덮어지지 않습니다, 토르후스 씨."

"물론이오. 이번 작전은 외무부를 대표해서 내가 책임집니다. 잘 아시겠지만 다소 민감한 사건이라 태국 경찰과 긴밀히 공조해야 합니다. 대사관이 연루된 사건이오. 우리 쪽에 약간의 재량권이, 외교관 면책 특권 같은 것이 있기는 해도 아슬아슬하게 줄타기를 해야 하는 건 사실입니다. 그래서 말인데, 국제 사건과 관련해서 수사 능력도 있고 경험도 있어서 성과를 낼 수 있는 사람을 파견하고 싶군요."

토르후스는 말을 멈추고 묄레르를 보았다. 묄레르는 턱이 공격적으로 나온 외교관에게 본능적으로 호의가 느껴지지 않는 이유가 뭘까 생각하고 있었다.

"팀을 꾸리면—"

"팀은 안 됩니다, 묄레르. 너무 눈에 띄어요. 더욱이 청장께서도 팀 단위로 움직이면 현지 경찰과 호의적 관계를 유지하기 어렵다고 보시더군요. 한 사람이어야 합니다."

"한 사람?"

"청장께서 벌써 한 명 제안하셨고, 우리도 좋은 제안이라고 봅니다. 이제 반장이 그 사람을 어떻게 생각하는지 듣고 싶군요. 청장께서 시드니의 동료와 통화하는 걸 들어보니, 그 사람이 작년 겨울에 잉게르 홀테르 살인 사건을 아주 훌륭하게 해결했더군요."

"그 사건은 신문에서 봤소." 아스킬드센이 말했다. "인상적인 사건이더군요. 꼭 그 친구로 해야겠죠?"

비아르네 묄레르는 마른침을 삼켰다. 그러니까 청장이 이미 해리 홀레를 방콕으로 보내자고 제안한 것이다. 묄레르를 호출한 것은 해리 홀레야말로 경찰에서 내놓을 수 있는 최고의 인재이자 이번 사건에 적임자라고 그들을 설득하라는 뜻이었다.

묄레르는 회의실에 모인 사람들을 휙 둘러보았다. 정치와 권력, 영향력. 묄레르로서는 감히 이해하지 못할 게임이지만 어떻게 하든 그에게 유리하게 풀릴 테고 지금은 무슨 말을 하든지 그의 경력에 영향을 미치리라는 사실을 깨달았다. 청장이 이름 하나를 대서 위험을 자초한 것이다. 그러자 누군가 직속상관에게 그 이름의 주인공이 적임자인지 보증받기를 요구했을 것이다. 묄레르는 청장을 보면서 표정을 읽어내려 했다. 물론 해리 홀레를 보내도 별 탈 없이 끝날지 모른다. 만약 해리 홀레를 보내지 말라고 조언하면 청장에게 불행의 빛이 비추지는 않을까? 그러면 저쪽에서 다른 사람을 제안하라고 요청할 테고, 그가 추천한 후보가 혹시라도 일을 그르치면 '그의' 목이 달아날 터였다.

묄레르는 청장 뒤에 걸린 사진을 보았다. 유엔 사무총장 트리그브 리에*가 도도하게 그들을 내려다보고 있었다. 그 역시 정치인이다. 창밖으로 흐린 겨울 하늘 아래 아파트 지붕이 보이고, 아케슈스 요새가 보이고, 컨티넨탈 호텔 꼭대기에서 싸늘한 돌풍을 맞으면서 떨고 있는 풍향계가 보였다.

비아르네 묄레르는 스스로 유능한 경찰이라고 생각하지만 이번에는 판이 달랐고 그가 규칙을 모르는 곳이었다. 아버지라면 무슨 말을 해주었을까? 그의 아버지인 묄레르 경관은 정치권을 상대한

---

* 노르웨이 출신의 제1대 사무총장.

적은 없었다. 하지만 만일 자신이 제대로 출세했더라면 무엇이 중요했을지 알았기에 아들에게는 법학과 기본 과정을 마칠 때까지 경찰대학에 들어가지 못하게 했다. 아들은 아버지의 말을 따랐다. 졸업식이 끝난 후, 아버지가 감정을 누르느라 연신 헛기침을 하면서 아들의 등짝을 때리는 통에 그만하라고 말려야 할 정도였다.

"좋은 제안입니다." 비아르네 묄레르는 큰 소리로 또박또박 말하는 자신의 목소리를 들었다.

"좋소." 토르후스가 말했다. "이렇게 급히 의견을 물은 건 물론 상황이 아주 시급하기 때문이오. 그 친구한테 하던 일을 전부 중단하라고 지시하시오. 내일 당장 출발할 테니까."

어쩌면 때마침 해리에게 필요한, 꼭 맞는 일일 수도 있지. 묄레르는 속으로 바랐다.

"이렇게 중요한 인재를 빼가서 미안합니다." 아스킬드셴이 말했다.

PAS 비아르네 묄레르는 웃음이 터지려는 걸 애써 참았다.

3
1월 8일 수요일

그들은 그를 발데마르 테라네스 가의 슈뢰데르에서 찾았다. 오슬로의 동부와 서부가 만나는 곳에 있는 슈뢰데르는 유서 깊은 술집이었다. 솔직히 말하면 유서 깊다기보다는 그냥 오래된 술집이었다. 다만, 정부에서 이 집의 연기 자욱한 갈색 방들에 사적史跡 보존 명령을 내린 덕에 유서 깊은 곳이 되었다. 하지만 정부의 명령이 손님에게까지 적용되지는 않았다. 늙은 술주정뱅이, 궁지에 몰리고 쇠락의 위기에 몰린 사람들, 영원한 학생들, 매력적이었지만 유통기한을 한참 넘긴 한물간 손님들이었다.

두 경관은 문틈으로 들어온 찬바람에 담배연기의 장막이 걷힌 사이 아케르 교회 그림 아래 앉아 있는 남자를 발견했다. 금발을 아주 짧게 깎아 까칠까칠한 머리카락이 바짝 서 있고, 수척하고 흉터로 얽은 얼굴에서 사흘 자란 턱수염에는 기껏해야 삼십 대 중반으로밖에 보이지 않는데도 흰 털이 몇 가닥 섞여 있었다. 리퍼 재킷을 입고 등을 꼿꼿이 펴고 혼자 앉아 있는 모습이 금방이라도 일어설 것처럼 보였다. 앞에 놓인 맥주가 즐거움이 아니라 해치워야 할 숙제라도 되는 양.

"여기 오면 만날 거라고 하더군요." 두 경관 중 나이가 많은 쪽이 말하면서 맞은편 의자에 앉았다. "볼레르라고 합니다."

"저쪽 구석에 앉은 남자 보여요?" 홀레가 고개도 들지 않고 말했다.

볼레르가 돌아보았다. 뼈만 앙상한 노인이 레드와인 잔을 물끄러미 바라보면서 몸을 앞뒤로 흔들고 있었다. 무척 추운 것 같았다.

"다들 저 영감을 라스트 모히칸이라고 불러요."

홀레는 고개를 들고 씩 웃었다. 파란색과 흰색이 섞인 구슬 같은 눈동자의 배경에 붉은 실핏줄이 얽혔고, 시선은 볼레르의 셔츠에 꽂혀 있었다.

"상선 선원이에요." 홀레가 또박또박 말했다. "몇 년 전에는 여기에 그 사람들이 많았던 것 같은데, 이제 거의 남지 않았어요. 저 영감은 전쟁 중에 두 번 어뢰공격을 당했대요. 자기는 죽지 않는 사람인 줄 알아요. 지난주에는 이 집 마감 시간 끝나고 나가보니까 저 아래 글뤼크슈타트 가의 눈 쌓인 데서 자고 있더군요. 거리는 비어 있고 사방이 캄캄하고 영하 18도였어요. 내가 흔들어서 살려놓으니까 나를 그냥 빤히 쳐다보더니 지옥에나 떨어지라고 하더군요." 그는 웃었다.

"이봐요, 홀레―."

"어젯밤에 저 사람 자리에 가서 무슨 일이 있었던 것 같으냐고, 얼어 죽을 뻔했던 걸 내가 구해준 거 기억하느냐고 물었더니, 뭐라는 줄 알아요?"

"묄레르가 보자세요, 홀레."

"저 영감 말이, 자기는 죽지 않는대요. '나는 이놈의 나라에서 환영받지 못하는 상선 선원으로 참고 견디면서 살 수 있어'라면서요.

31

'그런데 성 베드로마저 나랑 엮이려고 하지 않는다면 유감스런 일이야.' 들었어요? '성 베드로'—."

"경찰서로 모셔오라는 명령을 받았습니다."

새 맥주잔이 해리 앞에 탁 하고 놓였다.

"이제 계산할게, 리타." 해리가 말했다.

"280이에요." 여자가 계산서를 보지도 않고 대답했다.

"세상에." 젊은 경관이 중얼거렸다.

"잔돈은 됐어, 리타."

"오, 고마워요." 그녀는 떠났다.

"시내 최고의 서비스예요." 해리가 설명했다. "가끔은 두 손을 들고 흔들어대지 않아도 돌아봐준다니까."

볼레르의 이마가 팽팽하게 펴지고 혈관이 푸른 벌레처럼 툭 불거졌다.

"우린 지금 여기 앉아서 당신 술주정이나 들어줄 시간이 없어요, 홀레. 마지막 잔은 그냥 두고 가는 게……."

해리는 벌써 조심스럽게 잔을 입에 대고 들이켜기 시작했다.

볼레르는 몸을 앞으로 숙이고 애써 목소리를 낮추었다. "당신 잘 알아, 홀레. 그리고 나 당신 맘에 안 들어. 당신은 벌써 오래전에 경찰에서 쫓겨났어야 할 사람이야. 당신 같은 작자들 때문에 우리 경찰이 신망을 잃으니까. 하지만 지금은 그 일로 온 게 아니야. 당신을 데려가려고 왔어. PAS는 좋은 사람이야. 아마 당신한테 다시 기회를 주려나 보지."

해리가 트림을 하자 볼레르는 몸을 뒤로 뺐다.

"다시 기회를 준다니, 뭘 말이지?"

"형사님이 뭘 할 수 있는지 보여줄 기회 말입니다." 젊은 경관이 소년처럼 방긋 웃으면서 말했다.

"내가 뭘 할 수 있는지 보여주지." 해리는 살짝 웃으면서 잔을 입에 대고 고개를 젖혔다.

"집어치워, 홀레!" 볼레르는 얼굴을 붉히면서 수염을 깎지 않은 해리의 턱 아래에 목젖이 오르락 내리락 하는 모습을 보았다.

"됐소?" 해리가 빈 잔을 앞에 내려놓으면서 물었다.

"우리 임무는—."

"댁들 임무 따위는 관심 없어." 해리는 재킷 단추를 채웠다. "뵐레르가 원하는 게 있으면 나한테 직접 전화하거나 내일 내가 출근할 때까지 기다리면 될 일이지. 그럼 난 이만 집에 갈 테니, 앞으로 열두 시간 동안 당신네 얼굴을 보고 싶지 않군요. 여러분……." 해리는 192센티미터나 되는 몸을 일으켜 세우고 옆으로 휘청거렸다.

"거만한 새끼." 볼레르가 의자에 앉은 채 몸을 뒤로 핵 젖히며 말했다. "한심한 자식. 오스트레일리아 사건 이후 기사를 쓴 기자들이 당신한테 배짱이 없는 걸 알았더라면—."

"배짱? 무슨 배짱, 볼레르?" 해리는 여전히 미소를 띠고 있었다. "모히칸 머리를 했다는 이유로 술 취한 열여섯 살짜리 꼬마들을 유치장에 처넣는 배짱?"

젊은 경관이 볼레르를 힐끗 보았다. 작년에 경찰대학에도 소문이 돌았다. 어린 펑크족 몇 명이 공공장소에서 맥주를 마셨다는 이유로 연행되어 유치장에서 젖은 수건에 싼 오렌지로 얻어터졌다는 소문이었다.

"당신은 '단결심'을 절대 이해하지 못해, 홀레." 볼레르가 말했다. "당신은 자기밖에 몰라. 빈데렌에서 그 차를 누가 운전했는지, 어쩌다가 훌륭한 경찰이 울타리 기둥을 들이받아 머리통이 박살났는지 모르는 사람이 없어. 당신이 술에 취했기 때문이야, 홀레, 당신이 취한 채로 운전했으니까. 경찰이 진실을 비밀로 덮어주니까 신났겠지. 유족과 경찰이 오명을 뒤집어쓸까봐 염려하지 않았더라면—."

볼레르를 따라온 젊은 경관은 매일 새로운 무언가를 배우고 있었다. 지금만 해도 그는 의자에 퍼질러 앉아서 누군가를 모욕하는 건 아주 어리석은 짓이라는 사실을 배웠다. 모욕당하는 상대가 넘어와서 두 눈 사이에 정통으로 스트레이트 라이트를 꽂아 넣으면 완전히 무방비상태가 되기 때문이었다. 슈뢰데르는 원래 손님들이 자주 넘어지는 곳이라 아주 잠깐 정적이 흘렀을 뿐, 다시 웅성거리는 말소리가 이어졌다.

젊은 경관은 볼레르를 일으켜 세우면서 해리의 재킷 자락이 문으로 사라지는 것을 얼핏 보았다. "와우, 맥주 여덟 잔 비운 사람치곤 나쁘지 않은데요, 네?" 그러다 볼레르의 노려보는 눈길에 입을 다물었다.

해리는 빙판길이 된 도브레 가의 인도를 성큼성큼 걸었다. 손마디는 아프지 않았다. 내일 아침 일찍 통증이든 후회든 밀려오겠지만.

해리는 근무시간에는 술을 마시지 않았다. 예전에는 마셨다. 닥터 에우네는 과거의 습관을 끊은 지점에서 온갖 새로운 습관이 재발할 거라고 주장했다.

백발에 땅딸막하고 피터 유스티노프*의 복제인간 같은 박사가

---

* 영국의 감독 겸 배우.

이중턱이 덜렁일 정도로 웃어대는 사이 해리는 과거의 숙적인 짐 빔을 멀리하고 맥주로 제한하고 있다고 말하고 있었다. 맥주는 별로 좋아하지 않아서라고 했다.

"큰일이야. 병을 따는 순간 다시 예전으로 돌아가는 거야. 사회 복귀 훈련 같은 건 없어, 해리."

흠. 해리는 어떻게든 두 발로 집에 들어가서 그럭저럭 옷을 벗고 또 이튿날 일어나서 출근했다. 항상 이런 식은 아니었다. 해리는 이것을 사회 복귀 훈련이라고 불렀다. 그저 곯아떨어지게 만들 만큼의 몇 방울이 필요할 뿐, 그게 다였다.

어떤 여자가 지나가면서 검은 모피 모자 속에서 인사를 건넸다. 아는 사람인가? 작년에는 많은 사람이 인사를 건넸다. 특히 텔레비전 인터뷰에서 안네 그로스볼*이 연쇄살인범을 쏘면 기분이 어떠냐고 물은 이후로 인사하는 사람이 더 늘었다.

"글쎄요, 여기 앉아서 그런 질문에 대답하는 것보다야 낫죠." 해리는 짜증스러운 미소로 대답했다. 이 말은 올봄에 큰 인기를 끌어서, 어느 정치인이 농업정책을 옹호하면서 자주 인용한 "양은 좋은 동물이다"라는 말이 나오기 전까지 최고의 유행어가 되었다.

해리는 소피스 가에 있는 그의 아파트 현관에서 열쇠를 꽂았다. 왜 비슬렛으로 옮겼는지는 기억나지 않았다. 아마 퇴옌의 이웃들이 그를 이상하게 보고 거리를 두기 시작해서였던 것 같다. 처음에는 존경의 뜻인 줄 알았다.

괜찮아. 이 동네 사람들은 그를 가만히 내버려두었다. 다만 어쩌다 한 번씩 그가 계단에서 미끄러져서 뒤로 넘어가 근처로 굴러 떨

* 노르웨이 국영방송의 유명한 기자.

어지면 복도에 나타나 괜찮은지 확인할 뿐이었다.

뒤로 넘어가기 시작한 건 지난 시월, 그의 여동생인 쇠스의 사건이 벽에 부딪힌 후부터였다. 몸에서 공기가 다 빠져나가고 다시 꿈꾸는 것 같은 상태가 되었다. 그리고 해리는 그 꿈과 거리를 두는 유일한 방법을 알았다.

해리는 어렵게 마음을 다잡고 쇠스를 라울란의 별장으로 데려가려 했지만 쇠스는 폭행 사건 이후 자기 안에 틀어박힌 채 전처럼 잘 웃지 않았다. 해리가 두어 번 아버지에게 전화를 걸었지만 통화는 길게 이어지지 않았다. 아버지는 그저 방해받지 않고 싶다는 의사만 내비칠 뿐이었다.

해리는 아파트 문을 닫고 큰소리로 집에 왔다고 말하고 아무 대답도 없자 만족한 듯 고개를 끄덕였다. 온갖 형상과 크기의 괴물들이 들어온다 해도 그가 집에 돌아왔을 때 부엌에서 기다리고 있지만 않는다면 그날 밤은 방해받지 않고 잠들 수 있었다.

4

1월 9일 목요일

갑작스레 몰아친 한파에 해리는 문 밖으로 나가면서 자기도 모르게 헐떡였다. 그는 집들 사이로 붉게 물들어가는 하늘을 올려다보고 입을 벌려 울분과 콜게이트* 향을 내뿜었다.

홀베르그스 광장에서 트램을 타고 덜컹거리면서 벨하벤스 가를 따라 내려갔다. 그는 빈자리를 찾아 앉아 〈아프텐포스텐〉**을 펼쳤다. 또 소아성애자 사건이다. 최근 몇 달 동안 이런 사건이 세 건이나 터졌고, 노르웨이인들이 태국에서 현행범으로 체포되었다.

신문 사설에서는 총리가 선거운동 기간에 노르웨이인들의 해외 범죄를 비롯한 성범죄 수사를 강화하겠다고 공약을 내건 사실을 상기시키면서 국민들이 언제쯤 결과를 보게 될지 알려달라고 촉구했다.

총리실의 비욘 아스킬드센 국무장관은 태국 정부와 공조해서 수사를 강화하고 있다고 발표했다.

"긴급 상황이다!"〈아프텐포스텐〉 사설은 이렇게 주장했다. "국

---

* 치약 상표.
** 노르웨이 일간지.

민들은 정부가 조치를 취하기를 기대한다. 기독교도 장관으로서 이런 잔인무도한 행위가 계속 일어나는 걸 용인하는 것은 옳지 않다."

"들어와요!"

문을 열자 하품을 하던 비아르네 묄레르의 입이 정면으로 보였다. 그는 의자 등받이에 기대어 앉아 책상 밑으로 긴 다리를 내밀고 있었다.

"왔나. 어제부터 기다렸어, 해리."

"그러셨다더군요." 해리가 의자에 앉았다. "전 술 마실 때는 근무하지 않아서요. 그 반대도 마찬가지고요. 저만의 원칙 같은 겁니다." 빈정거리는 투로 한 말이었다.

"경찰은 하루 스물네 시간 경찰이야, 해리. 맨정신이든 아니든. 볼레르가 자네 일을 보고하지 못하게 뜯어말리느라 혼났어."

해리는 어깨를 으쓱해 보였다. 그 문제에 관해서는 할 말을 다 했다는 투였다.

"좋아, 해리, 지금 그 얘기는 관두지. 자네한테 맡길 일이 있어. 내 생각으로는 자네가 이 일을 맡을 자격이 없는 것 같지만 어쨌든 맡길 거야."

"제가 싫다고 하면 좋으시겠어요?"

"필립 말로* 흉내는 그만둬, 해리. 자네랑 안 어울리니까." 묄레르가 무뚝뚝하게 대꾸했다. 해리는 실실 웃었다. 그는 PAS가 자기를 좋아한다는 걸 알았다. "무슨 일을 맡길지 아직 말하지도 않았어."

---

* 레이먼드 챈들러의 소설에 등장하는 고독한 탐정.

"퇴근 후에 차까지 보내서 절 데려오라고 하신 걸로 봐서는 교통정리를 시키실 것 같지는 않은데요."

"맞아, 그러니까 내가 말 좀 끝내게 놔두지그러나?"

해리는 잠깐 건조하게 킬킬거리며 자리에 앉은 채 몸을 앞으로 내밀었다. "우리 생각을 말해도 될까요, PAS?"

무슨 생각? 묄레르는 이렇게 물을 뻔했지만 그냥 입을 닫고 고개를 끄덕였다.

"지금은 제가 중요한 사건을 맡을 처지가 못 돼요, 보스. 현재 상황이 어떻게 돌아가는지 잘 아시잖아요. 아니면 뭐가 안 되는지, 거의 안 되는 거나 마찬가지인지. 저는 지금 제 일을, 일상적인 업무를 처리하면서 아무도 방해하지 않고 맨정신으로 출퇴근하려고 안간힘을 쓰고 있어요. 제가 반장님이라면 그 일은 다른 부하한테 맡길 겁니다."

묄레르는 한숨을 쉬고 힘겹게 다리를 끌어당기고 일어섰다.

"'내' 생각을 말해도 되겠나, 해리? 내가 결정할 일이었으면 진즉 다른 친구한테 맡겼겠지. 하지만 그 사람들이 자네를 원해. 그러니 제발 부탁이네만 해리……."

해리는 고개를 들어 경계하는 눈빛으로 보았다. 비아르네 묄레르는 지난 일 년 간 그가 곤경에서 빠져나오도록 힘써준, 언젠가는 그 빚을 갚아야 할 사람이었다.

"잠깐만요! '그 사람들이' 누굽니까?"

"높은 자리에 계신 양반들. 원하는 대로 해주지 않으면 내 인생을 지옥으로 만들 수 있는 사람들."

"그럼 그 일을 맡는 저한테는 뭐가 떨어지죠?"

묄레르가 이맛살을 있는 대로 찡그렸다. 매번 드는 생각이지만 아이처럼 천진한 얼굴로 엄격한 표정을 만들어내기란 여간 어려운 게 아니었다.

"'자네'한테 뭐가 떨어지냐고? 월급을 받지. 일한 시간만큼. 빌어먹을, '자네'한테 뭐가 떨어지느냐니!"

"아, 이제야 그림이 나오네요, 보스. 높으신 양반들 몇이 작년에 시드니 사건을 해결한 경찰이 아주 끝내주게 유능한 친구인 줄 아는 거고, 그 친구를 끌어들이는 일이 바로 보스의 역할이군요. 제 말 틀린가요?"

"해리, 그렇게 극단적으로 몰고 가지는 마."

"제 말이 틀리진 않네요. 어제 볼레르 얼굴을 보고 알아챘어요. 그래서 하룻밤 자면서 생각해봤는데, 제 생각은 이래요. 저는 착한 사람이니까, 그 일을 하러 갈게요. 대신 그 일을 끝내면 저한테 두 달간 풀타임으로 일할 수사관 둘과 모든 자료에 접근할 수 있는 권한을 주십시오."

"무슨 소리를 하는 거야?"

"무슨 말인지 아시잖아요."

"자네 동생 성폭행 사건에 관한 거라면 미안하지만 거절해야겠네, 해리. 그 사건은 종결됐어. 완전히. 기억하나?"

"기억합니다, 보스. 다운증후군인 제 동생이, 안면이 있는 사람의 아이를 가진 사실을 숨기고자 성폭행 사건을 지어냈다고 생각할 여지가 없지는 않다고 적힌 보고서 말이죠. 아무렴, 기억하고말고요."

"구체적인 증거가 없었―."

"동생은 아무것도 숨기지 않았어요. 빌어먹을, 제가 송^{Sogn}에 있는 그 애 아파트 욕실에서 빨래 바구니에 든, 피에 흥건히 젖은 브

40

래지어를 봤어요. 그자가 젖꼭지를 자르겠다고 협박했어요. 동생은 겁에 질렸고요. 그 애는 사람들이 다 자기 같은 줄 아는 애라, 양복 입은 그 남자가 밥을 사주고 자기 호텔방에서 같이 영화를 보겠냐고 물었을 때 단순히 자기한테 잘해주는 줄로만 알았어요. 나중에 그 애가 방 번호를 기억해냈을 때 그 방은 스무 번도 넘게 청소하고 닦고 침대시트도 갈았을 거예요. 구체적인 증거랄 게 많이 남아 있을 리가 없죠."

"피 묻은 시트를 기억하는 사람이 없었ㅡ."

"제가 호텔에서 일해봤어요, 보스. 2주 동안 피 묻은 시트를 얼마나 많이 갈아 씌우는지 아시면 놀라실 거예요. 사람들은 빌어먹을 피를 항상 흘린다고요."

묄레르는 힘껏 고개를 저었다. "미안하네. 자네에겐 그걸 입증할 기회가 있었어, 해리."

"충분하지 않았죠, 반장님. 충분하지 않았다고요."

"충분한 건 없어. 그래도 어디선가 선을 그어야 해. 우리 인력으로는……."

"저한테 재량권을 주세요. 한 달 동안."

묄레르가 갑자기 고개를 들면서 한쪽 눈을 감았다. 해리는 속셈이 간파당한 걸 알았다.

"영악한 친구. 그동안 계속 이 일을 하고 싶었던 거지? 그래서 먼저 교환할 거리부터 챙기려고 했고."

해리는 아랫입술을 내밀고 고개를 절레절레 흔들었다. 묄레르는 창밖을 내다보았다. 그리고 한숨을 쉬었다.

"좋아, 해리. 내가 뭘 할 수 있는지 알아봐주지. 하지만 자네가 이번 일을 그르치면 경찰 조직 일각에서 내가 진작 했어야 한다고 여기는 두어 가지 결정을 내려야 할 거야. 무슨 뜻인지는 알지, 안 그런가?"

"당장 시행하겠습니다, 보스." 해리는 미소를 지었다. "할 일이 뭡니까?"

"여름 양복을 드라이클리닝해두고 여권을 마지막에 어디에 뒀는지 기억해내길 바라네. 열두 시간 후엔 아주 멀리 가는 비행기를 타야 할 테니까."

"멀수록 좋아요, PAS."

해리는 송의 비좁은 아파트에서 문 옆 의자에 앉아 있었다. 쇠스는 창가에 앉아서 저 아래 가로등 불빛에 비친 눈송이를 바라보고 있었다. 쇠스는 두 번 코를 훌쩍거렸다. 등지고 앉아 있어서 감기 때문인지 오빠가 곧 떠나야 해서 훌쩍이는 건지 알 수 없었다. 동생은 2년 동안 보호시설에서 그럭저럭 잘 지내고 있었다. 성폭행을 당하고 낙태수술을 받은 후 해리가 옷가지 몇 벌과 세면도구를 챙겨서 들어와 같이 지냈지만 얼마 지나지 않아 동생이 그만하면 됐다고 말했다. 동생은 이제 다 큰 여자였다.

"금방 돌아올게, 쇠스."

"언제?"

동생이 창문에 바짝 붙어 앉아 있어서 말할 때마다 입김에 장미꽃이 피었다.

해리는 뒤에 앉아 동생의 등에 손을 얹었다. 금방이라도 울음을 터트릴 것 같은 가벼운 떨림이 전해졌다.

"나쁜 놈들을 잡으면 곧 집으로 돌아올게."

"그럼……?"

"아니, 그놈 말고. 그놈은 나중에 잡을 거야. 오늘은 아버지랑 통화했니?"

동생은 고개를 저었다. 해리는 한숨을 쉬었다.

"아버지한테 전화가 안 오면 너라도 하면 좋겠어. 날 위해 해줄 수 있지, 쇠스?"

"아빠는 아무 말도 안 해." 동생이 나직이 말했다.

"아빠는 엄마가 돌아가셔서 슬픈 거야, 쇠스."

"하지만 오래전 일이잖아."

"그러니까 이제는 다시 말하게 해드려야지, 쇠스. 네가 날 도와줘야 돼. 그래줄 거지? 그래줄 거지, 쇠스?"

동생은 말없이 돌아앉아 그에게 팔을 두르고 그의 목에 얼굴을 묻었다.

그가 동생의 머리를 쓰다듬는 사이 셔츠가 젖어들었다.

여행 가방을 쌌다. 해리는 슈톨레 에우네에게 전화해서 방콕으로 출장을 다녀올 거라고 말했다. 딱히 할 말은 없었다. 해리는 자기가 왜 박사에게 전화를 했는지 이해가 가지 않았다. 그가 어디 갔는지 궁금해 할 누군가에게 알리고 싶었던 것일까. 슈뢰데르 바의 직원에게 전화하는 건 좋은 생각 같지 않았다.

"처방해준 비타민 B 주사를 맞게." 에우네가 말했다.

"왜요?"

"맨정신으로 지내고 싶을 때 인생을 더 편하게 해주니까. 새로운 환경이야, 해리. 좋은 출발점이 될 수 있잖아."

"생각해볼게요."

"생각만으로는 안 돼, 해리."

"알아요. 그래서 주사가 필요 없는 겁니다."

그 길 위쪽에 있는 호스텔에서 나온 소년 하나가 벽에 기대서서 딱 달라붙는 청재킷 차림으로 부들부들 떨며 꽁초를 빠끔거리고, 그사이 해리는 여행 가방을 조심조심 택시 트렁크에 실었다.
"어디 가요?"
"응."
"남쪽요?"
"방콕."
"혼자요?"
"응."
"말 안 해도 알겠네."
소년은 해리에게 엄지를 치켜세우고 윙크했다.

해리는 공항의 탑승 수속 창구 뒤에 있는 여자에게 표를 받아 돌아섰다.
"해리 홀레?" 금테 안경을 쓴 남자가 슬픈 미소를 띠고 그를 보았다.
"그쪽은?"
"외무부에서 나온 닥핀 토르후스요. 행운을 빌어주고 싶군요. 그리고 당신이 제대로 이해했는지 확인하려고…… 민감한 사안이라는 점 말이오. 무엇보다도 상황이 아주 급박하게 돌아갔어요."
"생각해주셔서 고맙습니다. 제 임무는 소란 피우지 말고 범인을 찾아내는 거라고 이해했습니다. 묄레르 반장에게 지시사항을 전달받았습니다."

"좋소. 신중함이 관건이오. 아무도 믿지 마시오. 정부에서 일한다고 말하는 관료들이라도, 다른 데에서 나온 사람들일 수도 있으니까. 음, 이를테면 〈다그블라데〉* 같은 곳에서."

토르후스는 웃으려는 것처럼 입을 벌렸지만 해리는 그가 진지하다는 걸 알 수 있었다.

"〈다그블라데〉 기자들은 옷깃에 정부 배지를 달지 않죠, 에르** 토르후스. 그리고 1월에 재킷을 입지도 않죠. 그나저나 그쪽이 제가 접선할 정부 측 사람인 건 신문을 보고 알았습니다."

토르후스는 보일 듯 말 듯 고개를 끄덕였다. 그러다 턱을 들고 목소리를 반음 낮게 깔았다.

"비행기가 곧 출발할 테니 오래 붙잡지는 않겠소. 그냥 내가 하는 말만 들어요."

그는 재킷 주머니에서 손을 빼고 두 손을 모았다.

"나이가 어떻게 되시오, 홀레? 서른셋? 넷? 아직 앞날이 창창하군. 뒷조사를 해보니 당신은 유능한 사람이고 높으신 분들이 당신을 좋아하는 것 같더군요. 감싸주기도 하고. 이번 일이 잘 풀리기만 하면 계속 그럴 수 있겠지. 하지만 머지않아 당신은 맨땅으로 떨어질 테고 당신 친구들까지 같이 끌고 내려갈 수 있소. 그때가 되면 친구라는 작자들이 갑자기 줄행랑을 칠 게요. 그러니 두 발로 단단히 버텨요, 홀레. 모두를 위해. 왕년에 스케이트를 타던 사람으로서 선의로 해주는 충고요." 토르후스는 입은 웃었지만 눈은 해리를 찬찬히 뜯어보았다. "그거 압니까, 홀레? 포르네부 공항에만 오면 늘 뭔가 끝나는 것 같은 우울한 기분이 들어요. 뭔가 끝나고 새

---

* 노르웨이의 일간지.
** 노르웨이에서 남성에게 쓰는 존칭어.

로운 뭔가가 시작되는."

"그래요?" 해리는 바의 문이 닫히기 전에 맥주 한잔 마실 시간이 될지 생각했다. "가끔은 그런 것도 좋겠군요. 다시 시작하는 거 말입니다."

"그러길 바랍시다." 토르후스가 말했다. "그러길 바라자고요."

PART 2

COCKROACHES

5

1월 10일 금요일

해리 홀레는 선글라스를 고쳐 쓰고 돈므앙 국제공항 앞에 늘어선 택시를 내려다보았다. 누군가 뜨거운 물로 방금 샤워하고 나온 욕실 안으로 들어가는 느낌이었다. 해리는 높은 습도를 견디는 방법을 알았다. 무시하는 것. 땀이 줄줄 흐르게 놔두고 머릿속으로 다른 일을 생각하는 것이다. 햇빛은 더 심했다. 햇빛이 짙은 색 싸구려 플라스틱 선글라스를 뚫고 알코올에 찌든, 반짝이는 눈동자를 찔러서 관자놀이가 웅웅대는 정도였던 두통이 더 심해졌다.

"미터 택시, 250바트, 손님?"

해리는 택시 기사의 말에 집중하려고 애썼다. 지독한 비행이었다. 취리히 공항 서점에는 독일어 책만 있었고, 기내에서는 〈프리 윌리2〉를 틀어주었다.

"미터기로 갑시다." 해리가 말했다.

비행기 옆자리의 수다스런 덴마크인은 해리가 취한 건 못 본 척하고 태국에서 사기당하지 않는 법에 관해 충고를 쏟아놓았다. 애 깃거리가 끊임없이 샘솟는 주제인 모양이었다. 덴마크 사람에겐 매력적이고 순진한 노르웨이 사람을 사기의 위험에서 구제해야 할 의무가 있다고 여기는 듯했다.

"뭐든 다 깎아야 돼요. 그게 핵심이란 말입니다."

"안 깎으면 어떻게 되는데요?"

"우리까지 망치게 돼요."

"네?"

"당신들 때문에 가격이 올라가서 태국이 모두에게 비싼 나라가 된단 말입니다."

해리는 베이지색 말보로 셔츠와 새 가죽샌들을 신은 그 남자를 살펴보고는 술을 더 마시기로 했다.

"수라삭 로드 111." 해리가 말하자 택시 기사가 웃으면서 가방을 트렁크에 싣고 문을 열어주었고, 해리는 택시 안으로 기어들어가서 운전석이 오른쪽에 있는 걸 보았다.

"노르웨이에서는 영국인들이 좌측 주행을 고집한다고 불평해요." 고속도로로 진입했을 때 해리가 말을 건넸다. "그런데 요즘은 세계적으로 오른쪽보다 왼쪽으로 운전하는 사람이 늘어나는 추세라고 들었어요. 왜 그런지 아세요?"

기사는 아까보다 더 활짝 웃으면서 백미러를 흘끔 보았다.

"수라삭 로드, 예스?"

"왜냐면 중국이 왼쪽으로 운전하거든요." 해리는 이렇게 중얼거리면서 고속도로가 안개 자욱한 고층빌딩의 풍경 사이로 회색 화살처럼 직진만 하는 것이 다행이라고 생각했다. 급커브 두 번이면 스위스항공 오믈렛을 뒷좌석에 게워낼 것 같았다.

"왜 미터기가 돌아가지 않습니까?"

"수라삭 로드, 500바트, 예스?"

해리는 등을 기대고 앉아서 하늘을 보았다. 흠, 보긴 봤는데 하늘은 보이지 않았고 역시 보이지 않는 햇빛을 받은 뿌연 창공만 있었다. 방콕, 천사들의 도시*. 천사들이 마스크를 쓰고 칼로 공기를 가르면 일찍이 하늘이 어떤 색이었는지 기억해낼 수 있을까.

깜빡 잠이 들었는지 눈을 떴을 때는 차가 꿈쩍도 하지 않았다. 급히 일어나 앉아보니 택시가 차들에 둘러싸여 있었다. 문을 연 작은 가게와 작업장들이 도로변에 다닥다닥 붙어 있고, 제 갈 길을 아는 것 같은 사람들의 발길에 인도가 으깨지고 있었다. 다들 각자 가야 할 곳으로 걸음을 재촉했다. 기사가 창문을 열자 도시의 불협화음이 라디오 소리에 섞여 들어왔다. 찜통처럼 뜨거운 택시 안에 배기가스와 땀 냄새가 진동했다.

"차가 막힙니까?"

기사는 웃으면서 고개를 저었다.

해리는 이를 악물었다. 어디선가 읽었는데 뭐였더라? 우리가 들이마시는 납은 모두 얼마 후 뇌에 쌓인다고 했던가? 그러면 우리는 기억력을 잃는다고? 아니, 정신병에 걸린다고 했던가?

기적처럼 갑자기 차들이 움직이기 시작했고, 오토바이와 모페드가 성난 벌레들처럼 택시 주위로 몰려들더니 목숨을 경멸하는 양 교차로를 향해 돌진했다. 해리는 위험천만한 상황을 네 번이나 보았다.

"사고가 나지 않는 게 희한하네요." 해리가 침묵을 메우려고 말을 꺼냈다.

기사는 백미러를 보면서 빙그레 웃었다. "사고 나요. 많이."

택시가 마침내 수라삭 로드의 경찰서에 도착할 즈음 해리는 벌

* 방콕의 정식 이름은 '천사들의 도시'라는 의미이다.

써 마음을 정했다. 이 도시를 좋아하지 않기로. 그는 이대로 숨을 참은 채 할 일을 마친 다음 제일 빠른, 꼭 최고는 아니어도 되는 비행기를 잡아타고 오슬로로 돌아가고 싶었다.

경찰서에서 해리는 젊은 경관을 만났다. 그는 자기를 '뇨'라고 소개했다. 호리호리한 몸매에 머리가 짧고 서글서글하고 친근한 얼굴이었다. 해리는 몇 년 지나면 그런 표정도 변하리라는 걸 알았다.

엘리베이터에는 사람이 빽빽하고 악취가 진동했다. 땀에 젖은 운동복 가방 속에 던져진 기분이었다. 해리의 키는 남들보다 머리 두 개나 높았다. 누군가 키 큰 노르웨이인을 올려다보고는 감탄하듯 웃었다. 또 어떤 사람은 뇨에게 먼저 물어보고 해리에게 말을 걸었다.

"아, 노르웨이. 그…… 그…… 그 사람 이름이 뭐였죠? ……도와줘요."

해리는 미소를 지으면서 미안하다는 뜻으로 손을 펼치려 했지만 그럴 만한 공간이 없었다.

"예, 예, 아주 유명해요!" 그 남자가 고집을 부렸다.

"입센?" 해리가 시도했다. "난센?"

"아니, 아니, 더 유명해요!"

"함순? 그리그?"

"아니, 아니."

4층에서 내릴 때 남자는 그들에게 심각한 표정을 지어 보였다.

"방콕에 오신 걸 환영합니다, 해리."

작고 까무잡잡한 경찰서장은 태국에서도 사람들이 서양식으로 인사하는 법을 안다는 것을 몸소 보여주려고 작정한 것 같았다. 그는 해리의 손을 꽉 잡고 만면에 웃음을 띤 채 힘껏 흔들었다.

"공항으로 모시러 가지 못해서 죄송합니다. 방콕은 교통이……." 그는 뒤쪽 창문을 가리켰다. "지도상으로는 멀지 않아도……."

"무슨 말씀인지 압니다, 서장님." 해리가 말했다. "대사관에서도 똑같이 말하더군요."

이어지는 침묵 속에서 그들은 멀뚱히 마주볼 수밖에 없었다. 서장이 빙그레 웃었다. 노크 소리가 들렸다.

"들어와요!"

빡빡 깎은 머리가 문 안으로 쓱 들어왔다.

"어서와, 크럼리. 노르웨이 수사관이 오셨어."

"아, 수사관요."

머리에 이어서 몸이 따라 들어왔고, 해리는 눈앞에 보이는 모습이 믿기지 않아서 눈을 두 번 깜빡거려야 했다. 크럼리는 떡 벌어진 어깨에 키가 해리만큼 컸다. 머리카락 한 올 없는 머리통에는 턱 근육이 발달했고, 강렬한 파란색 두 눈 아래로는 일자 모양의 얇은 입술이 있었다. 제복은 연푸른색 셔츠에 큼직한 나이키 운동화, 그리고 치마였다.

"리즈 크럼리, 살인 사건 담당 경위예요." 서장이 말했다.

"그쪽은 아주 유능한 살인 사건 수사관이라고 하더군요, 해리." 그녀가 센 미국식 억양으로 말했다. 리즈는 엉덩이에 손을 얹고 해리의 맞은편에 섰다.

"글쎄요, 그건 잘 모르겠고……."

"아닙니까? 거기서 지구 반 바퀴나 떨어진 곳으로 보낼 정도면 꽤 잘하시는 분 아닙니까, 안 그래요?"

"그런가 보군요."

해리는 반쯤 눈을 감았다. 지금 그에게 가장 필요하지 않은 건 박박 우기는 여자였다.

"저는 도움을 드리러 왔습니다. '혹시라도' 제가 도움이 된다면." 그는 억지로 미소를 지었다.

"그럼 이제 술 좀 깨셔야 될 때이지 싶은데요, 해리?"

서장이 그녀 뒤에서 듣기 싫은 고음으로 크게 웃음을 터트렸다.

"꼭 저런 식이라니까요." 리즈는 서장이 그 자리에 없는 양 큰소리로 또박또박 말했다. "여기서는 누구든 체면을 구기지 않게 해주려고 별짓 다 해요. 지금 서장님이 형사님 체면을 살려주려고 하시네요. 제가 농담하는 걸로 만들어서. 그런데 농담이 아니에요. 전 여기 살인 사건 책임자이고 뭐든 마음에 들지 않으면 바로 말합니다. 이 나라에서는 예의에 어긋난다고 여기지만 전 십 년째 이렇게 해왔어요."

해리는 두 눈을 감아버렸다.

"안색을 보니 당황스럽게 받아들이지 않으시네요, 해리. 그래도 술 취한 수사관은 필요 없어요, 잘 아시겠지만. 내일 다시 오세요. 숙소로 모셔다드릴 사람을 찾아볼게요."

해리는 고개를 젓고 헛기침을 했다. "비행 공포증."

"네?"

"비행이 무섭습니다. 그런데 진토닉을 마시면 도움이 되거든요. 얼굴이 빨개진 건 알코올이 피부의 모공으로 증발하기 시작해서예요."

리즈 크럼리는 해리를 한참 보았다. 그러고는 빛나는 머리를 긁적였다.

"그렇다면 안됐네요, 형사님. 시차증은 어떻습니까?"

"말짱합니다."

"좋아요. 과학수사팀에서 새로 간단히 보고를 하려던 차에 마침 잘 오셨네요. 보고를 듣고 범죄 현장 가는 길에 지내실 아파트에 들르도록 하죠."

"여기가 형사님이 쓰실 사무실이에요." 리즈가 지나가면서 가리켰다.

"누가 앉아 있는데요." 해리가 말했다.

"거기 말고. 저기요."

"저기요?"

해리는 사람들이 나란히 앉아 있는 긴 책상 밑에 들어간 의자를 보았다. 의자 앞 책상에는 노트와 전화기 한 대를 겨우 올려놓을 공간이 있었다.

"체류 기간이 길어질 것 같으면 다른 방법을 찾아보도록 하죠."

"그럴 일이 없기를 바랍니다." 해리가 중얼거렸다.

크럼리 경위는 그녀의 부대를 회의실로 소집했다. '부대'란 정확히 말해서 뇨와 어린애 같은 얼굴에 진지한 표정의 청년 순턴, 그리고 제일 나이가 많은 랑산이었다.

랑산이 신문만 들여다보면서 간간이 태국어로 한마디씩 툭툭 던지면 크럼리 경위가 검은색 작은 수첩에 꼼꼼히 적었다.

"좋아요." 리즈가 수첩을 덮었다. "우리 다섯이서 이 사건을 해결합시다. 노르웨이 동료랑 같이 일하게 됐으니 이제부터는 모두 영어로 말합시다. 랑산이 우리 팀에서 과학수사팀과 연락하는 일을 담당하죠. 랑산, 시작해요."

랑산은 공들여서 신문을 접고 목청을 가다듬었다. 머리숱이 줄고 있고 줄에 매달린 안경이 코끝에 걸려 있어서, 해리의 눈에는 약간 거들먹거리면서 냉소적으로 주위에 시선을 던지는 권태로운 교사처럼 보였다.

"과학수사팀의 수파와디하고 얘기했습니다. 모텔방에서 지문을 잔뜩 찾아내긴 했는데, 시신의 것은 하나도 없었습니다."

다른 지문은 신원이 확인되지 않았다.

"쉽지 않을 겁니다." 랑산이 말을 이었다. "손님이 많지 않은 모텔이라 해도 적어도 백 명분의 지문이 찍혀 있을 테니까요."

"손잡이에서는 지문이 나오지 않았습니까?" 해리가 물었다.

"너무 많아요. 게다가 건질 만한 건 하나도 없고요."

리즈가 나이키를 신은 발을 책상 위로 올렸다.

"몰네스는 곧장 침대로 간 것 같습니다. 괜히 어슬렁거리면서 여기저기 지문을 남겼다는 증거가 없어요. 범인이 떠난 후 적어도 두 사람이 문을 만졌습니다. 매춘부 딤과 모텔 주인 왕리입니다."

리즈가 랑산에게 고개를 끄덕이자 랑산은 다시 신문을 집었다.

"부검 결과는 우리가 짐작한 대로 나왔어요. 대사는 칼에 찔려 죽었어요. 칼이 왼쪽 폐를 관통하고 심장을 찔러서 심낭에 혈액이 가득 고여 있었어요."

"심장압전증." 해리가 말했다.

"뭐라고요?"

"그렇게 부릅니다. 종 안에 탈지면을 쑤셔 넣은 것과 같습니다. 심장이 뛰지 않고 심장에서 나온 혈액으로 질식하는 거죠."

리즈가 얼굴을 찡그렸다.

"좋아요, 과학수사팀 보고서는 잠시 놔두고 진짜 현장에 가봅시다. 해리, 일단 가서 짐을 푸세요. 우리가 모텔로 가는 길에 모시러 갈게요."

사람이 빽빽한 엘리베이터를 타고 내려가면서 해리는 귀에 익은 목소리를 들었다.
"이제 알아냈어요, 알아냈어! 솔샤르예요! 솔샤르!"
해리는 목을 길게 빼고 긍정의 의미로 미소를 지었다.
그러니까 그가 세계에서 제일 유명한 노르웨이인이었다. 영국의 한 공업도시에서 2순위로 발탁된 스트라이커가 탐험가와 화가와 작가를 모두 이겨먹은 셈이다. 해리는 곰곰이 생각해보고는 그 남자 말이 맞을 수도 있겠다고 결론을 내렸다.

대사관에서 마련해준 아파트는 샹그릴라 호텔 건너편 고급 복합 건물에 있었다. 작고 소박하지만 욕실이 딸려 있고 침대 옆에 선풍기도 있었다. 건물 옆으로 황토색 드넓은 차오프라야 강이 흘렀다. 해리는 창문 옆에 섰다. 길고 좁은 나무배들이 서로 교차하면서 강을 건너고, 장대에 장착된 프로펠러가 더러운 물살을 일으켰다. 건너편 강기슭에는 새로 지은 호텔과 백화점들이 정체 모를 흰 벽돌집들 위로 우뚝 솟아 있었다. 크기를 가늠하기가 쉽지 않은 도시였다. 몇 블록 너머를 찾아보려 하면 황갈색 연무 속으로 사라져버리기 때문이었다. 그래도 큰 도시일 거라고 해리는 짐작했다. 아주 거대한 도시. 창문을 밀어올리자 으르렁거리는 도시의 굉음이 올라왔다. 비행기에서 가져온 이어폰을 엘리베이터에서 잃어버려서 이제야 이 도시의 귀가 먹먹할 정도의 소음이 들렸다. 리즈의 경찰차가 조그만 성냥갑 장난감처럼 저 아래 도로변에 서 있었다. 해리는 비행기에서 가져온 뜨거운 맥주 캔을 따고 그나마 싱하*가 노르웨이 맥주만큼 형편없지는 않음을 확인했다. 이제 남은 하루가 좀 더 견딜 만할 것 같았다.

* 태국 맥주.

6

1월 10일 금요일

리즈 크럼리 경위는 경적에 기댔다. 문자 그대로, 커다란 토요타 지프의 운전대에 가슴을 대고 누르자 경적이 울렸다.

"태국에서는 이런 식으로 안 해요." 경위가 웃었다. "어쨌거나 이런 건 안 통해요. 경적을 울린다고 길을 비켜주지는 않아요. 불교하고 관계가 있어요. 그래도 전 어쩔 수가 없어요. 알게 뭐예요, 난 미국에서 왔는걸."

리즈가 다시 운전대에 기대자 주변의 운전자들이 대놓고 외면했다.

"그래서 그 사람은 아직 모텔방에 있습니까?" 해리가 하품을 참으며 물었다.

"최고 윗선에서 명령이 내려왔어요. 원칙대로라면 최대한 빨리부검하고 다음 날 바로 화장했어야 하죠. 그런데 윗분들이 형사님한테 먼저 보여주라고 했어요. 저한테 묻지는 말아주세요."

"제가 아주 끝내주는 수사관이잖습니까. 잊으셨습니까?"

리즈는 실눈을 뜨고 해리를 흘겨보고는 차를 홱 돌려 틈새로 들어가서 더 빨리 몰았다.

"너무 잘난 척 말아요. 형사님이 생각하시는 것처럼 여기 사람들이 '파랑'이라고 마냥 우러러봐주지는 않아요. 오히려 그 반대지."

"'파랑'요?"

"흰둥이. 그링고*. 반은 욕이고 반은 중립적인 의미라서, 각자 하기 나름이에요. 꼭 기억하세요. 태국 사람들이 정중하게 대접해준다고 해서 그 사람들 자존감에 문제가 있는 건 아니라는 사실요. 마침 순턴하고 뇨가 오늘 근무 중이니까 어떻게든 그 친구들한테 좋은 인상을 심어주세요. 형사님을 위해서도 그렇게 하는 게 좋아요. 괜히 어리석게 굴었다가는 저희 팀하고 협력하면서 불편해질 수도 있어요."

"경위님은 팀에 대한 책임감이 강한 것 같군요."

"저도 그렇게 생각해요."

그들은 고속도로로 진입했고, 리즈는 엔진이 저항하는 소리를 무시하고 엑셀을 끝까지 밟았다. 날이 벌써 어둑해지기 시작했고, 서쪽으로 선홍색 태양이 빌딩숲 사이로 저물고 있었다.

"그래도 대기오염 덕에 석양은 아름다워요." 리즈가 해리의 생각을 들여다본 듯했다.

"이곳의 매춘에 관해 얘기해주세요." 해리가 말했다.

"도로 사정만큼이나 험악하죠."

"저도 봤습니다. 그런데 제가 궁금한 건, 어떤 식으로 굴러가느냐는 겁니다. 포주들이 주도하는 전통적인 길거리 매춘인가요, 마담이 운영하는 일반 사창가인가요, 아니면 매춘부들이 프리랜서로 활동하나요? 매춘부들이 술집으로 가는지, 스트립쇼를 하는지, 신

* 라틴아메리카에서 미국인을 부르는 말.

59

문에 광고를 내는지 하는 겁니다. 아니면 쇼핑몰에서 호객행위를 합니까?"

"전부 다요. 그것 말고도 훨씬 더 많고요. 방콕에서 시도해본 적 없는 건 세상 어디에도 없어요. 그래도 대개는 고고바에서 일하면서 춤을 추고 손님들을 꾀어서 술을 얻어 마셔요. 물론 수수료를 받고요. 고고바 주인은 아가씨들에게 아무런 책임이 없어요. 다만 아가씨들이 장사할 장소를 대주고 아가씨들은 그 대가로 마감할 때까지 바에 있어야 돼요. 손님이 아가씨를 데리고 나가고 싶으면 남은 밤 시간의 자유를 사야 하고요. 돈은 바 주인이 챙기지만 아가씨들도 밤 시간 내내 무대에서 몸을 비틀면서 시간을 때우지 않아도 되니까 좋아해요."

"바 주인한테 유리한 거래 같은데요."

"손님이 산 시간 이후에 받는 돈은 전부 아가씨 주머니로 들어가요."

"대사를 발견한 여자도 그런 바에서 일했습니까?"

"네. 팟퐁의 킹크라운 술집들 중 한 곳에서 일하는 여자예요. 모텔 주인은 취향이 특이한 외국인들을 위한 콜걸 조직을 운영하더군요. 그런데 그 여자의 입을 여는 게 여간 어려운 일이 아니에요. 태국에서는 매춘이 원칙적으로 불법이거든요. 지금까지 그 여자가 한 말이라고는, 자기는 그 모텔 투숙객이고 방을 잘못 찾아 들어간 거라는 것뿐이에요."

리즈의 설명에 따르면, 아틀레 몰네스가 모텔에 도착해서 그 여자를 부른 것 같은데 접수원, 그러니까 모텔 주인이기도 한 남자는 방을 빌려준 것밖에는 이 사건과 아무 관계가 없다고 딱 잡아뗀다는 것이다.

"여기예요."

리즈가 낮은 흰 벽돌 건물 앞에서 차를 세웠다.

"방콕 최고의 사창가들은 그리스 이름이라면 사족을 못 쓰는 것 같다니까." 리즈가 날카롭게 한마디 내뱉고 차에서 내렸다. 해리는 그 모텔이 Olympussy로 불린다고 당당히 밝히는 거대한 네온사인을 올려다보았다. 'm'자는 간간이 깜빡거리지만 'l'자는 완전히 꺼져서 노르웨이의 어느 술집 겸 식당이 떠오르는 스산한 분위기였다.

모텔은 미국식으로, 안뜰을 중심으로 2인실 방들이 배치되어 있고 방마다 앞에 주차 공간이 있었다. 벽을 따라 빙 둘러서 베란다가 나 있어서 손님들이 베란다에 나와서 습기로 손상된 우중충한 등나무 의자에 앉을 수 있었다.

"괜찮은 곳이네요."

"믿기지는 않겠지만 베트남전쟁 때는 여기가 시내에서 제일 활기찬 동네였어요. 흥분한 미군들의 R&R을 위해 지어진 곳이에요."

"R&R?"

"휴가Rest와 회복Rehabilitation요. I&I로 더 유명하지만 말이죠. 성교Intercourse와 마약Intoxication. 미군들이 이틀 휴가를 받아 사이공에서 날아왔어요. 이 나라의 성산업은 미군이 없었다면 지금 같지 않았을 거예요. 정식 명칭이 '소이 카우보이*'인 곳도 있다니까요."

"그럼 미군들이 왜 그리로 가지 않았어요? 여긴 시골이나 다름없잖아요."

"향수병에 걸린 미군들이 온전히 미국식으로 섹스하고 싶어 했

---

* 카우보이들의 길.

으니까요. 자동차나 모텔방에서 하는 거요. 그래서 이렇게 지은 거예요. 주차장에서 미국 차를 빌릴 수 있었어요. 미니바에서 미국 맥주도 꺼내 마시고."

"와, 그런 건 어떻게 다 아세요?"

"엄마한테 들었어요."

해리는 리즈를 돌아보았다. 'Olympussy'에서 불이 들어오는 글자들이 리즈의 머리에 푸르스름한 네온등을 비추었지만 어두워서 그녀의 표정은 보이지 않았다. 그녀는 모자를 머리에 쓰고 프런트로 향했다.

모텔방 안의 가구는 간소했지만 지저분하고 칙칙한 색의 카펫이 좋았던 시절을 암시했다. 해리는 몸을 떨었다. 신원 확인을 따로 할 필요가 없게 만드는, 기독민주당과 진보당 당원들만 자진해서 입을 만한 노란 양복 때문이 아니었다. 양복을 입은 대사의 등에 꽂혀 재킷의 어깨를 어색하게 불룩 솟게 만든 칼 때문도 아니었다. 그가 전율한 이유는 단지 실내가 몹시 추워서였다. 이 나라의 날씨로는 시체를 보존할 수 있는 기간이 상당히 짧은데, 노르웨이 수사관이 올 때까지 적어도 48시간을 기다려야 했기 때문이라고 리즈가 설명했다. 그들은 에어컨을 최강으로 틀어서 10도로 맞춰놓고 선풍기도 제일 세게 틀어놓았다.

그런데도 파리들은 끈질기게 달라붙어, 뇨와 순턴이 조심스럽게 시체를 뒤집자 공중으로 날아올랐다. 아틀레 몰네스의 멍한 눈은 그의 에코* 구두코를 보려는 것처럼 코끝을 향해 있었다. 소년처럼

* 덴마크의 남성용 정장구두 브랜드.

내린 앞머리 때문에 쉰두 살보다는 젊어 보였다. 햇볕에 탈색된 앞머리가 툭 내려와서 아직 생명이 남아 있는 것 같았다.

"부인과 십 대인 딸이 있더군요." 해리가 말했다. "둘 중에 누가 와서 확인했습니까?"

"아뇨. 저희는 노르웨이 대사관에 알렸고, 그쪽에서 가족에게 알린다고 했어요. 지금까지 누굴 들여보내라는 지시를 받은 적은 없고요."

"대사관에서는 누가 왔습니까?"

"부대사副大使요. 그 여자 이름이 뭐였더라."

"톤에 비그?"

"맞아요. 저희가 시체를 뒤집어서 신원을 확인해줄 때까지 내내 무표정이더군요."

해리는 대사를 찬찬히 살펴보았다. 잘생긴 남자였나? 보기 흉한 양복과 두 겹으로 접힌 뱃살을 빼고 보면 젊은 여성 부대사의 심장을 빠르게 뛰게 만들 만한 사람이었을까? 볕에 그은 피부가 누런 빛을 띠었고 파란 혀는 치아 사이로 빠져나오려는 것처럼 보였다.

해리는 의자에 앉아 방 안을 둘러보았다. 사람은 죽으면 외모가 급속히 변한다. 해리는 시체를 많이 본 터라 시체를 뚫어져라 바라본다고 해도 얻는 게 많지 않다는 사실을 알았다. 아틀레 몰네스는 그의 성격을 드러낼 만한 비밀을 모두 안고 떠나서 버려진 빈껍데기만 남았다.

해리는 의자를 침대 쪽으로 밀었다. 젊은 경관 둘이 그에게 몸을 숙였다.

"뭐가 보여요?" 리즈가 물었다.

"어쩌다 대사가 돼서 국왕과 국가를 위해 우리가 오명을 덮어줘야 하는 노르웨이 놈팽이요."

리즈는 놀라서 힐끗하더니 해리를 더 자세히 살폈다.

"에어컨을 빵빵하게 틀어놔도 악취를 덮지는 못해요."해리가 말했다. "그래서 의문이 들어요. 여기 이 사람은……." 해리는 대사의 턱을 움켜잡았다. "사후경직이 있어요. 몸이 경직된 상태인데, 사후경직은 보통 사흘 뒤부터 시작되거든요. 또 혀는 파란색인데, 칼이 꽂힌 걸 보면 질식사는 아니고요. 확인해야 합니다."

"확인했다니까요." 리즈가 말했다. "대사는 레드와인을 마시고 있었어요."

해리가 뭐라고 중얼거렸다.

"점심시간에 집무실에서 나갔어요." 리즈가 말을 이었다. "그리고 여자가 대사를 발견한 때는 밤 11시가 다 됐고요. 저희 검시관 말로는, 사망한 게 오후 4시에서 10시 사이라고 하니까 범위가 조금 좁혀진 셈이죠."

"4시에서 10시? 그럼 여섯 시간이잖아요."

"맞아요, 형사님." 리즈가 팔짱을 끼었다.

"흠." 해리는 리즈를 올려다보았다. "오슬로에서는 보통 시체가 몇 시간 후에 발견되면 사망 시각을 오차범위 20분 정도로 잡습니다."

"그거야 댁들이 북극에서 살아서 그런 거고. 여기 온도는 35도라서 체온이 크게 떨어지지 않아요. 사망 시각은 사후경직 상태를 보고 추정한 거니까 꽤 정확할 겁니다."

"사반*은요? 세 시간 정도 지나면 변색이 나타나야 해요."

---

* 사람이 죽은 후에 피부에 생기는 반점.

"죄송한데요, 보시다시피 대사는 일광욕을 좋아하던 사람이라 그건 알 수가 없어요."

해리는 검지로 칼이 꽂힌 자리의 양복 옷감을 쓸었다. 바셀린 같은 회색 물질이 손톱에 끼었다.

"이건 뭔가요?"

"살인 도구에 기름칠을 한 것 같아요. 샘플 분석을 의뢰해놨어요."

해리는 대사의 주머니를 뒤져서 낡은 갈색 지갑을 꺼냈다. 500바트짜리 지폐 한 장과 정부 신분증, 병원 침상으로 보이는 곳에서 웃고 있는 소녀의 사진이 들어 있었다.

"시신에서 더 나온 게 있습니까?"

"전혀." 리즈가 모자를 벗어서 파리를 쫓았다. "소지품은 확인하고 전부 제자리에 놔뒀어요."

해리는 시체의 허리띠를 풀어 바지를 끌어내리고 시체를 다시 엎드린 자세로 뒤집었다. 그리고 재킷과 셔츠를 위로 끌어올렸다. "보세요. 피가 등에서 조금 흘렀어요." 해리는 도브레* 팬티의 고무밴드를 당겼다. "그리고 엉덩이 사이로 내려갔군요. 그러니까 침대에 누워서 찔린 건 아니라는 뜻이에요. 대사는 서 있었어요. 칼날이 들어간 깊이와 각도를 재서 범인의 신장을 알아낼 수 있습니다."

"범인이 공격할 때 피해자와 같은 높이에 서 있었다고 가정할 수도 있지만." 리즈가 덧붙였다. "피해자가 바닥에 엎드린 채 칼에 찔린 후 침대로 옮겨지면서 피가 흘러내렸을 수도 있잖아요."

* 노르웨이 언더웨어 브랜드.

"그러면 카펫에 혈흔이 남았겠죠." 해리가 시신의 바지를 다시 끌어올려 허리띠를 채우고 돌아서서 리즈를 보았다. "그리고 더 고민할 것도 없이 확실해졌겠죠. 당신네 과학수사팀 사람들이 시신의 양복에서 카펫 섬유를 찾아냈겠죠. 안 그래요?"

리즈의 눈빛은 흔들리지 않았다. 하지만 해리는 그녀가 작은 시험에 든 걸 알았다. 리즈는 고개를 끄덕였고, 해리는 시체 쪽으로 돌아섰다.

"피해자의 사소한 정보 하나로 여성 방문객을 기다리고 있었다고 확인할 수 있어요."

"네?"

"허리띠, 보이죠? 아까 허리띠를 풀기 전에 보니 닳아 있는 선에서 두 칸 더 당겨져 있었어요. 뱃살이 급격히 늘어가는 중년 남자들은 젊은 여자를 만날 때 배에 힘을 주곤 하죠."

그들이 감탄했는지는 알 길이 없었다. 두 경관은 한쪽 발에서 다른 쪽 발로 체중을 옮겨 실었고, 그들의 굳은 얼굴에는 아무런 표정이 드러나지 않았다. 리즈는 손톱을 크게 한 조각 물어뜯어서 입술 사이로 내뱉었다.

"여기가 미니바군요." 해리가 소형 냉장고를 열었다. 싱하와 조니 워커, 캐나디언 클럽의 미니어처 술병과 화이트와인 한 병이 있었다. 아무도 손대지 않은 채였다.

"또 뭐가 있습니까?" 해리는 젊은 경관 둘에게 돌아섰다.

둘은 서로 눈길을 주고받더니 진입로의 차 한 대를 가리켰다.

"저 차요."

그들은 밖으로 나갔다. 외교관 번호판이 붙은 최신 빈티지 감색 메르세데스였다. 경관 하나가 운전석 문을 열었다.

"열쇠는요?" 해리가 물었다.

"재킷 주머니에서……." 경관이 턱짓으로 모텔방을 가리켰다.

"지문은요?"

젊은 경관은 체념한 얼굴로 상관을 보았다. 리즈가 헛기침을 했다.

"물론 열쇠에서 지문은 확인했어요, 홀레 씨."

"지문을 확인했는지 묻는 게 아니라 뭘 발견했냐고 묻는 겁니다."

"저 사람 거요. 아니었다면 처음부터 말씀드렸겠죠."

해리는 꾹 참고 입을 닫았다.

메르세데스의 좌석과 바닥에 잡동사니가 널려 있었다. 해리는 잡지 몇 권과 카세트테이프, 빈 담뱃갑, 콜라 캔 하나, 샌들 한 켤레를 보았다.

"또 찾아낸 거 있습니까?"

뇨가 목록을 꺼내서 읽었다.

"잠깐." 해리가 말했다. "마지막 거 다시 말해주시겠습니까?"

"경마 마권요, 형사님."

"대사가 가끔 도박을 즐긴 것 같아요." 리즈가 말했다. "태국에서 인기 있는 스포츠죠."

"이건 뭐죠?"

해리가 운전석으로 몸을 숙여서 좌석 조절 장치와 바닥 매트 사이의 카펫 밑에 일부 덮여 있던 조그만 캡슐 하나를 집어 들었다.

경관은 목록을 훑었지만 이내 단념했다.

"액상 엑스터시가 그렇게 캡슐에 담겨 나와요." 리즈가 이렇게 말하고는 가까이 다가와서 보려고 했다.

"엑스터시?" 해리가 고개를 저었다. "중년의 기독민주당원은 바람을 피우고 다닐지는 몰라도 엑스터시는 '안' 해요."

"확인해봐야겠군요." 리즈가 말했다. 해리는 리즈의 얼굴에서 캡슐을 빠트려서 기분이 썩 좋지 않다는 표정을 읽었다.

"뒤쪽을 한번 봅시다." 해리가 말했다.

차 안이 지저분한 데 반해 트렁크는 깨끗하게 정돈되어 있었다.

"정리벽이 있는 사람이군요." 해리가 말했다. "차 안은 집안의 여자들에게 내줬어도 트렁크는 못 건드리게 했어요."

공구를 잘 갖춰놓은 공구함이 리즈의 손전등 불빛에 반짝였다. 흠집 하나 없이 깨끗했다. 다만 스크루드라이버 끝에 묻은 석고가 공구함을 사용한 적이 있다는 걸 알려주었다.

"피해자 정보를 조금 더 알아냈어요, 여러분. 아마도 대사는 잔손을 잘 쓰는 사람은 아닌 것 같아요. 이 공구함은 엔진 근처에 가본 적도 없어요. 기껏해야 스크루드라이버로 가족사진이나 걸었을 겁니다."

모기 한 마리가 귓가에서 웽웽거렸다. 해리는 거칠게 손을 저었다. 자신의 축축한 피부를 만져보니 차가웠다. 해가 넘어갔는데도 더위는 수그러들지 않았다. 이제는 바람도 잦아들어 발밑에서 올라오는 습기를 느낄 수 있었다. 공기를 응결시키면 물처럼 마실 수 있을 것만 같았다.

스페어타이어 옆에는 역시 사용한 흔적이 없어 보이는 잭*과 외교관 차에서 나옴직한 얇은 갈색 가죽 서류가방이 있었다.

"가방 안에는 뭐가 들어 있습니까?" 해리가 물었다.

---

* 자동차 타이어 가는 데 쓰는 공구.

"아직 잠겨 있어요." 리즈가 말했다. "공식적으로 이 차는 대사관 영내이니까요. 저희에겐 권한이 없어서 열어보지 못했어요. 하지만 노르웨이 측 대표가 오셨으니 이제……."

"미안하지만 제게도 외교관 지위가 있는 게 아니라서." 해리가 서류가방을 트렁크에서 꺼내어 땅에 내려놓으며 말했다. "이젠 가방이 노르웨이 영토에 있는 게 아니니 열어보셔도 될 것 같군요. 그동안 저는 프런트에 가서 모텔 주인을 만나보겠습니다."

해리는 어슬렁어슬렁 주차장을 가로질렀다. 비행기를 타고 날아온 뒤라 발이 퉁퉁 부었고, 땀 한 방울이 셔츠 속으로 흘러들어가 간지러웠고, 술 한잔이 간절했다. 그건 그렇다 치고, 다시 심각한 사건에 휘말린 기분이 그리 나쁘지만은 않았다. 지난번 사건 이후 긴 시간이 흘렀다. 그는 'm'자 네온등마저 꺼져버린 걸 보았다.

'왕리, 지배인.' 프런트 뒤에 서 있던 남자가 해리에게 내민 명함에 그렇게 적혀 있었다. 아마 다른 날 다시 오라는 뜻을 넌지시 전하려는 듯했다. 꽃무늬 셔츠를 입은 깡마른 남자는 눈꼬리에 졸음을 달고 있었다. 지금은 해리와 아무것도 하고 싶지 않은 듯했다. 서류뭉치를 획획 넘기고 툴툴대면서 힐끗 눈을 들자 해리가 아직 그 자리에 서 있었다.

"바쁘신 모양이네요." 해리가 말했다. "그러니까 이왕이면 빨리 끝냅시다. 제가 외국인이고 당신네 나라 사람이 아닌 줄은……."

"태국 사람 아냐. 중국 사람이야." 그리고 다시 툴툴거렸다.

"음, 그럼 당신도 외국인이네요. 내 말은……."

계산대 뒤에서 두어 번 허허 하는 소리가 들렸다. 경멸의 웃음인 것 같았다. 어쨌든 입을 열긴 열었다.

"외국인 아냐. 중국인. 우리가 태국이 굴러가게 만들어. 중국인 없으면, 사업도 없어."

"좋습니다. 사업가이시니 그럼 사업상의 거래를 하나 합시다. 여기서 매춘업을 운영하시니까 당신 마음대로 서류를 훑어볼 수 있잖아요. 원래 다 그런 거니까."

왕리는 단호하게 고개를 저었다. "매춘부 없어. 모텔. 방 빌려줘."

"진정해요. 난 살인 사건에만 관심이 있지, 포주를 잡아넣는 건 내 일이 아니야. 따로 힘쓰지만 않는다면. 그러니 나랑 거래합시다. 여기 태국에서는 아무도 당신 같은 사람들을 조사하지 않아. 웬만해야 말이지. 당신을 경찰에 신고한다고 다 되는 것도 아니고. 누런 봉투에 몇 바트 넣어서 몰래 찔러주면 모면할 수 있을 테니까. 그래서 당신도 우리를 별로 겁내지 않는 거고."

모텔 주인은 계속 도리질을 했다.

"돈 안 쥐. 불법이에요."

해리는 씩 웃었다. "저번에 보니까 태국이 세계에서 부패 순위가 세 번째던데. 얌전히 협조하시지. 누구 명청이 취급하지 말고."

해리는 목소리를 깔았다. 협박은 중간음이 제일 잘 먹힌다.

"당신이나 나나 문제는 객실에서 발견된 남자가 우리나라 외교관이라는 데에 있어요. 내가 만약 저 남자가 사창가에서 죽은 것 같다고 보고한다면 갑자기 정치적 사건으로 비화될 테고, 그러면 경찰에 있는 당신 친구들도 당신을 도와주지 못해. 당국에서는 별수 없이 여길 폐쇄하고 당신을 감방에 집어넣겠지. 친선관계를 보여주려고, 법과 질서를 지키고 있다는 걸 보여주려고, 알겠소?"

그의 표정 없는 얼굴로는 해리가 정곡을 찔렀는지 여부를 확인하기 어려웠다.

"반대로 만약 내가 그 여자가 저 남자를 만나기로 했는데 아무 모텔이나 잡은 거라고 보고한다면······."

왕리가 해리를 보았다. 그는 눈에 먼지라도 들어간 양 눈을 깜빡거렸다. 그러더니 돌아서서 문을 가린 커튼을 젖히고 해리에게 따라오라고 손짓했다. 커튼 안쪽 작은 방에는 테이블 하나와 의자 두 개가 놓여 있었다. 그는 해리에게 앉으라고 손짓했다. 그는 해리 앞에 컵을 놓고 찻주전자를 들고 따랐다. 진한 페퍼민트 향에 눈이 맑아졌다.

"시체가 저 방에 계속 있으면 아가씨들은 아무도 일하러 오지 않아요." 왕리가 말했다. "얼마나 빨리 옮길 수 있습니까?"

세계 어디를 가나 사업가는 사업가군. 해리가 담뱃불을 붙이면서 생각했다.

"여기서 벌어진 사건의 진상을 얼마나 빨리 파악하느냐에 달렸소."

"저 남자는 밤 9시쯤 들어와서 방을 달라고 했어요. 메뉴를 훑어보더니 딤을 원한다고 했고, 일단은 먼저 쉬겠다고 했어요. 딤이 도착하면 알려달라고 했고요. 저는 그렇더라도 시간당 요금을 내야 한다고 했어요. 그러자 알았다고 하고 열쇠를 받아갔어요."

"메뉴라면?"

왕리는 해리에게 정말로 메뉴판처럼 생긴 책자를 건넸다. 해리는 책장을 넘겨보았다. 어린 태국 여자들이 간호사 복장을 하고, 망사스타킹을 신고, 딱 달라붙는 가죽코르셋을 입고 채찍을 들고, 여학생 교복 차림에 머리를 땋고, 심지어 경찰복을 입고 찍은 사진이 있었다. 사진 아래에는 '주요 정보'라는 제목으로 여자들의 나이와 가격, 출신이 적혀 있었다. 여자들이 모두 열여덟 살에서 스물두 살이라고 주장한 것이 눈에 띄었다. 가격은 1천 바트에서 3천 바트 사이이고, 거의 다 어학코스를 수료하고 간호사로 일하고 있었다.

"저 사람 혼자 왔습니까?" 해리가 물었다.

"예."

"차에 아무도 없었어요?"

왕리는 고개를 저었다.

"어떻게 그렇게 확신합니까? 메르세데스엔 선팅이 되어 있고 당신은 여기 앉아 있었는데."

"난 보통 밖에 나가서 확인해요. 친구를 데려올 수도 있으니까요. 그러면 2인실 방값을 내야 되거든요."

"그렇군요. 2인실이면 방값이 두 배인가요?"

"두 배까지는 아니에요." 왕리가 다시 치아를 드러냈다. "둘이 같이 쓰면 가격이 내려가죠."

"그다음에 어떻게 됐습니까?"

"몰라요. 저 사람이 차를 지금 있는 120호실 앞으로 옮겼어요. 그 방은 뒤편에 있어서 어두울 때는 안 보여요. 내가 딤한테 연락했고, 딤이 와서 기다렸어요. 조금 있다가 딤을 그 방으로 보냈고요."

"딤은 차림새가 어땠습니까? 승무원 복장?"

"아뇨, 아뇨, 아뇨." 왕리가 메뉴판 뒤쪽으로 페이지를 넘기더니 앳된 태국 여자가 은색 스팽글이 잔뜩 박힌 짧은 드레스에 하얀 스케이트를 신고 환하게 웃고 있는 사진을 보여주었다. 여자는 발목을 엇갈리게 두고 팔을 양 옆으로 펼쳐서 방금 피겨스케이팅을 성공적으로 마무리한 양 무릎을 살짝 굽혀 인사하는 포즈를 취하고 있었다. 얼굴에는 붉은 주근깨가 잔뜩 나 있었다.

"그럼 이건……." 해리는 믿기지 않는다는 듯 말하면서 사진 아래 이름을 읽었다.

"예, 예, 맞아요. 토냐 하딩. 다른 미국인 소녀를, 예쁜 여자애를 죽인 여자."

"죽인 건 아니―."

"원하시면 딤이 그 여자도 되어드릴 수……."

"아뇨, 괜찮습니다." 해리가 말했다.

"아주 인기가 많아요. 유독 미국인들한테요. 원하면 울어줄 수도 있어요." 왕리는 손가락으로 두 뺨을 쓸어내렸다.

"그 여자가 그 방에서 등에 칼이 꽂힌 남자를 발견했어요. 그다음에 어떻게 됐습니까?

"딤이 비명을 지르면서 이리로 뛰어왔어요."

"스케이트를 신고?"

왕리는 해리를 꾸짖듯이 바라보았다. "스케이트는 팬티를 벗은 다음이죠."

해리는 그 순서의 실용적 측면을 인정하고는 계속하라는 뜻으로 손을 저었다.

"더 드릴 말씀이 없어요, 형사님. 제가 같이 방에 가서 다시 확인하고, 방문을 잠그고 경찰에 전화했어요."

"딤이 하는 말로는 방에 갔을 때 문은 잠겨 있지 않았어요. 조금 열려 있었다고 했나요, 아니면 그냥 잠겨 있지 않다고 했습니까?"

왕리는 어깨를 으쓱했다. "문이 닫혀 있었지만 잠겨 있지는 않았어요. 그게 중요합니까?"

"또 모르죠. 그날 밤 그 방 근처에서 본 사람은 없었습니까?"

왕리는 고개를 저었다.

"숙박부는 어디 있습니까?" 해리가 물었다. 피로가 몰려왔다.

왕리가 갑자기 고개를 들었다. "숙박부는 없어요."

해리는 말없이 바라보았다.

"숙박부는 없어요." 왕리가 다시 말했다. "왜 그런 게 필요하겠어요? 손님 이름하고 주소를 적으면 아무도 찾아오지 않을 텐데."

"날 바보로 압니까, 왕리? 다들 기록이 남을 거라고 생각하지는 않지만 당신은 명단을 만들잖습니까. 만일을 위해. VIP들이 가끔 들르니까 언젠가 곤란한 일이 생길 때 숙박부를 턱 내놓으면 흥정하기 좋잖아요. 안 그래요?"

왕리는 개구리처럼 눈을 깜빡거렸다.

"일을 어렵게 만들지 맙시다, 왕리. 살인 사건하고 관계가 없으면 겁먹을 거 없어요. 더구나 유명 인사들이고. 명예가 걸린 일이니까. 자. 숙박부, 내놔요."

숙박부는 작은 수첩이었고, 해리는 태국어로 빽빽이 적힌 종이를 훑어보았다.

"다른 경찰이 와서 복사할 거요." 해리가 말했다.

경찰 셋이 메르세데스 옆에서 기다리고 있었다. 전조등 불빛에 테라스에 펼쳐진 서류가방이 보였다.

"뭐 좀 알아냈어요?"

"대사의 성적 취향이 남다른가 보네요."

"알아요. 토냐 하딩. 전 '그런 걸' 변태라고 부르죠."

"딤은 언제 만날 수 있습니까?"

"내일 연락할게요. 오늘밤에는 일하는 중이래요."

해리는 서류가방 앞에 멈추었다. 전조등의 노란 불빛에 흑백사

74

진의 세세한 부분까지 훤히 드러났다. 순간 그의 몸이 얼어붙었다. 물론 그런 걸 들은 적도 있고 심지어 보고서를 읽고 풍기 사범 단속반 동료들과 얘기해본 적도 있는 해리였다. 하지만 직접 보는 건 처음이었다. 그것은 어린아이가 어른에게 당하는 장면이었다.

7

1월 10일 금요일

그들은 차를 타고 수쿰윗 로드를 따라 올라갔다. 3성급 호텔과 화려한 저택이 늘어서 있고 나무와 양철로 지은 판잣집이 다닥다닥 붙어 있었다. 하지만 해리에게는 보이지 않았다. 그의 시선은 눈앞의 한 점에 꽂혀 있었다.

"길이 이제 좀 뚫렸네요." 리즈가 말했다.

"예."

리즈는 이를 드러내지 않고 웃었다. "방콕에서는 다른 나라에서 날씨 얘기하듯이 도로사정 얘기를 해요. 여기 오래 머물지 않으실 테니 왜인지는 영영 모르실 겁니다. 지금부터 5월까지는 날씨가 죽 똑같아요. 그러다 몬순에 따라 늦여름 어느 날 비가 내리기 시작하면 석 달 내리 퍼붓죠. 날씨에 관해서는 덥다는 말밖에 할 말이 없어요. 일 년 내내 하는 말이지만 별로 흥미로운 얘깃거리는 아니죠."

"음."

"반면에 교통은, 방콕에서는 망할 태풍보다 더 하루를 좌우하죠. 출근하는 데 얼마나 걸릴지 절대로 알 수 없거든요. 45분이 걸릴 수도 있고 4시간이 걸릴 수도 있어요. 십 년 전에는 25분 걸렸는데."

"어쩌다 이렇게 된 겁니까?"

"성장이죠. 지난 20년 동안 장기간 경제호황이 이어졌어요. 도시에 일자리가 있으니 농촌에서 사람들이 몰려들었죠. 매일 아침 출근길에 유동인구도 늘어나고 먹여 살릴 입들이 많아지고 교통에 대한 수요도 커졌죠. 정치인들은 도로를 새로 놓아준다고 공약을 걸어놓고 일이 술술 풀리는 걸 보고는 신나서 손만 비비고 있어요."

"호황이 나쁠 건 없잖아요?"

"사람들이 대나무집에서 텔레비전을 보게 된 게 못마땅하다는 말이 아니에요. 너무 빠르다는 겁니다. 저는 개인적으로 성장을 위한 성장은 암세포의 원리와 같다고 생각해요. 어떤 때는 우리가 작년에 벽에 부딪힌 게 다행이라는 생각도 들어요. 이미 도로에서도 그 여파를 느낄 수 있죠."

"그럼 도로사정이 지금보다 더 나빴다는 말씀입니까?"

"그럼요. 저기 보세요……."

리즈가 광활한 주차장을 가리켰다. 그곳에는 콘크리트 혼합기 수백 대가 줄줄이 늘어서 있었다.

"1년 전만 해도 저 주차장은 거의 비어 있었어요. 지금은 건물을 더 짓지를 않으니 보시다시피 중장비들이 저렇게 놀고 있죠. 사람들이 쇼핑몰을 찾는 것도 에어컨이 나와서이지, 실제로 물건을 사는 사람은 얼마 없어요."

그들은 한동안 말없이 달렸다.

"이런 고약한 일들의 배후에 누가 있다고 보십니까?" 해리가 물었다.

"통화 투기자들요."

해리는 무슨 생뚱맞은 소리냐는 듯 리즈를 보았다. "사진 말입니다."

"아." 리즈가 해리를 흘낏 보았다. "그런 걸 싫어하나 봐요."

해리는 어깨를 으쓱했다. "전 너그러운 사람이 못 됩니다. 사형을 떠올리지 않을 수 없네요."

리즈는 손목시계를 확인했다. "아파트로 가는 길에 레스토랑이 하나 있어요. 태국 전통음식에 관한 집중 트레이닝 어떠세요?"

"좋습니다. 그런데 제 질문에는 대답하지 않았어요."

"사진의 배후에 누가 있냐고요? 해리, 태국에는 1제곱인치당 변태성욕자 수가 전 세계 평균보다 많을 거예요. 별별 욕구를 다 충족시켜주는 성산업이 여기 있으니까 그런 사람들이 몰려드는 거죠. 정말로 별의별 욕구들요. 그 사진들 뒤에 누가 있는지 제가 어떻게 알겠어요?"

해리는 얼굴을 찡그리고 고개를 저었다. "그냥 물어보는 겁니다. 한 2년 전에도 소아성애자 대사 때문에 소란이 일어나지 않았나요?"

"대사관 직원 여럿이 연루된 아동성범죄 조직을 단속한 일이 있어요. 그중에 오스트레일리아 대사도 있었고요. 아주 난처한 사건이었어요."

"경찰이 난처했던 건 아니잖아요?"

"말이라고 해요? 월드컵과 오스카를 동시에 거머쥔 것 같았죠. 총리가 축전까지 보내고, 관광부 장관은 한껏 흥분했고, 저희에게는 훈장이 쏟아졌어요. 경찰의 신뢰도에 지대한 영향을 미쳤죠."

"그럼 거기서 시작하면 어떨까요?"

"모르겠어요. 첫째, 그 사건과 관련된 사람들은 전부 감방에 들어가 있거나 강제추방 당했어요. 둘째, 그 사진이 살인 사건과 관계가 있는지도 잘 모르겠고요."

리즈는 차를 돌려 주차장으로 들어갔다. 주차요원이 차 두 대 사이의 말도 안 되게 좁은 틈새를 가리켰다. 리즈가 버튼을 누르자 전자장치의 윙 하는 소리와 함께 양 옆의 커다란 창문이 내려갔다. 리즈가 액셀을 밟아 차를 뒤로 댔다.

"안 될 거 같은……." 해리가 입을 열었지만 리즈는 벌써 주차를 끝냈다. 양 옆의 사이드 미러가 흔들렸다.

"우린 어떻게 나가죠?" 해리가 물었다.

"걱정도 팔자네요, 형사님."

리즈는 두 손을 짚고 창문 밖으로 휙 몸을 날려 한 발로 앞 유리를 딛고는 지프 앞으로 뛰어내렸다. 해리도 어렵게 같은 재주를 부리는 데 성공했다.

"익숙해질 거예요." 리즈가 이렇게 말하고 걸음을 옮겼다. "방콕은 비좁거든요."

"무전기는요?" 해리가 어서 들어오라고 손짓이라도 하는 것처럼 열린 창문을 돌아보면서 물었다. "이따 돌아올 때도 차가 계속 저기 있을까요?"

리즈가 주차요원에게 경찰 배지를 휙 내보이자 주차요원이 깜짝 놀라 몸을 곧게 폈다.

"예."

"칼에는 지문이 없어요." 리즈는 흡족해하며 쩝쩝거렸다. 일종의 그린파파야 샐러드인 '솜탐'은 해리가 상상한 것만큼 별난 맛은 아니었다. 사실, 맛있었다. 그리고 양념 맛이 강했다.

리즈는 요란하게 후루룩거리면서 맥주 거품을 빨아들였다. 해리는 주위의 다른 테이블을 둘러보았지만 아무도 알아채지 못한 것 같았다. 아마 그 소리가 레스토랑 뒤편 무대 위 현악합주단의 폴카 연주에 묻히고, 연주는 다시 거리의 차 소리에 묻혔기 때문일 것이다. 해리는 맥주 두 잔만 마시고 그만 마시기로 했다. 아파트로 돌아가는 길에 여섯 개들이 맥주 한 상자를 살 수 있을 터였다.

"칼자루에 있던 장식 말인데요. 뭐가 좀 나왔나요?"

"뇨 말로는 북쪽 치앙라이 지방이나 인근의 산간 부족에서 생산된 칼 같대요. 채색한 유리를 끼운 조각과 관계가 있다더군요. 뇨도 확신하는 건 아니지만 어쨌든 여기서 쉽게 구할 수 있는 보통 칼은 아니니까 내일 벤차마보핏 박물관 미술사 교수한테 보내려고요. 오래된 칼에 관해선 빠삭한 사람이거든요."

리즈가 손을 흔들자 웨이터가 와서 수프 그릇에 담긴 김이 모락모락 나는 코코넛 수프를 국자로 펐다.

"조그맣고 하얀 애들 조심해요. 빨간 애들도. 얼얼할 거예요." 리즈가 숟가락으로 가리키면서 말했다. "아, 초록색도요."

해리는 미심쩍은 눈으로 개인 그릇에 둥둥 뜬 각양각색의 건더기를 보았다.

"먹어도 되는 게 있긴 한가요?"

"생강은 괜찮아요."

"혹시 짚이는 사람 없어요?" 해리가 리즈의 후루룩 소리를 이기려고 큰 소리로 물었다.

"범인이 누구일 것 같으냐는 말이죠? 예, 물론. 많죠. 일단 그 매춘부일수도 있고. 혹은 모텔 주인이라든가. 아니면 둘 다일 수도."

"그러면 동기는 뭘까요?"

"돈이죠."

"몰네스의 지갑에는 500바트가 그대로 있었어요."

"몰네스가 프런트에서 지갑을 꺼낼 때 왕리가 돈을, 액수가 꽤 커 보이는 돈을 슬쩍 봤다면 유혹을 뿌리치기 어려웠을 수도 있어요. 왕리는 남자가 외교관인 줄 몰랐을 테고 이렇게 일이 커질 줄도 몰랐겠죠."

리즈는 포크를 위로 들고 흥분해서 몸을 앞으로 내밀었다.

"그 두 사람은 대사가 방에 들어갈 때까지 기다렸다가 문에 노크하고 대사가 등을 보일 때 칼로 찌른 거예요. 대사가 침대로 쓰러지자 지갑을 털고 500바트는 다시 넣어두어 강도를 당한 것처럼 위장해요. 그리고 세 시간 정도 기다렸다가 경찰을 불러요. 왕리가 경찰에 친구를 심어놔서, 그 친구가 일이 순조롭게 풀리게 하는 거고요. 동기도 없고 용의자도 없고 다들 매춘에 얽힌 사건은 은폐하려고 하고. 자, 그럼 다음 사건."

해리는 별안간 눈이 빠질 것 같았다. 그는 맥주잔을 움켜잡고 입에 댔다.

리즈가 빙그레 웃었다. "빨간 거 먹었어요?"

해리는 호흡을 가다듬었다.

"나쁜 가설은 아닙니다만, 경위님. 허점이 있어요." 해리가 쉰 목소리로 숨을 헐떡였다.

리즈는 얼굴을 찡그렸다. "뭔데요?"

"왕리는 몰래 숙박부를 기록하고 있었어요. 손님이 오면 날짜와 시간을 기록하죠. 아마 정치인과 공무원들 이름이 잔뜩 적혀 있을 겁니다. 누가 그의 사업에 관해 누설할 때를 대비해 스스로 보호 장치를 마련하려는 거죠. 하지만 모르는 사람이 왔을 때 신분증을 달라고 할 수는 없어요. 그래서 왕리가 선택한 방법은, 차 안에 다른 사람이 없는지 확인한다는 구실로 손님을 따라 밖으로 나가는 겁니다. 맞아요, 어떤 사람인지 알아보려고요."

"무슨 말인지 잘 모르겠는데요."

"왕리가 차 번호판을 적는다는 의미입니다. 아시겠어요? 그러고는 나중에 숙박부와 대조해서 확인하는 겁니다. 왕리는 메르세데스의 감색 번호판을 보고는 몰네스가 외교관인 걸 단박에 알아챘어요."

리즈는 생각에 잠긴 채 해리를 뜯어보았다. 그러고는 눈을 부릅뜨고 옆 테이블을 휙 돌아보았다. 커플이 화들짝 놀라서 황급히 음식에 집중했다.

리즈는 포크로 다리를 긁으며 말했다.

"석 달째 비가 오지 않았어요." 리즈가 말했다.

"네?"

리즈는 손을 흔들어 계산서를 달라고 했다.

"그게 이 사건하고 무슨 상관인가요?"

"크게 상관은 없어요." 해리의 물음에 리즈가 답했다.

새벽 3시가 다 되었다. 도시의 소음이 머리맡 테이블에 놓인 선풍기의 규칙적인 웅웅 소리에 덮였다. 그런데 이상하게도 해리에게는 육중한 화물 트럭이 탁신 다리를 건너는 소리와 배 한 척이 차오프라야 강의 선착장을 출발하면서 으르렁거리는 소리가 들렸다.

아파트에 들어가서 문을 잠글 때 전화기에서 깜빡이는 빨간 불빛이 보였다. 해리는 버튼을 몇 개 눌러 음성메시지 두 개를 들었다. 첫 번째는 노르웨이 대사관에서 온 메시지였다. 톤에 비그 부대사의 콧소리 심한 말투는 웨스트 오슬로 출신 혹은 그쪽 동네에 살고 싶은 욕구가 강한 사람인 듯한 분위기를 풍겼다. 톤에는 해리에게 다음날 10시에 대사관에 오라고 했다가 곧바로 시간을 12시로 바꾸면서 10시 15분에는 회의가 잡혀 있다고 말했다.

다음 메시지는 비아르네 묄레르에게서 온 것이었다. 행운을 빈다는 말뿐, 다른 말은 없었다. 자동응답기에 대고 말하는 걸 좋아하지 않는 투였다.

해리는 침대에 누워서 어둠 속에서 눈을 깜빡였다. 오는 길에 여섯 병들이 맥주를 사진 않았다. B12 주사는 아직 가방에 있었다. 시드니에서 술집을 전전한 뒤로 다리에 감각이 없어서 앓아누웠다가 비타민 주사 한 방으로 나사로*처럼 벌떡 일어난 적이 있다. 해리는 한숨을 쉬었다. 실제로 결심한 게 언제였더라? 방콕에서 해결할 일이 있다는 말을 들었을 때였나? 아니, 그전이었다. 몇 주 전에 기한을 정했다. 쇠스의 생일로. 왜 그런 결심을 했는지는 모른다. 어쩌면 현재를 살지 못하는 데 신물이 나서였는지도 모른다. 시간이 흐르는 것도 알지 못했다. 그런 식이었다. 늙은 바르돌프**가 어째서 이제 술을 마시려 하지 않는지에 관해 이러쿵저러쿵하는 것도 진력이 났다. 해리는 한번 결심하면 확고부동했다. 번복할 수 없는 최종 결정이었다. 타협하거나 변명하지 않았다. "나는 원하면 언제든 끊을 수 있어." 슈뢰데르의 남자들이 자기는 진정한 만성 알코올의존증이 아니라고 단언하는 말을 얼마나 자주 들었던가?

* 성경에 나오는 인물로, 죽은 지 나흘 만에 예수의 부름에 다시 살아난다.
** 셰익스피어의 〈헨리 5세〉에서 감초 역할을 하는 인물.

해리는 그런 사람들 못지않은 진정한 알코올의존증이었지만 그가 아는 사람들 중 마음먹으면 언제든 정말로 끊을 수 있는 유일한 사람이었다. 쇠스의 생일이 몇 주 남았지만 에우네의 말대로 이번 여행이 좋은 출발점이 될 것 같아서 기한을 앞당긴 것이다. 해리는 신음하면서 옆으로 돌아누웠다.

쇠스가 어떻게 지내는지, 저녁에 밖에 나가는지 걱정이었다. 쇠스가 약속대로 아버지에게 전화하는지도 걱정이었다. 그리고 전화한다면 아버지가 쇠스에게 대꾸하는지, 그렇다 혹은 아니다 하는 말 이상의 대답을 하는지 궁금했다.

3시가 지났다. 노르웨이는 아직 9시밖에 되지 않았겠지만 지난 서른여섯 시간 동안 잠을 제대로 자지 못했으니 잠드는 데에는 문제가 없을 터였다. 하지만 눈을 감을 때마다 전조등에 비친 알몸의 태국 소년이 망막에 박혀서 차라리 눈을 뜨고 있는 편이 나았다. 맥주를 사왔어야 했는지도 모른다. 결국 해리는 탁신 다리에 아침 러시아워가 시작된 다음에야 겨우 잠이 들었다.

8

1월 11일 토요일

17층, 오크 문과 보안검색대 너머로 노르웨이 사자가 그려진 금속 명판이 보였다. 안내데스크의 젊고 우아한 태국 여자는 입이 작고 코는 더 작은 동그란 얼굴에 벨벳처럼 은은하게 빛나는 눈으로 해리의 신분증을 살펴보았다. 그러고는 수화기를 들고 조용히 세 마디를 말하고는 내려놓았다.

"프뢰켄* 비그의 사무실은 2층 우측에 있습니다." 여자는 방긋 웃으면서 말했고, 해리는 이대로 사랑에 빠져버리는 건 아닐까 생각했다.

"들어와요." 문에 노크하자 안에서 대답이 들렸다. 톤에 비그가 커다란 티크 책상 위로 몸을 숙이고 분주히 뭔가를 적고 있었다. 톤에는 고개를 들어 살짝 미소를 머금고는 하얀 실크 정장 차림의 호리호리한 몸을 의자에서 일으켜 손을 내밀면서 해리에게 다가왔다.

톤에 비그는 안내데스크의 여직원과는 정반대였다. 길쭉한 얼굴

---

* 노르웨이에서 결혼하지 않은 여성에 대한 존칭어.

안에서 코와 입과 눈이 서로 자리다툼을 하다 결국 코가 이긴 것 같았다. 코는 큼직한 덩이줄기 모양이었지만 적어도 짙은 화장을 한 커다란 두 눈 사이에 약간의 공간을 확보했다. 못생겼다는 뜻은 아니다. 결코 아니다. 심지어 묘한 고전적 아름다움이 깃든 얼굴이라고 주장하는 남자도 있을 것이다.

"드디어 오셔서 정말 다행이에요, 형사님. 유감스럽게도 아주 슬픈 상황이지요."

해리의 손이 톤에의 앙상한 손가락에 닿자마자 둘은 물러섰다.

"저희는 이번 일을 가급적 빨리 지우고 싶어요." 톤에는 화장이 번지지 않도록 한쪽 콧구멍을 조심스럽게 비비면서 말했다.

"이해합니다."

"무척이나 힘든 시간이었어요. 매정한 소리로 들릴지는 모르지만 어차피 세상은 굴러가고 우리도 마찬가지이죠. 우리가 하는 일이라고는 칵테일파티나 다니면서 먹고 즐기는 것뿐인 줄 아는 사람들도 있겠지만 현실과는 동떨어진 소리들입니다. 정말이에요. 바로 지금도 노르웨이인 여덟 명이 병원에 누워 있고 여섯 명이 교도소에 들어가 있어요. 그중 넷은 마약 소지자였고요. 여기 교도소 보신 적 있어요? 끔찍하죠. 〈베르덴스강〉*에서 매일 전화가 와요. 설상가상으로 그중 한 명은 임신 중이에요. 그리고 지난달에는 파타야에서 노르웨이 남자 하나가 창밖으로 내던져져서 사망했어요. 올 들어 두 번째고요. 한바탕 난리가 났었죠."

톤에는 씁쓸하게 고개를 절레절레 흔들었다.

"게다가 여권을 잃어버린 사람들이 여행자보험을 들어놨거나

* 노르웨이 일간지.

집에 돌아갈 항공권을 다시 살 돈이 있는 줄 아세요? 아니죠, 우리가 다 처리해줘야 해요. 이제 아시겠죠. 여기서는 일을 신속히 진척시켜야 해요."

"제가 이해하기로는 대사님이 돌아가셨으니 이제는 부대사님이 책임져야 한다는 말씀 같군요."

"부대사니까, 맞아요."

"새 대사가 임명될 때까지 얼마나 걸릴까요?"

"오래 걸려선 안 되죠. 보통 한두 달 걸려요."

"부대사님이 모든 책임을 떠안고 계시는데 본국에서 걱정하지 않을까요?"

톤에 비그는 씁쓸하게 미소를 지었다. "그런 뜻이 아니에요. 사실 저는 몰네스가 부임하기 6개월 전부터 부대사로 일하고 있었어요. 제 말은 어서 빨리 정식 발령을 내달라는 거예요."

"그러니까 부대사님이 새 대사가 될 거라고 믿으시는군요."

"흠." 톤에는 음울하게 미소를 지었다. "이상할 거 없잖아요. 그래도 외무부에서 어떻게 나올지 감이 잡히지 않아서 걱정이긴 해요."

그림자 하나가 슬그머니 들어와 해리 앞에 컵을 놓았다.

"'차 론'이라고 마셔봤어요?" 톤에 비그가 물었다.

"모르겠네요."

"아, 죄송해요." 톤에가 웃었다. "다른 분들에게는 여기가 낯설다는 걸 자꾸 깜빡합니다. 태국 홍차예요. 저도 여기서는 애프터눈티를 마셔요. 엄밀히 따지자면 영국 전통에 따라서 2시 이후에 마셔야 하죠."

해리는 예, 하고 대꾸하고 누군가 그의 잔에 차를 채우는 것을 보았다.

"그런 전통은 식민주의자들과 함께 사라진 줄 알았습니다만."

"태국은 식민지였던 적이 없어요." 톤에가 미소를 지으며 말했다. "영국 식민지도 프랑스 식민지도 아니었어요. 다른 이웃나라들과는 다르죠. 태국 사람들은 그 점을 아주 자랑스럽게 여기죠. 제가 보기엔 조금 지나칠 정도로. 영국의 영향을 조금 받는다고 해서 나쁠 건 없잖아요."

해리는 노트를 들고 대사가 수상한 사건에 휘말렸을 가능성이 있는지 물었다.

"수상한 사건이라니요, 홀레 씨?"

해리는 '수상한'이 무슨 뜻인지 간단히 설명하고는 70퍼센트의 살인 사건에서 피해자가 불법적인 일에 연루되어 있다고 설명했다.

"불법요? 대사님이?" 톤에는 거세게 고개를 저었다. "그분은…… 그럴 분이 아니에요."

"대사님에게 원한을 가진 사람이 있습니까?"

"상상도 안 가요. 누구나 좋아하는 분이었어요. 왜 물어보시죠? 암살은 아니잖아요?"

"현재로서는 알려진 게 거의 없어서 모든 가능성을 열어두고 수사하는 중입니다."

톤에 비그는 사건 당일에 몰네스가 점심시간이 끝난 후 곧바로 회의에 참석하러 갔다고 설명했다. 어디로 간다고 말하지는 않았지만 특이한 일은 아니었다.

"대사님은 항상 휴대전화를 가지고 다녀서 무슨 일이 생기면 바로 연락이 닿았어요."

해리는 대사의 집무실을 보겠다고 요청했다. 톤에 비그는 '보안상의 이유'로 추가 설치된 문 두 개를 열었다. 집무실은 해리가 오슬로에서 출발하기 전에 요청한 대로 아무도 손대지 않은 그대로였고, 서류와 파일, 그리고 아직 선반에 얹거나 벽에 걸지 않은 기념품들이 어지러이 널려 있었다.

노르웨이 국왕 부부가 서류더미 너머에서 근엄하게 그들을 내려다보았고, 창밖으로 톤에가 퀸 시리킷 공원이라고 일러준 녹지가 보였다.

해리는 달력을 발견했지만 메모는 많지 않았다. 해리는 달력에서 사건 당일을 확인했다. 'Man U'라고 적혀 있었다. 그가 완전히 헛짚은 게 아니라면 맨체스터 유나이티드일 것이다. 축구 경기를 보고 싶었나 보군. 해리는 이렇게 생각하면서 의무적으로 서랍을 하나씩 열어봤지만 잠시 후 뭘 찾는지도 모르는 채 대사의 집무실을 뒤져봤자 별 소득이 없겠다는 생각이 들었다.

"대사님 휴대전화가 안 보이네요." 해리가 말했다.

"말씀드렸다시피…… 항상 가지고 다니셨어요."

"범죄 현장에서도 휴대전화가 나오지 않았습니다. 범인이 도둑질한 것 같지도 않고요."

톤에 비그는 어깨를 으쓱했다. "그쪽 태국인 동료들이 '압수'한 건 아닐까요?"

해리는 대답하는 대신 사건 당일에 누군가 대사관으로 전화해서 대사를 찾았는지 물었다. 톤에는 그런 것 같지는 않지만 알아봐주겠다고 했다. 해리는 마지막으로 집무실을 한 번 더 둘러보았다.

"대사관에서 대사님을 마지막으로 본 사람은 누구였습니까?"

톤에는 기억을 더듬었다. "산펫이라고, 운전기사예요. 대사님과 사이가 꽤 좋았어요. 이번 일로 힘들어서 며칠 휴가를 줬어요."

"사건 당일에는 왜 그 사람이 대사님 차를 운전하지 않았나요? 운전기사라면서?"

톤에는 다시 어깨를 으쓱했다. "저도 그게 의문이었어요. 대사님은 방콕에서는 직접 운전하는 걸 싫어하셨거든요."

"음. 운전기사에 관해 말해주시겠습니까?"

"산펫요? 여기서 아주 오래 일해서 누구나 아는 사람이에요. 노르웨이에는 가본 적이 없지만 노르웨이 도시를 줄줄 꿰고 있어요. 그리고 국왕도. 맞다, 그리그를 좋아해요. 그 사람 집에 전축이 있는지는 모르겠지만 레코드는 다 가지고 있을 거예요. 아주 좋은 사람이에요."

톤에는 고개를 살짝 기울이고 잇몸을 드러냈다.

해리는 힐데 몰네스를 만나려면 어디로 가야 하는지 물었다.

"댁에 계세요. 상심이 크실 거예요. 조금 기다렸다가 나중에 말씀을 나누는 게 좋을 것 같아요."

"조언은 감사합니다, 프뢰켄 비그. 다만 저희에게 기다림은 사치가 아닐까요? 그분께 미리 전화를 넣어서 제가 그쪽으로 간다고 말씀드려주시겠습니까?"

"알겠어요. 죄송해요."

"어디 출신이시죠, 프뢰켄 비그?"

톤에 비그는 놀란 눈으로 해리를 보았다. 그러고는 억지로 꾸민 듯 웃었다. "이것도 수사의 일부인가요, 홀레?"

해리는 대답하지 않았다.

"꼭 아셔야 한다면, 전 프레드릭스타에서 자랐어요."

"그렇게 말씀하실 줄 알았습니다." 해리가 한쪽 눈을 찡긋하면서 말했다.

✝

안내데스크의 활기차던 여직원은 이제 의자에 기대어 스프레이 용기를 코에 대고 있었다. 해리가 조심스럽게 목청을 가다듬자 그녀는 당황한 듯 움찔하면서 눈에 눈물이 고이도록 웃었다.

"죄송해요, 방콕은 공기가 너무 안 좋아서요." 그녀가 해명하듯 말했다.

"그렇더군요. 운전기사 연락처 좀 알 수 있을까요?"

여자는 고개를 절레절레 저으며 코웃음을 쳤다. "그 사람은 전화가 없어요."

"좋아요. 그래도 집은 있잖습니까?"

농담으로 던진 말이지만 그녀의 얼굴을 보니 농담으로 알아듣지 못한 모양이었다. 그녀는 주소를 적고 짧게 작별의 미소를 지었다.

9

1월 11일 토요일

진입로를 따라 대사의 관저로 올라가자 현관 앞에 집사가 서 있었다. 집사는 해리를 데리고 등나무와 티크 가구로 고상하게 꾸민 커다란 방 두 개를 지나 저택 뒤편 정원으로 열린 테라스로 향했다. 난초가 노랗고 파랗게 반짝거리고, 커다란 버드나무가 드리운 그늘 아래서 나비들이 색종이처럼 나풀거렸다. 대사의 아내인 힐데 몰네스가 모래시계 모양의 수영장 옆에 있었다. 힐데는 분홍색 가운을 걸치고 고리버들 의자에 앉아서 어울리는 음료를 앞에 두고 선글라스로 얼굴을 반쯤 가리고 있었다.

"홀레 형사님이시군요." 힐데가 순뫼레 억양으로 말했다. "오신다고 톤에가 말해줬어요. 한잔하시겠어요, 형사님?"

"아뇨, 괜찮습니다."

"아, 드셔야 해요. 이렇게 더울 때는 꼭 마셔야 해요. 목이 마르지 않아도 수분을 보충해야 돼요. 여기서는 몸이 알아채기도 전에 탈수될 수 있거든요."

힐데가 선글라스를 벗었고, 해리는 검은 머리와 짙은 피부색, 짐작한 그대로의 갈색 눈동자를 보았다. 생기는 있지만 빨갛게 충혈

된 눈이었다. 슬퍼서일까, 식전의 술 한잔 때문일까, 아니면 둘 다 일까.

해리는 힐데의 나이를 마흔 중반쯤으로 짐작하긴 했지만 관리를 잘한 모습이었다. 중년의, 다소 시들어가는 중상류층 미인이었다. 전에도 이런 부류를 본 적이 있다.

해리는 다른 고리버들 의자에 앉았다. 의자는 마치 그가 올 줄 알았던 것처럼 그의 몸을 감쌌다.

"그렇다면 물 한잔 마시겠습니다, 프루* 몰네스."

힐데는 집사에게 지시하고 내보냈다.

"이제 부군을 보러 가셔도 된다는 말은 들으셨죠?"

"네, 고마워요." 힐데가 말했다. 해리는 무뚝뚝한 속내를 감지했다. "이제야 그이를 보게 해주시네요. 25년 동안 저랑 부부였던 양반인데."

갈색 눈동자가 검게 변했다. 해리는 포르투갈과 스페인의 난파선 선원들이 순뫼레 해변으로 많이 떠내려왔다는 소문이 사실인가 보다고 생각했다.

"부득이하게 부인께 몇 가지 여쭐 것이 있습니다." 해리가 말했다.

"그럼 지금 하시는 게 나을 거예요. 아직 진의 기운이 남아 있으니까."

힐데는 햇볕에 태운 가느다란 다리를 무릎 위로 꼬았다.

해리는 노트를 꺼냈다. 딱히 받아 적을 말이 있어서가 아니라 힐데가 대답하는 동안 얼굴을 바라보지 않기 위해서였다. 이렇게 하

---

* 노르웨이에서 결혼한 여성에 대한 존칭어.

면 가장 가까운 유족과 대화하기가 한결 수월했다.

힐데는 남편이 아침에 출근하면서 저녁에 늦을 거라고 말하지는 않았지만 종종 갑작스런 일이 생길 때가 있었다고 말했다. 그날 밤 10시에도 연락이 없어서 전화를 걸어봤지만 대사관에서도 받지 않고 휴대전화도 받지 않았다. 그래도 걱정은 되지 않았다. 그러다 자정이 막 지났을 때 톤에 비그가 전화해서 남편이 모텔방에서 죽었다는 소식을 알렸다고 했다.

해리는 힐데 몰네스의 얼굴을 찬찬히 살폈다. 힐데는 단호한 어조였고 다른 과장된 몸짓은 보이지 않았다.

처음에 톤에 비그는 힐데 몰네스에게 사인을 아직 모른다는 식으로 말했다. 다음 날 대사관에서는 힐데에게 남편이 살해당했고 사인에 관해서는 오슬로에서 함구령이 떨어졌다고 알렸다. 오슬로의 명령에는 힐데 몰네스도 포함되었다. 그녀가 대사관에 고용된 사람은 아니지만 노르웨이 국민이라면 누구나 국가안보를 위해 필요하다면 입을 봉해야 할 수도 있기 때문이었다. 힐데는 이런 얘기를 빈정거리는 투로 말하고는 잔을 들어 'Skål*'이라고 했다.

해리는 고개만 끄덕이면서 받아 적었다. 힐데는 대사가 휴대전화를 집에 두고 나가지 않았느냐는 질문에 절대 아니라고 대답했다. 해리는 불쑥 휴대전화가 어떤 종류였냐고 물었고, 힐데는 확실치는 않지만 핀란드 제품이었던 것 같다고 대답했다.

힐데는 대사가 죽기를 바라는 동기를 가질 만한 사람의 이름을 대지 못했다.

해리는 연필로 노트를 톡톡 쳤다.

* 노르웨이어로 건배를 뜻하는 말.

"부군께서 아이들을 좋아하셨습니까?"

"그럼요, 엄청!" 힐데 몰네스가 갑자기 큰소리로 말했고, 해리는 처음으로 그녀의 목소리가 가볍게 떨리는 걸 느꼈다. "아틀레는 세상에서 제일 다정한 아빠였어요."

해리는 다시 노트로 눈을 내렸다. 힐데의 눈에는 질문의 중의적 의미를 알아챘음을 드러내는 무언가가 있었다. 해리는 그녀가 아무것도 모른다고 거의 확신하면서도 불행히도 한 걸음 더 나아가서 대사가 아동포르노를 소지한 사실을 인지하고 있었는지 단도직입적으로 물어야 한다는 것도 알았다.

해리는 한 손으로 얼굴을 쓸어내렸다. 손에 매스를 들고 첫 절개를 수행하지 못하는 외과의사가 된 심정이었다. 그는 유쾌하지 않은 상황에 개입할 때, 이를테면 무고한 사람이 가장 가깝고 소중한 사람들이 세간의 이목을 끄는 현실을 마주하거나 알고 싶지 않은 구체적 진실과 대면하는 모습을 보면서 대범하게 넘긴 적이 없었다.

힐데 몰네스가 먼저 입을 열었다.

"그이가 아이들을 많이 좋아해서 우리는 어린 딸아이를 하나 입양할까 생각한 적도 있어요." 어느새 힐데의 눈에 눈물이 고였다. "버마에서 온 불쌍한 난민 아이가 하나 있어요. 그래요, 대사관에서는 누구도 기분 상하지 않게 하려고 조심해서 미얀마라고 부른다지만 전 옛날 사람이라 그냥 버마라고 해요."

힐데는 눈물을 흘리다 말고 건조하게 웃으면서 감정을 추슬렀다. 해리는 시선을 돌렸다. 빨간 벌새 한 마리가 난초 앞에서 조용히 맴도는 모습이 작은 모형 헬리콥터 같았다.

그래, 그거야. 해리는 마침내 판단이 섰다. 힐데는 아무것도 모른다. 혹시라도 이 사건과 관련이 있다 해도 그런 얘기는 나중에 다시 꺼내면 되었다. 그리고 관련이 없다면 힐데를 보호하는 셈이었다.

해리는 힐데에게 남편을 안 지 얼마나 됐는지 물었고, 힐데는 그들 부부가 어떻게 만났는지 말해주었다. 당시 아틀레 몰네스는 정치학 대학원에서 새로 학위를 받은 학생이자 크리스마스를 외르스타에서 혼자 보내던 총각이었다. 몰네스 집안은 가구공장 두 곳을 소유한 엄청난 부자였고, 젊은 상속자 아틀레는 외르스타 지방의 젊은 아가씨들이 선망하는 신랑감이라 경쟁이 만만치 않았다.

"난 그저 멜레 농장의 힐데 멜레였지만 누구보다 매력적인 아가씨였어요." 힐데는 건조하게 웃으면서 말했다. 괴로운 표정이 얼굴을 스치고 힐데는 잔을 입에 댔다.

해리는 앞에 앉은 미망인에게서 어렵지 않게 순수하고 젊은 미인을 떠올릴 수 있었다.

그리고 떠올린 바로 그런 모습의 여인이 테라스의 열린 문 앞에 나타났다.

"루나, 아가, 왔구나! 여기 젊은 분은 해리 홀레야. 노르웨이 경찰이고 우리를 도와서 아빠한테 무슨 일이 생겼는지 알아내주실 거야."

딸은 흘깃하는 눈길 한 번으로 그들의 체면을 겨우 살려주고는 대꾸도 없이 수영장 반대편으로 걸어갔다. 엄마의 짙은 피부색과 머리카락을 닮은 소녀였다. 해리는 수영복 차림의 긴 다리와 날씬한 몸매를 보고 열일곱 살 정도로 추정했다. 나이를 알고 있어야 했는데. 출발하기 전에 받은 보고서에 적혀 있었건만.

루나는 엄마처럼 완벽한 미인일 수도 있었지만 보고서에는 적혀 있지 않은 한 가지 사소한 특징이 있었다. 그때 루나가 수영장을 한 바퀴 돌고 다이빙대 위에서 천천히 우아하게 세 번 발을 구르고는 두 다리를 모아서 공중으로 뛰어올랐고, 해리는 가슴이 쿵 내려앉았다. 루나의 오른쪽 어깨에 밑동만 남은 가느다란 팔이 튀어나온 것이다. 루나의 몸은 날개를 포격당한 비행기처럼 기괴한 비대칭이 되어 공중제비를 돌면서 한 바퀴 비틀렸다. 첨벙 소리만 남고, 루나는 초록색 수면을 뚫고 들어가 시야에서 사라졌다.

"루나는 다이빙 선수예요." 힐데 몰네스가 이렇게 말했지만 군이 하지 않아도 될 말이었다.

해리가 아직 루나가 사라진 자리를 바라보고 있을 때 누군가 수영장 반대편 사다리에서 나타났다. 그녀가 사다리를 오르자 뒤에 퍼지는 잔물결과 살갗에 맺힌 물방울에 햇빛이 반짝이고 젖은 검은 머리카락이 빛났다. 쇠약한 한쪽 팔이 닭 날개처럼 축 늘어져 있었다. 그녀는 처음 불쑥 나타나 다이빙할 때와 마찬가지로 나갈 때도 소리 없이 사라졌다. 말 한마디 없이 테라스 문을 통해서.

"저 애는 형사님이 오시는 줄 몰랐을 거예요." 힐데 몰네스가 사과하듯 말했다. "보철을 뗀 모습을 낯선 사람한테 보이지 않으려 하거든요."

"이해합니다. 따님은 아버지 소식을 어떻게 받아들였습니까?"

"모르죠." 힐데 몰네스는 수심 가득한 눈으로 루나가 떠난 자리를 보았다. "엄마한테는 아무것도 말하지 않는, 딱 그 또래 아이예요. 하긴 그런 일을 누가 말하고 싶겠어요." 힐데는 잔을 들었다. "안타깝게도 루나는 조금 특별한 아이 같아요."

해리는 일어나서 정보를 주어서 고맙다고, 다시 연락하겠다고 말했다. 힐데 몰네스는 해리가 물을 입에도 대지 않았다고 지적했다. 해리는 목례를 하고 다음에 올 때까지 보관해달라고 부탁했다. 문득 조금 부적절한 발언이라는 생각이 들었지만 어쨌든 힐데는 웃었고 해리가 떠나는 동안 자기 잔에 물을 따랐다.

해리가 대문으로 나가는 동안 뚜껑을 연 빨간 포르셰가 진입로로 들어왔다. 레이밴 선글라스 위의 금발 앞머리와 회색 아르마니 정장이 언뜻 눈에 들어왔고, 포르셰는 해리를 지나쳐 저택의 그늘 아래에 멈추었다.

10

1월 11일 토요일

해리가 경찰서로 돌아왔을 때 크럼리 경위는 사무실에 없었다. 뇨에게 통신회사에 연락해서 사건 당일 대사의 휴대전화 통화내역을 모두 확인해달라고 정중히 요청하자, 그가 엄지를 들고 '로저*'라고 답했다.

5시가 다 돼서야 크럼리 경위와 연락이 닿았다. 경위는 늦었으니 같이 배로 수로를 구경하면서 '관광을 해치우자'고 제안했다.

피어 강의 사공이 긴 배 한 척에 600바트의 운임을 불렀으나 리즈가 태국어로 호되게 야단치자 당장 300바트로 떨어졌다.

배는 차오프라야를 따라 내려가다가 좁은 수로로 들어갔다. 판잣집들이 금방이라도 주저앉으며 강 속의 기둥에 매달릴 것처럼 보였고, 음식물과 오물과 기름이 출렁거리며 떠내려갔다. 강에 사는 사람들의 거실을 가로지르는 기분이었다. 줄줄이 앞에 내놓은 화분의 푸른 식물들만이 집 안을 들여다보지 못하게 막아주었지만 아무도 크게 신경 쓰지 않는 듯했다. 오히려 손을 흔들고 웃어주기

---

* 무선 교신에서 상대방의 말을 알아들었다는 뜻으로 하는 말.

까지 했다.

반바지 차림으로 부두에 앉아 있던 소년 셋이 흙탕물 같은 강에서 나와서 흠뻑 젖은 채 그들을 불렀다. 리즈가 악의 없이 주먹을 휘두르자 사공이 웃었다.

"쟤들이 뭐라고 했어요?" 해리가 물었다.

리즈는 자기 머리를 가리켰다. "'마에 치.' 수녀님요. 혹은 사제나 여승이라는 뜻이에요. 태국에서는 여승이 머리를 빡빡 깎거든요. 여기다 흰색 가운까지 걸치면 아마 더 존경받을걸요."

"아, 그래요? 충분히 존경받는 것 같은데요. 당신네 사람들이……."

"제가 그들을 존중하니까요." 리즈가 말을 잘랐다. "그리고 제가 제 일을 잘하니까요." 그녀는 기침하고 난간 너머로 침을 뱉었다. "여자인 제가 이러는 게 놀라우세요?"

"그런 말은 안 했습니다."

"외국인들은 이 나라에서도 여자가 출세할 수 있다는 걸 알고 놀라곤 해요. 겉보기만큼 그렇게 남성 중심적인 나라는 아니에요. 사실 성별보다 외국인인 게 더 문제가 되죠."

가벼운 바람에 축축한 공기가 잠깐 시원해졌다. 수풀에서 메뚜기 우는 소리가 들렸고, 그들은 전날 저녁과 같은 핏빛 태양을 물끄러미 바라보았다.

"어쩌다 이 나라로 왔어요?"

해리는 보이지 않는 선을 넘은 느낌이 들었지만 개의치 않기로 했다.

"엄마가 태국 사람이에요." 리즈는 잠깐 뜸을 들이다 말을 이었다. "아빠는 베트남전쟁 중에 사이공에 파견됐다가 1967년에 여기 방콕에서 우리 엄마를 만났어요." 리즈는 웃으면서 쿠션을 등에 받쳤다. "엄마는 아빠랑 처음 같이 밤을 보낸 날 아이를 가졌다고 자신 있게 말해요."

"그게 경위님인가요?"

리즈는 고개를 끄덕였다. "항복 이후 아빠는 우리를 데리고 미국으로, 포트로더데일로 가서 중령으로 복무했어요. 우리가 여기로 다시 돌아왔을 때 엄마는 두 분이 처음 만난 당시 아빠가 결혼한 상태였다는 사실을 알았죠. 아빠는 엄마가 임신한 걸 알고 집에 편지를 보내서 이혼을 진행한 거예요." 리즈는 고개를 흔들었다. "원한다면 우리를 방콕에 남겨두고 도망칠 기회가 있었겠죠. 아마 그러고 싶었겠죠. 속으로는. 누가 알아요."

"아버님께 여쭤보지 않았어요?"

"솔직한 대답을 듣고 싶은 건 아니잖아요. 어차피 아빠한테서 진심을 듣지는 못했을 거예요. 아빠는 그런 분이었어요."

"그런 분이었다면?"

"예, 돌아가셨어요." 리즈는 해리에게 돌아섰다. "괜찮아요? 자꾸 우리 집 얘기를 해도?"

해리는 담배 필터를 깨물었다. "그럼요."

"아빠 사전에 도망치는 건 있을 수 없었어요. 책임을 아주 중시하는 분이었거든요. 제가 열한 살일 때 포트로더데일에서 동네 사람한테 새끼고양이 한 마리를 얻었어요. 한참 떼를 써서 제가 돌보는 조건으로 겨우 아빠한테 허락을 받았어요. 한 2주 지나서 흥미가 떨어지기에 고양이를 돌려줘도 되는지 물었어요. 그러자 아빠가 저와 고양이를 데리고 차고로 내려갔어요. '무책임하게 도망치면 안 돼. 그래서 문명이 무너지는 거야'라고 하셨죠. 그러더니 군용 소총으로 고양이 머리에 총알을 박았어요. 저는 세제를 가져와 물을 뿌리고 차고 바닥을 닦아야 했죠. 그게 아빠의 방식이었어요. 바로 그래서……." 리즈는 선글라스를 벗어 셔츠 자락으로 렌즈를 닦고 실눈을 뜨고 석양을 보았다. "바로 그래서 아빠는 미군이 베트남에서 철수하기로 결정한 것을 끝내 용납하지 못했어요. 엄마랑 저는 제가 열여덟 살일 때 여기로 왔어요."

해리는 고개를 끄덕였다. "경위님 어머님으로서는 전쟁이 끝나고 미군기지로 들어가는 게 쉽지만은 않으셨겠군요."

"기지 생활은 나쁘지 않았어요. 하지만 다른 미국인들이, 베트남에 가본 적은 없지만 베트남에서 아들이나 남편을 잃은 사람들이 우리를 미워했어요. 그 사람들한테 눈이 찢어진 사람은 다 찰리*였으니까요."

양복을 입은 남자가 화재로 무너진 판잣집 옆에 앉아 담배를 피우고 있었다.

"그 후에 경찰대학에 들어가서 수사관이 되고 머리를 민 건가요?"

"그런 순서는 아니에요. 그리고 머리는 민 게 아니에요. 열일곱 살 때 일주일 만에 다 빠져버린 거예요. 희귀 탈모증이죠. 하지만 이 나라 날씨에는 이게 좋아요."

리즈는 한 손으로 머리를 매만지고 지친 미소를 지었다. 눈썹도 없고 속눈썹도 없고 아무것도 없었다.

배 한 척이 그들이 탄 배 옆으로 다가왔다. 뱃전에 밀짚모자가 쌓여 있고 노파가 그들의 머리를 가리키고 모자를 가리켰다. 리즈

---

* 전쟁의 적. 베트남전쟁에서 베트콩을 'Victor Charlie'라고 부르면서 생긴 용어.

는 정중하게 웃으면서 몇 마디 건넸다. 노파는 떠나기 전에 해리에게 몸을 숙이고 하얀 꽃을 건넸다. 그리고 리즈를 가리키면서 웃었다.

"태국어로 고맙다는 말을 뭐라고 해요?"

"'컵 쿤 크랍.'" 크럼리가 말했다.

"좋아요. 경위님이 대신 말해주세요."

배가 수로에 가까운 '와트' 즉 사원을 하나 미끄러지듯 지나칠 때 열린 문으로 수도승들이 중얼거리는 소리가 들렸다. 사람들이 바깥 계단에 앉아서 합장하고 기도하고 있었다.

"저 사람들이 뭐라고 기도하는 건가요?" 해리가 물었다.

"몰라요. 평화. 사랑. 더 나은 삶, 이승에서나 천국에서나. 어디에서나 사람들이 비는 것들이겠죠."

"아틀레 몰네스가 매춘부를 기다리고 있었던 것 같지는 않아요. 다른 누군가를 기다리고 있었을 거예요."

배는 계속 지나가고 수도승들의 염불 소리가 그들 뒤로 서서히 사라졌다.

"누구요?"

"모르죠."

"왜 그렇게 생각해요?"

"몰네스에게는 방을 빌릴 돈만 있었으니까요. 매춘부 비용을 낼 생각이 없었다는 쪽에 걸어보고 싶어요. 그런데 누굴 만날 일이 없었다면 모텔에 갈 이유도 없겠죠? 모텔 주인 말로는 몰네스를 발견했을 때 문이 잠겨 있지 않았다고 했어요. 뭔가 이상하지 않아요? 모텔방은 문을 닫으면 자동으로 잠기잖아요. 분명 몰네스가 일부러 손잡이 버튼을 눌러서 방문을 열어둔 거예요. 범인이 눌러놓을 이유는 없었어요. 범인은 방문을 잠그지 않은 채 떠난 줄도 몰랐을 거예요. 그럼 몰네스는 왜 그랬을까요? 그런 데 자주 다니는 사람이라면 대부분 잠을 잘 때 문을 잠그는 쪽을 선호하지 않을까요?"

리즈는 고개를 가로저었다. "어쩌면 기다리던 사람이 오는 소리를 듣지 못할까봐 그랬을 수도 있죠."

"맞아요. 토냐 하딩이었다면 문을 열어둘 이유가 없었겠죠. 프런트에서 먼저 전화해주기로 약속했으니까. 그렇죠?"

해리가 흥분해서 자리를 옮기려 하자 사공이 배가 뒤집어진다면서 가운데에 앉으라고 소리쳤다.

"몰네스는 만나기로 한 사람의 이름을 숨기고 싶었을 겁니다. 그래서 시 외곽의 모텔에서 만나기로 한 거죠. 비밀회동에 적합한 장소, 정식 숙박부가 없는 곳이니까요."

"흠. 그 사진을 생각하는 거군요?"

"생각을 안 할 수가 없잖아요."

"그런 건 방콕 어디서든 살 수 있어요."

"몰네스는 한발 더 나갔을지도 몰라요. 어쩌면 아동성매매일 수도 있습니다."

"아마도. 어쨌든 이 도시 어디에서나 구할 수 있는 그런 사진 몇 장 말고는 아직 이렇다 할 단서가 없네요."

그들은 강을 따라 한참 올라갔다. 리즈가 넓은 정원의 한쪽 끝에 있는 저택을 가리켰다.

"저 집에 노르웨이 남자가 살아요." 리즈가 말했다.

"어떻게 알아요?"

"그 남자가 저 집을 지을 때 신문에서 한바탕 난리가 났거든요. 보시다시피 사원하고 비슷하잖아요. 불교도들이 저 집에 '이교도' 가 산다고 광분하면서 신성모독이라고 성토했어요. 설상가상으로 그 남자가 분쟁 지역의 국경에 있는 버마 사찰에서 자재를 실어와 저 집을 지은 것으로 드러났어요. 당시 그쪽 분위기가 조금 험악해 졌고, 몇 차례 총격까지 있어서 주민들이 떠났거든요. 버마 북부의 사원은 모두 티크로 지어졌는데, 노르웨이 남자는 거저나 다름없 는 돈으로 사원을 사들였어요. 그런 다음 자재를 뜯어서 방콕으로 들여온 거예요."

"희한한 일이네요." 해리가 말했다. "그 사람 이름이 뭡니까?"

"오베 클리프라. 방콕에서 가장 거물급인 건설업자 중 하나예요. 한동안 여기 계시면 그 사람 얘기를 듣게 될 거예요."

리즈는 사공에게 돌아가자고 말했다.

"테이크아웃 좋아해요?"

해리는 플라스틱 그릇에 담긴 누들 수프를 들여다보았다. 하얀 색 면은 희멀겋고 가느다란 스파게티 같았고, 젓가락으로 면을 감 을 때 국물이 예상치 못한 곳으로 튀어서 신경이 쓰였다.

랑산이 들어와서 '토냐 하딩'이 지문을 찍으러 왔다고 알려주 었다.

"원하시면 지금 만나보셔도 됩니다. 그리고 하나 더요. 수파와디 가 지금 차에서 나온 캡슐을 조사하고 있답니다. 결과는 내일 나올 겁니다. 우리 걸 먼저 해주겠답니다."

"인사를 전하면서 캅 콘 크랍이라고 말해줘요." 해리가 답했다.

"뭘 말해달라고요?"

"고맙다고요."

해리가 멋쩍게 웃었고, 리즈는 갑자기 캑캑거리는 통에 밥풀이
튀어나왔다.

11

1월 11일 토요일

해리가 이런 방에서 매춘부를 몇 명이나 심문했는지 정확히 셀수는 없지만 적지는 않았다. 매춘부들은 쇠똥에 파리 떼가 꼬이듯 살인 사건에 끌려드는 것 같았다. 필연적으로 연루된다기보다는 그들에게 언제나 이야깃거리가 있어서였다.

해리는 그들의 웃음과 욕설과 울음을 들어주고, 그들과 친구가 되기도 하고, 사이가 틀어지기도 하고, 거래하기도 하고, 약속을 어기기도 하고, 침도 맞고 따귀도 맞아보았다. 그럼에도 그들의 운명 즉 그들을 만드는 환경에는 무언가가 있었고, 해리는 그것을 알아채고 이해할 수 있을 것 같았다. 정작 해리가 이해하지 못하는 것은 그들의 대책 없는 낙천성이었다. 그들은 인간 정신의 가장 후미진 구석을 보고도 주위 사람들의 선의에 대한 믿음을 잃는 법이 없었다. 해리는 이런 능력이 전혀 없는 경찰을 적잖이 알았다.

이런 이유에서 해리는 심문을 시작하기 전에 딤의 어깨를 토닥이고 담배를 권했다. 뭐라도 캐내기 위해서가 아니라 그녀에게 담배 한 대가 간절해 보였기 때문이다.

딤의 무덤덤한 시선과 굳게 다문 입으로 봐서는 겁을 잘 내는 사람은 아닐 것 같은데, 플라스틱 테이블 앞에 앉은 지금은 안절부절못하고 금방이라도 울음을 터트릴 것처럼 보였다.

"펜 양가이?" 해리가 말했다. '안녕하세요?' 접견실에 들어오기 전에 리즈에게 배운 태국어 두 마디였다.

뇨가 딤의 답변을 통역했다. 그녀는 간밤에 잠을 설쳤고 앞으로는 그 모텔에서 일하고 싶지 않다고 했다.

해리는 딤의 맞은편에 앉아서 두 팔을 테이블에 올려놓고 눈을 맞추려 했다. 딤은 어깨가 조금 처지기는 했지만 여전히 팔짱을 끼고 해리에게서 돌아앉아 있었다.

그들은 그날의 정황을 하나하나 짚었지만 새로 추가할 내용은 없었다. 딤은 모텔방의 방문이 닫혀 있었지만 잠겨 있지는 않았다고 재차 확인해주었다. 휴대전화는 보지 못했으며, 모텔에 도착하고 떠날 때 거기서 일하는 사람 말고는 아무도 보지 못했다고 했다.

해리는 메르세데스를 언급하면서 외교관 번호판을 봤는지 물었고, 딤은 고개를 저었다. 자동차는 보지 못했다고 했다. 별 소득이 없었다. 마지막에 해리는 담뱃불을 붙이면서 그냥 흘러가는 말로 누가 그런 짓을 저지른 것 같으냐고 물었다. 뇨가 통역했고, 해리는 딤의 표정에서 그가 정곡을 찌른 걸 알아챘다.

"뭐래요?"

"그 칼은 쿤사에게서 나온 거래요."

"그게 무슨 뜻이에요?"

"쿤사라고 들어본 적 없어요?" 뇨가 믿기지 않는다는 눈빛으로 그를 보았다.

해리는 고개를 저었다.

"역사상 가장 막강한 헤로인 밀매업자예요. 인도차이나 반도의 각국 정부하고 CIA와 함께 1950년대부터 골든트라이앵글*에서 아편 밀매 시장을 지배해왔어요. 미국은 이런 식으로 이 지역의 활동 자금을 마련해왔고요. 쿤사는 밀림에 사병 조직까지 거느려요."

해리는 아시아판 에스코바르** 이야기를 듣는 기분이었다.

"쿤사는 2년 전에 버마 정부에 항복해서 가택연금 상태에 들어갔어요. 아주 호화로운 집에서 지내기는 하지만. 쿤사가 버마에서 새로 짓는 호텔들에 자금을 댄다는 말도 있고, 여전히 북부 아편조직의 두목이라는 말도 있어요. 저 여자가 생각하는 쿤사는 개인이 아닌 범죄 조직이에요. 그래서 두려워하는 거고요."

해리는 딤을 찬찬히 뜯어보고는 뇨에게 고개를 끄덕였다.

"보내주세요." 해리가 말했다.

뇨가 통역하자 딤은 놀란 얼굴이었다. 딤은 해리 쪽으로 돌아앉아 그의 눈을 마주보고는 두 손을 얼굴 높이에 모으고 고개를 숙였다. 매춘으로 잡혀 들어갈 줄 알았나 보군. 해리는 짐작했다.

해리는 딤에게 웃어주었다. 딤은 책상 위로 몸을 숙이며 서툰 영어로 물었다.

"아이스스케이트 좋아하세요, 선생님?"

"쿤사? CIA?"

오슬로에서 걸려온 전화가 치직거렸다. 소리가 울려서 수화기로 외무부의 토르후스에게 말하는 해리 자신의 목소리가 들렸다.

"미안합니다만, 홀레, 열사병에라도 걸렸습니까? 사람이 등에 칼이 꽂힌 채 발견됐고, 그 칼은 태국 북부 어디서나 구할 수 있는 겁

---

* 태국, 라오스, 미얀마 국경의 삼각형을 이루는 지역으로, 아편과 헤로인의 주요 생산지.
** 콜롬비아의 마약왕.

니다. 신중히 행동하라고 그렇게 당부했는데, 지금 동남아시아 범죄 조직을 소탕하겠다는 겁니까?"

"아닙니다." 해리는 책상에 두 발을 올렸다. "그럴 생각은 눈곱만큼도 없어요, 토르후스. 저는 그저 어느 박물관의 전문가가 그 칼은 구하기 어려운 희귀한 칼이라고 했다는 걸 말씀드리는 겁니다. 여기 경찰은 아편 조직에서 더 접근하지 말라고 보내는 경고일 수 있다고 보지만 저는 그렇게 생각하지 않습니다. 범죄 조직이 우리 쪽에 뭔가 말하고 싶었다면 골동품 칼 한 자루를 버리지 않고 좀 더 직접적인 방법을 썼을 테니까요."

"그래서 무슨 말을 하려는 겁니까?"

"당장은 단서들이 그쪽 방향을 가리키고 있다는 겁니다. 하지만 여기 경찰서장은 제가 아편 얘기를 꺼내니 아주 정색을 하더군요. 알아보니 이 지역은 혼돈 그 자체였습니다. 서장은 한마디로 벌집을 들쑤실 생각이 없는 거고요. 그래서 일단 몇 가지 그럴듯한 가설을 확인하고 지워나가고 싶습니다. 대사가 범죄에 연루되었을 가능성. 가령 아동포르노 같은 거요."

전화선 저쪽이 잠잠해졌다.

"그렇게 볼 만한 근거가 없ㅡ." 토르후스가 입을 열었지만 나머지는 혼선되어 들리지 않았다.

"다시 말씀해주세요."

"몰네스가 소아성애자라고 볼 근거가 없다고 했소. 지금 그 얘기를 하는 거라면."

"예? 그렇게 볼 근거가 없다고요? 지금 저랑 기자회견을 하시는 게 아닙니다, 토르후스. 수사를 진척시키기 위해 제가 알아야 하는 기본정보를 묻는 겁니다."

대답이 없어서 잠깐 해리는 전화가 끊어진 줄 알았다. 잠시 후 토르후스의 목소리가 돌아왔고, 지구 반대편과의, 연결 상태가 좋지 않은 전화선으로도 저쪽의 냉랭한 기운이 전해졌다.

"알아야 할 내용을 다 말해주겠소, 홀레. 당신이 알아야 할 건, 사태를 수습해야 한다는 겁니다. 대사가 무슨 일에 연루됐는지는 쥐뿔도 관심 없소. 내 입장에서는 대사가 헤로인을 밀수하든 남색을 밝히든, 언론이나 다른 데서 낌새를 채지 않는 한 다 괜찮소. 다른 스캔들이 터지면 그게 무슨 일이든 당신이 개인적으로 책임져야 할 게요. 내 말 알아들었소, 홀레? 더 궁금한 거 있습니까?"

토르후스는 숨도 쉬지 않고 말을 쏟아냈다.

해리가 책상을 발로 차자 전화기와 옆자리 동료들이 들썩였다.

"똑똑히 알아들었습니다." 해리는 이를 악물고 말했다. "그럼 이제 제 얘기를 들어보시죠." 해리는 일단 말을 끊고 심호흡을 했다. 맥주 한 잔, '딱 한 잔'만. 그는 담배를 물고 맥주 생각을 떨쳐내려 했다. "몰네스가 어떤 일에 휘말렸다면 그 일에 연루된 노르웨이인이 몰네스 한 사람일 리가 없습니다. 몰네스가 여기서 지낸 짧은 기간 동안 태국 지하세계에 깊숙이 개입됐을 리는 없다고 봅니다. 노르웨이인이 파타야의 호텔방에서 남자아이들과 함께 있다가 붙잡힌 사건은 신문에서 보셨겠죠? 여기 경찰은 그런 사건을 좋아합니다. 언론에 보도하기도 좋고, 소아성애자는 헤로인 조직보다 잡아들이기 쉬우니까요. 태국 경찰은 벌써 손쉬운 먹잇감의 냄새를 맡고 이번 사건이 공식적으로 종결되어서 제가 본국으로 돌아가기를 기다리는 겁니다. 노르웨이 신문사들이 기자들을 대거 파견할 테고 순식간에 대사의 이름이 오르내릴 겁니다. 현재는 태국 경찰과 모두 비밀에 부치기로 협약을 맺은 상태니까, 그런 자들을 지금

잡을 수 있다면 그런 쪽 스캔들을 피할 수 있겠지만요."

해리는 저쪽이 그의 이야기를 소화하는 소리를 들을 수 있었다.

"원하는 게 뭡니까?"

"여기 온 지 24시간밖에 안 됐는데 벌써 이 사건은 전혀 진전이 없을 거라는 예감이 듭니다. 은폐하려는 뭔가가 있으니까요. 국장 님이 아직 밝히지 않은 얘기를 듣고 싶습니다. 몰네스에 관해 뭘 알고 계시고, 그가 어떤 일에 연루됐는지."

"당신이 알아야 할 건 다 말했소. 그 이상은 없어요. 그렇게 못 알아듣겠소?" 토르후스가 신음소리를 냈다. "솔직히 얻고 싶은 게 뭡니까, 홀레? 당신도 이 일을 조속히 마무리하기를 바라는 줄 알 았는데."

"저는 경찰이고 제 할 일을 하는 겁니다, 토르후스."

토르후스가 웃었다. "아주 감동적인 말이로군요, 홀레. 다만 내 가 당신에 관해 몇 가지를 알고 있다는 점을 잊지 말아요. 나는 '나 는 정직한 경찰일 뿐'이라고 떠벌리는 그 따위 말은 믿지 않소."

해리는 수화기에 대고 기침을 했고 그 울림이 둔탁한 총성처럼 되돌아왔다. 해리는 뭐라고 중얼거렸다.

"뭐라고요?"

"연결 상태가 좋지 않다고 했습니다. 잘 생각해보십시오, 토르후 스. 그리고 하실 말씀이 생각나면 전화주시고요."

해리는 화들짝 놀라서 잠이 깼다. 침대에서 벌떡 일어나서 간신 히 화장실에 뛰어가 속을 게웠다. 변기에 앉자 이제는 몸의 다른 쪽 끝에서 흘러나왔다. 방 안에서 한기가 느껴지는데도 땀이 비 오 듯 쏟아졌다.

진탕 마시고 깨는 과정이 전에는 더 지독했다고 그는 혼자 중얼거렸다. 이제는 나아졌기를 바랐다.

해리는 엉덩이에 비타민 B 주사를 놓고 다시 침대로 향했다. 주사는 지독히도 얼얼했다. 오슬로의 매춘부 베라가 생각났다. 15년이나 헤로인을 한 여자. 정신이 아직 몽롱한 채로 다시 바늘을 꽂은 적도 있다고 했다.

해리는 어스름 속에서 무언가 싱크대에서 움직이면서 더듬이 두 개를 이리저리 흔드는 것을 보았다. 바퀴벌레 한 마리. 엄지만 한 크기이고 등에는 주황색 줄이 하나 있었다. 이렇게 생긴 놈은 한 번도 본 적이 없었지만 그렇게 이상한 일도 아닌 것 같았다. 어디선가 읽었는데 바퀴벌레는 종류가 3천 가지라고 했다. 그리고 바퀴벌레는 누가 다가오는 진동을 듣고 숨어버려서 바퀴벌레 한 마리가 눈에 띄면 적어도 열 마리가 숨어 있다고 했다. 말하자면 어디에나 있다는 뜻이었다. 바퀴벌레는 무게가 얼마나 될까? 10그램? 금 간 곳이나 테이블 뒤에 백 마리 넘게 숨어 있다면 방 안에 있는 바퀴벌레가 적어도 1킬로그램은 된다는 뜻이다. 해리는 몸을 떨었다. 자기보다는 바퀴벌레들이 더 두려워할 거라는 사실이 위안이라면 위안이었다. 때로는 술이 해롭기보다는 '이롭다는' 생각이 들었다. 그는 눈을 감고 생각을 떨쳐내려 했다.

12

1월 12일 일요일

결국 그들은 차를 세워놓고 걸어서 주소를 찾아다니기 시작했다. 뇨는 주요 도로와 '소이'라는, 번호가 붙은 골목으로 이루어진 방콕의 독창적인 주소 제도를 설명하려고 애썼다. 집집마다 위치순으로 주소가 붙지 않고 새로 지은 집은 도로의 어느 위치에 있든 다음의 아무 번호나 붙는다는 게 문제였다.

그들은 좁은 골목을 지나갔다. 골목은 거실의 연장이었다. 사람들은 집 앞에 나와서 신문도 보고 재봉틀로 바느질도 하고 음식도 만들고 오후의 낮잠도 즐겼다. 교복을 입은 소녀들 몇이 그들 뒤에서 큰소리로 부르며 깔깔댔고, 뇨는 해리를 가리키며 아이들의 이런저런 물음에 답해주었다. 소녀들은 손을 입에 대고 까르르 웃었다.

뇨는 재봉틀 앞에 앉은 여자에게 말을 걸었고, 그녀는 문 하나를 가리켰다. 그들이 노크하자 잠시 후 카키색 반바지를 입고 셔츠를 풀어헤친 남자가 문을 열었다. 해리는 예순 살 정도로 짐작했지만 눈매와 주름살만이 나이를 드러냈다. 뒤로 매끈하게 빗어 넘긴 검은 머리에 흰머리 몇 가닥이 섞여 있었고, 근육이 잡힌 호리호리한 몸매는 서른 살로도 보였다.

뇨가 몇 마디 건네자 남자는 고개를 끄덕이면서 해리를 보았다. 그러더니 양해를 구하고 다시 안으로 들어갔다. 잠시 후 남자가 다림질한 흰색 반팔 셔츠에 긴 바지를 입고 나왔다.

그는 의자 두 개를 가지고 나와서 골목에 놓았다. 놀랍도록 유창한 영어로 해리에게 의자 하나를 권하고 자기는 다른 의자에 앉았다. 뇨는 옆에 서서 계단에라도 앉으라는 해리의 신호를 보일 듯 말 듯한 고갯짓으로 거절했다.

"해리 홀레입니다, 산펫 씨. 노르웨이 경찰에서 나왔습니다. 몰네스에 관해 몇 가지 여쭤보고 싶습니다."

"몰네스 '대사님' 말씀이군요."

해리는 그를 보았다. 그는 부지깽이처럼 꼿꼿이 앉아서 갈색 검버섯이 핀 두 손을 무릎에 얹었다.

"물론. 몰네스 대사님요. 노르웨이 대사관에서 30년 가까이 운전기사로 일하셨다고요."

산펫은 긍정의 뜻으로 눈을 감았다.

"대사님을 존경하셨다고요?"

"훌륭하신 분이에요. 너그럽고 좋은 분이에요. 그리고 똑똑하시고."

그는 손가락 하나로 이마를 톡톡 치면서 훈계하는 얼굴로 해리를 보았다.

해리가 몸을 떠는 사이 땀이 등줄기를 타고 내려가 바지 속으로 흘러들어갔다. 그는 주위를 둘러보면서 의자를 옮길 만한 그늘을 찾아봤지만 해가 중천인 데다 골목에는 낮은 집들뿐이었다.

"저희가 찾아온 건 기사님이 대사님의 습관을, 그러니까 어디에

가고 누구를 만나는지 제일 잘 아셔서입니다. 게다가 개인적으로도 가깝게 지내셨다면서요. 그날 무슨 일이 있었습니까?"

산펫은 침착하게 앉아서 해리와 뇨에게 대사가 행선지를 알리지 않고 나가면서 직접 운전하고 싶다고 했고, 운전기사는 원래 근무 시간에 다른 업무가 없기 때문에 매우 이례적인 일이었다고 설명했다. 그는 5시까지 대사관에서 기다리다가 퇴근했다고 했다.

"혼자 사십니까?"

"마누라가 14년 전에 교통사고로 저세상 사람이 됐어요."

해리는 왠지 그가 정확한 개월 수와 날짜까지 말할 수 있을 것 같았다. 그들 부부에게는 자식이 없었다.

"대사님을 모시고 어디에 다녔습니까?"

"다른 대사관들요. 회의하는 데에도 가고. 노르웨이 사람들 집에도 가고."

"노르웨이 사람들이라면 누구죠?"

"별별 사람 다요. 스타토일*, 하이드로**, 요튼***, 스타츠콘술트**** 사람들요."

그는 노르웨이 이름을 완벽하게 발음했다.

"이중에 아는 사람이 있습니까?" 해리는 산펫에게 명단을 건넸다. "대사님이 사망한 날 휴대전화로 전화한 사람들이에요. 명단은 전화회사에서 입수했고요."

산펫은 안경을 꺼냈지만 여전히 종이를 멀찍이 들고 소리 내서 읽었다. "11:10. 방콕 도박 서비스."

* 노르웨이 석유회사.
** 노르웨이 석유회사.
*** 노르웨이 산업용 페인트회사.
**** 현재는 말소된 노르웨이 정부 소유의 컨설팅 회사.

그는 안경 너머로 유심히 보았다. 그리고 눈을 들었다.

"대사님은 경마에 돈을 조금 거는 걸 좋아하셨어요." 그리고 미소를 지으며 덧붙였다. "가끔 따기도 하셨어요."

뇨가 발을 바꿔 디뎠다.

"와라착 로드는 뭡니까?"

"그건 공중전화에서 걸려온 전화예요. 계속하세요."

"11:55. 노르웨이 대사관."

"이상한 건 오늘 아침에 대사관에 전화해봤는데 그날은 아무도 대사님과 통화한 기억이 없다는 겁니다. 로비 여직원조차도."

산펫은 어깨를 으쓱했고, 해리는 계속하라고 손짓했다.

"12:50. 오베 클리프라. 이 사람 이름은 들어보셨죠?"

"아마도."

"이 사람은 방콕 최고의 부자들 중 한 사람이에요. 신문에서 보니까 최근에 라오스에서 수력발전소를 팔았다던데. 사원에 삽니다." 산펫이 중얼거렸다. "이 사람하고 대사님은 전부터 아는 사이였어요. 두 분이 같은 지방 출신이었어요. 올레순이라고 들어봤습니까? 대사님이 초대해서……."

산펫은 그 얘기는 그만하자는 듯 팔을 들었다. 지금 말할 주제가 아니었다. 그는 다시 명단으로 돌아갔다.

"13:15. 옌스 브레케."

"누구죠?"

"통화 중개인이에요. 몇 년 전에 덴스 노르스케 은행에서 바클레이스 타일랜드로 온 사람."

"좋아요."

"17:55. 망콘 로드?"

"그것도 공중전화에서 온 전화예요."

명단에는 남은 이름이 없었다. 해리는 속으로 욕을 했다. 무엇을 기대했는지는 모르지만 운전기사가 준 정보는 한 시간 전에 톤에 비그와 통화하면서 들은 내용에서 나아가지 않았다.

"천식이 있습니까, 산펫 씨?"

"천식요? 없습니다만 왜요?"

"차에서 알약 하나를 찾았거든요. 실험실에 확인해달라고 보냈죠. 놀라지 마세요, 산펫 씨. 통상적으로 하는 일이니까요. 그게 천식약이더군요. 그런데 몰네스 집안에는 천식 환자가 없거든요. 누구 약인지 아시겠어요?"

산펫은 고개를 저었다.

해리는 의자를 운전기사 쪽으로 끌어당겼다. 길에서 취조하는 게 익숙치 않은 데다 좁은 골목이라 주위에 있던 사람들이 모두 엿듣는 느낌이었다. 해리는 목소리를 낮추었다.

"미안하지만 당신은 거짓말을 하고 있어요. 대사관 로비 여직원이 천식약을 먹는 걸 내 눈으로 똑똑히 봤어요, 산펫 씨. 당신은 하루에 반나절은 대사관에 앉아 있어요. 30년을 대사관에서 일했으니까 누가 화장지 갈아 끼우는 것까지 다 꿰고 있을 텐데요. 로비 여직원이 천식인 줄 몰랐다고 우기실 겁니까?"

산펫은 냉정하고 차분한 눈으로 해리를 보았다.

"전 그저 누가 그 차에 천식약을 놔뒀는지 모른다고 말씀드린 겁니다, 형사님. 방콕 사람들은 천식에 많이 걸리고, 그런 사람들 중 몇이 대사님 차에 탔겠죠. 미스 아오는 제가 아는 한 그럴 리가 없습니다."

해리는 산펫을 살폈다. 이 남자는 태양이 하늘에서 심벌즈처럼 작열하는데도 어떻게 이마에 땀 한 방울 흘리지 않고 앉아 있을 수 있는 걸까? 해리는 다음 질문이 노트에 적혀 있는 것처럼 흘긋 내려다보았다.

"대사님께서 차에 아이들을 태운 적이 있습니까?"

"무슨 말씀인지?"

"가끔 아이들을 태웠습니까? 대사님을 모시고 학교나 유치원 같은 곳에 다녔습니까? 알아들어요?"

산펫은 눈 하나 깜빡이지 않았지만 허리를 곧추 세웠다.

"알아들었습니다. 대사님은 '그런' 분이 아닙니다." 산펫이 말했다.

"어떻게 아십니까?"

어떤 남자가 신문에서 고개를 들었고, 해리는 언성이 높아진 걸 깨달았다. 산펫은 목례를 했다.

해리는 멍해진 느낌이었다. 멍하고 몸이 안 좋고 땀이 줄줄 흘렀다. 그런 순서였다.

"죄송합니다. 기분 상하게 할 생각은 아니었습니다."

늙은 운전기사는 해리를 통과하듯 바라보면서 아무것도 들리지 않는 양 굴었다.

"이제 가봐야겠군요." 해리가 일어섰다. "그리그를 좋아하신다고 해서 이걸 가져왔습니다." 해리는 카세트테이프를 꺼냈다. "그리그의 교향곡 C단조예요. 1981년에 처음 연주된 작품이라 기사님한테도 없을 것 같아서요. 그리그를 사랑하는 사람이라면 하나 소장해야죠. 받아주세요."

산펫은 일어서서 놀란 얼굴로 테이프를 받아들고 바라보았다.

"이만 가보겠습니다." 그리고 해리는 어설프게나마 호감을 사려는 뜻에서 '와이'라는 이름의 태국식 인사를 하고 뇨에게 눈짓을 보냈다.

"잠깐만요." 산펫이 입을 열었다. 그의 시선은 테이프에 머물러 있었다. "훌륭한 분이었어요. 하지만 행복한 사람은 아니었지요. 대사님은 약점이 하나 있었습니다. 그분 이름을 더럽히고 싶지는 않는데…… 가끔 경마로 돈을 많이 잃었습니다."

"다들 그래요." 해리가 말했다.

"5백만 바트까지는 아니겠죠."

해리는 머릿속으로 금액을 계산해보려 했다. 뇨가 그를 구해주었다.

"10만 달러예요."

해리가 휘파람을 불었다. "가만, 가만, 그만한 금액을 감당하려면……."

"감당하지 못하셨어요." 산펫이 말했다. "방콕의 고리대금업자들한테서 빚을 얻었어요. 지난 몇 주 동안 그 사람들이 여러 번 전화를 했고요." 산펫은 해리를 보았다. 산펫의 표정을 읽어내기 어려웠다. "개인적으로 전 도박 빚은 꼭 갚아야 한다고 생각합니다. 하지만 누구든 돈 때문에 그분을 살해했다면 반드시 벌을 받아야 해요."

"그래서 대사님이 행복한 사람이 아니었다는 건가요?"

"인생이 순탄치 않았어요."

해리는 뭔가를 떠올렸다. "맨유라는 말 들으면 생각나는 거 있습니까?"

산펫의 표정이 어두워졌다.

"사건 당일에 대사님 달력에 적혀 있었어요. TV 가이드를 봤는데 그날 맨체스터 유나이티드 경기를 틀어주는 채널은 없더군요."

"아, 맨체스터 유나이티드." 산펫이 미소를 지었다. "그건 클리프라예요. 대사님이 그 사람을 미스터 맨유라고 부르셨어요. 그 사람은 영국으로 날아가 경기를 보고 그 팀의 주식을 많이 사들였어요. 아주 별난 사람이지요."

"곧 알게 되겠군요. 나중에 만나볼 겁니다."

"연락이 닿기나 하면요."

"무슨 말씀인가요?"

"형사님은 클리프라한테 연락하지 못해요. 그 사람이 연락합니다."

필요한 건 다 건졌다고 해리는 생각했다. 캐리커처.

"도박 빚이 나오니까 그림이 확 달라지는데요." 차에 돌아가서 뇨가 말했다.

"그럴지도." 해리가 말했다. "10만 달러가 큰돈이긴 하지만 그게 다일까요?"

"방콕에서는 그보다 적은 돈으로도 사람들이 죽어나가요. 훨씬 적은 돈으로도. 정말이라니까요." 뇨가 말했다.

"지금 난 고리대금업자 얘기를 하는 게 아니라 아틀레 몰레스를 두고 하는 말입니다. 아주 부유한 집안 사람이에요. 틀림없이 돈을 갚을 수 있었어요. 적어도 생사가 걸린 일이었다면. 뭔가 석연치 않아요. 산펫 씨는 어떤 것 같아요?"

"미스 아오 얘기는 거짓말이에요."

"네? 왜 그렇게 생각하죠?"

뇨는 대답하지 않고 그저 비밀스러운 미소를 지으며 관자놀이를 톡톡 건드렸다.

"무슨 말을 하려는 겁니까, 뇨? 당신은 누가 거짓말을 하는지 안다는 겁니까?"

"어머니한테서 배웠어요. 베트남전쟁 중에 어머니는 소이 카우보이에서 포커 선수로 생활하셨죠."

"말도 안 돼요. 평생 사람들을 심문한 경찰들을 좀 아는데, 그 사람들도 똑같은 소리를 하더군요. 거짓말에 능한 사람의 속을 꿰뚫어볼 수 있다고."

"머릿속의 눈으로 봐야 돼요. 그러면 사소한 것도 놓치지 않을 수 있거든요. 이를테면 형사님은 아까 그리그를 사랑하는 사람이라면 누구나 그 테이프를 소장해야 한다고 말할 때 입을 다 열지 않았죠."

해리는 얼굴에 열이 오르는 느낌이 들었다. "그 테이프는 어쩌다 내 워크맨에 들어 있던 겁니다. 오스트레일리아의 어느 경찰이 그리그의 교향곡 C단조 얘기를 했거든요. 그 양반을 기리기 위해 샀어요."

"어쨌든 통했네요."

뇨는 그들에게 돌진해오는 대형 트럭을 피해 방향을 틀었다.

"망할!" 해리는 겁먹을 겨를도 없었다. "저쪽에서 차선을 잘못 들어선 거잖아요!"

뇨가 어깨를 으쓱했다. "저쪽이 우리보다 컸어요."

해리는 손목시계를 보았다. "경찰서에 잠깐 들렀다가 장례식에 참석하러 가야 해요." 그는 '사무실' 앞 벽장에 걸어둔 두꺼운 재킷을 떠올리고 두려움을 느꼈다.

"교회에는 에어컨이 나오면 좋겠군요. 그나저나 아까 그 사람,

햇볕이 뜨거웠는데도 왜 길에 나와서 앉았을까요? 왜 우리를 그늘로 데려가지 않았죠?"

"자존심이죠." 뇨가 말했다.

"자존심?"

"그 사람이 사는 누추한 방은 그가 모는 차와 직장에 비하면 초라하기 짝이 없으니까요. 우리를 집 안에 들이지 않은 건 불편할 것 같아서예요. 그 사람뿐 아니라 우리한테도."

"별난 사람이네."

"여기는 태국이에요." 뇨가 말했다. "저라도 형사님을 저희 집으로 초대하지는 않을 거예요. 계단에서 차를 대접하고 말지."

뇨는 갑자기 우회전을 했고, 바퀴 세 개짜리 툭툭 두 대가 겁먹은 듯 방향을 틀었다. 해리는 자기도 모르게 두 손을 앞으로 내밀었다.

"우리가……."

"……저쪽보다 크죠. 고마워요, 뇨. 이제 원칙을 알겠군요."

13

1월 12일 일요일

"이제 연기가 되어 올라가셨네요." 해리의 옆자리에 있던 사람이 성호를 그으며 말했다. 영향력 있어 보이는 남자였다. 햇볕에 그은 짙은 피부색과 연푸른 눈동자에서 해리는 착색된 목재와 물 빠진 청바지를 떠올렸다. 실크 셔츠의 목 단추가 풀려 있었고, 굵직한 금목걸이가 햇빛에 무광으로 은은하게 빛났다. 코에는 모세혈관이 얇은 그물망처럼 얽혀 있고, 구릿빛 두피가 숱이 줄어가는 머리카락 속에 당구공처럼 반짝거렸다. 로알 보르크는 활기찬 눈동자 덕분에 가까이서 보면 실제 나이인 일흔 살보다 젊어 보였다.

보르크는 장례식장이라는 장소에 아랑곳하지 않는 듯 시끄럽게 떠들어댔다. 그의 노를란 사투리가 둥근 천장 아래 울렸지만 아무도 꾸짖는 눈길로 돌아보지 않았다.

화장터에서 나와서 해리가 인사를 건넸다.

"그러니까 지금까지 경찰 양반이 옆에 서 있었는데도 전 몰랐다는 소리로군요. 다행히 저 아무 말도 안 했어요. 큰일 날 뻔했네."

그가 큰소리로 껄껄 웃으면서 가죽처럼 메마른 노인의 손을 내밀었다. "보르크, 최저 연금 수령자라오." 비꼬는 말투가 그의 눈까지 이르지는 않았다.

"톤에 비그 말로는 여기 노르웨이 지역사회의 정신적 지도자 같은 분이시라고요."

"그렇담 실망하실 텐데요. 보시다시피 늙어빠진 노인네이지, 목자는 아니외다. 더구나 이미 변두리로 옮겼다오. 문자 그대로나 은유적으로나."

"아, 그런가요?"

"불평등의 소굴, 태국의 소돔으로."

"파타야 말씀인가요?"

"맞습니다. 그쪽에 노르웨이 사람이 몇 명 살고 있는데, 제가 질서를 바로잡으려고 힘쓰고 있어요."

"본론부터 말씀드리죠, 보르크. 저희가 오베 클리프라에게 연락해봤는데 정문 경비만 겨우 만났습니다. 경비는 클리프라가 어디 있는지도, 언제 돌아오는지도 모른다는 말뿐이고요."

보르크가 큭큭 웃었다. "클리프라가 잘 지낸다는 소리로 들리는군요."

"그 사람이 자기 쪽에서 먼저 연락하는 걸 좋아한다는 말을 들었지만 지금 저희는 살인 사건을 조사하는 중이라 시간이 많지 않습니다. 선생께서는 클리프라하고 가까운 친구, 그러니까 외부세계와 연결되는 끈 같은 분이시죠?"

보르크는 고개를 모로 기울였다. "나는 그 사람 부관이 아니외다. 그런 뜻으로 하는 말이라면. 다만 그 양반과 연결해줄 수 있느냐는 문제라면 옳게 보셨소. 클리프라는 모르는 사람들과 말하는 걸 좋아하지 않아요."

"클리프라와 대사를 연결해준 분도 선생이셨습니까?"

"처음엔 그랬지요. 하지만 클리프라가 대사를 좋아해서 둘이 같이 시간을 많이 보내더군요. 대사도 순뫼레 출신이었고. 다만 대사는 시골 출신이니 클리프라처럼 진짜 올레순 사람은 아니었지만."

"그렇다면 그 사람이 오늘 여기 오지 않은 게 이상하지 않습니까?"

"클리프라는 늘 여행 중이에요. 며칠째 전화를 받지 않는 걸 보니 베트남이나 라오스에 있는 회사를 보러 가서 대사가 저세상 사람이 된 것도 모르는 것 같아요. 이번 사건이 대서특필되지는 않았으니까."

"보통 심부전으로 사망하면 신문에 크게 나지 않죠." 해리가 말했다.

"그래서 노르웨이 경찰이 예까지 행차하신 겝니까?" 보르크가 물으면서 하얀색 커다란 손수건으로 목덜미의 땀을 닦았다.

"대사가 해외에서 사망하면 의례상 이렇게 합니다." 해리가 말하면서 명함 뒷면에 경찰서 전화번호를 적었다.

"클리프라가 나타나면 여기 이 번호로 연락해주십시오."

보르크는 명함을 가만히 들여다보고 뭔가 말을 꺼내려는 듯싶더니 이내 마음을 바꾸어 명함을 가슴께 주머니에 넣고 고개를 끄덕였다.

"그럼 그쪽 번호를 받았소." 보르크는 악수하고 낡은 랜드로버 쪽으로 향했다. 그의 뒤로 인도에 반쯤 걸친, 방금 세차한 빨간색 페인트칠이 반짝였다. 해리가 몰네스의 집 앞에서 본 포르셰였다.

톤에 비그가 천천히 다가왔다. "보르크가 도움이 되던가요?"

"이번에는 아닙니다."

"클리프라에 관해서는 뭐라고 하던가요? 그 사람이 어디 있는지

126

안대요?"

"아무것도 모르더군요."

톤에는 자리를 뜰 기미를 보이지 않았고, 해리는 어쩐지 그녀가 뭔가 기다린다는 느낌을 받았다. 의심에 사로잡힌 순간, 포르네부 공항에서 외무부 국장이 아무런 감정 없이 응시하던 시선이 떠올랐다. '스캔들은 안 돼요, 알았소?'라고 말하는 시선. 톤에가 해리를 감시하고 있고 너무 멀리 나간다 싶으면 국장에게 보고하라는 지시를 받았을 가능성이 있을까? 해리는 톤에를 보고 이내 그 생각을 접었다.

"빨간 포르셰는 누구 차죠?" 해리가 물었다.

"포르셰요?"

"저기 있는 차. 외스트폴 소녀들은 열여섯 살이 되기 전에 자동차 종류는 다 꿰고 있는 줄 알았는데요?"

톤에 비그는 이 말을 못들은 척하고 선글라스를 썼다. "옌스의 차예요."

"옌스 브레케?"

"예. 저기 있네요."

해리는 돌아섰다. 극적인 검은색 실크 드레스를 입은 힐데 몰네스가 계단에 서 있고 옆에는 검은 양복을 입은 산펫이 심각한 표정으로 서 있었다. 뒤에는 그들보다 젊은 금발 남자가 서 있었다. 해리가 교회에서 본 남자였다. 남자는 온도계에 35도가 찍힌 날씨에도 정장 안에 조끼까지 갖춰 입었다. 눈동자는 고가로 보이는 선글라스 안에 감춰져 있었고, 역시 검은 옷을 입은 여자와 나직이 대화를 나누고 있었다. 해리가 가만히 바라보자 여자는 시선을 알아챈 듯 해리 쪽으로 돌아섰다. 해리는 루나 몰네스를 단번에 알아보지 못했고, 이내 그 이유를 깨달았다. 특유의 '비대칭'이 사라진 것이다. 루나는 계단에 서 있는 다른 사람들보다 키가 컸다. 그녀의 눈길은 해리에게 오래 머물지 않았고, 지루함 말고는 아무런 감정도 드러내지 않았다.

해리는 양해를 구하고 계단으로 올라가서 힐데에게 조의를 표했다. 힐데의 손은 해리의 손 안에서 힘없이 늘어졌다. 힐데는 멍한 눈으로 해리를 보았고, 진한 향수 냄새가 진 냄새를 덮었다.

그러고 나서 해리는 루나에게 돌아섰다. 루나는 손그늘을 만들어 햇빛을 막고 이제야 해리를 알아봤다는 듯 눈을 가늘게 떴다.

"안녕하세요." 루나가 말했다. "드디어 이 피그미의 나라에서 저보다 큰 사람을 만났군요. 저희 집에 오셨던 형사님 아닌가요?"

루나의 목소리에는 은근한 공격성과 십 대 소녀 특유의 억지로 꾸민 듯한 자신감이 묻어났다. 악수하는 손아귀에 힘이 있었다. 해리는 자기도 모르게 반대편 손으로 눈이 돌아갔다. 밀랍 의수가 검은 소매 아래로 튀어나와 있었다.

"형사님?"

옌스 브레케가 불렀다.

그는 선글라스를 벗고 눈을 가늘게 떴다. 헝클어진 금발 앞머리가 투명에 가까운 파란 홍채 앞에 내려왔다. 둥근 얼굴에는 아직 소년처럼 젖살이 남아 있었지만 눈가의 주름이 서른은 넘은 것을 드러냈다. 아르마니 정장 대신 클래식한 델 조르지오를 차려 입고 검은 거울 같은 발리 수제화를 신었지만, 해리의 눈에는 어딘가 모르게 어른 옷을 입은 버릇없는 열두 살짜리 소년처럼 보였다. 해리가 자신을 소개했다.

"노르웨이 경찰에서 절차상 몇 가지 조사하러 나왔습니다."

"그렇군요. 보통 이렇게까지 하십니까?"

"사건 당일에 대사님과 통화하지 않으셨습니까?"

브레케는 놀란 눈으로 해리를 보았다. "맞아요. 어떻게 아셨어요?"

"대사님 휴대전화를 발견했습니다. 대사님이 마지막으로 전화를 건 번호 다섯 개 중에 당신 전화번호가 있었고요. 대사님이 1시 15분에 전화를 걸었더군요."

해리는 브레케의 얼굴을 찬찬히 살폈지만 모호하거나 혼란스러운 표정은 보이지 않았다.

"얘기 좀 나눌 수 있을까요?"

"들려주세요." 브레케는 마술을 부리듯 검지와 중지 사이에 명함을 끼워서 내밀었다.

"댁으로요, 회사로요?"

"집은 잠자는 곳이죠."

브레케의 입꼬리에 걸린 희미한 미소를 '볼' 수는 없었지만 그럼에도 해리는 거기에 미소가 걸려 있다는 것을 알았다. 그에게는 형사를 만나는 일이 그저 신나는 놀이, 약간의 일탈처럼 보였다.

"실례해도 될까요?"

브레케는 루나의 귀에 몇 마디 속삭이고 힐데에게 고개를 끄덕이고는 조깅하듯 자신의 포르셰로 뛰어갔다. 주위가 한산해지고 있었다. 산펫은 힐데 몰네스를 데리고 대사관 차로 향했고, 해리는 그 자리에 남아 루나 옆에 서 있었다.

"대사관에서 모인다던데." 해리가 말했다.

"알아요. 엄마는 가고 싶지 않대요."

"그렇군. 식구들끼리 있고 싶겠지."

"아뇨." 루나가 말했다.

해리는 산펫이 힐데 뒤에서 문을 닫고 차를 돌아서 앞으로 걸어오는 모습을 보았다.

"음, 나랑 택시를 타고 가도 돼. 네가 원한다면."

해리는 이 말이 어떻게 들렸을지 깨닫고 귓불이 달아오르는 느낌을 받았다. '가고 싶으면'이라고 말할 생각이었다.

루나는 해리를 흘끔 올려다보았다. 루나의 눈동자는 검은색이었고, 그 눈이 무슨 말을 하는지 해리는 몰랐다.

"싫어요." 루나는 대사관 차로 걸음을 옮겼다.

분위기가 착 가라앉았고, 말을 많이 하는 사람도 없었다. 톤에 비그가 해리를 모임에 초대했고, 둘은 한구석에서 잔을 빙빙 돌리고 있었다. 톤에는 마티니를 두 잔째 비웠다. 해리는 물을 달라고 했지만 물 대신 끈적하고 달달한 오렌지주스를 받았다.

"그럼 노르웨이에 가족이 있는 거죠, 해리?"

"몇 명요." 해리는 갑작스런 화제 전환이 무슨 의미인지 몰라 미심쩍어하면서 대꾸했다.

"저도요. 부모님하고 오빠랑 언니가 있어요. 이모하고 삼촌도 두어 명씩 있고, 조부모님은 안 계세요. 이게 다네요. 형사님은요?"

"비슷해요."

미스 아오가 음료 쟁반을 들고 그들 옆을 지나갔다. 그녀는 옆선에 긴 트임이 들어간, 정갈한 태국 전통 드레스를 입고 있었다. 해리는 눈으로 그녀를 쫓았다. 대사가 유혹에 넘어갈 만도 했다.

반대편의 커다란 세계지도 앞에 한 남자가 무게중심을 구두 뒤축에 두고 다리를 넓게 벌린 채 서서 몸을 흔들고 있었다. 떡 벌어진 어깨에 등을 꼿꼿이 폈으며, 희끗희끗한 머리를 해리처럼 아주 짧게 쳤다. 눈은 반쯤 감긴 것 같고 입을 굳게 다물고 뒷짐을 지고 있었다. 멀리서도 군인의 풍모가 엿보였다.

"저 사람은 누구죠?"

"이바르 뢰켄. 대사님은 저분을 LM이라고 부르셨어요."

"뢰켄요? 재밌네요. 오슬로에서 받은 직원 명단에는 없었는데. 뭐하는 사람이죠?"

"좋은 질문이에요." 톤에는 킥킥 웃으면서 음료를 홀짝였다. "미안해요, 해리. 참, 해리라고 불러도 돼요? 제가 좀 취했나 봐요. 지난 며칠 동안 일이 많아서 잠을 제대로 못 잤거든요. 작년에 몰네스 대사님이 부임한 직후에 온 사람이에요. 거칠게 말하자면 외무부에서 어디에도 올라가지 못하는 부서에 소속된 사람이에요."

"그게 무슨 뜻입니까?"

"승진 길이 막힌 거죠. 국방부에서 무슨 일인가 하다가 왔다는데 언젠가부터 저 사람 이름 뒤에 '하지만'이 너무 자주 붙었어요."

"하지만?"

"외무부 사람들끼리 하는 말인데 못 들어봤어요? '그 사람은 좋은 외교관이야. 하지만 술을 마시지. 하지만 여자를 너무 좋아하더군' 같은 식으로. '하지만' 다음에 나오는 말에 방점이 찍히죠. 그런 말들로 외무부에서 어디까지 올라갈 수 있는지 결정되거든요. 독실한 체하는 평범한 인간이 꼭대기에 그렇게 많은 이유죠."

"그럼 저 사람의 '하지만'은 뭐고 왜 여기 있습니까?"

"솔직히 말하면 잘 모르겠어요. 회의도 하고 오슬로에 이상한 보고서를 작성하긴 하는데 자주 보이지 않아요. 혼자 있는 걸 좋아하는 사람 같아요. 가끔 텐트와 말라리아약, 배낭 가득 사진 장비를 챙겨서 베트남이나 라오스, 캄보디아로 떠나거든요. 왜, 그런 부류 아시잖아요?"

"아마도. 어떤 보고서를 작성합니까?"

"모르죠. 대사님이 다 알아서 하시니까."

"모른다니요? 대사관에 직원이 많지 않던데. 기밀인가요?"

"무슨 목적으로요?"

"그야 방콕은 아시아의 중심이잖아요."

톤에는 해리를 보면서 애석한 미소를 지었다. "저도 우리가 그렇게 흥미진진한 일을 했으면 좋겠네요. 하지만 제 생각에 외무부는 저 사람을 여기 오래 머물게 해줄 뿐이고, 저 사람은 주로 국왕과 국가에 충성을 다해요. 게다가 전 비밀서약에 매인 몸이고요."

톤에는 다시 낄낄 웃으면서 해리의 팔에 손을 댔다. "우리 다른 얘기 할까요?"

해리는 화제를 바꾸어 잠시 대화를 나누고는 마실 것을 더 얻으러 자리를 떴다. 인간의 몸은 물 60퍼센트로 이루어져 있다는데 낮 동안 몸속의 수분이 청회색 하늘로 증발해버린 느낌이었다.

해리는 그 방 뒤쪽에서 산펫과 같이 서 있는 아오를 발견했다. 산펫은 그에게 침착하게 목례를 했다.

"물 좀 있어요?" 해리가 물었다.

아오가 그에게 물 한 잔을 건넸다.

"LM이 무슨 뜻입니까?"

산펫이 눈썹을 추켜세웠다. "뢰켄 씨 말입니까?"

"그래요."

"직접 물어보시지 그러세요?"

"당사자 몰래 부르는 이름인가 해서요."

산펫은 쓴웃음을 지었다. "L은 '생존Living'에서 유래했고, M은 '모르핀Morphine'을 뜻합니다. 그분이 베트남전쟁 막바지에 유엔군으로 참전하던 중에 얻은, 오래된 별명이에요."

"베트남요?"

산펫이 보일 듯 말 듯 고개를 끄덕였고, 아오는 자리를 비켰다.

"뢰켄이 베트남 부대하고 착륙지대에서 헬리콥터를 기다리고 있을 때 베트콩 순찰대에 공격당했어요. 사방천지 피바다가 되고 뢰켄도 총을 맞았지요. 총알이 목의 근육 하나를 관통했어요. 미군은 이미 베트남에서 철수한 뒤였지만 아직 의무병은 남아 있었어요. 의무병들이 코끼리부들 수풀에서 뛰어다니면서 병사들에게 응급처치를 했어요. 부상병의 헬멧에 분필로 표시해서 임시 의료차트로 삼았어요. D라고 적혀 있으면 사망자라는 뜻이니까 뒤따라오는 의무병이 시간을 허비하지 않아도 되었죠. L은 생존자라는 뜻이고 M은 모르핀을 투여했다는 뜻이었어요. 혹시라도 모르핀을 여러 번 투여해서 과잉 투여로 사망하지 않도록 표시해둔 겁니다."

산펫이 뢰켄 쪽으로 고갯짓을 했다.

"의무병들이 저분을 발견했을 때는 이미 의식을 잃은 상태라서 모르핀을 투여하지 않고 헬멧에 그냥 L이라고만 적고는 다른 부상병들과 함께 헬리콥터에 실었어요. 뢰켄이 고통스런 비명과 함께 정신을 차렸을 때 처음에는 자기가 어디 있는지 몰랐어요. 그러다 정신이 들어 위에 얹혀 있던 시신을 밀치고 다른 병사에게 주사를 놓던 흰 완장을 찬 사람에게 모르핀을 달라고 비명을 질렀지요. 의무병은 그의 헬멧을 툭 치면서 '이봐, 미안하지만 벌써 잔뜩 놔줬어.' 믿기지 않아서 헬멧을 벗어보니 정말 L하고 M이 적혀 있었어요. 그런데 사실은 뢰켄의 헬멧이 아니었어요. 돌아보니 다른 부상병이 막 팔에 주사를 맞았죠. L이라고 적힌 헬멧을 살펴보다가 띠 밑에 끼어 있는 찌그러진 담뱃갑과 유엔 배지를 보고 어찌 된 일인지 알아챘어요. 그 병사가 모르핀을 더 맞으려고 헬멧을 바꿔치기 한 겁니다. 뢰켄은 소리를 질렀지만 그의 고통스런 비명은 헬리콥터가 이륙할 때 나는 요란한 엔진 소리에 묻혀버렸어요. 뢰켄은 헬리콥터가 골프장에 착륙할 때까지 반시간 동안 비명을 지르면서 누워 있었어요."

"골프장에요?"

"주둔지요. 우린 그렇게 불렀어요."

"그럼 당신도 거기 있었군요?"

산펫은 고개를 끄덕였다.

"그래서 그 얘기를 그렇게 잘 아시는군요?"

"저는 자원 의무병이었고, 제가 그때 그들을 받았어요."

"그래서 어떻게 됐습니까?"

"뢰켄이 저기 저렇게 서 있잖아요. 다른 병사는 다시는 깨어나지 못했어요."

"과잉 투여로요?"

"흠, 복부의 총상이 사인은 아니었으니까."

해리는 고개를 절레절레 저었다. "그리고 지금 당신과 뢰켄이 같은 직장에 있군요."

"우연이에요."

"그런 일이 일어날 확률이 얼마나 될까요?"

"세상은 좁잖아요." 산펫이 말했다.

"LM." 해리는 이렇게 말하고는 잔을 비우고 물을 더 마셔야겠다고 중얼거리면서 아오를 찾으러 갔다.

✝

"대사님이 그리우시죠?" 해리는 주방에서 아오를 발견하고 물었다. 아오는 냅킨을 접어서 유리잔을 감싸고 고무줄로 고정시키고 있었다.

아오는 놀란 얼굴로 해리를 쳐다보다가 고개를 끄덕였다.

해리는 두 손으로 빈 잔을 들고 있었다.

"그분하고 얼마나 사귀었죠?"

해리는 아오의 아주 조그만 입이 벌어지고 머릿속에 아직 준비되지 않은 대답을 하려다가 금붕어처럼 빠끔거리기만 하는 걸 보았다. 분노가 눈까지 올라와 있어서 해리는 뺨을 맞을 것으로 반쯤 기대했지만 분노는 다시 사그라졌다. 대신 아오의 두 눈에 눈물이 차올랐다.

"미안해요." 해리는 미안하지 않은 투로 말했다.

"당신—"

"미안하지만 저로서는 이 질문을 해야 합니다."

"하지만 전……." 아오는 목청을 가다듬고 나쁜 생각을 떨쳐내려는 양 어깨를 올렸다 내렸다. "대사님은 결혼하신 분이에요. 그리고 전……."

"당신도 결혼했습니까?"

"아뇨, 하지만……."

해리는 아오의 팔을 가볍게 잡고 주방문에서 안쪽으로 데리고 들어갔다. 해리를 돌아보는 두 눈이 다시 분노로 이글거렸다.

"이봐요, 미스 아오. 대사님은 모텔에서 발견됐어요. 무슨 뜻인지 알잖아요. 그분이 같이 잔 사람이 당신만은 아니라는 뜻이에요."

해리는 아오를 살피면서 그 말이 어떤 영향을 미치는지 지켜보았다.

"우린 지금 살인 사건을 수사하는 중이에요. 그분께 신의를 지키려고 애쓸 이유가 없어요. 아시겠어요?"

아오는 훌쩍거렸고, 해리는 자기가 아오의 팔을 흔들고 있는 것을 깨달았다. 아오는 해리를 보았다. 그 동공이 크고 까맸다.

"겁이 나요? 그래서 그래요?"

아오의 가슴이 들썩였다.

"당신이 살인 사건과 상관이 없다면 한마디도 새어나가지 않게 해준다고 약속하면 좀 나을까요?"

"그분하고 사귀지 않았어요!"

해리는 아오를 뚫어져라 살펴봤지만 보이는 거라고는 두 개의 까만 눈동자뿐이었다.

"좋아요. 당신 같은 젊은 여자가 유부남인 대사님 차에서 뭘 하고 있었죠? 천식약 먹은 거 말고?"

해리는 빈 물컵을 쟁반에 놓고 자리를 떠났다. 멍청한 말이긴 해도 무슨 일이든 벌어지게 하려면 기꺼이 던져볼 용의가 있었다. 무슨 말이든.

14

1월 12일 일요일

엘리자베스 도로시아 크럼리는 기분이 나빴다.

"젠장! 닷새째야. 모텔에서 외국인이 등에 칼이 꽂힌 채 발견됐는데, 지문 하나 나오지 않고 용의자도 없고 빌어먹을 단서 하나 찾지 못했어. 접수원들이랑 토냐 하딩, 모텔 주인들에 이젠 범죄조직까지. 내가 뭐 빠트린 거 있나?"

"악덕 사채업자요." 랑산이 〈방콕포스트〉 너머에서 말했다.

"사채업자가 범죄조직이지." 리즈가 말했다.

"몰네스가 돈을 빌린 사채업자 말고요." 랑산이 말했다.

"뭔 소리야?"

랑산이 신문을 내렸다. "해리, 운전기사는 대사가 사채업자에게 돈을 빌린 줄 안다고 하셨죠? 채무자가 죽으면 사채업자는 어떻게 나올까요? 가족한테 돈을 받아내려고 하겠죠."

리즈가 미심쩍은 눈으로 보았다.

"아직도 집안의 명예 같은 것에 얽매이는 사람들이 있죠. 사채업자들은 장사꾼들이에요. 당연히 어디서든 돈 나올 데가 있으면 끝까지 받아내려고 할 겁니다."

"무슨 뚱딴지같은 소리야." 리즈가 코를 찡긋하며 말했다.

랑산은 다시 신문을 집었다. "제가 지난 사흘 동안 몰네스 집으로 걸려온 통화목록에서 타이 인도 트레블러스 번호를 세 개 찾아 냈습니다."

리즈가 조용히 휘파람을 불었고, 회의실에 모인 모두가 고개를 끄덕였다.

"뭔데요?" 해리는 자기만 알아듣지 못한 뭔가가 있다고 생각했다.

"타이 인도 트레블러스는 겉보기에는 그냥 여행사예요." 리즈가 설명했다. "하지만 진짜 장사는 2층에서 하죠. 다른 데서 돈을 빌리지 못하는 사람들에게 돈을 빌려주는 장사. 이자가 세고 채무자들에게서 아주 효과적으로 돈을 받아내는 수법이 있죠. 저희가 한동안 그들을 주시하고 있었어요."

"그래서 뭐 잡아낸 게 있습니까?"

"제대로 붙었으면 잡았을 거예요. 그런데 다른 경쟁자들이 더 악랄하더군요. 우리가 이 '여행사'를 문 닫게 하는 즉시 시장을 접수하려고 노리는 자들 말예요. 타이 인도 트레블러스는 최대한 마피아와 어깨를 나란히 하고 일해왔고, 조직에 보호비도 내지 않는다고 알고 있어요. 그들이 대사를 살해했다면 우리가 아는 한 살인은 처음일 겁니다."

"선례를 남길 때가 됐는지도 모르죠." 뇨가 말했다.

"사람을 먼저 죽이고 가족한테 연락해서 돈을 뜯어낸다. 어째 앞뒤가 뒤바뀐 것 같지 않습니까?" 해리가 말했다.

"왜요? 불량 채무자가 어떻게 되는지 다른 채무자들에게 보여줄 좋은 본보기가 됐잖아요." 랑산이 천천히 신문을 넘겼다. "거기다 돈까지 받으니 그건 보너스고."

"좋아." 리즈가 말했다. "뇨하고 해리, 당신네 둘은 사채업자를 만나봐요. 그리고 하나 더. 방금 과학수사팀과 얘기했는데. 몰네스의 양복에 박힌 칼 주위에서 검출된 기름은 전혀 모르겠다는군요. 단지 유기물이고 동물의 기름일 거라더군요. 그럼, 이제 다 된 것 같군. 잘 다녀와요."

랑산이 엘리베이터로 향하는 해리와 뇨를 따라왔다.
"조심하십시오. 거친 놈들이에요. 불량 채무자들에게 프로펠러를 사용했다는 말을 들었어요."
"프로펠러?"
"채무자들을 배에 태우고 강으로 가서 장대에 묶어놓은 다음, 엔진을 후진으로 켜놓고 프로펠러축을 물에서 들어 올리면서 서서히 다가가는 겁니다. 그림이 그려지세요?"
해리는 상상을 해보았다.
"2년 전, 심장마비로 사망한 남자의 시체가 발견됐어요. 얼굴이 말 그대로 뜯겨나간 채였죠. 원래대로면 그대로 시내를 돌아다니면서 다른 채무자들에게 겁을 주고 제지하는 본보기로 쓰려고 했겠죠. 그런데 엔진이 돌아가는 소리가 들리고 프로펠러가 다가오자 심장에 엄청난 충격을 입은 겁니다."
뇨가 고개를 끄덕였다. "별로네. 돈을 갚고 말지."

'AMAZING THAILAND'라는 대문자가 알록달록한 태국 무희들의 사진 위에 적혀 있었다. 차이나타운의 삼펭 거리에 있는 작은 여행사 벽에 걸려 있는 포스터였다. 소박한 사무실에는 해리와 뇨, 책상 뒤에 앉은 남자와 여자 말고는 아무도 없었다. 남자는 알이 두툼한 안경을 쓰고 있어서 꼭 어항 속에서 그들을 바라보는 것 같았다.

뇨가 남자에게 경찰 신분증을 내밀었다.

"저 남자가 뭐래요?"

"경찰은 언제든 환영이라네요. 여행 상품을 특별가로 해준다면서."

"2층까지 공짜 여행을 보내달라고 해봐요."

뇨가 두어 마디 건네자 남자가 수화기를 들었다.

"미스터 소렌센이 지금은 차를 마저 드셔야 해서요." 남자가 영어로 말했다.

해리는 무슨 말을 하려다가 뇨의 꾸짖는 눈길을 보고는 생각을 바꿨다. 둘 다 앉아서 기다렸다. 2분 후 해리는 돌아가지 않는 천장의 선풍기를 가리켰다. 금붕어 어항이 웃으면서 고개를 저었다.

"고장 났습니다."

해리는 머리가 간지러웠다. 2분 정도 더 지나자 전화벨이 울리고 남자가 그들에게 따라오라고 말했다. 계단 밑에 이르자 남자가 신발을 벗으라고 손짓했다. 해리는 땀에 젖은, 구멍 난 테니스 양말을 떠올리고는 모두를 위해 신발을 신고 있는 편이 낫지 않을까 고민했지만 뇨가 천천히 고개를 저었다. 해리는 욕을 하면서 신발을 벗고 터덜터덜 2층으로 올라갔다.

금붕어 어항이 노크하자 문이 벌컥 열렸고, 해리는 두 걸음 뒤로 물러섰다. 산처럼 거대한 살과 근육이 입구를 가득 메웠다. 눈이 있을 자리에 작은 틈 두 개가 찢어져 있고, 검은 수염이 아래로 늘어졌으며, 땋아서 늘어뜨린 머리카락 외에는 주변의 머리를 싹 밀어버린 산이었다. 그의 머리통은 빛바랜 볼링공 같고, 몸통은 목도 어깨도 없이 귀부터 시작해서 팔까지 내려온 불룩한 덩어리 같았다. 팔에 살이 많아서 꽉 조여놓은 것처럼 보였다. 해리는 평생 그런 거구는 본 적이 없었다.

남자는 돌아서고 앞장서서 뒤뚱뒤뚱 안으로 들어갔다.

"저자 이름은 '우'예요." 뇨가 속삭였다. "프리랜서 깡패. 아주 악명이 높아요."

"맙소사. 할리우드 영화의 전형적인 악당을 빼다 박았군요."

"만주 출신의 중국인이에요. 그쪽 사람들은 아주 유명한데……."

창문 앞 셔터가 닫혀 있었고, 어두운 방 안에서 큰 책상 뒤에 앉은 남자의 형체가 보였다. 천장 선풍기가 돌아가고 벽에 붙은 호랑이 머리 박제가 그들을 향해 으르렁거렸다. 발코니 문이 열려 있어서 바깥의 차들이 방을 가로질러 지나가는 느낌이었다. 그 문 옆에 세 번째 사람이 앉아 있었다. 우는 마지막 하나 남은 의자에 간신히 몸을 끼워 넣었다. 해리와 뇨는 방 가운데로 나아갔다.

"무엇을 도와드릴까요, 손님들?"

책상 뒤의 목소리는 중후한 영국식 억양이고 옥스퍼드 출신에 가까운 말투였다. 그가 손을 들자 반지가 반짝거렸다. 뇨가 해리를 보았다.

"음, 경찰에서 나왔습니다, 미스터 소렌센……."

"압니다."

"아틀레 몰네스 노르웨이 대사에게 돈을 빌려줬죠? 대사가 사망하자 대사 부인에게 연락했고요. 왜죠? 부인을 압박해서 돈을 받아내려고?"

"우린 어느 대사에게도 남아 있는 빚이 없소만. 애초에 그렇게 돈을 빌려주지도 않아요, 미스터……."

141

"홀레요. 거짓말이잖아요, 미스터 소렌센."

"뭐라고요, 홀레 씨?" 소렌센은 몸을 앞으로 내밀었다. 얼굴생김새는 태국인이지만 피부색과 머리카락은 눈처럼 하얗고 눈동자는 파랬다.

뇨가 해리의 소매를 잡았지만 해리는 뿌리치고 소렌센을 노려보았다. 그렇게 위험을 감수하고 위협적으로 나갔으니 소렌센이 뭐든 시인한다면 체면을 구기리라는 것도 알았다. 그것이 게임의 법칙이었다. 하지만 양말을 신은 채 돼지처럼 땀을 뻘뻘 흘리는 해리는 체면과 눈치와 외교술에 신물이 났다.

"여기는 차이나타운이오, 홀레 씨. '파랑'의 땅이 아니란 말이올시다. 난 방콕의 경찰서장과는 볼일이 없소. 일단 그분하고 먼저 얘기해보고 나서 무슨 말이든 해보시지요. 그러면 이런 당혹스러운 장면을 잊어주기로 약속하리다."

"보통 미란다 원칙은 경찰이 읊는 겁니다. 그 반대가 아니라."

소렌센의 이빨이 축축한 붉은 입술 안에서 반짝였다. "아, 그렇군. '당신은 묵비권을 행사할 권리가 있고' 어쩌고저쩌고. 음, 이번에는 거꾸로 됐군요. 우, 가시는 길 안내해드려."

"당신네가 여기서 하는 일은 햇빛을 못 보는 일이고 당신도 마찬가지예요, 미스터 소렌센. 내가 당신이라면 당장 밖으로 나가서 자외선 차단지수가 높은 선크림이나 사둘 겁니다. 교도소 운동장에서는 안 파니까."

소렌센의 목소리가 좀 더 가라앉았다. "날 도발하지 마시오, 홀레 씨. 한동안 외국에 머무르라 전설적인 태국의 인내심을 잊었을까 두려우니까."

"한 2년 철창 신세 지고 나면 금방 되찾겠지요."

"홀레 씨 '가시는' 길 봐드리라니까, 우."

거대한 몸뚱이가 놀랄 만큼 날렵하게 움직였다. 해리는 매운 커리 향을 맡고 팔을 들기도 전에 땅에서 들린 채, 인형뽑기 오락기의 집게에 매달린 테디베어처럼 잡혀 있었다. 빠져나가려고 발을 버둥거렸지만 폐에서 공기를 내보낼 때마다 보아뱀이 먹잇감의 숨통을 조이듯 강철 같은 손아귀가 더 단단히 움켜잡았다. 주위가 시커멓게 변하고 바깥의 차 소리가 더 커졌다. 그리고 마침내 그는 풀려나서 공중에 떠 있었다. 다시 눈을 떴을 때는 꿈을 꾼 것처럼 잠시 의식을 잃었다는 걸 알았다. 한자로 뒤덮인 간판과 두 개의 전신주 사이의 전선 다발, 잿빛이 도는 희부연 하늘, 그리고 그를 내려다보는 얼굴이 보였다. 다음으로 소리가 돌아오고 얼굴의 입에서 흘러나오는 말소리가 들렸다. 얼굴이 발코니를 가리킨 다음에 형편없이 축 처진 툭툭의 지붕을 가리켰다.

"괜찮아요, 해리?" 뇨가 손을 흔들어 툭툭 운전수를 보냈다.

해리는 자기 몸을 훑어보았다. 허리가 아프고 후줄근한 스포츠 양말이 더러운 회색 아스팔트 위에서 한없이 서글퍼 보였다.

"어휴, 이 꼴로는 슈뢰데르에도 못 들어가겠네. 내 신발은 있어요?"

해리는 이를 악물고 웃음을 참고 있던 뇨에게 욕을 하려다 말았다.

"소렌센이 다음번엔 체포영장을 받아오랍니다." 다시 차에 돌아갔을 때 뇨가 말했다. "어쨌든 이제 공무원 폭행죄를 얻어냈군요."

해리는 종아리에 길게 난 상처를 손가락으로 쓸었다. "우린 아직 '그들을' 잡은 게 아니라 깡패를 잡은 겁니다. 그래도 저자가 뭔가 말해줄 수는 있겠죠. 당신네 태국인들은 높은 데에 무슨 한이 맺혔어요? 톤에 비그 말로는 이번 주에 내가 벌써 세 번째로 밖으로 내던져진 노르웨이인이라던데."

"조폭들의 오랜 수법이에요. 총을 쏘느니 이런 식으로 처리하는 거죠. 경찰이 창밖에 떨어진 사람을 발견하더라도 사고로 추락했을 가능성을 배재하지 못하니까. 뒷돈이 오가고 사건은 보류되지만 누구도 직접적으로 비난받지 않고 모두가 만족하죠. 총알구멍이 생기면 골치 아파지니까요."

그들은 신호등 앞에 섰다. 주름이 잔뜩 잡힌 중국인 노파가 카펫에 앉아서 웃고 있었다. 노파의 얼굴은 흔들리는 푸른 허공에서 흐릿해 보였다.

15

1월 12일 일요일

"소아성애자가 뭡니까?"

스톨레 에우네가 전화선 너머에서 깊은 한숨을 내쉬었다.

"소아성애자? 통화 한번 거창하게 시작하는군. 간략히 말하자면 미성년자에게 성적으로 끌리는 사람이지."

"좀 더 자세히 말하면요?"

"그런 현상에 관해서는 알려진 게 많지 않아. 그래도 성性 연구자에게 물어보면 소아성애자를 선호 조건형과 상황 조건형으로 구분할 거야. 사탕봉지를 들고 공원에 서 있는 전형적인 인물이 선호 조건형이야. 이런 유형의 소아성애 성향은 주로 십 대 때부터 나타나지. 꼭 겉으로 말썽을 일으키는 건 아니야. 이런 사람은 자신을 아이와 동일시하고 행동을 아이의 나이에 맞게 조절해서 어떤 때는 의사擬似 부모 역할을 가장하기도 하지. 성적 행동은 주로 신중히 계획하고, 이런 부류에게 섹스는 삶의 문제를 해결하려는 시도야. 그런데 이거 상담료는 주는 건가?"

"그럼 상황 조건형은요?"

"좀 더 흔한 부류야. 이런 유형은 기본적으로 성인에게 성적 관심이 더 많고, 아이는 주로 자신과 갈등을 일으키는 사람을 대체하는 대상이야."

"그럼 사탕봉지를 들고 있는 유형에 관해 더 설명해주세요. 얼마나 미친 거죠?"

"흠, 소아성애자들은 대체로 자존감이 낮고 성적으로 취약한 사람들이야. 그러니까 자신에게 확신이 없고 성인의 성생활을 누리지 못하고 실패한 기분에 휩싸이지. 아이들을 대상으로 욕구를 해결할 때만 상황을 통제할 수 있다고 생각하지."

"그럼 결국 천성과 양육 문제로 귀결되나요, 늘 그렇듯이?"

"성폭행범 자신이 어릴 때 성적으로 학대당한 사례가 심심치 않게 발견되지."

"그런 사람들을 어떻게 알아봐요?"

"해리, 미안하지만 그런 식으로 접근할 문제가 아니야. 사실 그런 사람들은 겉으로 드러나지 않아. 주로 혼자 사는 남자들이고 사회적 관계가 많지 않지. 성정체성은 손상됐을지 몰라도 다른 일상생활에서는 온전히 기능할 수 있어."

"그렇군요. 그러니까 알아볼 수 없다는 거군요?"

"수치심은 영리하게도 위장술의 대가를 만들거든. 소아성애자들은 대부분 일생동안 성적 취향을 남에게 숨기는 데 도통한 사람들이라, 내가 해줄 수 있는 말은 경찰이 잡아들이는 성폭행범보다 훨씬 많이 존재한다는 사실뿐이야."

"한 놈을 잡으면 열이 있다."

"무슨 소린가?"

"아무것도 아닙니다. 고마워요, 스톨레. 그나저나 술병은 코르크로 막아놨습니다."

"오, 며칠이나?"

"48시간 정도."

"힘든가?"

"음, 괴물들이 침대 아래 머물러 있기는 합니다. 더 심할 줄 알았거든요."

"이제 시작이야. 잊지 말게. 힘든 날들이 올 거야."

"어디 힘들지 않은 날이 있습니까?"

날은 어두웠고, 그가 팟퐁으로 가자고 하자 택시 기사가 작은 컬러 안내책자를 건넸다.

"마사지요, 손님? 마사지 잘해요. 모셔다드릴게요."

흐릿한 조명 아래서 그는 타이항공 광고처럼 티 없이 맑게 웃는 여자들의 사진을 보았다.

"괜찮아요. 그냥 식사를 좀 하고 싶은데." 구타당한 허리에는 더할 나위 없는 제안으로 들렸지만 해리는 책자를 그냥 돌려주었다. 호기심에서 어떤 마사지냐고 묻자 택시 기사는 통역이 필요 없는 만국공통의 언어로 답해주었다.

팟퐁의 르부셰론을 추천해준 사람은 리즈였다. 음식은 괜찮아 보였지만 해리는 식욕이 없었다. 그는 접시를 치우는 웨이트리스에게 미안하다는 듯 웃어주면서 팁을 넉넉히 챙겨줘 만족하지 않은 것으로 오해하는 일이 없게 했다. 해리는 흥분에 들뜬 팟퐁 거리로 나갔다. 소이 1은 차 없는 거리였지만 사람들이 양쪽에서 밀려들어서 강물이 소용돌이치듯 노점과 술집을 따라 흘러 다녔다. 벽에 난 구멍이란 구멍에서 죄다 쿵쾅거리는 음악이 새어나오고, 도로변의 땀에 젖은 남녀들은 행동할 기회를 엿보고, 인간과 오물과 음식 냄새가 서로 우위를 다투었다. 지나는 길에 커튼이 젖혀진 창문 안에는 의무로 입어야 하는 지-스트링* 차림에 하이힐을 신은 소녀들이 춤을 추고 있었다.

"자릿값 없어요. 술값 90바트." 누군가 해리의 귀에 대고 소리쳤다. 해리는 계속 걸었지만 가만히 서 있는 거나 매한가지였다. 사람들로 북적이는 거리에서 계속 똑같은 장면이 반복되었기 때문이다.

뱃속이 쿵쿵 울렸다. 음악소리인지 그의 심장박동인지, 아니면 실롬 로드 위를 지나는 방콕의 새 고속도로에서 중장비가 밤낮으로 기둥을 박는 둔탁한 소음인지 알 길이 없었다.

어느 술집에서 요란한 붉은 실크드레스를 입은 젊은 여자가 해리를 빤히 쳐다보면서 자기 옆 의자를 가리켰다. 해리는 술에 취한 것 같은 기분으로 계속 걸었다. 한구석에 텔레비전이 걸려 있는 바에서 함성이 터져 나왔다. 어느 팀이 득점한 모양이었다. 목덜미가 벌건 영국인 둘이 서로 술잔을 부딪치고 노래를 불렀다. "I'm forever blowing bubbles……."**

"들어와요, 금발 아저씨."

키가 크고 날씬한 여자가 그에게 속눈썹을 깜빡거리면서 크고 단단한 젖가슴을 내밀고 다리를 꼬아서 딱 달라붙는 바지 안의 몸매를 고스란히 드러냈다.

"저 여자는 '카토이'예요." 노르웨이어가 들려 해리는 돌아보았다.

옌스 브레케였다. 그의 팔에는 착 달라붙는 가죽치마를 입은 자

---

* 음부만 가리고 끈을 허리에 묶어 고정시키는 천 조각.
** 영국 프리미어리그 웨스트햄 유나이티드의 응원가.

그마한 태국 여자가 매달려 있었다.

"진짜 끝내주죠. 육감적인 몸매며 가슴이며 질이며. 사실 진짜 여자보다 '카토이'를 더 좋아하는 사람도 있어요. 왜 아니겠어요?" 브레케는 어린애 같은 구릿빛 얼굴에 하얀 치아를 드러냈다. "물론 문제가 하나 있어요. 수술로 만든 질은 진짜 여자들 것처럼 자정 기능이 없다는 거예요. 그런 게 가능해지는 날이 온다면 나도 '카토이'를 고려해볼 겁니다. 어때요, 형사님은?"

해리는 키 큰 여자를 힐끗 보았다. 여자는 '카토이'라는 말을 듣자 큰소리로 콧방귀를 끼면서 쌩 하고 돌아섰다.

"글쎄요, 여기 있는 여자들이 여자가 아닐지도 모른다는 생각은 해본 적이 없군요."

"초짜들은 속기 쉽지만 울대뼈로 알아볼 수 있어요. 그걸 없애는 건 불가능하니까요. 게다가 쟤들은 머리 하나가 더 크고 옷도 좀 도발적으로 입죠. 추파를 던질 때도 과하다 싶게 노골적이에요. 그리고 너무 심하게 예쁘죠. 그래서 결국 멀리하게 돼요. 쟤들은 스스로를 통제하지 못해요. 항상 너무 멀리 나가죠."

브레케가 말을 끊는 것이 모종의 힌트를 주는 게 아닐까 싶었지만 그게 정말이라 해도 해리는 알아듣지 못했다.

"그나저나 형사님, 무리하셨나보네. 다리를 저시는 것 같은데."

"서구식 대화법에 대한 과도한 믿음 때문이죠. 괜찮아질 겁니다."

"어떤 거요? 믿음요, 다치신 거요?"

브레케는 보일 듯 말 듯 미소를 짓고 해리를 보았다. 장례식이 끝나고 보였던 그 미소였다. 마치 해리를 게임에 끌어들이고 싶어하는 것 같은 미소. 하지만 해리는 장난칠 기분이 아니었다.

"둘 다면 좋겠군요. 전 집으로 돌아가는 길이었습니다."

"벌써요?" 네온등이 땀에 젖은 브레케의 이마를 비추었다. "내일 뵐 때는 컨디션이 나아지셨으면 좋겠네요, 형사님."

수라왕 로드에서 해리는 택시를 불렀다.

"마사지요, 손님?"

PART 3

COCKROACHES

16

1월 13일 월요일

해리가 지내는 고층 아파트 '리버가든' 앞에서 뇨가 해리를 차에 태웠다. 막 해가 떠올라 야트막한 집들 사이로 둘을 은은하게 비추었다.

그들은 8시가 되기 전에 바클레이스 타일랜드를 찾았고, 지미 헨드릭스 헤어스타일에 헤드폰을 쓴 주차요원이 미소를 띠면서 그들을 건물 지하 주차장으로 들여보냈다. 뇨는 엘리베이터 옆, BMW와 메르세데스들 사이에 하나 있는 방문객 주차 구역을 발견했다.

뇨는 차에서 기다리고 싶어 했다. 노르웨이어라고는 해리가 커피 마시면서 가르쳐준 '타크', 그러니까 고맙다는 말밖에 할 줄 몰라서였다. 리즈가 '타크'는 백인들이 항상 원주민에게 맨 처음에 가르쳐주는 말이라고 장난처럼 말했다.

뇨는 이 동네가 불편하다고 했다. 고급차들 때문에 도둑이 들끓는다면서. 주차장에 CCTV가 설치되어 있긴 하지만 알 수 없는 장단에 맞춰 손가락을 두드리면서 차단기를 열어주는 주차요원이 영 미덥지 않다고 했다.

해리는 엘리베이터를 타고 9층으로 올라가서 바클레이스 타일랜드의 안내데스크로 갔다. 그는 자기를 소개하고 시계를 보았다. 기다려야 될 줄 알았는데, 안내데스크의 여직원은 해리를 곧 엘리베이터로 데려갔다. 카드를 대고 P버튼을 누르면서 P가 펜트하우스를 뜻한다고 설명하고는 급히 밖으로 나갔고, 해리는 하늘을 향해 올라갔다.

엘리베이터 문이 열리자 브레케가 은은히 반짝이는 갈색 쪽모이 세공 마루 한가운데의 널찍한 마호가니 책상에 기대서서 전화기 한 대를 귀에 대고 다른 한 대를 어깨에 걸친 모습이 보였다. 방은 사방이 유리였다. 벽이며 천장이며 커피테이블에 의자까지 전부.

"나중에 얘기해요, 톰. 오늘은 절대 잡아먹히지 마시고요. 말씀 드렸다시피 루피아는 손대지 말아요."

브레케는 해리에게 미안한 듯한 미소를 지으면서 이번엔 어깨에 걸쳤던 전화를 귀에 댔다. 컴퓨터 화면의 주식시세를 흘끔 보고는 짧게 '네'라고 답하고 전화를 끊었다.

"무슨 일입니까?" 해리가 물었다.

"제 일이죠."

"어떤 일?"

"고객한테 달러 담보 대출을 잡아줬어요."

"금액이 상당하겠죠?" 해리는 창밖을 둘러보았다. 방콕 시내가 그들의 발아래에서 옅은 안개 속에 숨어 있었다.

"어디에 비교하느냐에 따라 달라요. 노르웨이 지방의회의 평균 예산 수준이죠. 어젯밤엔 좋은 시간 보내셨어요?"

해리가 대꾸하기 전에 전화기 한 대가 울렸고, 브레케가 인터폰 버튼을 눌렀다.

"메시지 좀 받아줄래, 셰나? 나 지금 바빠서." 브레케는 대답도 듣지 않고 버튼에서 손을 뗐다.

"바쁘십니까?"

브레케가 웃었다. "신문 안 보세요? 아시아 통화가 전부 하락세예요. 다들 기겁해서 달러를 사들이려고 혈안이 되어 있고요. 은행과 증권회사들이 하루걸러 하나씩 문을 닫고 사람들이 하나둘 창밖으로 뛰어내리고 있어요."

"그런데 당신은 아니군요?" 해리는 별 생각 없이 등을 문질렀다.

"저요? 저는 중개인, 독수리 같은 족속이잖아요."

브레케는 팔을 몇 번 퍼덕이고는 이를 드러냈다. "행동이 있고 사람들이 거래하는 한, 어떤 상황에서도 저희는 돈을 벌어요. 쇼타임은 호기이고, 요즘은 일주일 내내 하루 24시간 쇼타임이죠."

"그러니까 당신은 이 도박판의 딜러군요?"

"정답! 그걸 잊으면 안 돼요. 다른 멍청이들은 다 노름꾼들이죠."

"멍청이?"

"아무렴요."

"중개인들은 비교적 똑똑한 사람들인 줄 알았는데."

"똑똑하기야 하죠. 그래도 아주 멍청한 인간들이에요. 영원히 풀리지 않는 역설이기는 하지만 똑똑한 인간들일수록 통화 시장에서 투기하려고 덤벼들죠. 장기적으로 보면 룰렛으로는 돈을 버는 건 불가능하다는 사실을 누구보다 잘 알아야 하는 사람들인데도. 저도 꽤 멍청한 인간이긴 하지만 그 정도는 알거든요."

"그러니까 당신은 이 룰렛에 돈을 걸어본 적이 없다는 겁니까, 브레케?"

"가끔은 걸어요."

"그러면 당신도 멍청이가 되는 거잖아요?"

브레케가 시가 상자를 내밀었지만 해리는 사양했다.

"현명한 분이시네. 이 시가, 맛이 아주 지독해요. 저도 왠지 피워야 할 것 같아서 피우는 거예요. 이걸 피울 만큼 여유가 있으니까요." 브레케는 고개를 절레절레 흔들고 시가를 입에 물었다. "〈카지노〉 보셨어요, 형사님? 로버트 드 니로랑 샤론 스톤이 나오는 영화?"

해리는 고개를 끄덕였다.

"그 장면 기억나요? 조 페시가 도박으로 돈을 벌 수 있는 친구를 딱 한 명 안다면서 그 친구 얘기를 하던 장면. 그런데 그 친구가 하는 건 도박이 아니라 베팅이에요. 경마나 농구 경기 같은 거죠. 룰렛하고는 꽤 달라요."

브레케는 해리에게 유리 의자를 빼주고 자기는 맞은편에 앉았다.

"도박에서는 행운이 전부지만 베팅은 달라요. 베팅할 때는 두 가지가 중요해요. 심리학과 정보. 제일 똑똑한 사람이 이기죠. 〈카지노〉에 나오는 그 친구를 예로 들어보죠. 그 친구는 늘 정보를 수집해요. 경주마의 혈통이 뭔지, 주초의 훈련 중에 컨디션이 어땠는지, 여물은 어떤 걸 먹었는지, 기수가 경기 당일 아침에 일어났을 때 체중이 몇 킬로그램이었는지, 모두 남들은 신경도 안 쓰는 정보이거나 남들은 수집하지도 이해하지도 못할 정보죠. 그런 다음 정보를 한데 모아서 확률을 계산하고 다른 도박꾼들이 어떻게 하는지 관찰해요. 어떤 말의 확률이 확연히 높으면 그 말에 돈을 걸어요. 이길 것 같은 느낌이 드는지 여부와 상관없이. 대체로 그 친구가 돈을 따죠. 남들은 잃고."

"그렇게 간단히?"

브레케는 항변하듯이 손을 들었다가 손목시계를 흘깃 보았다.

"아사히 은행의 일본인 투자자가 어젯밤에 팟퐁에 간다는 정보를 입수했어요. 결국 소이 4에서 그 사람을 찾아냈죠. 제가 먼저 정보를 조금 흘리고 새벽 3시까지 더 많은 정보를 캐낸 다음에 여자를 붙여서 보내줬어요. 저는 6시에 출근해서 지금까지 계속 바트를 사들였고요. 그 사람은 좀 이따 출근해서 40억 크로네 어치의 바트를 보유하려 할 겁니다. 그럼 제가 다시 파는 거죠."

"큰돈인 것 같긴 하지만 거의 불법인 것 같군요."

"거의요, 해리. 거의일 뿐이에요." 브레케는 이제 새 장난감을 자랑하는 어린애마냥 신이 났다. "도덕성은 중요하지 않아요. 축구 경기에서 타깃 스트라이커를 맡았으면 항상 오프사이드 위치에 반쯤 걸쳐 있어야 해요. 그 위치에서는 규칙이 바뀌게 마련이니까요."

"그리고 규칙을 최대한으로 바꾸는 사람이 이기는군요?"

"마라도나가 손으로 골을 넣었을 때 사람들은 경기의 일부로 받아들였어요. 무슨 일이 일어나든 심판이 못 보면 상관없어요."

브레케가 손가락 하나를 들었다.

"아무리 그래도 확률이 핵심이라는 사실에서는 벗어나지 못해요. 단기간에 한 번 잃는다고 해도 확률적으로 유리한 쪽으로 걸면 장기적으로는 돈을 벌거든요."

브레케는 인상을 찌푸리면서 시가를 비벼 껐다.

"오늘 그 일본인 투자자는 제가 어떻게 나갈지 알아채겠죠. 그런데 가장 황홀할 때가 언젠지 알아요? 제가 게임을 주도할 때예요. 예를 들어 미국의 인플레이션 수치가 공표되기 전에 그린스펀이 사석에서 점심을 먹으면서 금리가 올라갈 거라고 말했다고 소문을 퍼트릴 수 있어요. 그러면 적을 혼란에 빠트릴 수 있죠. 이런 식으로 크게 한탕 하는 겁니다. 어휴, 섹스보다 더 좋다니까요."

브레케는 신바람이 나서 웃으면서 발을 굴렀다.

"통화 시장은 모든 시장의 어머니예요, 해리. 포퓰러 원이죠. 흥미진진해서 숨넘어갈 지경이라니까요. 제가 변태처럼 보이는 줄은 알지만 저는 모든 일을 통제해야 직성이 풀리는 사람이에요. 차를 몰고 가다 죽더라도 잘못이 나한테 있다는 걸 알아야 하죠."

해리는 사무실을 둘러보았다. 유리방 안의 광기 어린 교수.

"그러다 과속하면?"

"제가 돈을 벌고 선을 넘지만 않으면 모두 행복해요. 게다가 그게 저를 회사에서 최고 자리로 올려주죠. 이 사무실 보이죠? 바클레이스 타일랜드의 사장이 앉았던 자리예요. 저 같은 중개인 나부랭이가 어떻게 이 자리에 앉았나 싶죠? 증권회사에서 관심 있는 건 딱 하나예요. 돈을 얼마나 벌어들이느냐. 나머지는 다 장식이에요. 사장도 별 수 없어요. 사장도 어차피 주식시장에선 저희 같은 사람들에게 기대서 자리나 지키고 월급을 타가는 관리자일 뿐이에요. 사장은 지금 아래층 편안한 사무실로 옮겼어요. 계약서에 보너스를 더 많이 준다는 조항을 넣지 않으면 고객들을 다 데리고 경쟁사로 옮기겠다고 협박했거든요. 이 사무실도 그렇고."

브레케는 조끼를 벗어 의자에 걸었다.

"제 얘기는 충분히 한 것 같군요. 뭘 도와드릴까요, 해리?"

"대사가 사망한 날 대사와 전화로 무슨 얘기를 나눴는지 궁금합니다."

"대사가 약속을 확정하려고 전화했어요. 그래서 확인해줬고요."

"그런 다음엔?"

"대사는 약속대로 4시에 왔어요. 5분쯤 지나서였던 것 같아요. 안내데스크의 셰나가 정확한 시각을 알아요. 대사가 도착해서 먼저 기록했거든요."

"무슨 얘기를 나눴습니까?"

"돈이죠. 대사가 돈을 좀 가지고 있어서 투자하고 싶다고 했거든요." 얼굴의 근육 하나도 브레케가 거짓말을 하는 기미를 드러내지 않았다. "5시까지 여기 같이 있었어요. 그 후에 제가 대사를 배웅해서 지하주차장으로, 차를 댄 곳까지 내려갔어요."

"지금 저희가 차를 댄 그 자리입니까?"

"방문객 구역에 대셨다면, 맞아요."

"대사를 본 건 그때가 마지막이었습니까?"

"맞아요."

"고맙습니다. 여기까지입니다." 해리가 말했다.

"와, 고작 이 얘기를 들으러 먼 걸음 하셨나요."

"말씀드렸다시피 통상적으로 하는 일입니다."

"그럼요. 심장마비로 돌아가셨죠. 맞죠?" 옌스 브레케가 입술에 살짝 미소를 띠고 물었다.

"그런 것 같아요." 해리가 말했다.

"저는 그 집안하고 가깝게 지내요." 브레케가 말했다. "아무도 아무 말도 해주지 않지만 대충 알 것 같아요. 참고로 말씀드리면요."

해리가 일어설 때 엘리베이터 문이 열리고 안내데스크의 여직원이 잔 두 개와 병 하나가 담긴 쟁반을 들고 들어왔다.

"가시기 전에 물 좀 드셔야죠, 해리? 한 달에 한 번씩 비행기로 공수해오거든요."

브레케는 라르비크*산 파리스 광천수를 잔에 따랐다.

"그나저나 해리, 어제 하신 말씀 중에 시각은 틀렸어요."

브레케가 벽에 붙어 있는 문을 열자 ATM처럼 생긴 것이 보였다. 그가 숫자 몇 개를 입력했다.

"13:13이에요. 13:15가 아니라. 중요한 건 아닐 수도 있지만 정확한 시각을 알고 싶으실 것 같아서요."

"시각은 통신회사에서 받은 겁니다. 왜 당신 시계가 더 정확하다고 생각하시죠?"

"제 시계가 맞아요." 하얀 치아가 반짝였다. "여기에는 저의 모든 통화가 녹음돼요. 50만 크로네를 주고 산 물건이죠. 인공위성으로 조절되는 시계가 달려 있어요. 장담해요. 이건 정확해요."

해리는 눈썹을 추켜세웠다. "도대체 누가 녹음기 하나에 50만 크로네나 씁니까?"

"생각보다 많아요. 주로 통화 중개인이죠. 사라고 했는지 팔라고 했는지를 놓고 고객과 다툼이 생기면 50만 정도는 푼돈이죠. 이 녹음기는 여기 이 특수 테이프에 디지털 시각 코드를 자동으로 입력해요."

브레케가 VHS 테이프 같은 것을 들었다.

"시각 코드는 손댈 수 없고, 일단 통화가 녹음되면 시각 코드를 깨트리지 않고는 녹음 내용을 바꾸지 못해요. 테이프를 숨길 수야 있지만 그러면 남들이 일정 기간 동안의 테이프가 사라진 사실을 알게 돼요. 이렇게 철저하게 해두는 건 법정에서 테이프를 정확한 증거로 제출할 수 있어서예요."

---

* 노르웨이 베스트폴 주의 도시.

"그럼 당신이 대사와 통화한 내용도 녹음되어 있습니까?"

"그럼요."

"그럼 혹시……."

"잠깐만요."

등에 칼이 꽂힌 채 엎드려 죽어 있던 사람이 멀쩡히 살아서 말하는 걸 듣고 있자니 기분이 묘했다.

"그럼 4시요." 대사가 말했다.

생기 없고 슬프기까지 한 목소리였다. 그리고 대사가 전화를 끊었다.

17

1월 13일 월요일

"허리는 좀 어때요?" 해리가 오전 회의 시간에 다리를 절뚝이면서 사무실에 들어서자 리즈가 걱정스럽게 물었다.

"괜찮아졌어요." 해리가 다리를 벌리고 의자에 앉으면서 거짓으로 말했다.

뇨가 담배를 권했지만 랑산이 신문 뒤에서 기침을 해서 해리는 불을 붙이려다 말았다.

"기분 좋아질 소식이 있어요." 리즈가 말했다.

"저 지금 기분 좋은데요."

"우선 우를 체포하기로 했어요. 공무집행 중인 경찰을 폭행한 죄로 3년을 살게 해주겠다고 위협하면 뭘 얻어낼지 두고보자고요. 미스터 소렌센이 그 뒤로 우를 본 적이 없다고 우기네요. 우가 프리랜서로 일하는 건 확실해요. 어디에 사는지는 모르지만 보통 랏차담넌 스타디움 킥복싱 경기장 옆 식당에서 밥을 먹는대요. 시합에 엄청난 돈이 걸리고 사채업자들이 어슬렁거리면서 새 고객을 물색하고 아직 빚을 갚지 않은 노름꾼들을 주시하는 곳이거든요. 그리고 또 좋은 소식이 있어요. 순턴이 고급 매춘 서비스를 제공하는 것으로 의심되는 호텔들을 찾아다니면서 조사했는데, 대사가 그중 한 호텔에 자주 드나든 것 같다는군요. 외교관 번호판을 기억한답니다. 여자랑 함께였고요.”

“좋아요.”

리즈는 해리의 미적지근한 반응에 다소 실망했다.

“좋다니요?”

“대사가 미스 아오를 그 호텔에 데려가서 한판 했다. 그래서요? 미스 아오가 자기 집으로 부르진 않았겠죠. 제가 보기엔 여기서 우리가 알 수 있는 거라고는 힐데 몰네스에게 남편을 살해할 동기가 있었다는 것뿐이군요. 아니면 미스 아오의 애인에게 동기가 있다든가. 그녀에게 애인이 있다면.”

“그리고 대사가 미스 아오를 떼어내려고 했다면 미스 아오에게도 동기가 있을 수 있잖아요.” 뇨가 말했다.

“좋은 제안이 쏟아져 나오는군.” 리즈가 말했다. “어디서부터 시작하지?”

“알리바이부터 확인해야죠.” 신문 뒤에서 대답이 나왔다.

대사관 회의실에서 미스 아오가 울어서 빨개진 눈을 들어 해리와 뇨를 쳐다보았다. 아오는 어느 호텔에도 가본 적이 없다고 딱 잘라 말했다. 자기는 언니와 엄마하고 같이 살지만 살인 사건이 일어난 날 밤에는 밖에 있었다고 했다. 누구와도 같이 있지 않았고 아주 늦게, 자정이 지난 언젠가 귀가했다고 말했다. 뇨가 어디에 있었는지 말하라고 추궁하자 아오가 울음을 터뜨렸다.

“지금 말하는 게 나을 겁니다, 미스 아오.” 해리가 복도 쪽 블라인드를 내리면서 말했다. “우리한테 벌써 한 번 거짓말을 했잖아요. 이번엔 심각해요. 사건이 있던 날 밤 밖에 있었으면서도 어디에 있었는지 증언해줄 누군가를 만나지 않았다면."

"엄마하고 언니가……."

"자정이 지나서 귀가했다고 증언해줄 수는 있겠죠. 그런다고 도움이 되진 않아요, 미스 아오."

인형처럼 귀여운 얼굴에서 눈물이 떨어졌다. 해리가 한숨을 쉬었다.

"당신을 경찰서로 데려가야 됩니다." 해리가 말했다. "당신이 어디 있었는지 말해주지 않으면요."

아오는 고개를 저었고, 해리와 뇨는 서로 눈짓을 했다. 뇨가 어깨를 으쓱하고 아오의 팔을 잡았고, 아오는 책상에 머리를 대고 흐느꼈다. 그때 나지막한 노크소리가 들렸다. 해리가 문을 살짝 열었다. 문 앞에 산펫이 있었다.

"산펫, 우린—."

산펫이 손가락을 입술에 댔다. "압니다." 그는 나직이 속삭이고 손짓으로 해리를 밖으로 불러냈다.

해리는 등 뒤로 문을 닫았다. "뭐죠?"

"미스 아오를 조사하고 계시지요. 사건이 일어난 시각에 어디 있었는지 묻고 계시죠?"

해리는 대답하지 않았다. 산펫은 목청을 가다듬고 등을 꼿꼿이 세웠다.

"제가 거짓말을 했습니다. 미스 아오는 대사님 차에 있었어요."

"예?" 해리가 허를 찔린 듯 내뱉었다.

"몇 번."

"그럼 기사님은 미스 아오와 대사의 관계를 알고 있었군요?"

"대사님이 아닙니다."

몇 초가 흐르고 나서야 해리는 퍼뜩 깨달았고, 믿기지 않는 눈으로 앞에 있는 나이든 남자를 바라보았다.

"당신, 산펫? 당신하고 미스 아오가?"

"얘기가 길어요. 형사님은 다 이해하지 못하실 겁니다." 산펫은 해리를 살피듯이 똑바로 바라보았다. "미스 아오는 대사님이 돌아가신 날 밤에 저하고 있었습니다. 아오는 절대로 말하지 않을 겁니다. 우리 둘 다 일자리를 잃을 수 있으니까요. 직원들끼리 친하게 지내는 건 허용되지 않거든요."

해리는 손으로 머리를 쓸었다.

"어떻게 생각하시는지 압니다, 형사님. 저는 늙은이이고 아오는 어린 아가씨이니까."

"음, 잘 납득이 가지 않네요, 산펫."

산펫은 희미하게 웃었다. "아오 양 엄마하고 저는 아주 오래전에, 그러니까 아오 양이 태어나기도 전에 사랑하는 사이였습니다. 태국에는 '피이'라는 개념이 있어요. '연장자' 정도로 해석할 수 있겠군요. 나이든 사람이 어린 사람보다 서열에서 위에 있다는 뜻이에요. 하지만 그보다 더 큰 의미가 있어요. 나이든 사람이 어린 사람을 책임져야 한다는 뜻도 됩니다. 아오 양은 제 추천으로 대사관에서 일자리를 구했고, 아주 다정하고 고마워할 줄 아는 처자예요."

"고마워할 줄 안다고요?" 해리가 참지 못하고 물었다. "그분은 연세가 어떻게……." 해리는 말을 끊었다. "아오 양 어머니는 뭐라고 하십니까?"

산펫이 서글프게 웃었다. "아오 양 엄마는 저와 동갑이고, 이해해줍니다. 저는 그저 아오 양을 잠시 빌리는 겁니다. 아오 양이 함께 가정을 꾸릴 배필을 만날 때까지. 이게 그렇게 별난 일은 아닙니다……."

해리는 신음 섞인 숨을 내쉬었다. "그러니까 당신이 미스 아오의 알리바이라는 겁니까? 그리고 대사가 단골 호텔로 데려간 사람은 미스 아오가 아니고?"

"대사님이 호텔에 가셨다 해도 아오를 데리고 간 건 아닙니다."

해리는 손가락을 들었다. "당신은 벌써 한 번 거짓말을 했고, 살인 사건 수사를 방해한 죄로 체포될 수도 있어요. 나한테 할 얘기가 더 있으면 지금 말하세요."

나이든 갈색 눈이 깜빡이지 않고 해리를 똑바로 바라보았다. "저는 에르 몰네스를 좋아했습니다. 그분은 제 친구예요. 그분을 죽인 자식이 벌을 받으면 좋겠어요. 엉뚱한 사람이 아니라."

해리는 무슨 말인가 하려다 입을 닫았다.

18

1월 13일 월요일

해가 진홍빛으로 물들고 주황색 줄무늬가 쳐졌다. 방콕의 우중충한 스카이라인에 걸려 있는 해는 예고 없이 나타난 새로운 행성 같았다.

"여기가 랏차담넌 스타디움이에요." 리즈가 이렇게 말하고 해리와 뇨, 순턴을 태운 토요타를 회색 벽돌 건물 옆에 세웠다. 침울해 보이는 암표상 둘의 표정이 밝아졌지만 리즈가 손을 저어서 그들을 쫓았다. "아주 근사하지 않을지는 몰라도 여기가 방콕판 '꿈의 구장'이에요. 발이 날래고 손이 빠르기만 하면 누구에게나 신이 될 기회가 생기는 곳이죠. 안녕, 리키!"

경비원이 토요타로 다가왔고, 리즈는 생각지도 못한 매력을 발산했다. 속사포처럼 말과 웃음을 쏟아낸 후 생글거리는 얼굴 그대로 그들을 돌아보았다.

"얼른 가서 우를 체포합시다. 방금 나랑 우리 관광객 형사님 걸로 맨 앞줄에 자리를 구했어요. 오늘 저녁에 이반이 7차전을 치르거든요. 재미있을 겁니다."

식당은 기본적인 구색은 갖춘 곳이었다. 플라스틱과 파리가 있고 하나 달린 선풍기가 주방의 음식 냄새를 식당 곳곳으로 퍼트렸다. 카운터 위에는 태국 왕족의 초상화 여러 점이 걸려 있었다.

테이블 몇 개에만 손님이 있고 우는 그림자도 보이지 않았다. 뇨와 순턴이 문 옆 테이블에 앉아 있고 리즈와 해리는 안쪽에 앉아 있었다. 해리는 스프링롤을 주문하고 안전을 생각해 소독을 위한 콜라를 주문했다.

"릭은 제가 무에타이를 할 때 트레이너였어요." 리즈가 설명했다. "제가 같이 스파링한 남자들보다 체중이 두 배는 더 나가고 머리 세 개는 더 큰데도 매번 흠씬 두들겨 맞곤 했죠. 여기 애들은 날 때부터 복싱을 할 줄 알아요. 그래도 여자를 때리는 건 좋아하지 않는다더군요. 전 몰랐지만요."

"국왕하고는 무슨 관계가 있어요?" 해리가 초상화를 가리키면서 물었다. "가는 데마다 국왕 사진이 걸려 있던데."

"음, 나라마다 영웅이 필요하죠. 제2차 세계대전 전까지는 왕족이 별로 인기가 없었어요. 처음에는 일본하고 동맹을 맺었던 국왕이 수세에 몰리자 미국하고 손을 잡았어요. 국왕이 이 나라를 피바다에서 구한 거죠."

해리는 국왕의 사진을 향해 콜라를 들었다. "어쩐지 멋진 친구 같군요."

"명심할 게 있어요. 태국에는 농담거리로 삼으면 안 되는 게 두 가지……."

"왕족하고 부처님이죠. 예, 고마워요, 그 얘기는 이미 들었어요."

문이 열렸다.

"와, 안녕하쇼." 리즈가 조용히 속삭이면서 있지도 않은 눈썹을 추켜올렸다. "보통은 실물이 더 작아 보이던데."

해리는 돌아보지 않았다. 원래 우가 주문하고 음식이 나올 때까지 기다릴 계획이었다. 젓가락을 든 채로 무기를 꺼내려면 시간이 더 걸릴 테니까.

"자리에 앉는군요." 리즈가 말했다. "어우, 생긴 것만으로도 당장 잡아 넣어야겠는걸요. 그래도, 몇 가지 질문할 동안이라도 잡아두려면 운이 따라야 할 것 같아요."

"무슨 소리예요? 2층 창밖으로 경찰을 집어던진 자식인데."

"알지만 큰 기대는 하지 말아요. '요리사' 우는 보통 녀석들과는 달라요. 폭력조직의 일원이고 저들에겐 유능한 변호사들이 있어요. 저자가 적어도 십여 명을 제거하고 그보다 열 배나 많은 사람을 불구로 만든 걸로 추정되는데, 그래도 저자의 이력에 비하면 아직 새 발의 피죠."

"요리사?" 해리가 방금 나온, 데일 것처럼 뜨거운 스프링롤을 집었다.

"2년 전에 붙은 별명이에요. 우한테 당한 시체가 저희에게 넘어왔거든요. 제가 그 사건을 담당해서 부검을 시작할 때 참석했어요. 며칠 동안 시체처리대에 있던 시체가 가스로 심하게 부풀어서 꼭 푸르죽죽한 축구공 같았어요. 독가스라며 검시관이 우리를 내보내고 가스마스크를 착용한 후 복부에 구멍을 내더군요. 저는 문에 붙은 창문으로 지켜봤어요. 복부를 열자 피부가 들썩이더니 초록색 가스가 새어나오는 게 눈에 보이더군요."

해리는 충격받은 얼굴로 스프링롤을 다시 접시에 내려놓았지만 리즈는 알아채지 못했다.

"더욱 충격적인 건 몸속에 살아 있는 뭔가가 우글거렸다는 거예요. 검시관이 뒷걸음질 쳐서 벽에 기댔고, 그사이 복부에서 검은 생명체가 기어 나와 바닥으로 내려가서 잽싸게 구석구석 숨어들었어요." 리즈는 검지를 이마에 대고 뿔 모양을 만들었다. "바퀴벌레였죠."

"바퀴벌레?" 해리는 인상을 찌푸렸다. "녀석들이 사람 몸속으로 들어가는 줄은 몰랐네요."

"죽은 남자는 발견 당시 입에 플라스틱 튜브를 물고 있었어요."

"그럼 그 사람은……."

"차이나타운에서는 구운 벌레가 별미예요. 우가 불쌍한 그 남자한테 꾸역꾸역 먹인 거예요."

"굽는 과정은 뺐군요?" 해리는 접시를 밀쳤다.

"굉장한 생명체예요, 벌레들은." 리즈가 말했다. "독가스와 온갖 물질이 들어 있는 위 속에서 바퀴벌레들이 어떻게 살아남았을까요?"

"별로 생각하고 싶지 않군요."

"너무 센가요?"

해리는 잠시 후에야 리즈가 음식을 두고 하는 말인 걸 알아들었다. 해리의 접시는 테이블 끝으로 밀려나 있었다.

"익숙해질 거예요, 해리. 그냥 차근차근 받아들이면 돼요. 조리법 한두 가지 배워가서 나중에 여자친구를 감동시켜야죠."

해리는 헛기침을 했다.

"아니면 어머니라도." 리즈가 말했다.

해리는 고개를 저었다. "미안하지만 둘 다 없습니다."

"사과할 사람은 전데요." 리즈가 말했고, 대화가 끊겼다. 우의 음식이 나오고 있었다.

리즈가 허리의 권총집에서 검은색 권총을 꺼내서 안전장치를 풀었다.

"스미스앤드웨슨 650." 해리가 말했다. "헤비듀티."

"제 뒤에 붙어요." 리즈가 일어섰다.

우는 눈 하나 끔뻑이지 않고 고개를 들어 리즈의 총구를 노려보았다. 왼손에 젓가락을 들고 있고, 오른손은 무릎에 올려놔서 보이지 않았다. 리즈가 태국어로 소리를 질렀지만 우가 말을 듣지 않는 것 같았다. 머리는 움직이지 않고 눈으로만 식당 안을 빙 둘러보다가 뇨와 순턴을 발견하고 해리 옆에서 멈추었다. 희미한 미소가 입술에 떠올랐다.

리즈가 다시 고함을 질렀고, 해리는 목덜미의 살갗이 따끔거렸다. 권총의 공이치기가 올라가고, 우의 오른손이 테이블 위로 올라왔다. 빈손이었다. 리즈가 이를 악물고 숨을 쉬는 소리가 들렸다. 우의 눈길은 아직 해리에게 꽂혀 있고, 그사이 뇨와 순턴이 수갑을 채웠다. 두 경관이 우를 데리고 나가는 광경은 마치 우락부락한 근육질 남자와 난쟁이 둘이 나오는 작은 서커스 행렬 같았다.

리즈가 총을 다시 총집에 넣었다. "저자가 당신을 좋아하는 것 같지 않네요." 리즈가 밥그릇에 박힌 채 위로 향한 젓가락을 가리키면서 말했다.

"그래요?"

"이건 당신이 죽기를 바란다는 태국의 오랜 상징이거든요."

"순서를 기다려야 할 겁니다." 해리는 총을 빌려달라고 부탁해야 한다는 걸 기억해냈다.

"날이 새기 전에 어떻게 할지 두고 보죠." 리즈가 말했다.

경기장으로 가는 길에 흥분한 관중의 함성이 들리고 3인조 남자들이 광란의 학교 밴드처럼 뚱땅거리고 휘파람을 불면서 지나갔다.

화려한 색상의 헤어밴드를 두르고 양팔에 천 조각을 묶은 두 선수가 막 링에 올랐다.

"저기 파란 팬츠를 입은 친구가 우리의 이반이에요." 리즈가 말했다. 경기장 앞에서 해리의 주머니에 든 지폐를 다 털어서 그 돈을 베팅한 터였다.

그들은 심판석 뒤 맨 앞줄의 자리를 찾았고, 리즈는 흥분해서 입맛을 다셨다. 그리고 옆자리에 앉은 사람과 몇 마디 주고받았다.

"아직 놓친 건 없는 것 같아요. 진짜 제대로 된 시합을 보려면 화요일에 와야 돼요. 아니면 목요일에 룸피니로 가든가. 안 그러면 아주…… 흠, 왜 있잖아요."

"부용Buljong 시합요."

"네?"

"부용 시합. 노르웨이에서는 그렇게 불러요. 실력이 별로인 스케이트 선수 둘이 경기할 때요."

"부용?"

"뜨거운 수프. 그런 시간에 나가서 수프를 조금 먹거든요."

리즈가 웃자 두 눈이 작은 구멍이 되어 반짝였다. 해리는 문득 리즈의 웃는 얼굴을 보고 웃음소리를 듣는 게 좋다는 생각이 들었다.

두 선수가 헤드밴드를 벗고 링을 한 바퀴 돌고 나서 일종의 의식처럼 머리를 코너 기둥에 대고 무릎을 꿇었다가 몇 가지 간단한 댄스 스텝을 밟았다.

"저건 '람무에'라고 해요." 리즈가 말했다. "선수 자신의 개인 '크루', 그러니까 무에타이의 구루이자 수호신을 공경하는 뜻으로 춤을 추는 거예요."

음악이 멈추고 이반은 자기 코너로 돌아가서 트레이너와 함께 서로 기대고 손바닥을 맞댔다.

"기도하는 거예요." 리즈가 말했다.

"기도를 꼭 해야 돼요?" 해리가 걱정스럽게 물었다. 아까 꽤 두툼한 지폐뭉치가 주머니에 들어 있었다.

"이름에 걸맞게 산다면 안 해도 되죠."

"이반요?"

"선수들은 자기 이름을 스스로 골라요. 이반은 이반 히폴리테라고 1995년에 룸피니 스타디움에서 승리한 네덜란드 선수의 이름을 딴 거예요."

"한 명밖에 없어요?"

"외국인으로 룸피니에서 승리한 유일한 선수였어요. 그 뒤로도 없었고."

해리는 리즈가 윙크하는지 보려고 돌아봤지만 때마침 공이 울리고 경기가 시작됐다.

두 선수가 조심스럽게 서로에게 다가가서 안전한 거리만큼 떨어진 채 빙빙 돌았다. 한 번 휘두른 주먹이 간단히 막히고, 그에 맞서는 킥은 허공을 갈랐다. 음악이 점점 커지고 관중의 함성도 요란해졌다.

"지금은 열기를 북돋우는 거예요." 리즈가 소리를 질렀다.

이어서 두 선수가 맞붙었다. 팔과 다리가 전광석화처럼 휙휙 돌았다. 아주 순식간에 벌어진 일이라 해리는 제대로 보지 못했다. 리즈가 신음했다. 이반이 벌써 코피를 흘리고 있었다.

"팔꿈치로 맞았어요." 리즈가 말했다.

"팔꿈치요? 심판이 못 봤어요?"

리즈가 웃었다. "팔꿈치를 쓰는 건 규정에 어긋나지 않아요. 오히려 더 좋죠. 손과 발로 때리면 점수를 받지만 팔꿈치와 무릎으로 가격하면 대체로 케이오를 딸 수 있거든요."

"그러니까 발차기 기술은 가라테에 못 미치는군요."

"저라면 입조심하겠어요, 해리. 몇 년 전에 홍콩에서 최고의 쿵푸 챔피언 다섯 명을 방콕으로 보내서 어떤 무술이 더 센지 겨뤄보게 했어요. 워밍업이랑 식전행사에 한 시간 넘게 걸렸는데, 다섯 명이서 6분 30초밖에 버티지 못했어요. 앰뷸런스 다섯 대가 병원으로 직행했고요. 그중에 누가 있었는지 알아요?"

"흠, 오늘밤엔 그런 위험이 없겠는데요." 해리가 여봐란 듯이 하품을 하면서 말했다. "이건― 맙소사!"

이반이 상대의 목을 움켜잡고 한 번의 날렵한 동작으로 상대의 머리를 아래로 끌어당겨 오른 무릎으로 올려 쳤다. 상대 선수는 뒤로 넘어지면서 가까스로 팔을 허우적대며 로프를 잡아 리즈와 해리의 바로 앞에 걸쳤다. 물이 새는 파이프처럼 피가 뿜어져 나와 후드득 뿌려졌다. 해리는 뒷자리의 사람들이 항의하는 고함소리를 듣고서야 자기가 일어섰다는 걸 깨달았다. 리즈가 해리를 끌어 앉혔다.

"와!" 리즈가 소리쳤다. "이반이 얼마나 빠른지 봤어요? 내가 재미있을 거라고 했잖아요."

빨간 팬츠 선수가 머리를 한쪽으로 돌려서 해리에게 그의 옆얼굴이 보였다. 눈 주위에 피가 차오르면서 살갗이 부풀었다. 에어 매트리스에 공기를 채우는 것 같았다.

해리가 이상하고 메스꺼운 기시감을 느끼는 사이 이반이 더는 링 위에 있는 것도 인지하지 못하는 무력한 상대에게 다가갔다. 이반은 서두르지 않고 닭 날개부터 뜯을지 다리부터 뜯을지 생각하는 대식가처럼 잠시 상대를 살폈다. 두 선수 사이의 배경에 심판이 보였다. 심판은 고개를 모로 기울이고 두 팔을 내린 채 바라보고 있었다. 심판이 아무런 조치를 취할 것 같지 않아서 해리는 심장이 터질 것 같았다. 3인조 학생밴드는 더는 노르웨이 독립기념일 행렬처럼 보이지 않았다. 이제 그들은 통제 불능으로 흥분해서 악기를 불고 두드렸다.

그만해, 하고 해리는 생각했다. 그런데 순간 자기 목소리가 들렸다. "때려!"

이반이 상대를 때렸다.

해리는 카운트다운을 하는 줄도 몰랐다. 심판이 이반의 손을 들어 올린 것도 보지 못하고 승자가 링의 네 코너에 '와이'를 하는 것도 보지 못했다. 해리는 발 앞에 금이 간 젖은 시멘트 바닥을 노려보았다. 그곳에는 작은 벌레 한 마리가 핏방울을 벗어나려고 사투를 벌이고 있었다. 벌레는 일련의 사건과 우연의 일치에 휘말려서 무릎까지 오는 피 속을 헤치며 걸었다. 해리는 다른 나라, 다른 시간으로 돌아갔다가 누군가의 손이 그의 어깻죽지 사이를 쳤을 때야 정신을 차렸다.

"우리가 이겼어요!" 리즈가 그의 귀에 대고 소리쳤다.

베팅에서 딴 돈을 받으려고 줄 서 있을 때 귀에 익은 노르웨이어가 들렸다.

"우리 현명한 형사님이라면 그저 운만 쫓아서 돈을 걸진 않을 것 같더라니. 어느 쪽으로 땄든 축하해요."

"흠." 해리가 돌아보았다. "크럼리 경위님이 전문가라고 하셔서요. 어쩌면 사실과 거리가 멀지는 않은 것 같군요."

해리는 리즈를 옌스 브레케에게 소개했다.

"그쪽도 돈을 걸었어요?" 리즈가 물었다.

"제 친구 하나가 이반의 상대가 가벼운 감기에 걸렸다고 제보해 줬거든요. 그 여파가 이렇게 크다니 이상하죠, 음, 미스 크럼리?" 브레케가 환하게 웃으면서 해리를 돌아보았다. "저를 곤경에서 구해주실 수 있을까요, 홀레? 몰네스 씨 딸을 집에 데려다줘야 되는데, 미국에서 제일 중요한 고객에게 전화가 와서 사무실에 다시 들어가봐야 되거든요. 대혼란이에요. 달러가 천정부지로 치솟아서 제 고객이 바트를 버스 두 대 분량이나 처분하려 하거든요."

해리는 브레케가 고갯짓하는 방향을 보았다. 긴팔 아디다스 티셔츠를 입고 벽에 기대서 경기장에서 급히 빠져나오는 인파 속에 반쯤 몸을 숨긴 사람은 루나 몰네스였다. 루나는 팔짱을 끼고 시선을 돌렸다.

"형사님을 발견하고는, 힐데 몰네스한테서 형사님이 강 하류의 대사관 아파트에서 지내신다고 들은 말이 생각났어요. 같이 택시를 타고 가도 아주 멀리 돌아가는 길은 아닐 텐데요. 제가 저 애 엄마한테 약속을 해놔서……."

브레케는 한 손을 저으면서 엄마들의 이런 걱정이 물론 지나치긴 하지만 그래도 약속은 지키는 게 상책이라는 뜻을 드러냈다.

해리는 손목시계를 보았다.

"데려다줄게요." 리즈가 말했다. "불쌍한 아이. 지금 같은 때 저 애 엄마가 예민하게 구는 것도 이해가 가요."

"그럽시다." 해리가 억지 미소를 지으며 말했다.

"잘됐어요." 브레케가 말했다. "참, 하나 더요. 제가 딴 돈도 대신 받아주실래요? 택시비는 나올 겁니다. 그러고도 돈이 남으면 미망인을 위한 경찰기금 같은 걸로 써주세요."

브레케는 리즈에게 영수증을 건네고 떠났다. 리즈는 숫자를 보고 눈이 휘둥그레져서 말했다.

"이 돈을 받을 미망인들이 이만큼 될까 싶은데요?"

19

1월 13일 월요일

루나 몰네스는 집에 바래다준다는 말이 별로 반갑지 않은 듯했다.

"고맙긴 한데 제가 알아서 갈 수 있어요." 루나가 말했다. "방콕은 월요일 밤의 외르스타 마을 정도로만 위험하니까."

월요일 밤에 외르스타에 가본 적이 없는 해리는 택시를 잡아 루나에게 문을 열어주었다. 루나는 마지못해 택시에 타고 주소를 웅얼거리고는 창밖을 내다보았다.

"리버가든에 가달라고 했어요." 잠시 후 루나가 말했다. "거기서 내리시죠?"

"너 먼저 내려주라는 명령이었던 것 같은데, 프뢰켄 몰네스."

"프뢰켄?" 루나는 웃으면서 제 엄마와 닮은 까만 눈동자로 해리를 보았다. 눈썹이 자라면서 하나로 몰려서 요정 같은 얼굴이었다. "우리 고모처럼 말하네요. 근데 아저씨는 나이가 어떻게 돼요?"

"나이는 스스로 느끼기 나름이야." 해리가 말했다. "그러니까 예순쯤 된 것 같군."

루나는 이제 호기심 어린 눈으로 해리를 보았다.

"목말라요." 루나가 불쑥 말했다. "한잔 사주고 난 다음에 우리

집까지 데려다주셔도 돼요."

해리는 몸을 앞으로 내밀고 택시 기사에게 몰네스의 주소를 말하기 시작했다.

"됐어요." 루나가 말했다. "내가 다시 리버가든으로 가달라고 말하면 저 사람은 아저씨가 나를 어떻게 하려는 줄 알겠죠. 창피당하고 싶어요?"

해리가 기사의 어깨를 건드리자 루나가 비명을 지르기 시작했고, 기사가 갑자기 브레이크를 밟아서 해리는 천장에 머리를 찧었다. 기사가 돌아보자 루나는 숨을 들이쉬며 다시 비명을 지르려 했고, 해리는 항복한다는 듯 두 손을 들었다.

"알았어, 알았어. 그럼 어디? 가는 길에 팟퐁이 나오는 것 같은데."

"팟퐁?" 루나는 눈을 굴렸다. "아저씨는 '정말' 늙었군요. 거긴 지저분한 늙은이하고 관광객들밖엔 안 가요. 우린 시암 광장으로 갈 거예요."

루나는 기사와 몇 마디 주고받았는데, 해리에게는 유창한 태국어로 들렸다.

"여자친구 있어요?" 루나가 다시 한바탕 협박하고 소란을 피운 끝에 맥주를 받아놓고 물었다.

그들이 들어간 널찍한 옥외 레스토랑은 기념물 같은 넓은 계단 맨 위에 있었다. 계단에는 학생들로 보이는 젊은이들이 앉아서 서서히 기어가는 차들을 구경하고 서로를 마주보았다. 루나가 미심쩍은 눈길로 해리의 오렌지주스를 보았지만 집안 분위기 때문인지 술을 안 마시는 사람들에게 익숙한 듯했다. 아닐지도 모르지. 해리는 몰네스 집안의 파티에 관한 불문율을 다 본 것은 아니라는 느낌이 들었다.

"아니." 해리가 대답했다. 그리고 물었다. "도대체 왜들 자꾸 그런 걸 묻지?"

"도대체 왜냐고요?" 루나가 의자에 앉은 채 몸을 꼬았다. "여자들이 물어봤죠, 아니에요?"

해리는 큭큭 웃었다. "너 지금 날 당황하게 만들려는 거니? 남자친구 얘기나 해봐."

"어떤 애요?" 루나는 왼손을 계속 테이블 밑 무릎에 내려놓고 오른손으로 맥주잔을 들었다. 장난스럽게 미소를 머금고 등을 뒤로 기대고 시선은 해리에게 고정했다.

"나 처녀 아니에요. 혹시 그렇게 생각하셨다면."

해리는 입에 머금은 주스를 테이블에 뱉을 뻔했다.

"왜 그래야 해요?" 루나는 술잔을 입에 댔다.

그래, 왜 그래야겠니? 해리는 속으로 생각했다.

"충격받았어요?" 루나가 맥주잔을 내려놓고 짐짓 심각한 척했다.

"왜 그래야 하지?" 따라하는 말처럼 들려서 해리는 얼른 덧붙였다. "나도 네 나이쯤에 데뷔한 것 같은데."

"예, 그래도 열세 살은 아니었을걸요." 루나가 말했다.

해리는 숨을 들이쉬고 루나의 말을 진지하게 생각해보고는 잇새로 천천히 숨을 내쉬었다. 이런 얘기는 이제 집어치우고 싶었다. "그러니? 남자는 몇 살이었는데?"

"그건 비밀." 루나는 다시 장난스런 표정을 지었다. "왜 여자친구가 없는지 얘기해줘요."

해리는 말하기 전에 잠깐 뜸을 들였다. 자기도 루나의 충격 화법에 화답할 수 있을지 알아보고픈 충동이 일었다. 그가 진심으로 사

랑했다고 말할 수 있는 여자들이 둘 다 죽었다고 말하고 싶은 충
동. 하나는 스스로 목숨을 끊었고, 다른 하나는 살인자의 손에 죽
었다고.

"얘기가 길어." 해리가 말했다. "다 잃었어."

"다? 몇 명 있었나보죠? 그래서 여자들이 아저씨를 찬 거 아니에
요? 바람피웠구나?"

해리는 루나의 목소리에서 아이 같은 흥분과 웃음소리를 들었
다. 도저히 옌스 브레케와는 어떤 사이냐고 물을 수 없었다.

"아니야." 해리가 말했다. "그냥 내가 관심을 많이 쏟지 못했어."

"아저씨 지금 심각해 보여요."

"미안."

그들은 말없이 앉아 있었다. 루나는 맥주병 상표를 뜯었다. 해리
를 흘깃거리면서 마음을 정하기라도 하듯. 상표가 떨어졌다.

"가요." 루나가 해리의 손을 잡았다. "보여드릴 게 있어요."

그들은 학생들 사이를 지나 계단을 다 내려와서 인도를 따라 걷
다가 넓은 대로 위에 걸친 좁은 육교에 올라갔다. 그리고 다리 중
간에서 멈추었다.

"보세요. 아름답지 않아요?" 루나가 말했다.

해리는 그들에게 가까이 다가왔다가 멀어지는 차들의 행렬을 내
려다보았다. 시야가 미치는 곳까지 도로가 길게 뻗어 있었고, 대형
트럭과 버스와 자가용, 오토바이와 툭툭의 불빛이 용암의 강처럼
저 끝에서 한 줄기의 노란 줄무늬로 짙어졌다.

"꼭 등에 야광 무늬가 있는 뱀이 구불구불 지나가는 것 같지 않
아요?"

루나가 난간에 기대어 몸을 내밀었다. "이상한 게 뭔지 알아요?

방콕 사람들은 지금 제 주머니에 든 몇 푼 안 되는 돈을 위해서도 기꺼이 살인을 저질러요. 그런데도 전 여기 살면서 무서운 적이 없었어요. 노르웨이에서 살 때는 주말마다 산속의 우리 오두막에 올라갔어요. 눈을 가리고도 오두막이랑 산길을 찾아갈 수 있어요. 그리고 방학 때마다 외르스타에 갔어요. 사람들이 서로 다 알고 누가 가게에서 물건을 훔치면 신문 일면을 장식하는 동네예요. 그런데도 난 여기가 제일 안전하다고 느껴요. 여기서는 어디를 가나 사람들로 둘러싸여 있지만 제가 아는 사람은 아무도 없어요. 이상하지 않아요?"

해리는 대답할 말을 찾지 못했다.

"저한테 선택권이 있다면 평생 여기서 살고 싶어요. 일주일에 한 번은 여기 올라와서 그냥 서서 구경할 거예요."

"도로의 차들을?"

"네, 난 저런 게 좋아요." 루나가 불쑥 해리를 돌아보았다. 루나의 두 눈이 반짝였다. "아저씨는요?"

해리가 고개를 저었다. 루나는 다시 도로를 돌아보았다.

"안 됐네요. 지금 방콕의 도로에 차가 몇 대나 다니는지 알아요? 300만 대예요. 그리고 매일 1천 대씩 늘어나요. 방콕에서 운전하면 하루에 두세 시간은 차 안에서 보내요. 컴포트 100이라고 들어봤어요? 주유소에서 살 수 있는데, 길이 막힐 때 오줌을 누는 통이에요. 이누이트들에게도 교통이라는 말이 있을까요? 마오리족은 어떨까요?"

해리는 어깨를 으쓱했다.

"그 사람들이 놓치고 사는 모든 것을 생각해봐요." 루나가 말했다. "여기처럼 사람들에게 둘러싸여서 살지 못하는 곳 사람들 말이에요. 팔을 들어봐요……." 루나가 해리의 손을 잡고 올렸다.

"느껴져요? 이 진동이? 우리 주변의 모든 사람에게서 나오는 기운 말이에요. 기운이 감돌아요. 만일 아저씨가 죽어가는데 아무도 구해주지 못할 것 같으면 그냥 밖에 나가서 두 팔을 높이 들고 기운을 조금 받아들여보세요. 그러면 영생을 누릴 수 있어요. 정말이에요!"

루나는 이글거리는 눈빛과 상기된 얼굴로 해리의 손을 제 뺨에 갖다 댔다.

"아저씨는 오래 살 거라는 느낌이 들어요. 아주 오래. 저보다도 더 오래."

"그런 소리 마." 해리가 말했다. 그의 손바닥에 닿은 루나의 뺨이 뜨거웠다. "그럼 불운한 일이지."

"아무 운도 없는 것보다는 불운한 편이 낫대요. 아빠가 늘 하시던 말씀이에요."

해리는 손을 움츠렸다.

"영원히 살고 싶지 않아요?" 루나가 속삭였다.

해리는 눈을 깜빡거리면서 그의 뇌가 그 순간 거기서, 사람들이 양쪽에서 분주히 오가고 번쩍이는 바다뱀이 발밑으로 지나가는 육교 위에서 그들의 스냅사진을 찍은 것을 알았다. 어느 곳에 방문할 때 그곳에 오래 머물지 않으리라는 사실을 알기에 사진을 찍어두는 것처럼. 전에도 그런 적이 있다. 어느 밤 프롱네르 리도의 수영장에서 점프하던 중에 한 번, 또 시드니의 어느 날 밤 빨간 머리채가 바람에 뒤로 흩날릴 때 한 번, 그리고 2월의 어느 추운 오후에 포르네부 공항에서 사진기자들이 모여 있고 카메라 플래시가 폭풍처럼 터지는 가운데서 쇠스가 그를 기다리고 있을 때 한 번. 해리는 무슨 일이 있어도 언제든 그 사진들을 들춰볼 수 있고 그 사진들은 영원히 흐려지지 않으리라는 사실을 알았다. 흐려지기는커녕 세월이 갈수록 더 일관되고 또렷해질 터였다.

순간 얼굴에 물방울이 떨어졌다. 또 한 방울. 해리는 놀라서 하늘을 쳐다보았다.

"5월이 오기 전에는 비가 오지 않는다고 하던데." 해리가 말했다.

"망고 소나기예요." 루나가 하늘을 보면서 말했다. "가끔 와요. 망고가 익었다는 뜻이에요. 좀 있으면 퍼부을 거예요. 어서 가요……."

해리는 잠이 들었다. 이제는 소음이 크게 거슬리지 않았고, 차 소리에도 어떤 리듬 같은 것, 그러니까 일종의 예측성이 있다는 사실을 알아채기 시작했다. 첫날 밤에는 울려대는 경적에 잠이 깼다. 그리고 며칠 밤은 경적이 들리지 '않는데도' 잠이 깨곤 했다. 고장난 소음기에서 나는 소음은 다른 어디에서 들리는 것이 아니라, 혼돈 그 자체에 머물렀다. 해리는 얼마 지나지 않아 그 소리에 적응했다. 흔들리는 갑판에서 뱃멀미를 하지 않고 버티듯이.

다음 날 루나를 대학 근처 카페에서 만나서 아버지에 관해 몇 가지 물어보기로 약속했다. 택시에서 내릴 때 루나의 머리카락에서는 아직 물이 뚝뚝 떨어지고 있었다.

아주 오랜만에 비르기타의 꿈을 꾸었다. 머리카락이 그녀의 창백한 살갗에 붙어 있었다. 그래도 그녀는 살아서 웃고 있었다.

20

1월 14일 화요일

변호사가 네 시간 만에 우를 유치장에서 꺼내주었다.

"닥터 링. 소렌센 밑에서 일하는 자예요." 리즈가 오전 회의에서 이렇게 말하고 한숨을 쉬었다. "뇨가 우에게 사건 당일 어디에 있었는지, 겨우 그거 하나 물었는데, 시간이 끝나버렸어요."

"거짓말 탐지기로는 뭘 찾아냈습니까?" 해리가 물었다.

"아무것도." 뇨가 말했다. "그자는 우리한테 무슨 말을 해줄 생각이 아예 없던데요."

"아무것도? 젠장, 당신네 태국인들은 물고문이랑 전기고문을 식은 죽 먹기로 하지 않나요? 그러니까 지금, 내가 죽기를 바라는 거구의 사이코패스가 나돌아 다닌다는 말이군요."

"아니, 좋은 소식 말해줄 사람은 없나?" 리즈가 말했다.

신문지가 부스럭거렸다.

"제가 마라디즈 호텔에 다시 전화했어요. 처음에 전화를 받은 남자 말로는, 대사관에서 나온 여자랑 자주 오던 '파랑'이 있었다고 합니다. 여자는 백인이고 둘이서 독일어인지 네덜란드어인지 모를 말로 대화를 했다더군요."

"노르웨이어." 해리가 말했다.

"두 사람의 인상착의를 알아내려고 해봤는데 명확하게 나오지는 않았어요."

리즈가 한숨을 쉬었다. "순턴, 사진 가지고 가서 대사랑 대사 부인이 맞는지 알아봐."

해리가 코를 찡긋했다. "남편과 아내가 하루에 200달러나 받는, 집에서 몇 킬로미터나 떨어진 곳을 밀회 장소로 삼는다고요? 좀 이상하지 않아요?"

"아까 통화한 호텔 남자 말로는 그들이 주말마다 거기서 머물렀다더군요." 랑산이 말했다. "날짜 몇 개 얻었어요."

"대사의 아내가 아니라는 데 어제 딴 상금을 걸게요." 해리가 말했다.

"그럴지도." 리즈가 말했다. "어쨌든 그렇다고 해도 별 소득은 없어요."

리즈는 회의를 끝내면서 나머지 팀원들에게 오늘은 노르웨이 대사 살인 사건을 일순위에 놓느라 미뤄둔 사건들에 관한 서류 작업을 해놓으라고 지시했다.

"그럼 원점으로 돌아온 건가요?" 다른 사람들이 나간 후 해리가 물었다.

"지금까지 계속 제자리에 있었는걸요." 리즈가 말했다. "당신은 노르웨이가 원하는 걸 얻었을 텐데요."

"우리가 원하는 게 뭔데요?"

"아침에 우리 서장님을 만났어요. 어제 노르웨이의 토르후스 씨랑 통화했는데, 이번 일이 얼마나 걸릴지 물었다더군요. 노르웨이 당국에서는 구체적인 게 나오지 않더라도 이번 주 내로 설명해달라고 요구했어요. 서장님은 그 사람한테 이 사건은 태국 수사이고 여기서는 살인 사건을 그런 식으로 넘어가지 않는다고 받아쳤죠. 그랬더니 나중에 태국 법무부에서 전화가 왔다더군요. 시간 있을 때 관광을 해뒀으니 잘됐어요, 해리. 금요일에 본국으로 돌아가시는 것 같던데요. 그 사람들 말대로 구체적인 게 나오지 않으면 말이죠."

"해리!"

톤에 비그가 로비에서 해리를 불렀다. 발그레한 뺨과 붉은 미소를 보고 해리는 그녀가 나오기 전에 립스틱을 발랐을 거라고 짐작했다.

"우리 꼭 같이 차 마셔야 돼요." 톤에가 말했다. "아오!"

아오는 해리가 들어서자 놀라서 겁에 질린 눈으로 해리를 응시했고, 해리는 서둘러 그녀와 볼일이 있어서 온 게 아니라고 말했다. 그런데도 아오의 눈은 늘 사자가 보이는 곳에서 물을 마시는 영양 같았다. 아오는 돌아서서 두 사람만 남기고 떠났다.

"예쁜 아가씨죠." 톤에가 해리를 흘깃거리며 말했다.

"사랑스럽군요." 해리가 말했다. "젊고."

톤에는 대답에 만족한 표정을 짓고는 해리를 자기 사무실로 안내했다.

"어젯밤에 전화했어요." 톤에가 말했다. "그런데 집에 안 계시는 것 같더군요."

해리는 톤에가 왜 전화했는지 물어봐주기를 기다리는 것을 눈치챘지만 묻지 않았다. 아오가 차를 들고 들어왔고, 해리는 아오가 나갈 때까지 기다렸다.

"정보가 좀 필요해요." 해리가 말했다.

"네?"

"부대사님은 대사님이 부재중일 때 직무대행을 맡으셨죠. 대사님이 자리를 비울 때마다 기록이 남았을 텐데요."

"그야 그렇죠."

해리는 날짜 네 개를 불러주었고, 톤에는 달력을 보면서 확인했다. 대사가 치앙마이에 세 번, 베트남에 한 번 다녀왔다고 했다. 해리는 천천히 받아 적으면서 다음 질문을 준비했다.

"대사님이 방콕에서 부인 말고 다른 노르웨이 여자를 알고 지내셨습니까?"

"아뇨…… 제가 아는 한은 없어요. 음, 저 말고는."

해리는 톤에가 잔을 내려놓을 때까지 기다렸다가 다시 물었다. "제가 만약 부대사님이 대사님과 관계를 맺고 있었던 것 같다고 말하면 뭐라고 답하실 건가요?"

톤에 비그는 놀라서 입을 벌렸다. 그녀는 노르웨이 치과 치료의 자랑이었다.

"허, 에구머니나!" 톤에가 말했다. 농담조의 분위기가 전혀 느껴지지 않아서 해리는 아직도 '에구머니나' 같은 말을 쓰는 여자들이 있다고 짐작할 수밖에 없었다. 그는 헛기침을 했다.

"부대사님과 대사님이 방금 말한 날짜에 마라디즈 호텔에 투숙하신 것 같은데, 제 짐작이 맞으면 두 분의 관계를 설명해주시고 대사님이 살해당한 날 어디 계셨는지 말씀해주십시오."

톤에 비그처럼 창백한 사람도 더 하얗게 변할 수 있다는 것이 놀라웠다.

"저 변호사랑 얘기해야 하나요?" 톤에가 한참 지나서 입을 열었다.

"숨기는 게 없다면 그럴 필요도 없겠죠."

해리는 톤에의 눈가에 고인 눈물을 보았다.

"숨기는 거 없어요." 톤에가 말했다.

"어느 쪽이든 저한테 말씀하셔야 해요."

톤에는 마스카라가 번지지 않도록 조심스럽게 눈가를 찍었다.

"그분을 죽이고 싶을 때가 있었어요, 형사님."

해리는 호칭이 달라진 걸 알아채고 참을성 있게 기다렸다.

"얼마나 그러고 싶었던지 그분이 죽었다는 소식을 들었을 때 기쁘기까지 했어요."

톤에의 혀가 슬슬 풀리고 있었다. 지금은 엉뚱한 말이나 행동으로 흐름을 끊지 말아야 한다. 대개 고백은 한 가지만 나오지 않는다.

"대사님이 부인과 헤어지려고 하지 않아서요?"

"아니에요!" 톤에는 고개를 저었다. "형사님은 몰라요. 그분이 제 일을 다 망쳐놔서 그랬어요! 다요……"

처음에 어찌나 심하게 흐느껴 울던지 해리는 자기가 뭔가 건드렸다는 걸 알았다. 잠시 후 톤에는 감정을 추스르고 눈물을 닦았다.

"정치적 임명이었어요. 그분은 이 자리에 올 자격이 전혀 없었다고요. 그들이 서둘러서 그분을 이리로 보낸 거예요. 한시 바삐 노르웨이에서 쫓아내야 하는 것처럼. 진즉에 제가 이 자리에 앉을 거라는 조짐이 있었는데, 부대사와 대사관 담당관도 구분할 줄 모르는 양반한테 집무실 열쇠를 넘겨야 했어요. 그분하고 저 사이에는 어떤 종류의 관계도 없었어요. 그런 말 자체가 저한테는 아주 괴상하게 느껴져요. 모르시겠어요?"

"그리고 어떻게 됐습니까?"

"그분을 확인하러 갔을 때 문득 대사 임명에 얽힌 감정이 다 사라지더군요. 이제 제게 새로운 기회가 찾아올 텐데도. 대신 그분이 얼마나 좋은 사람이고 똑똑한 사람이었는지 생각나지 뭐예요. 정말 그런 분이었어요!"

톤에는 해리가 반박이라도 한 것처럼 말을 이었다.

"제가 보기에 대사로서는 그다지 유능하지 않았지만, 일이나 경력보다 중요한 뭔가가 있었어요. 그 자리에 지원하지 말까 봐요. 두고 봐야죠. 생각할 게 많네요. 예스든 노든, 지금으로서는 아무것도 단정하지 않으려고요."

톤에는 두어 번 코를 풀고 마음을 추스른 듯했다. "부대사가 같은 대사관에서 대사로 임명되는 건 아주 특이한 경우예요. 제가 알기로는 그런 예가 아예 없었던 것 같아요."

톤에는 거울을 꺼내서 화장을 살피고는 혼잣말처럼 말했다. "그래도, 무슨 일에든 처음은 있어야 하니까."

해리는 택시를 타고 경찰서로 돌아가는 길에 톤에 비그를 용의선상에서 제외하기로 했다. 톤에의 말이 설득력이 있어서이기도 하고, 대사가 마라디즈 호텔에 투숙한 날짜에 다른 곳에 있었다고 입증할 수 있어서이기도 했다. 톤에는 또한 방콕에 거주하는 노르웨이 여자가 많지 않아서 선택의 폭이 좁다고 확인해주었다.

별 수 없이 불가능한 상황을 상상해야 했을 때, 갑자기 명치를 얻어맞은 느낌이 들었다. 다만 아예 상상할 수도 없는 일만은 아니라서.

하드록카페의 유리문으로 들어온 소녀는 해리가 그 집 정원과 장례식에서 본 소녀와는 달랐다. 시큰둥하고 내향적인 몸짓과 신경질적이고 반항적인 표정의 그 소녀가 아니었다. 루나는 빈 콜라 잔과 신문을 앞에 둔 해리를 발견하고는 해사하게 웃었다. 파란 꽃무늬 반팔 원피스를 입고 있었다. 노련한 마술사처럼 의수는 거의 눈에 띄지 않았다.

"일찍 오셨네요." 루나가 들뜬 얼굴로 말했다.

"이 나라 도로 사정으로는 제 시간에 도착하는 게 어렵잖아." 해리가 말했다. "늦고 싶지 않았어."

루나는 자리에 앉아 아이스티를 주문했다.

"어제, 너희 어머니—."

"주무셨어요." 루나가 무뚝뚝하게 말했다. 아주 퉁명스러워서 해리는 경고의 뜻이라고 짐작했다. 하지만 더 이상 변죽만 울릴 여유가 없었다.

"술에 취하셨다는 뜻이니?"

루나가 해리를 쳐다보았다. 행복한 미소는 날아가버렸다.

"엄마 얘기하고 싶어서 부른 거예요?"

"다른 할 얘기도 있고. 너희 부모님 사이는 어땠니?"

"그런 건 엄마한테 물어보지 그래요?"

"너는 거짓말을 잘 못하는 것 같아서." 해리가 솔직하게 대답했다.

"아, 그래요? 그렇다면, 두 분은 집에 불이 난 것처럼 지내셨어요." 루나의 얼굴에는 다시 반항적인 표정이 돌아왔다.

"그렇게 심했다는 말이니?"

루나는 몸을 꼬았다.

"미안하다, 루나. 하지만 이게 내 일이야."

루나는 어깨를 으쓱했다. "엄마하고 저는 사이가 좋지 않아요. 그래도 아빠랑 저는 아주 좋은 친구였어요. 엄마가 질투한 것 같아요."

"누구를?"

"우리 둘 다. 아빠를. 모르겠어요."

"아빠를 왜?"

"아빠한테는 엄마가 필요하지 않은 것 같았어요. 엄마는 아빠한테 아주 거만하게……."

해리는 지금 꺼내려는 질문이 스스로도 믿기지 않았다. 그래도 오랜 세월 끔찍한 일들을 무수히 목격한 터였다. 해리는 뜸을 들였다. "아빠가 가끔 너를 호텔에 데려간 적 있니, 루나? 마라디즈 호텔이라든가."

해리는 루나의 경악하는 표정을 보았다.

"무슨 뜻이에요? 아빠가 왜요?"

해리는 테이블 위의 신문만 보다가 억지로 눈을 들었다.

"뭐예요?" 루나가 버럭 소리를 지르면서 티스푼으로 거칠게 찻잔을 저어서 차가 넘쳤다. "이상한 말씀을 하시네요. 도대체 무슨 생각을 하시는 거예요?"

"저기, 루나. 어려운 얘기인 줄을 알지만, 너희 아빠가 후회할 만한 일을 하신 것 같아."

"아빠요? 아빠는 늘 후회하셨어요. 후회하고 책임지고 불평하고…… 그런데도 그 마녀가 아빠를 가만두지 않았어요. 맨날 쫓아다니면서 괴롭혔어요. 당신은 이게 안 돼, 저게 안 돼, 당신이 날 이리로 끌고 왔어, 하는 식으로. 그 여자는 제가 듣지 않는 줄 알지만 전 들었어요. 한마디도 빠트리지 않고. 엄마는 거세당한 사람하고는 같이 살지 못할 사람, 천생 여자였어요. 제가 아빠한테 헤어지라고 했지만 아빠는 끝까지 버텼어요. 절 위해서. 아빠가 그렇게 말한 건 아니지만 저 때문인 거 알았어요."

"내가 하려는 말은." 해리는 고개를 숙여 루나와 눈을 마주쳤다. "아버지가 성적으로 남들과 같은 감정을 느끼지 않았다는 거야."

"그래서 그렇게 죽을상이었어요? 아빠가 게이였던 걸 제가 모르는 줄 알고?"

해리는 입을 떡 벌리고픈 충동을 겨우 눌렀다. "게이라니 정확히 무슨 뜻이니?"

"남색. 호모. 동성애자. 남창. 저는 그 마녀가 아빠하고 어렵게 몇 번 섹스를 해서 나온 결과일 뿐이에요. 아빠는 엄마를 역겨워 했어요."

"아버지가 '정말' 그렇게 말했니?"

"아빠는 너무 점잖은 분이라 그런 말은 안 했죠. 그래도 난 알았어요. 저는 아빠의 제일 친한 친구였으니까. 아빠가 '그렇게' 말했어요. 가끔은 제가 '유일한' 친구인 것 같다고. 한번은 이렇게 말한 적도 있어요. '내가 좋아하는 건 너랑 말밖에 없단다.' 저랑 말. 멋진 말이죠, 네? 아빠한테 사랑하는 사람이—게이가—있었던 것 같아요. 학창시절에 엄마를 만나기 전에. 그런데 그 사람이 아빠를 떠났어요. 관계를 인정하고 싶지 않았던 거죠. 서로 공정하긴 했어요. 아빠도 원치 않으셨으니까. 오래전 일이에요. 지금하고는 많이 달랐던 시절요."

루나는 십 대 특유의 확고부동하고 자신만만한 어조로 말했다. 해리는 천천히 콜라를 마셨다. 시간을 벌어야 했다. 그가 예상하지 못한 방향으로 대화가 흘러간 것이다.

"마라디즈 호텔에 있던 사람이 누군지 알고 싶어요?" 루나가 물었다. "엄마랑 엄마 애인이에요."

21
1월 14일 화요일

하얗게 언 나뭇가지가 왕궁 정원의 흐린 겨울 하늘을 향해 잔가지를 뻗었다. 닥핀 토르후스는 창가에 서서 어떤 남자가 고개를 어깨 사이로 푹 수그리고 오들오들 떨면서 하콘 7세 거리를 뛰어가는 모습을 바라보았다. 전화벨이 울렸다. 토르후스는 벽에 걸린 시계를 보고서야 점심시간인 걸 알았다. 그는 남자가 전철역 옆, 시야에서 사라질 때까지 바라보다가 수화기를 들었다. 쉭쉭 치직 소리가 들리고는 목소리가 나왔다.

"한 번만 더 기회를 줄게요, 토르후스. 받아들이지 않으면 어떻게든 외무부가 당신 자리를 구인광고에 내놓게 만들 겁니다. '노르웨이 경찰, 외무부 국장에게 의도적으로 호도당하다'라는 말이 나올 겨를도 없이. 아니면 '동성애자 살인에 희생된 노르웨이 대사'라거나. 둘 다 그런대로 잘 뽑은 제목 같은데, 아닙니까?"

토르후스는 자리에 앉았다. "어디에 있소, 홀레?" 딱히 대꾸할 말을 찾을 수 없었다.

"방금 강력반의 제 보스하고 길게 통화했습니다. 그 양반한테 열다섯 가지 다른 방법으로 질문을 던져서 대체 아틀레 몰네스가 방콕에서 뭘 하고 있었는지 물어봤죠. 지금까지 제가 알아낸 걸로 봐서는 몰네스는 거침없는 레이올프 스테엔*과는 달리 대사감은 아니더군요. 제 능력으로는 종기를 짜낼 수는 없어도 종기가 있다는 정도는 확인할 수 있습니다. 보스는 비밀서약에 맹세했는지, 저를 국장님께 떠넘기더군요. 지난번하고 같은 질문을 드리지요. 국장님은 아는데 제가 모르는 게 뭡니까? 참고로 말씀드리자면 지금 제 옆에는 팩스 한 대와 〈베르덴스강〉, 〈아프텐포스텐〉, 〈다그블라데〉 같은 신문사들 전화번호가 있습니다만."

겨울의 한기가 토르후스의 목소리에 실려 방콕까지 날아왔다. "알코올의존증 경찰이 떠드는 근거 없는 헛소리를 실어주지는 않을 거요, 홀레."

"알코올의존증인 '유명인사' 경찰이라면 실어주겠죠."

토르후스는 대답하지 않았다.

"그나저나 이번 사건을 〈순뫼르스포스텐〉**에서도 다룰 것 같더군요."

"당신은 비밀서약에 맹세했어요." 토르후스가 착 가라앉은 어조로 말했다. "기소당할 겁니다."

홀레가 웃었다. "진퇴양난이죠? 제가 아는 내용을 알고도 당신이 조치를 취하지 않으면 직무유기가 될 테니. 그것도 처벌 대상이 아닙니까? 왠지 제가 비밀서약을 어기면 저보다 당신이 잃을 게 많아 보이는군요."

"어떻게—." 토르후스가 입을 열었지만 전화가 치직거려서 말이 끊겼다. "여보세요?"

---

* 노르웨이 노동당 당수였던 정치인.
** 노르웨이 올레순의 지역신문.

"듣고 있습니다."

"내가 말해주면 당신이 발설하지 않는다고 어떻게 보장하겠소?"

"보장은 못해요." 소리가 울려서 대답을 세 번 강조하는 것처럼 들렸다.

침묵.

"그냥 믿으세요." 해리가 말했다.

토르후스가 코웃음을 쳤다. "왜 그래야 합니까?"

"다른 선택지가 없으니까요."

국장은 시계를 보고 점심시간에 늦겠구나 생각했다.

구내식당에 로스트비프를 얹은 호밀빵은 다 나갔을 테지만 어차피 입맛이 떨어져서 상관없었다.

"절대 새어나가면 안 됩니다." 국장이 말했다. "아주 진지하게 하는 말이오."

"떠벌릴 생각은 전혀 없습니다."

"좋소, 홀레. 기독민주당에 관한 스캔들은 얼마나 들어봤소?"

"많지는 않습니다."

"맞아요. 기독민주당은 오랫동안 그렇게 아무도 크게 신경 쓰지 않을 만큼 군소 정당으로 평온하게 지내왔소. 언론이 사회당의 주요 권력자들과 진보당 괴짜들의 뒤를 캐는 동안 기독민주당 의원들은 거의 감시의 시선에서 벗어나 있었소. 그런데 정권이 바뀌면서 더는 불가능해진 게요. 내각 개편이 있고 얼마 후 아틀레 몰네스가 출중한 능력과 오랜 스토르팅에 경력에도 불구하고 장관직 후보 물망에 오르지 않으리라는 것이 분명해졌소. 몰네스의 사생활을 계속 파헤치다 보면 결국 개인의 가치관을 강령으로 삼는 기독교 정당으로서는 감당하기 힘든 위험을 초래할 판이었으니까.

동성애 성직자의 사제 서품을 반대하는 정당에서 동성애자 장관을 내세울 수는 없잖소. 몰네스도 그걸 알았을 게요. 그런데 새 내각 인선이 발표됐을 때 언론에서 몇 차례 반응이 나왔어요. 아틀레 몰네스를 포함하지 않은 이유가 무엇인가? 불과 얼마 전 몰네스가 총리에게 당대표 자리를 양보하고 물러난 후 대다수 관측자들은 몰네스를 서열 2위, 적어도 3위나 4위 정도로 봤으니까. 질문이 터져 나오고, 지난번에 몰네스가 당대표 후보직을 사임할 때 처음 불거져 나왔던 동성애 소문이 다시 떠돌기 시작했소. 요즘처럼 국회의원 중에 동성애자가 많다는 사실이 알려진 세상에 도대체 웬 호들갑이냐는 의문이 들 수 있겠죠. 흠, 여기서 흥미로운 건 해당 의원이 기독민주당원이라는 사실 말고도 그가 총리와 절친한 친구라는 사실이에요. 두 사람이 함께 수학하고 심지어 원룸에서 같이 산 적도 있으니까요. 언론에서 이런 사실을 밝혀내는 건 시간 문제였소. 몰네스는 내각에 포함되지 않았지만 총리에게는 여전히 부담스러운 존재가 된 겁니다. 총리와 몰네스가 처음부터 서로에게 가장 중요한 정치적 지지자라는 사실을 모르는 사람이 없는 마당에, 그렇게 긴 세월 동안 총리가 몰네스의 성적 취향을 몰랐다면 누가 믿어주겠소? 유권자들이 총리를 지지하는 이유는 기독민주당이 동성 결혼과 그 외에도 부패에 관해 단호한 입장을 취해서일 텐데. 총리 본인이, 성서를 인용해 표현하자면 품에서 독사를 키웠다고 한다면 지지자들이 어떻게 나올까요? 신뢰를 쌓는 데 무슨 도움이 되겠소? 총리 개인의 인기가 소수 여당 정부를 지탱하는 데 제일 중요한 조건인 상황이라, 스캔들은 필히 막아야 했소. 당연히 몰네스를 가능한 한 빨리 국외로 내보내야 했소. 대사 자리를 하나 줘서 해외로 내보내면 총리로서는 오랜 세월 충직하게 봉사해온 정당 동지를 한직으로 내몰았다는 비난을 면할 수 있다고 결정한 겁니다. 그때 나한테 연락이 왔고, 우리는 발 빠르게 움직였소. 방콕의 대사 자리가 아직 정식 임명되지 않은 데다가 언론이 몰네스를 귀찮게 따라붙지 않을 만큼 멀었으니까요."

"맙소사." 해리가 잠시 후 입을 열었다.

"압니다." 토르후스가 말했다.

"몰네스의 아내에게 애인이 있는 건 아셨습니까?"

토르후스는 조용히 낄낄거렸다. "아뇨, 하지만 내가 그 부인에게 애인 하나 '없었다'는 쪽에 내기를 걸어 딴다면 나한테 배당금을 아주 많이 할당해줬어야 할 겁니다."

"왜죠?"

"우선 동성애자 남편이라면 그런 쪽으로는 눈감아줄 테니까요. 둘째, 외무부에는 혼외정사를 부추기는 분위기 같은 게 있지요. 실제로 간혹 그러다가 새로 결혼하기도 합니다. 외무부에서는 예전 배우자나 현재나 과거의 애인과 마주치지 않고 복도를 지나가기 어려울 정도예요. 사내 연애로 악명 높은 곳이지요. 그 심하다는 노르웨이 방송국보다 더해요."

토르후스는 계속 낄낄거렸다.

"대사 부인이 만난 사람은 외무부 사람이 아닙니다." 해리가 말했다. "태국 판 게코* 같은 노르웨이인이 하나 있는데, 통화 중개인으로 크게 성공한 사람이에요. 옌스 브레케. 처음에는 그 집 딸이랑 엮인 줄 알았는데 알고 보니 힐데 몰네스더군요. 부인이 태국에 도착했을 때부터 만났고, 딸 얘기로는 성관계 이상의 뭔가가 있

---

* 영화 〈월스트리트〉에 나오는 고든 게코라는 인물, 냉혈한 주식중개인의 대명사가 되었다.

198

었답니다. 꽤나 진지한 사이였고, 딸이 보기에는 조만간 둘이 같이 살 것 같았다는군요."

"처음 듣는 얘기네요."

"그러면 적어도 부인에게는 그럴듯한 동기가 생깁니다. 그리고 그 애인한테도."

"몰네스가 둘 사이를 방해해서?"

"아뇨, 오히려 반대예요. 딸 말로는 힐데 몰네스가 남편을 놔주지 않으려고 했답니다. 몰네스가 정치적 야망을 서서히 놓아버린 뒤로는 결혼이 제공하는 울타리가 그렇게 중요하지 않았던 거죠. 힐데는 딸에 대한 방문권을 빌미로 협박했을 겁니다. 다들 그러지 않나요? 아니, 살해 동기는 그보다 훨씬 덜 고상할 겁니다. 몰네스가 외르스타의 절반을 소유한 집안 출신이니까요."

"바로 그렇소."

"유언장이 있는지, 그리고 아틀레가 집안의 주식과 다른 재산을 얼마나 보유했는지 확인하라고 강력반에 요청했습니다."

"흠, 내 분야는 아니지만요, 홀레, 지금 일을 조금 복잡하게 만드시는 거 아닙니까? 그냥 단순히 웬 미친 자식이 대사의 방에 노크하고 칼로 찔러 죽였을 수도 있잖소."

"그럴 수도 있죠. 그런데 그 미친 자식이 노르웨이인이라면 원칙적으로 무슨 문제라도 됩니까, 토르후스?"

"무슨 뜻입니까?"

"진짜 미친놈은 사람을 찔러 죽이고 범죄 현장에서 유용한 증거를 완전히 없애지 않아요. 수수께끼 같은 걸 잇달아 남겨서 추후에 경찰과 강도 놀이를 하려고 하죠. 이번 사건에는 장식이 있는 칼 한 자루가 나왔고, 그게 다예요. 제가 장담하는데, 이번 사건은 장난칠 마음이 전혀 없으며 일을 해치우고 증거불충분으로 사건을 덮어버리려는 누군가에 의해 용의주도하게 계획된 살인입니다. 그 래도 또 모르죠. 어쩌면 그냥 미친놈이기만 해도 이런 식으로 살인 을 저지를 수 있는지도. 그리고 이번 사건에서 제가 지금까지 만난 미친놈들은 노르웨이인밖에 없었습니다."

22

1월 14일 화요일

마침내 해리는 팟퐁의 소이 1에서 스트립클럽 두 곳 사이로 난 입구를 찾았다. 그는 계단을 올라가서 어둑어둑한 방으로 들어갔다. 천장에는 거대한 선풍기가 느릿느릿 돌아갔다. 그는 거대한 선풍기 날개 아래서 자기도 모르게 몸을 수그렸다. 그에게는 이미, 출입문을 비롯한 이곳의 모든 실내 구조가 192센티미터의 키에 적합하지 않음을 증명하는 흔적이 생겼다.

힐데 몰네스는 레스토랑 안쪽 테이블에 앉아 있었다. 아무도 몰라보게 하려고 쓴 선글라스가 오히려 모두의 시선을 끈다고 해리는 생각했다.

"사실 전 곡주는 좋아하지 않아요." 힐데가 잔을 비우면서 말했다. "메콩만 빼고. 한잔 권해드려도 될까요, 형사님?"

해리는 고개를 저었다. 힐데가 손가락을 튕기자 잔이 채워졌다.

"이 집 사람들은 저를 알아요." 힐데가 말했다. "어느 정도 마셨다 싶으면 술을 더 주지 않아요. 그때쯤이면 저도 신물이 나 있죠." 힐데가 쉰 목소리로 웃었다. "여기서 만나도 괜찮으면 좋겠군요. 집은…… 지금 조금 슬퍼요. 그런데 왜 만나자고 하셨죠, 형사님?"

힐데는 또박또박 말했다. 상습적으로 술 마신 걸 숨기려고 흔히들 그러듯.

"부인과 옌스 브레케가 마라디즈 호텔에 자주 갔었다는 정보를 입수했습니다."

"잘했네요!" 힐데 몰네스가 말했다. "드디어 자기 일을 하는 사람이 나타났군요. 이 집 웨이터한테 물어보면 브레케 씨하고 제가 여기서도 '자주' 만났다고 확인해줄 거예요." 힐데가 툭툭 내뱉듯이 말했다. "어둡고, 아무도 몰라보고, 다른 노르웨이 사람이 없고, 거기다 시내 최고의 플라 랏을 파니까요. 장어 좋아해요, 홀레? 붕장어?"

해리는 드뢰바크에서 사람들이 해변으로 끌어낸 남자를 떠올렸다. 바다에 며칠 잠겨 있던 남자의 유령처럼 허연 얼굴을 보고 놀란 사람들. 뭔가가 남자의 눈꺼풀을 먹어치운 모양이었다. 그런데 사람들의 시선을 사로잡은 것은 장어였다. 남자의 입에 박혀서 은빛 채찍처럼 앞뒤로 꿈틀대는 장어 꼬리. 아직도 공기 중의 짠 내음이 기억나는 걸 보면 틀림없이 붕장어였을 것이다.

"할아버지는 장어 말고는 거의 아무것도 드시지 않았어요." 힐데가 말했다. "전쟁이 터지기 직전부터 돌아가실 때까지. 장어를 그렇게 드시고도 만족을 모르셨죠."

"그 유언장에 관해서도 몇 가지 정보를 입수했습니다."

"할아버지가 장어를 왜 그렇게 많이 드셨는지 알아요? 아, 아실리가 없지. 할아버지는 어부였는데, 이건 전쟁 전에 외르스타 사람들이 장어를 꺼리던 시절의 이야기예요. 왜 그런지 알아요?"

해리는 정원에서 본 것과 같은 고통이 힐데의 얼굴에 스치는 것을 보았다.

"프루 몰네스……."

"왜 그랬는지 아시냐고 묻고 있어요."

해리는 고개를 저었다.

힐데 몰네스는 목소리를 낮추고 빨간색 긴 손톱으로 테이블보를 톡톡 치면서 음절 하나하나 발음했다. "음, 그해 겨울에 배 한 척이 침몰했어요. 잔잔한 날씨였고 육지에서 몇 백 미터밖에 떨어지지 않은 바다에서 일어난 사고였지만 날이 몹시 추워서 배에 탄 아홉 명 중 한 명도 살아남지 못했어요. 배가 뒤집힌 자리 아래에 해협이 있어서 시신은 한 구도 발견되지 않았어요. 나중에 사람들 말로는 엄청난 양의 장어 떼가 피오르로 몰려들었다죠. 선원들 대부분이 외르스타 사람들과 관계가 있던 사람들이라서 장어 판매량이 급감했어요. 아무도 장어가 든 봉투를 들고 집에 돌아갈 엄두를 내지 못했어요. 그래서 할아버지는 다른 생선을 다 팔고 당신이 장어를 드시는 것이 가치 있는 일이라고 여기셨어요. 순뫼레에서 나고 자라신 분이라……."

힐데는 술을 마시고 잔을 테이블에 놓았다. 짙은 동그라미가 테이블보에 번졌다.

"그러다가 장어에 맛을 들이신 것 같아요. 할아버지가 그러셨어요. '그 사람들은 아홉 명밖에 없었어. 그 많은 장어를 다 먹일 수는 없지. 내가 불쌍한 친구들을 먹은 녀석을 한두 마리쯤 먹었을지도 모르지만 그게 어쨌다는 거냐? 어쨌든 맛이 다르진 않았단다.' 다르지 않다! 그거 재밌죠."

무언가의 메아리가 울리는 것 같았다.

"어떻게 생각해요, 홀레? 장어가 그 사람들일까요?"

해리는 귓등을 긁적였다. "글쎄요, 누가 그러는데 고등어도 사람

고기를 먹는다더군요. 모르겠네요. 아마 한입 먹었을지도. 어차피
물고기니까."

해리는 힐데가 술을 마저 마실 때까지 기다렸다.

"오슬로의 제 동료가 방금 올레순에 있는 부군의 기업 변호사
비욘 하르다이와 통화했습니다. 부인도 아시겠지만 변호사들은 의
뢰인이 사망한 후 의뢰인의 명예에 해가 되지 않는 정보라고 판단
되면 의뢰인과의 비밀유지 계약을 철회할 수 있습니다."

"몰랐어요, 정말로."

"흠, 비욘 하르다이는 한마디도 발설하지 않았습니다. 그래서 제
동료가 부군의 형님께 전화를 걸어봤습니다만 안타깝게도 그쪽에
서도 정보를 별로 캐내지 못했어요. 특히 제 동료가 세간의 추측과
는 달리 대사님이 집안 재산을 많이 물려받지 못한 것 같다는 의혹
을 제기했더니 형님께서 입을 닫았다는군요."

"왜 그렇게 생각해요?"

"도박빚 75만 크로네를 갚지 못한다고 해서 꼭 가난하다고 할
수는 없죠. 하지만 대사님은 결코 2억 크로네에 달하는 집안 재산
의 상당 지분을 마음대로 처분할 수 있는 분은 아니었습니다."

"어디서—."

"제 동료가 브뢰뇌이순 등기소에 연락해서 몰네스 퍼니처의 자
료를 받았습니다. 장부에 기록된 자금은 물론 적었지만, 그 회사
가 SMB에 등재된 사실을 알아냈다더군요. 그래서 대사님의 주식
교환 가치를 산출한 중개인에게 전화를 걸었죠. 동족회사인 몰네
스 홀딩의 주주는 네 명이고 남자형제 세 명과 누이 한 명이었습니
다. 자식들 모두 몰네스 퍼니처의 이사진이고, 그들이 몰네스 시니
어에서 지주회사로 이동한 이후에 주식을 팔았다는 기록은 없습니

다. 그래서 부군께서 지주회사의 소유 지분을 남에게 팔지 않았다면 재산이 적어도⋯⋯." 해리는 통화 내용을 적어둔 노트를 흘깃 보았다. "5천만 크로네였군요."

"그 사람들이 철두철미한 건 안 봐도 알아요."

"저는 방금 말씀드린 내용의 절반도 이해하지 못했지만, 누군가 대사님의 재산을 묶어두었다는 것 정도는 알겠습니다. 그 이유를 알고 싶군요."

힐데 몰네스는 술잔 너머로 해리를 빤히 바라보았다. "정말로 알고 싶어요?"

"왜 아니겠어요?"

"형사님을 이리로 보낸 사람들은 당신이 대사님의⋯⋯ 사생활을 이렇게까지 파헤칠 줄은 몰랐을 것 같군요."

"저는 이미 너무 많이 알아요, 프루 몰네스."

"안다고요⋯⋯?"

"예."

"맞아요⋯⋯."

힐데는 말을 끊고 메콩을 마저 마셨다. 웨이터가 잔을 채우러 왔지만 힐데가 손을 저었다.

"몰네스 집안이 오래전부터 내국內國 전도 교회의 독실한 신자이고 기독민주당 당원이었다는 사실도 안다면 아마 나머지도 알아내실 수 있을 거예요."

"그렇겠죠. 그래도 직접 말씀해주시면 고맙겠습니다."

힐데는 이제야 곡주의 톡 쏘는 풍미가 전해지는 것처럼 몸을 떨었다.

"결정을 내린 사람은 그이 아버지였어요. 그이가 당수에 입후보

하면서 소문이 퍼지기 시작하자 그이가 아버님께 솔직히 털어놨어요. 일주일 후 아버님이 유언장을 고쳐 썼죠. 집안의 재산에 그이의 몫이 등록되어 있긴 하지만 재산처분권은 루나에게 돌아가는 것으로 명시해놨죠. 루나가 스물세 살이 될 때 효력이 발생하고요."

"그럼 그때까지 그 돈에 대한 권리는 누구에게 있습니까?"

"아무도. 그냥 계속 가족 사업에 속해 있다는 뜻이에요."

"그럼 부군께서 돌아가신 지금은 어떻게 됩니까?"

"지금은." 힐데는 손끝으로 잔의 가장자리를 훑으면서 말했다. "지금은 루나가 전액을 상속받을 거예요. 재산처분권은 루나가 스물세 살이 되기 전까지 친권자에게 있고요."

"그러니까 제가 옳게 이해한 거라면 그 돈이 풀렸고 부인께서 마음대로 처분할 수 있다는 뜻이군요."

"그런 것 같네요, 맞아요. 루나가 스물세 살이 되기 전까지."

"재산처분권에는 정확히 어떤 내용이 포함됩니까?"

힐데 몰네스는 어깨를 으쓱했다. "정말이지 많이 생각해보지 않았어요. 저도 며칠 전에 들었으니까. 하르다이한테서."

"그러니까 재산처분권이 부인께 양도된다는 조항을 전에는 모르셨다는 말씀인가요?"

"들은 적이 있을지도 몰라요. 어떤 서류에 서명하긴 했지만 이런 일은 무지 복잡하잖아요, 안 그래요? 어쨌든 전에는 관심을 가져본 적이 없어요."

"그런가요?" 해리가 대수롭지 않다는 듯 말했다. "부인께서 순뫼레 출신들에 관해 무슨 말씀인가 하셨던 것 같은데……."

힐데가 힘없이 웃었다. "전 늘 나쁜 순뫼레 사람이었어요."

해리는 힐데를 살폈다. 취한 척하는 건가? 해리는 목을 긁적였다.

"옌스 브레케와 알고 지낸 지는 얼마나 됩니까?"

"우리가 몇 번이나 같이 잤느냐, 그 말인가요?"

"흠, 그것도요."

"그럼 순서를 옳게 맞춰보죠. 어디 보자……." 힐데 몰네스는 이맛살을 찌푸리고 실눈을 뜨면서 천장을 올려다보았다. 턱을 손에 괴려고 했지만 자꾸 어긋나는 것을 보고 해리는 자신이 잘못 판단했음을 깨달았다. 힐데는 만취상태였다.

"방콕에 도착하고 이틀 후 남편의 환영파티에서 만났어요. 파티는 8시에 시작됐고, 노르웨이 사회 전체가 초대되어 대사관저 앞 정원에 모였어요. 그 사람이 차고에서 나를 겁탈했는데, 아마 파티가 시작하고 두세 시간쯤 지나서였을 거예요. '겁탈'이라고 말하는 건 제가 그때 너무 많이 취해서 제 협조를 거의 필요로 하지 않아서였어요. 동의라고 해야 하나. 하지만 다음번에는 제 동의를 얻었어요. 아니 그다음이던가, 기억이 안 나네요. 여하튼 몇 번 하고 나서 우리는 서로를 알게 됐어요. 이런 걸 물으신 건가요? 네, 그때부터 알고 지냈어요. 이제는 서로 아주 잘 알고요. 대답이 됐나요, 형사님?"

해리는 짜증이 치밀었다. 어쩌면 이게 힐데가 무관심과 자기비하를 드러내는 방식인지도 몰랐다. 어쨌든 그녀는 해리가 계속 살살 다뤄줘야 할 이유를 주지 못했다.

"부인은 부군께서 사망한 날 집에 계셨다고 하셨죠. 그날 오후 5시부터 부군의 시신이 발견됐다는 소식을 듣기 전까지 정확히 어디 계셨습니까?"

"기억이 안 나요."

힐데는 새된 소리로 웃었다. 조용한 숲속에서 큰까마귀 한 마리가 비명을 지르는 소리처럼 들렸고, 해리는 사람들의 시선을 알아챘다. 힐데는 잠깐 의자에서 떨어질 뻔하더니 다시 중심을 잡았다.

"그렇게 걱정스런 얼굴로 보지 마세요, 형사님. 저한테도 '알리바이'가 있으니까. 그렇게들 말하지 않나요? 네, 사실 환상적인 알리바이를 댈 수 있어요. 그날 밤에 제가 거동이 힘들었던 건 우리 딸이 기꺼이 증언해줄 거예요. 저녁 먹고 진을 한 병 딴 것까지는 기억나는데, 아마 잠이 들었다가 깨서 다시 마시고 또 잠들고 깨고 했던 것 같아요. 형사님도 아시잖아요."

해리도 알고 있다.

"또 물어보고 싶은 거 있어요, 홀레?"

힐데는 그의 이름에서 모음 두 개를 길게 빼며 말했다. 아주 심하지는 않았지만 해리를 도발하기에는 충분했다.

"부인께서 남편을 죽이셨는지 묻고 싶습니다, 프루 몰네스."

힐데는 한 번에 아주 빠르고 유연한 동작으로 술잔을 움켜잡았고, 해리가 말릴 틈도 없이 술잔이 귀를 스치고 날아가더니 그들 뒤의 벽에 부딪혀 박살나는 소리를 들었다. 힐데의 얼굴이 일그러졌다.

"당신이 믿지 않을지는 모르지만 전 외르스타 여고 14-16부에서 최고의 득점왕이었어요." 아주 차분한 말투라서 무슨 일이 일어났는지 벌써 잊어버린 사람 같았다. 놀라서 그들을 돌아보는 사람들이 보였다.

"열여섯 살 때이니까, 까마득한 옛날이죠. 나는 제일 예쁜 여학생…… 흠, 이 얘긴 이미 했군요. 그때는 몸매도 좋고, 지금하고는 달랐어요. 친구랑 나는 작은 수건 하나만 걸치고 우연인 척하면서 일부러 심판 탈의실에 들어가서 샤워하고 나오면서 잘못 들어왔다고 말하곤 했죠. 물론 다 팀을 위해서였어요. 그래도 심판들이 크게 흔들린 것 같지는 않았지만요. 얘들은 왜 시합 '전에' 샤워를 하나 의아하긴 했겠죠."

힐데가 벌떡 일어나서 외쳤다. "ørstagutt hei, ørstagutt hei, ørstagutt hei, hei, hei!" 그리고 다시 털썩 주저앉았다. 술집 안이 조용해졌다.

"이렇게 응원했어요. 외르스타 소년이라고 외친 건 여학생이라고 하면 느낌이 안 살아서였어요.* 박자가 맞지 않잖아요. 글쎄요, 어쩌면 우린 그냥 나대기 좋아하는 애들이었는지도."

해리는 힐데의 팔을 잡고 계단을 내려갔다. 택시 기사에게 힐데의 주소를 알려주고 500달러짜리 지폐를 건네면서 확실히 모셔다 드리라고 당부했다. 기사는 해리의 말을 제대로 알아듣지 못한 것 같았지만 무슨 뜻인지는 이해한 듯했다.

해리는 소이 2에서 실롬 구역 방향으로 맨 끝에 있는 바에 들어갔다. 카운터 자리는 거의 비어 있고 무대 위에는 그날 밤 아무도 사주지 않았으며 그런 일이 일어날 거라고도 기대하지 않는 것 같은 고고걸 둘이 있었다. 차라리 설거지나 하는 편이 나아 보이는 여자들이 'When Susannah Cries'에 맞춰 의무적으로 다리를 흔들고 가슴을 튕겼다. 해리는 어느 쪽이 더 슬퍼 보인다고 해야 할지 알지 못했다.

누군가 시키지도 않은 맥주를 해리 앞에 놓았다. 해리는 술은 건드리지도 않고 돈을 놓고 일어나서 남자 화장실 옆 공중전화에서 경찰서로 전화를 걸었다. 여자 화장실 문은 보이지 않았다.

---

* ørstagutt는 외르스타의 소년이라는 뜻. 소녀는 'jente'.

23

1월 14일 화요일

가벼운 바람이 바짝 깎은 그의 머리를 스쳤다. 해리는 지붕 끝 벽돌 돌출부에 서서 도시를 살펴보았다. 눈을 가늘게 뜨자 화려하게 반짝이는 불빛이 양탄자처럼 펼쳐졌다.

"거기서 내려와요." 뒤에서 목소리가 들렸다. "저까지 불안해지잖아요."

리즈가 맥주 캔을 손에 들고 접의자에 앉아 있었다. 아까 해리는 경찰서에 들어갔다가 읽어야 할 보고서 더미에 파묻혀 있는 리즈를 발견했다. 자정이 다 된 시각이라, 리즈도 업무를 마무리하기로 했다. 리즈가 사무실 문을 잠근 후 둘은 엘리베이터를 타고 11층으로 올라가서 옥상으로 나가는 문이 야간이라 잠겨 있는 걸 보고는 창문으로 넘어가서 비상계단을 끌어내려 기어 올라갔다.

뿌우 하는 뱃고동이 모포처럼 덮인 차 소리를 뚫고 들려왔다.

"저 소리 들었어요?" 리즈가 물었다. "어렸을 때 아빠가 자주 하시던 말씀이 있어요. 방콕에서는 코끼리를 배로 운반할 때 저희끼리 부르는 소리가 들린댔어요. 보르네오 숲이 줄어서 코끼리를 말레이시아에서 실어왔는데, 코끼리를 사슬로 갑판에 묶어서 태국 북부 숲까지 옮겼대요. 그래서 저는 이곳에 오고 한참 지나서도 저게 코끼리들이 코로 내는 소리인 줄 알았어요."

소리의 울림이 잦아들었다.

"프루 몰네스에게 동기가 있긴 하지만 그걸로 될까요?" 해리가 이렇게 말하고는 풀쩍 뛰어내렸다. "6년간 5천만 크로네 이상의 돈을 마음대로 처분할 수 있는 권리가 생긴다면 사람을 죽이겠어요?"

"죽여야 할 사람이 누구냐에 따라 다르죠." 리즈가 말했다. "그보다 적은 돈에도 살인을 저지를 사람을 두 명 알아요."

"제 말은, 6년 동안 5천만 크로네가 60년 동안 5백만 크로네와 같은가 하는 겁니다."

"아닐걸요."

"맞아요. 빌어먹을!"

"그 여자였으면 좋겠어요? 몰네스 부인요?"

"제가 뭘 바라는지 말씀드리죠. 우리가 빌어먹을 범인을 잡고, 제가 집으로 돌아갈 수 있기를 바랍니다."

리즈가 요란하게 트림을 했다. 꽤 인상적이었다. 리즈는 알았다는 듯 고개를 끄덕이고 맥주를 내려놓았다.

"딸이 불쌍하네. 루나라고 했죠?"

"강한 아이예요."

"확실해요?"

해리는 어깨를 으쓱하고 한 팔을 하늘로 들었다.

"뭐하는 거예요?" 리즈가 물었다.

"생각."

"그 손으로 뭐하느냐고요. 그게 뭐예요?"

211

"기운. 저 아래 있는 사람들에게서 기운을 모으고 있어요. 이렇게 하면 영생을 얻는대요. 이런 거 믿어요?"

"영생 같은 건 열여섯 살 때부터 믿지 않기로 했어요, 해리."

해리는 돌아봤지만 밤이라 리즈의 얼굴이 보이지 않았다.

"아버지 때문에?"

리즈의 뾰족한 두상이 끄덕였다.

"네. 아빠는 세계를 어깨에 짊어진 분이었어요. 우리 아빠는 그랬어요. 딱하게도 너무 무거웠죠."

"아버님은 어떻게……?" 해리는 입을 다물었다.

리즈가 맥주 캔을 찌그러뜨리는 소리가 들렸다.

"그저 베트남전쟁에 얽힌 또 하나의 슬픈 사연일 뿐이에요, 해리. 아빠를 차고에서 발견했는데, 군복을 갖춰 입고 군용 소총까지 등에 매고 있었어요. 아빠가 남긴 장문의 글은 우리가 아니라 미군에 보내는 편지였어요. 아빠는 책임을 방기하고 도망쳤다는 생각을 떨쳐낼 수 없다고 적었어요. 1973년에 사이공의 미국 대사관 옥상, 이륙하는 헬리콥터 문간에 서서 베트남 사람들이 점점 다가오는 군인들을 피해 필사적으로 몰려드는 광경을 바라보면서 깨달으셨대요. 소총 개머리판으로 사람들을 쫓아내는 경찰이나 전쟁을 승리로 이끌겠다고 약속하고 민주주의를 약속한 사람들만큼이나 아빠 자신에게도 책임이 있다고. 옆에서 같이 싸우던 베트남 사람들을 버리고 철수를 우선에 둔 미군의 결정에는 장교인 아빠의 책임도 있다고 생각하신 거죠. 아빠는 군인으로서 그들에게 헌신하고도 책임을 다하지 못했다고 후회했어요. 끝으로 아빠는 저랑 엄마한테 작별을 고하면서 가능한 한 빨리 자신을 잊어달라는 말을 남기셨죠."

해리는 담배를 피우고 싶어졌다.

"너무 막중한 책임이군요." 해리가 말했다.

"네, 그래도 때로는 산 사람보다 죽은 사람들을 책임지는 편이 더 쉬운 것 같아요. 남아 있는 우리가 그들을 보살펴야 해요, 해리. 산 사람들요. 어쨌든 그런 책임감이 우리를 이끌어주죠."

책임감. 작년에 해리가 묻어두려던 것이 있다면 바로 책임감이었다. 산 사람을 위해서든 죽은 사람을 위해서든, 자신을 위해서든 남을 위해서든. 하지만 죄책감에 시달릴 뿐 어떤 식으로든 돌아오는 것이 없었다. 아니, 책임감이 어떻게 그를 이끌어주는지 깨닫지 못했다. 어쩌면 이번 일에 대해서 토르후스가 옳았는지도, 어쩌면 정의가 실현되는 것을 보고 싶은 해리의 동기는 그리 고상하지만은 않았는지도 모른다. 어쩌면 그저 어리석은 야망에 사로잡혀 사건을 미제로 남기지 않고 결정적 증거를 찾으려 혈안이 되었는지도 모른다. 사건 파일에 '해결' 도장을 찍는 일이, 상대가 누구든 잡아넣는 것이 더 중요했을지도 모른다. 오스트레일리아에서 돌아왔을 때 신문 헤드라인과 시끌벅적한 칭찬에 과연, 조금이라도 진심이 담겨 있었을까? 쇠스의 사건을 돌려받기 위해 무엇이든, 누구든 짓밟을 수 있다는 생각은 어쩌면 단지 핑계였을까? 그에게 '성공'하는 것이 아주, 아주 많이 중요하다는 것도.

잠시 정적이 흐르는 사이 방콕이 숨을 고르는 것 같았다. 곧이어 아까와 같은 뱃고동이 다시 허공을 갈랐다. 비가悲歌. 무척 외로운 코끼리의 울음소리 같다고 해리는 생각했다. 이어서 자동차들이 다시 빵빵거리기 시작했다.

해리가 아파트에 돌아왔을 때 도어 매트에 쪽지가 놓여 있었다.

'저 수영장에 있어요, 루나.'

엘리베이터 번호판에서 숫자 5 옆에 '수영장'이라고 적힌 것을 본 기억이 났다. 5층에 내리자 아니나 다를까 염소 냄새가 났다. 모퉁이를 돌자 양 옆에 발코니가 딸린 야외 수영장이 나왔다. 수면에 달빛이 은은하게 반짝거렸다. 해리는 수영장 옆에 쭈그리고 앉아서 손을 내밀었다.

"너희 집처럼 편해 보이는구나, 그러니?"

루나는 대꾸하지 않고 발차기를 하면서 해리를 지나쳐서 물속으로 쏙 들어갔다. 옷과 의수가 일광욕 의자 옆에 쌓여 있었다.

"몇 시인 줄 알아?" 해리가 물었다.

루나는 물속에서 불쑥 나타나 해리의 목을 잡고 끌어당겼다. 해리는 무방비 상태로 잡혀서 중심을 잃고 루나와 함께 물속으로 미끄러져 들어갔고, 그의 손에 벌거벗은 부드러운 살결이 닿았다. 그들은 아무 소리 내지 않고 그저 무겁고 따뜻한 이불처럼 물을 헤치면서 물속으로 들어갔다. 몽글몽글 방울이 일어나 해리의 귀를 간지럽혔고, 머리가 팽창하는 것 같았다. 그들은 밑바닥까지 내려갔고, 해리는 발로 차서 루나를 수면으로 끌고 올라갔다.

"너 미쳤어!" 해리가 캑캑거렸다.

루나는 깔깔거리고 빠르게 물살을 가르며 헤엄쳐갔다.

해리가 흠뻑 젖은 옷을 입은 그대로 수영장 옆에 누워 있는 사이 루나가 물 밖으로 나왔다. 눈을 떠보니 루나가 수영장 뜰채를 들고 수면에 떠 있는 커다란 잠자리를 잡으려 했다.

"거 참 신기하네." 해리가 말했다. "이 도시에서 살아남은 곤충이라곤 바퀴벌레밖에 없다고 믿어 의심치 않았는데."

"착한 애들도 조금은 살아남는 법이죠." 루나가 조심스럽게 뜰채를 들어 올리며 말했다. 루나가 잠자리를 풀어주자, 조용히 윙윙거리면서 수영장 위에서 날아다녔다.

"바퀴벌레는 착한 애가 아닌가?"

"우웩, 걔들은 혐오스러워요!"

"혐오스럽다고 꼭 나쁜 건 아니지."

"그럴지도. 그래도 착한 애들은 아닌 것 같아요. 걔들은 그냥 '존재'하는 거예요."

"그냥 '존재'한다." 해리는 말을 따라했다. 비꼬는 투라기보다는 곱씹듯.

"그냥 원래 그렇게 생겨먹은 애들이에요. 밟고 싶게 생겨먹은 녀석들. 바퀴벌레가 이렇게 많지 않았다면 또 모르죠."

"흥미로운 이론이네."

"들어봐요." 루나가 속삭였다. "모두 잠들었어요."

"방콕은 결코 잠들지 않아."

"아뇨, 잠들어요. 들어봐요. 저건 잠자는 소리예요."

뜰채는 속이 빈 알루미늄 관에 붙어 있었다. 루나가 관을 불었다. 꼭 디제리두* 소리 같았다. 해리는 그 소리에 귀를 기울였다. 루나 말이 옳았다.

루나는 욕실을 쓰려고 해리를 따라 내려갔다.

루나가 수건을 두르고 욕실에서 나왔을 때 해리는 이미 복도로 나가 엘리베이터 버튼을 눌러놓고 있었다.

"옷은 침대에 있다." 해리가 현관문을 닫으면서 말했다.

---

* 오스트레일리아 애버리지니의 전통 악기로 긴 피리처럼 생겼다.

잠시 후 둘은 복도에 서서 엘리베이터를 기다렸다. 엘리베이터 문 위에 빨간불이 들어오고 숫자가 움직이기 시작했다.

"언제 떠나세요?" 루나가 물었다.

"곧. 별일 없으면."

"아까 저녁에 엄마랑 만난 거 알아요."

해리는 두 손을 주머니에 넣고 엄지발톱을 보았다. 루나는 해리에게 발톱을 깎아야겠다고 말했다. 엘리베이터 문이 열렸고, 해리는 문 앞에 섰다.

"너희 어머니 말로는 아버지가 돌아가신 날 밤에 집에 있었다던데. 네가 증인이라면서."

루나는 신음소리를 냈다. "정말로 제가 그 질문에 대답하길 원하세요?"

"아닐지도." 해리가 말했다. 그는 한 걸음 물러났고, 그들은 서로를 바라보면서 문이 닫히기를 기다렸다.

"누구 짓인 것 같아?" 해리가 한참 지나서 물었다.

루나는 계속 해리를 보았고, 문이 닫혔다.

24

1월 15일 수요일

'All Along the Watchtower*'에서 지미의 기타 솔로가 나오다가 뚝 끊겼다. 짐 러브는 몸을 움찔하며 누가 그의 헤드폰을 뺀 것을 깨달았다.

의자에 앉은 그대로 돌아보자 선크림을 꼼꼼히 바르지 않은 것 같은 키 큰 금발 남자가 비좁은 주차장 부스에 앉아 있던 그의 앞에 우뚝 서 있었다. 얼굴의 절반은 수상한 분위기를 풍기는 파일럿 선글라스 안에 감춰져 있었다. 짐은 그런 물건을 볼 줄 알았다. 자기도 일주일치 급료를 주고 산 것이 하나 있었다.

"안녕하십니까." 키 큰 남자가 말했다. "영어를 할 줄 아는지 물었습니다."

남자는 딱히 어디 출신이라고 집어내기 어려운 억양으로 말했고, 짐은 브루클린 말투로 답했다.

"태국어보다는 좀 합니다. 뭘 도와드릴까요? 어느 회사를 찾으세요?"

---

* 원래는 밥 딜런의 곡을 지미 헨드릭스가 리메이크했다.

"오늘은 회사 때문에 온 게 아닙니다. 그쪽하고 얘기 좀 나누고 싶습니다."

"저요? 경비업체에서 나온 감독관은 아니죠? 이 워크맨은 제가 설명할 수……."

"아뇨, 아닙니다. 경찰서에서 나왔습니다. 홀레라고 해요. 제 동료, 뇨가……."

해리는 옆으로 비켜섰고, 그의 뒤로 주차장 입구에 평범한 스포츠머리에 갓 다림질한 흰 셔츠를 입은 태국 남자가 서 있었다. 그래서인지 짐은 남자가 내민 배지가 진짜라는 걸 잠시도 의심하지 않았다. 그는 한쪽 눈을 찡긋했다.

"경찰요? 두 분 혹시 같은 미용실에 다녀요? 헤어스타일을 바꿔볼 생각해본 적 있어요? 이런 걸로?" 짐이 대걸레 같은 자기 머리를 가리켰다.

키 큰 남자가 웃었다. "1980년대 복고풍이 아직 경찰서를 강타하지 않은 것 같군요."

"1980년대라뇨?"

"얘기 좀 나눌 동안 잠시 여길 맡길 사람이 있을까요?"

짐은 4년 전에 친구들 몇 명과 휴가차 태국에 왔다고 했다. 짐과 친구들은 오토바이를 빌려서 북쪽으로 올라갔는데, 라오스 국경의 메콩 강가의 어느 작은 마을에서 일행 중 한 명이 무모하게도 아편을 조금 사서 배낭에 넣었다. 돌아오는 길에 경찰에 걸려서 수색을 당했고, 그들은 태국 오지의 흙먼지 날리는 시골길에서 친구 하나가 아주 오랫동안 감방에 갇히게 된 난데없는 현실을 깨달았다.

"여기서는 법적으로 밀수범들을 빌어먹을 사형까지 시킬 수 있어요. 그런 거 알았어요? 게다가 나머지 셋은 아무 짓도 안 했는데,

아 망할, 우리까지 방조범인지 뭔지로 잡혀 들어갈 판이었어요. 빌어먹을, 미국 흑인치고는 제가 딱히 마약밀수범처럼 생긴 건 아니잖아요, 안 그래요? 우리가 빌고 또 빌어도 끄떡도 않더니 경찰 하나가 슬쩍 벌금 얘기를 꺼내더군요. 그래서 우리는 가진 돈을 다 긁어모았고, 경찰은 아편을 압수하고 우리를 풀어줬어요. 기분이 아주 째졌죠. 문제는 미국으로 돌아갈 비행기 표를 살 돈까지 놈들한테 다 줘버렸다는 거였죠. 그래서……."

짐은 엄청난 양의 말을 쏟아내고 손짓 발짓 다 해가며 어떻게 하나의 사건이 다른 사건으로 이어졌는지 설명했다. 그동안 미국 관광객들을 위한 관광가이드로 일했지만 거주허가 때문에 문제가 생겼다. 여기서 만난 태국 아가씨에게 보살핌을 받으면서 납작 엎드려 살았고, 친구들이 다 떠날 준비를 마쳤을 때 자기는 남기로 했다고 설명했다. 온갖 우여곡절을 겪은 끝에 주차장에서 주차요원 자리를 얻어서 거주허가를 받았는데, 국제회의가 열리는 건물에서 영어를 할 줄 아는 사람을 필요로 한 덕이었다고 했다.

짐이 끝도 없이 늘어놓는 통에 결국 해리가 말을 끊어야 했다.

"젠장, 형사님의 태국인 친구가 영어를 못하면 좋겠군요." 짐이 불안하게 뇨를 흘끔거리면서 말했다. "우리가 북쪽에서 돈을 먹인 녀석들은……."

"진정해요, 짐. 우린 다른 일로 물어볼 게 있어서 왔어요. 외교관 번호판이 붙은 감색 메르세데스가 1월 7일 4시쯤 여기에 서 있었을 겁니다. 뭐 생각나는 거 있어요?"

짐은 웃음을 터트렸다. "저더러 그 시각에 지미 헨드릭스 앨범에서 어떤 곡을 듣고 있었냐고 물으시면 대답해드릴 수 있을지 몰라도 여기는 드나든 차가……." 짐이 입을 오므렸다.

"우리도 여기 들어오면서 주차증을 받았어요. 아무것도 확인하지 못하지 않았습니까? 차번호든 뭐든?"

짐은 고개를 저었다. "우린 그런 거 안 봐요. 주차장에는 대부분 CCTV가 달려 있어서 무슨 일이 생기면 나중에 그걸 확인하면 되니까요."

"나중에? 녹화도 된다는 뜻입니까?"

"그럼요."

"모니터 같은 건 안 보이던데요."

"그런 거 없어요. 이 주차장은 6층짜리잖아요. 그래서 우리가 여기 앉아서 다 보지는 못하죠. 젠장, 범죄자들은 대부분 카메라를 보면 그냥 줄행랑을 치잖아요, 예? 그래서 어중간하게 가는 거예요. 어떤 멍청한 자식이 몰래 숨어들어서 차를 훔치면 우리가 당신 같은 분들을 위해 테이프에 전부 담아놓는 거죠."

"테이프는 얼마나 보관합니까?"

"열흘요. 그쯤 되면 차에서 뭐가 사라졌는지 알아채니까요. 열흘 지나면 테이프 위에 새로 녹화해요."

"그럼 1월 7일 오후 4시에서 5시 사이에 녹화된 테이프도 있겠군요?"

짐은 벽에 걸린 달력을 물끄러미 쳐다보았다. "물론이죠."

그들은 계단을 내려가 따뜻하고 눅눅한 지하실로 들어갔고, 짐이 하나뿐인 전구를 켜고 벽에 늘어선 철제 캐비닛 하나를 열쇠로 땄다. 테이프가 차곡차곡 정돈되어 있었다.

"주차장을 다 보시려면 테이프를 엄청 많이 돌려봐야 해요."

"방문객 주차 구역이면 됩니다." 해리가 말했다.

짐은 캐비닛 선반을 죽 둘러보았다. 카메라 한 대당 선반이 따로 있는 듯했고, 라벨에 연필로 날짜가 적혀 있었다. 짐이 테이프 하나를 꺼냈다.

"찾았다."

짐이 다른 캐비닛을 열자 비디오 플레이어와 모니터가 나왔고, 테이프를 넣자 잠시 후 흑백 영상이 화면에 떴다. 해리는 방문객 주차 구역을 바로 알아보았다. 틀림없이 지난번에 여기 왔을 때 본 카메라에 잡힌 화면이었다. 화면 아래 코드에는 월과 날짜, 시각이 찍혀 있었다. 그들은 15시 50분이 나올 때까지 테이프를 뒤로 감았다. 대사의 차는 보이지 않았다. 그들은 기다렸다. 마치 정지화면을 보는 것 같았다. 아무 일도 일어나지 않았다.

"빨리 돌려볼게요." 짐이 말했다.

화면 한구석의 시계만 빠르게 돌아갈 뿐이고 그밖에는 아무런 차이가 없었다. 17:15. 차량 두 대가 시멘트 바닥에 젖은 바퀴자국을 남기고 급히 나갔다. 17:40, 바퀴자국이 말라서 사라지는 것이 보였지만 여전히 대사의 메르세데스는 그림자도 보이지 않았다. 화면에 17:50이 표시되자 해리가 짐에게 비디오를 끄라고 말했다.

"방문객 주차 구역 어딘가에 틀림없이 대사관 차량이 있어야 돼요." 해리가 말했다.

"죄송해요." 짐이 말했다. "누가 틀린 정보를 넘긴 것 같은데요."

"어디 다른 자리에 주차했을 수도 있을까요?"

"물론이죠. 하지만 자주 들르는 방문객이 아니라도 역시 이 카메라를 지나가야 하는데, 그러면 차가 지나가는 게 보였을 거예요."

"다른 테이프를 보고 싶군요." 해리가 말했다.

"아, 네. 어떤 거요?"

뇨가 주머니를 뒤졌다. "이 등록번호를 붙인 차가 어디에 주차하는지 아십니까?" 뇨는 이렇게 물으면서 종이쪽지를 건넸다. 짐이 꺼림칙한 눈으로 뇨를 보았다.

"에이, 젠장, 영어 할 줄 아시네."

"빨간색 포르셰예요." 뇨가 말했다.

짐이 쪽지를 돌려줬다. "이건 볼 것도 없어요. 저희 주차장의 정기 고객 중에 빨간색 포르셰를 모는 사람은 없어요."

"Faen*!" 해리가 말했다.

"뭐라고 하셨죠?" 짐이 활짝 웃으면서 물었다.

"노르웨이 말인데 배우고 싶지 않을 겁니다."

그들은 다시 햇빛 속으로 나왔다.

"괜찮은 물건으로 싸게 사다드릴 수 있어요." 짐이 해리의 선글라스를 가리키며 말했다.

"고맙지만 괜찮습니다."

"또 필요한 거 없어요?" 짐이 윙크하고 웃었다. 그는 벌써 손가락을 튕기기 시작했다. 다시 워크맨을 듣고 싶어서 안달이 난 얼굴이었다.

"저기, 형사님!" 짐이 떠나는 그들의 등에 대고 큰소리로 불렀다. 해리가 돌아보았다. "Fa-an!"

짐의 웃음소리가 그들의 차까지 들렸다.

"그래서 우리가 알아낸 게 뭐죠?" 리즈가 책상에 발을 올리면서 물었다.

"브레케가 거짓말하고 있다는 거요." 해리가 말했다. "브레케는

* 영어로 'Fuck'에 해당하는 말.

대사를 만나, 대사가 차를 세워둔 지하주차장으로 따라 내려갔다
고 했어요."

"왜 그런 거짓말을 했을까요?"

"통화에서 대사가 4시에 만나기로 한 약속을 확인하고 싶다고
말하잖아요. 대사가 사무실에 도착했다는 데에는 의심의 여지가
없어요. 로비 접수원을 만나봤는데, 사실이라고 확인해줬고요. 또
두 사람이 같이 사무실에서 나간 것도 확인해줄 수 있고요. 브레
케가 갑자기 로비에 들러서 메시지를 남겼거든요. 마침 5시쯤이라
퇴근 준비 중이어서 기억이 난대요."

"아무나 뭐든 기억해줘서 기쁘군요."

"하지만 브레케와 대사가 그 뒤로 뭘 했는지는 모르잖아요."

"차는 어디 있었어요? 방콕의 그쪽 동네에서 길거리에 차를 세
우지는 않았을 텐데."

"어쩌면 둘이 다른 어딘가로 가기로 해서 대사가 브레케를 데리
고 내려오는 동안 다른 사람에게 차를 봐달라고 시켰을 수도 있잖
아요." 뇨가 제안했다.

랑산이 헛기침을 하고 신문을 넘겼다.

"그런 것만 노리는 사기꾼 양아치들이 득시글대는 동네에서?"

"그래, 맞는 말이야." 리즈가 말했다. "대사가 지하 주차장을 이
용하지 않았다는 건 말이 안 돼. 거기에 차를 대는 게 제일 간단하
고 안전하잖아. 게다가 엘리베이터 코앞에 차를 댈 수 있었잖아."

리즈가 새끼손가락으로 귀를 후볐고, 표정이 밝아졌다.

"이제 어쩌지?" 리즈가 물었다.

해리가 체념하듯 손을 위로 던졌다. "그날 브레케와 대사가 5시
에 대사의 차를 타고 나가면서 브레케가 퇴근한 사실을 입증할 수

있을 줄 알았어요. 그리고 비디오테이프로 브레케의 포르셰가 밤새 주차장에 서 있었다고 확인할 수 있을 줄 알았죠. 그런데 브레케가 자기 차로 출근하지 않았을 가능성은 고려하지 않았어요."

"일단 차 문제는 접어둡시다." 리즈가 말했다. "우리가 아는 건 브레케가 거짓말을 하고 있다는 겁니다. 그럼 이제 어떻게 하지?" 리즈가 랑산의 신문을 툭 쳤다.

"알리바이를 확인해야죠." 신문 너머에서 대답이 나왔다.

25

1월 15일 수요일

사람들이 체포당할 때 보이는 반응은 천차만별이라 어디로 튈지
모른다.

해리는 웬만한 별종을 다 겪어봐서 그런지 햇볕에 그은 옌스 브
레케의 낯빛이 어두워지고 쫓기는 짐승처럼 눈동자가 심하게 흔들
리는 걸 보고도 그리 놀라지 않았다. 몸짓언어가 변하고 심지어 아
르마니 맞춤 정장조차 이제 몸에 꼭 맞지 않는다. 브레케는 고개를
빳빳이 들었지만 잔뜩 움츠린 듯 보였다.

브레케는 경찰에 연행된 적이 없다. 경찰서에 조사받으러 불려
간 적은 있지만 무장한 경찰 둘이 시간 좀 내주실 수 있느냐고 묻
지도 않고 데려간 적은 없었다. 그 차이는 엄청났다. 해리는 접견
실에서 브레케를 보고는 앞에 있는 이 남자가 냉혈한처럼 사람을
칼로 찔렀다는 게 황당무계하게 느껴졌다. 그러나 전에도 그런 생
각을 한 적이 있고, 틀린 생각이었다.

"영어로 진행해야 할 것 같습니다." 해리가 맞은편에 앉으면서
말했다. "모든 대화는 녹음될 겁니다." 해리는 가운데 놓인 마이크
를 가리켰다.

"알았어요." 브레케가 애써 미소를 지으려 했다. 낚싯바늘이 입꼬리를 팽팽히 잡아당기는 것 같은 표정이었다.

"이번 심문은 제가 어렵게 얻어냈습니다." 해리가 말했다. "녹음을 하니까, 엄밀히 말하면 태국 경찰이 심문해야 하지만 당신이 노르웨이 국적이라서 서장이 허락해준 겁니다."

"고마워요."

"글쎄요, 고마워할 일인지 모르겠군요. 변호사에게 연락할 권리가 있다는 고지는 들었죠?"

"예."

해리는 왜 변호사를 부르지 않았는지 물으려다가 그만두었다. 상대에게 심사숙고할 기회를 다시 줄 이유는 없었다. 해리가 알아낸 바로는 태국의 법제도가 노르웨이와 상당히 유사했고, 따라서 변호사라고 별반 다를 것 같지는 않았다. 태국이든 노르웨이든 변호사가 제일 먼저 하는 일은 의뢰인의 입을 틀어막는 일일 터였다. 어쨌든 규정을 따랐으니 서둘러 시작해야 했다.

해리는 녹음을 시작하라는 신호를 보냈다. 뇨가 들어와 형식상 절차대로 테이프에 관해 고지하고 나갔다.

"힐데 몰네스, 그러니까 죽은 아틀레 몰네스의 부인과 관계를 맺은 것이 사실입니까?"

"네?" 테이블 건너편에서 성난 두 눈이 해리를 노려보았다.

"몰네스 부인을 만났습니다. 솔직히 털어놓는 게 좋을 겁니다."

잠시 침묵이 흘렀다.

"네."

"조금 크게 말씀해주시겠습니까."

"네!"

"두 분의 관계가 얼마나 지속됐습니까?"

"몰라요. 오래됐어요."

"18개월 전에 대사의 환영파티 때부터인가요?"

"글쎄요……."

"글쎄요?"

"예, 그런 것 같네요."

"몰네스 부인이 남편이 사망하면 상당한 금액의 재산에 대한 처분권을 물려받는다는 사실을 알았습니까?"

"재산요?"

"제 질문에 모호한 부분이 있습니까?"

브레케는 구멍 난 비치볼처럼 헉 하는 소리를 냈다. "처음 듣는 말이에요. 그 집안 재산이 아주 많지는 않다는 인상을 받았어요."

"그렇습니까? 지난번에 나랑 만났을 때는 1월 7일에 당신 사무실에서 대사에게 투자 상담을 해주려고 만났다고 했잖습니까. 그런데 대사는 상당한 빚을 지고 있더군요. 앞뒤가 맞지 않아요."

다시 침묵이 흘렀다. 브레케는 무슨 말인가 하려다 말았다.

"그때 거짓말을 했어요." 브레케가 마침내 입을 열었다.

"지금 진실을 말할 기회를 다시 한 번 드리죠."

"대사가 저를 찾아온 건, 힐데…… 자기 아내와의 관계를 따지러 온 거였어요. 관계를 끝내라고 하더군요."

"무리한 요구는 아닌 것 같은데요?"

브레케가 어깨를 으쓱했다. "아틀레 몰네스에 대해 얼마나 아시는지 모르겠군요."

"우리는 아무것도 모르는 걸로 하지요."

"성 정체성 때문에 결혼 생활에 크게 기여하지 못한다고 말씀드리죠."

브레케가 흘끗 쳐다보았다. 해리는 계속하라는 듯 고개를 끄덕였다.

"대사가 힐데와 저한테 관계를 정리하라고 집요하게 요구한 건 질투심 때문이 아니었어요. 노르웨이에서 도는 루머 때문인 것 같아요. 우리 관계가 알려지면 루머가 불거질 테고 그러면 그 양반뿐 아니라 요직에 있는 다른 사람들한테까지 불똥이 튈 테니까요. 제가 더 깊이 캐보려고 했지만 그 양반이 해준 말은 이게 다예요."

"대사가 당신을 어떻게 협박했습니까?"

"협박이라뇨? 무슨 소리예요?"

"대사가 그냥 제발 부탁이오, 당신이 사랑하는 여자를 만나지 말아주십시오, 하진 않았겠죠."

"예, 사실 하긴 했어요. 그런 말까지 나온 것 같긴 하네요."

"어떤 말?"

"부탁이오." 브레케는 테이블 위에서 두 손을 포갰다. "별난 사람이었어요. '부탁이오'라니." 브레케가 힘없이 웃었다.

"그래요, 당신네 업계에서 흔히 듣는 말이 아니겠죠."

"그쪽도 마찬가지 아닌가요?"

해리가 브레케를 쏘아보았지만 브레케의 눈에 도발하는 기색은 없었다.

"그래서 어떻게 해주기로 했습니까?"

"아무것도. 생각 좀 해보겠다고 했어요. 제가 뭐라고 답할 수 있었겠어요? 그 양반이 눈물까지 비치려고 하는데."

"관계를 끝낼 생각이었습니까?"

브레케는 한 번도 생각해보지 않은 말이라는 듯 미간을 찌푸렸다.

"아뇨. 전…… 글쎄요, 힐데를 만나지 않는 건 쉽지 않았을 거예요."

"지난번에 나한테는 대사를 만나고 나서 지하주차장으로, 대사가 메르세데스를 세워둔 곳까지 같이 내려갔다고 했습니다. 지금 진술을 바꾸시겠습니까?"

"아뇨……." 브레케가 놀라서 말했다.

"사건 당일 3:50에서 5:15 사이의 CCTV 녹화 기록을 확인했습니다. 대사의 메르세데스가 방문객 주차 구역에 서 있지 않더군요. 진술을 바꾸시겠습니까?"

"바꾸다뇨……?" 브레케는 믿기지 않는 표정으로 해리를 보았다. "맙소사, 아뇨. 엘리베이터에서 내려서 그 사람 차를 봤어요. 대사가 차에 타기 전에 몇 마디 나눈 기억도 나는 걸요. 제가 대사한테 우리가 만난 걸 힐데에게는 말하지 않겠다고 약속까지 했어요."

"방금 그 말이 사실이 아니란 걸 입증할 수 있습니다. 마지막으로 묻습니다. 진술을 바꾸시겠습니까?"

"아니오!"

해리는 브레케의 말투에서 심문을 시작하기 전에는 없던 단호함을 느꼈다.

"당신 주장대로 대사를 따라 주차장까지 내려갔다면 그 다음엔 어떻게 했습니까?"

브레케는 다시 사무실로 올라와서 기업 분석 보고서를 마저 작성했고, 자정까지 사무실에 있다가 택시를 타고 귀가했다고 말했다. 해리는 그가 일하는 동안 사무실에 들어오거나 전화를 건 사람이 있냐고 물었지만 브레케는 비밀번호 없이는 아무도 사무실에 들어오지 못하고 평소에 보고서를 작성할 때는 조용히 일에 집중하기 위해서 전화를 차단해놓는다고 말했다.

"알리바이를 입증해줄 사람이 아무도 없습니까? 이를테면 당신이 귀가하는 걸 본 사람이라든가."

"벤, 제가 사는 건물의 경비원요. 그 사람이라면 기억할 거예요. 벤은 평소 제가 양복 차림으로 밤늦게 퇴근할 때 알아보니까요."

"밤 12시에 귀가하는 당신을 본 경비원이라, 그게 답니까?"

브레케가 생각에 잠겼다. "그런 것 같군요."

"좋아요." 해리가 말했다. "이제부터 다른 분이 맡을 겁니다. 마실 것 좀 드릴까요? 커피, 물?"

"아뇨, 괜찮아요."

해리가 일어서서 나가려고 했다.

"해리?"

해리가 돌아보았다. "홀레라고 불러주시면 좋겠군요. 아니면 형사님이라고 하시든가."

"알았어요. 저 큰일 난 거예요?" 브레케가 노르웨이어로 물었다.

해리는 눈을 가늘게 떴다. 브레케는 처량한 몰골로, 천 자루처럼 축 늘어졌다.

"내가 당신이라면 지금 변호사한테 전화할 겁니다."

"그렇군요. 고마워요."

해리는 문 앞에서 멈춰 섰다. "그런데 당신이 대사에게 했다던 약속은 어떻게 됐습니까? 약속을 지켰습니까?"

브레케는 미안하다는 듯 미소를 지었다. "바보 같죠. 원래는 힐데한테 말할 생각이었어요, 아니, 꼭 말해야 했어요. 그러다 대사가 죽었다는 소식을 듣고…… 참 이상한 사람이라니까, 현실적으로 이제아무 의미도 없는 약속인데도 지켜줘야겠다는 생각이 들더군요."

"잠깐만. 스피커로 돌릴게."

"여보세요?"

"잘 들려, 해리. 어서 말해."

강력반의 비아르네 묄레르, 외무부의 닥핀 토르후스, 그리고 오슬로 경찰청장이 해리의 전화 보고를 들으면서 아무도 중간에 끼어들지 않았다.

잠시 후 토르후스가 큰소리로 말했다.

"그러니까 노르웨이인 하나를 살인 용의자로 구금했다는 거군요. 문제는 이 일을 얼마나 덮어둘 수 있느냐는 겁니다."

경찰청장이 목청을 가다듬었다. "사건이 아직 공개되지 않았으니까 며칠 더 여유가 있을 것 같습니다. 더구나 거짓 진술과 살인 동기 말고는 브레케한테서 딱히 캐낸 건 없어요. 혹시 그자를 풀어줘야 하더라도 구금한 사실이 새어나가서는 안 됩니다."

"해리, 내 말 들리나?" 묄레르의 목소리였다. 잡음 때문에 내용을 확인하려는 것이었다. "그 친구가 유죄야, 해리? 그자가 한 짓이야?"

잡음이 더 커져서 묄레르가 경찰청장의 전화기를 들었다.

"뭐라고 했나, 해리? 자네가……? 그렇군. 흠, 여기서 논의할 테니 계속 연락하게."

묄레르가 전화를 끊었다.

"뭐랍니까?"

"자기도 모른답니다."

해리가 아파트에 도착했을 때는 밤이 깊었다. 르부셰론에 빈자

리가 없어서 팟퐁의 소이 4, 게이바가 밀집한 거리의 어느 식당에
서 저녁을 먹었다. 메인 요리를 먹던 중 어떤 남자가 해리의 테이
블로 다가와서 핸드잡*을 원하는지 정중하게 물어보고는 해리가
고개를 젓자 가만히 물러났다.

　해리는 5층에서 내렸다. 아무도 없고 수영장 옆 조명도 다 꺼졌
다. 해리는 옷을 벗고 물속으로 들어갔다. 시원한 물이 몸을 감쌌
다. 몇 바퀴 돌고 나니 물속에서 저항력이 느껴졌다. 전에 루나가
물마다 독특한 성질이 있고 고유한 농도와 냄새와 색깔이 있어 똑
같은 수영장은 없다고 했다. 이 수영장은 바닐라라고 했다. 달콤하
고 끈적거린다면서. 해리는 숨을 들이쉬었지만 염소와 방콕의 냄
새밖에 나지 않았다. 그는 수면 위에 누워서 눈을 감았다. 물속에
서 자신의 호흡 소리가 들려서 마치 작은 방에 갇힌 느낌이었다.
그는 눈을 떴다. 아파트 맞은편 동의 어느 집에서 불빛 하나가 새
어나왔다. 위성 하나가 별들 사이에서 유유히 흘러갔다. 소음기가
고장 난 오토바이가 시동을 걸고 있었다. 그러다 해리의 시선은 다
시 불빛이 나오는 아파트로 돌아갔다. 다시 층수를 세었다. 그리고
물을 삼켰다. 그의 아파트에서 불이 꺼졌다.

　해리는 그길로 당장 수영장에서 나가서 바지를 입고 무기로 쓸
만한 물건을 찾아 주위를 둘러보았지만 아무것도 보이지 않았다.
그는 벽에 기대 있는 수영장 뜰채를 잡고 엘리베이터까지 몇 미
터를 뛰어가서 버튼을 눌렀다. 엘리베이터 문이 열리자 안으로 뛰
어 들어갔다. 순간, 옅은 카레 향이 나고 그의 인생에서 1초가 사라
진 것 같았다. 다시 정신을 차렸을 때는 차가운 복도 바닥에 누워

* 남자의 성기를 손으로 만져주는 행위.

232

있었다. 다행히 맞은 곳은 이마였지만 해리는 거대한 형체가 옆에서 지켜보고 있는 상황이 자신에게 유리하지 않다는 걸 깨달았다. 해리가 뜰채로 거인의 넓적다리 아래쪽을 쳤지만 가벼운 알루미늄 자루는 위력이 세지 않았다. 해리는 가까스로 첫 번째 발길질을 피하고 비틀거리며 무릎으로 일어섰지만 두 번째 발길질이 어깨로 날아와 몸이 반쯤 돌아갔다. 등이 아팠지만 아드레날린이 솟구쳐서 고통으로 으르렁거리면서 겨우 일어섰다. 열린 엘리베이터에서 나오는 불빛에 얼핏 박박 깎은 머리통에 땋은 머리채가 흔들리는 걸 보았지만 주먹이 날아와 눈 위를 때린 바람에 해리는 뒤로, 수영장 쪽으로 넘어갔다. 거인이 따라왔고, 해리는 왼 주먹을 휘두르는 척하다가 얼굴이 있을 만한 위치에 오른 주먹을 날렸다. 화강암 덩어리를 친 것처럼, 맞은 상대보다 그가 더 아픈 것 같았다. 해리는 뒷걸음질 치면서 머리를 옆으로 돌리다가 훅 끼치는 공기와 공포로 가슴이 멎는 것 같았다. 해리는 허리띠를 더듬어 수갑을 찾아서 떼어내고 손가락을 수갑에 끼웠다. 헐크가 더 가까이 올 때까지 기다렸다가 어퍼컷이 제대로 들어가든 안 가든 일단 몸을 휙 수그렸다. 그리고 벌떡 일어나면서 엉덩이, 어깨, 이어서 온몸을 돌리며 주먹을 날렸고, 수갑을 끼운 주먹이 무섭게 날아가 어둠을 가르고 마침내 살과 뼈에 닿았다. 으드득 소리와 함께 무언가 움푹 들어갔다. 다시 주먹을 날리자 쇠붙이가 자신의 살갗을 뚫고 들어오는 느낌이 들었다. 손가락 사이로 자신의 피인지 상대의 피인지 모를 뜨끈하고 걸쭉한 피가 흘렀다. 다시 치려고 주먹을 들었다가 상대가 아직 꿈적도 않고 서 있자 해리는 충격을 받았다. 저음의 걸걸한 웃음소리가 들리고 열차 한 대분의 콘크리트가 머리에 떨어지더니, 어둠은 더 어두워지고 위아래의 개념 또한 더는 존재하지 않았다.

26

1월 16일 목요일

해리는 수영장 쪽으로 끌려갔다. 물속으로 끌려들어가기 직전에 본능적으로 숨을 들이쉬었다. 저항해봤지만 소용이 없었다. 물속에서 철컥 하고 뭔가 잠기는 금속성의 소리가 증폭되어 들렸고, 그를 잡은 손아귀가 풀렸다. 해리는 눈을 떴다. 주위가 온통 청록색이고 발밑에 바닥 타일이 닿았다. 바닥을 차고 올라가려고 했지만 손목을 잡아채는 힘은 그의 뇌가 아까부터 설명하려 했으나 그가 받아들이려 하지 않은 진실을 말해주었다. 익사할 거라는 진실. 우가 해리를 수영장 바닥 배수구에 수갑으로 채워둔 것이다.

해리는 위를 보았다. 달이 물을 지나 그를 비추었다. 그는 수갑을 차지 않은 손을 위로 물 밖으로 뻗었다. 젠장, 여긴 수심이 1미터밖에 안 돼! 해리는 몸을 웅크렸다가 온힘을 다해 몸을 쭉 뻗었다. 수갑에 엄지가 걸렸지만 아직 입은 수면에서 20센티미터 아래 있었다. 수영장 가장자리에서 그림자가 떠나는 모습이 보였다. 해리는 생각했다. 젠장! 공황 상태에 빠지면 안 돼. 공황 상태에 빠지면 산소가 소진된다.

해리는 수영장 바닥으로 내려가서 손가락으로 배수구 마개를 더듬었다. 쇠로 만들어졌고 완전히 박혀 있어서 두 손으로 잡아당겨도 꿈쩍도 하지 않았다. 얼마나 숨을 참을 수 있을까? 1분? 2분? 온몸의 근육이 뻐근하고 관자놀이가 지끈거리고 눈앞에서 붉은 별이 일렁였다. 해리는 몸을 홱 비틀어 빠져나가려 했다. 공포로 입이 말랐고, 뇌에서는 자기도 환각인 줄 아는 이미지를 만들어내기 시작했다. 연료가 너무 부족해, 물이 너무 적어. 갑자기 황당한 생각이 들었다. 물을 최대한으로 마셔버리면 수심이 내려가서 숨을 쉴 수 있지 않을까. 해리는 묶여 있지 않은 손으로 수영장 가장자리를 쳐봤지만 아무도 듣지 못하리라는 걸 알았다. 수면 아래가 고요하다고 해도 물 밖의 대도시 방콕의 떠들썩한 소음은 조금도 수그러들지 않고 다른 모든 소리를 삼켜버릴 테니까. 그리고 혹시 누가 듣는다고 해도 뭘 어쩌겠는가? 그 사람이 할 수 있는 거라고는 해리가 죽어가는 동안 곁을 지켜주는 것뿐이다. 찌는 더위가 머리에 쏟아졌고, 해리는 물에 빠져 죽는 모든 사람이 조만간 겪을 현상에 대비했다. 물 흡입. 그러다 수갑을 차지 않은 손에 쇠가 만져졌다. 수영장 뜰채. 뜰채가 수영장 가장자리에 있었다. 해리는 뜰채를 움켜잡고 끌어당겼다. 전에 루나가 디제리두를 연주했어. 속이 비어 있다. 공기. 해리는 알루미늄 자루 끝을 입에 물고 숨을 들이마셨다. 입안으로 물이 들어와서 삼키자 질식할 것 같았다. 죽음의 맛이 나고 혀에 마른 벌레가 닿았지만 알루미늄 관을 꽉 물고 기침 반사와 싸웠다. 이걸 왜 산소^{oxygen}라고 할까? 그리스어로 산성 ^{酸性}을 뜻하는 'oxys'에서 나온 말일까? 이건 시지 않고 달았다. 방콕에서조차 공기는 꿀처럼 달았다. 부서진 알루미늄 가루를 들이마시는 바람에 목구멍의 점액에 알갱이가 박혔지만 알아채지 못했다. 그는 마치 마라톤을 하듯이 있는 힘껏 숨을 들이마시고 또 내쉬었다.

뇌가 다시 돌아가기 시작했다. 이런 식으로는 불가피한 결과가 잠시 미뤄졌을 뿐이라는 건 해리도 알았다. 혈액 속의 산소가 이산화탄소로, 그러니까 인체의 배기가스로 전환되고, 너무 긴 막대는 질소를 완전히 배출하지 못했다. 그래서 재활용 공기를 다시 마시고 또 마시는 사이 산소는 점점 줄어들고 이산화탄소는 치명적으로 늘어나고 있었다. 이 같은 이산화탄소 과잉 상태를 과탄산혈증 hypercapnia이라고 하고, 해리는 곧 이 증상으로 사망할 것이다. 사실 그는 숨을 너무 빨리 쉬는 바람에 사망에 이르는 과정을 재촉하고 있었다. 조금 있으면 졸음이 쏟아지고, 뇌는 공기를 마시는 데 관심을 잃고 호흡이 점점 줄다가 결국 멈출 터였다.

참 외롭네. 해리는 생각했다. 수갑에 묶인 채. 배 위의 코끼리처럼. 코끼리. 해리는 온힘을 끌어내서 막대를 불었다.

안네 베르크는 3년째 방콕에서 살고 있었다. 남편이 쉘 태국 지사의 CEO였고, 부부 사이에 자식은 없었다. 중간 정도로 불행하고 아직 몇 년은 같이 버틸 수 있었다. 그다음에는 네덜란드로 돌아가서 학업을 마치고 새 남편을 찾을 것이다. 그녀는 순전히 지루함을 견디려고 엠파이어의 무급 교사 자리에 지원했는데, 놀랍게도 합격했다. 엠파이어는 방콕에서 매춘산업에 종사하는 수많은 소녀들에게 학교 교육을 제공하는, 주로 영어를 가르치는 데 목표를 둔 이상적인 사업이었다. 안네 베르크는 바에서 필요한 영어를 가르쳤고, 바로 이런 이유에서 아가씨들이 찾아왔다. 어린 소녀들은 책상 앞에 앉아 수줍게 생글거리면서 안네가 따라하라고 하면 키득거렸다. "담뱃불을 붙여드릴까요, 손님?"이라거나 "저는 처녀예요.

아주 대담하시네요, 손님. 마실 것 드릴까요?" 같은 말이었다.

오늘은 어떤 소녀가 새로 산 빨간 드레스를 입고 왔다. 소녀는 로빈슨 백화점에서 산 옷을 자랑하고 싶은 표정이 역력한 얼굴로 영어로 더듬더듬 다른 학생들에게 설명했다. 때로는 이런 어린 소녀들이 방콕에서도 가장 험한 동네에서 매춘부로 일한다는 사실이 믿기지 않았다.

여느 네덜란드인처럼 안네도 영어를 수준급으로 잘해서 일주일에 한 번은 다른 교사들 몇 명에게도 영어를 가르쳤다. 안네는 엘리베이터를 타고 5층에서 내렸다. 교수법에 관해 한참 입씨름을 하느라 유독 진이 빠진 저녁이어서 200제곱미터의 아파트에 들어가서 얼른 신발을 벗어던지고 싶은 마음이 간절한 순간에 거친 트럼펫 소리 같은 이상한 소리가 들렸다. 처음에는 강에서 들리는 소리인 줄 알았지만 잠시 후 수영장에서 나는 소리라는 걸 알았다. 안네는 전등 스위치를 찾았고, 몇 초가 지나서야 물속에 사람이 있고 수영장 뜰채가 물속에서 솟아 나온 장면을 뇌에서 받아들이고 처리했다. 그리고 뛰어갔다.

해리는 전등이 커지는 것을 보고 수영장 옆의 형체를 보았다. 곧 그 형체는 가버렸다. 여자로 보였다. 너무 놀란 걸까? 해리는 과탄산혈증의 첫 증상을 인지하기 시작했다. 이론상으로는 마취 상태가 되어 잠에 빠져들듯이 기분 좋은 느낌에 가까워야 하지만 공포가 빙하수처럼 혈관으로 빠르게 퍼지는 느낌밖에 들지 않았다. 해리는 정신을 집중하려고, 침착하게 너무 많지도 않고 너무 적지도 않게 호흡하려고 안간힘을 썼지만 생각을 하는 것조차 어려운 과제가 되었다.

그래서 수면이 내려가기 시작한 사실을 알아채지 못했고, 여자가 수영장 속으로 뛰어들어서 그를 수면 위로 들어 올릴 때는 천사가 데리러 왔다고 생각했다.

PART 4

COCKROACHES

27

1월 17일 금요일

그날 밤 해리는 밤새 두통에 시달렸다. 그는 집 안에서 의자에 앉아 있었고, 의사가 와서 혈액 샘플을 채취하고 운이 좋았다고 말했다. 마치 누가 그 사실을 설명해줘야 한다는 듯이. 나중에 리즈가 옆에 앉아서 무슨 일이 일어났는지 받아 적었다.

"그자가 이 집에서 뭘 원했을까요?" 리즈가 물었다.

"전혀 모르겠어요. 겁주려고 한 건지도."

"혹시 없어진 거 있어요?"

해리는 휙 둘러보았다. "칫솔만 욕실에 그대로 있다면요."

"웃겼어요. 기분은 어때요?"

"술이 덜 깬 느낌."

"당장 수사를 시작할게요."

"그만둬요. 집에 가서 몇 시간이라도 눈 좀 붙여요."

"갑자기 기운이 나시나 봐요."

"제가 한 연기 하지 않습니까." 해리는 두 손으로 얼굴을 쓸었다.

"농담 아니에요, 해리. 이산화탄소 중독인 거 아세요?"

"여느 방콕 시민 정도에 지나지 않다던데요, 의사 말로는. 정말

이에요, 리즈. 집에 가요. 이제 말할 기운도 없네요. 내일이면 괜찮
아질 거예요."

"내일은 쉬어요."

"정 그러시다면. 일단 가요."

해리는 의사에게 받은 약을 입에 털어 넣고 꿈도 꾸지 않고 잠들
어서 다음 날 늦은 아침에 리즈가 전화해서 안부를 물을 때에야 겨
우 깨어났다. 그는 앓는 소리로 대답했다.

"오늘은 보고 싶지 않네요." 리즈가 말했다.

"나도 당신 사랑해요." 해리는 전화를 끊고 일어나서 옷을 입
었다.

올해 들어 가장 뜨거운 날이었고, 경찰서에서도 다들 신음하고
있었다. 리즈의 사무실에 있는 에어컨도 역부족이었다. 해리는 콧
잔등이 벗겨지기 시작해서 루돌프 사슴처럼 보였다. 그는 1리터
짜리 물을 두 병이나 마시고 세 번째 병을 절반 정도 마셨다.

"지금이 추운 계절이라면 도대체……?"

"알았어요, 해리." 리즈는 덥다고 투덜대봤자 견디는 게 수월해
지는 건 아니라는 투였다. "우는 어때, 뇨? 무슨 단서라도?"

"없어요. 제가 타이 인도 트레블러스에서 미스터 소렌센하고 진
지하게 대화를 나눠봤거든요. 자기는 우가 어디 있는지 모르고, 이
제 자기네 회사에서 일하지도 않는다고 하더군요."

리즈가 한숨을 쉬었다. "그리고 우리는 그자가 해리의 아파트에
서 무슨 짓을 했는지 모르는군. 아주 좋아. 브레케는 어때?"

순턴이 브레케가 사는 건물 경비원에게 연락했다. 사실 경비원
은 사건 당일 밤에 자정이 조금 지나서 노르웨이 사람이 귀가한 사

실을 기억했지만 정확히 몇 시였는지는 말하지 못했다.

리즈는 과학수사팀 사람들이 이미 브레케의 사무실과 아파트를 샅샅이 뒤지고 있다고 말했다. 특히 브레케의 옷과 신발을 조사해서 뭐든 —혈액이든 모발이든 섬유든— 브레케를 살인 용의자나 범죄 현장과 연관시킬 만한 단서를 찾는 중이었다.

"그동안에." 랑산이 입을 열었다. "몰네스의 서류가방에서 나온 사진에 관해 몇 가지 할 얘기가 있어요."

랑산은 확대한 사진 세 장을 문 옆의 보드에 붙였다. 사진 속 이미지가 해리의 머릿속을 오래 헤집어놔서 처음 봤을 때의 충격은 줄었지만 여전히 속이 뒤집히는 느낌이었다.

"이 사진들을 풍기 사범 단속반에 보내서 뭐가 나오는지 알아봤어요. 그런데 그 사람들이 이 사진들을 기존 아동포르노 배포자들과 관련짓지 못하더군요." 랑산은 사진 한 장을 돌렸다. "우선 이 사진은 태국에서는 판매되지 않는 독일산 인화지로 현상한 겁니다. 둘째로, 조금 선명하지 않아서 언뜻 보면 아마추어가 유통시킬 목적 없이 찍은 스냅사진처럼 보입니다. 그런데 과학수사팀 사람들이 전문가에게 자문을 구해보니 망원렌즈로 멀리서, 아마도 외부에서 찍은 것 같답니다. 전문가 말로는 여기 이 부분이 창틀 같다고 하네요."

랑산은 사진 가장자리의 회색 그림자를 가리켰다. "그래도 전문가가 찍은 거라면 이런 사진이 충족시켜주는 새로운 틈새시장, 이를테면 관음증 시장이 존재한다는 뜻입니다."

"그래서?"

"미국에서는 포르노업계에서 이런 식으로 이른바 아마추어 스냅사진을 유통시켜서 엄청난 돈을 벌어들입니다. 실제로는 전문

배우들을 찍은 사진이지만 아마추어처럼 보이게 하려고 작가가 일부러 간단한 장비만 쓰고 잔뜩 치장한 모델들을 피해서 찍습니다. 사람들은 실제 잠자리에서 찍힌 사진에 기꺼이 돈을 더 지불하거든요. 건너편 아파트의 피사체가 인지하거나 동의하지 않은 채 찍힌 것 같은 사진과 동영상도 마찬가지고요. 이런 건 특히 관음증 환자들, 말하자면 타인을 지켜보지만 자기는 눈에 띄지 않는다고 상상하면서 흥분하는 사람들의 흥미를 끕니다. 여기 이 사진이 그런 범주에 들어갈 것 같습니다."

"아니면." 해리가 입을 열었다. "혹시 유통시킬 목적으로 찍은 사진이 아닐 수도 있잖아요. 협박용으로 찍었다든가."

랑산이 고개를 저었다. "그쪽으로도 생각해봤지만, 그랬다면 사진 속 성인들이 누군지 알아볼 수 있어야 해요. 상업적으로 유통되는 아동포르노의 전형적인 특징은 가해자의 얼굴이 가려진다는 겁니다. 여기 이 사진들처럼."

랑산은 사진 세 장을 가리켰다. 누군가의 뒷모습에서 엉덩이와 하반신이 보였다. 빨간 스웨터 한 장만 걸치고 다 벗은 채였고, 스웨터에 찍힌 숫자 2와 0의 아랫부분이 보였다.

"협박용으로 찍었지만 얼굴을 넣지 않았을 수도 있잖아요." 해리가 말했다. "아니면 그냥 협박 대상에게는 얼굴이 나오지 않는 사진만 보여준 건지도 모르고."

"잠깐!" 리즈가 한 손을 휘저었다. "지금 무슨 소리 하는 거예요, 해리? 사진 속 남자가 몰네스라는 겁니까?"

"가정을 해보자는 겁니다. 몰네스가 협박을 당하면서도 도박 빚 때문에 돈을 내지 못한 걸로."

"그래서요?" 랑산이 말했다. "그렇다고 해도 협박범에게는 몰네스를 살해할 동기가 없어요."

"몰네스가 협박범에게 경찰에 신고하겠다고 위협했을지도 모르죠."

"협박범을 신고하고 자기는 소아성애자로 잡혀 들어간다?" 랑산이 눈알을 굴렸고, 순턴과 뇨는 애써 웃음을 누르려 했다.

해리는 어깨를 움츠리고 두 손을 들었다. "말했다시피 가정을 해보자는 거라고요. 이 가정을 기각하는 데 동의해요. 두 번째 가정은 몰네스 쪽이 협박범이라는 건데……."

"그러면 브레케가 사진 속 가해자고……." 리즈가 턱을 두 손에 괴고 골똘히 허공을 응시했다. "흠, 몰네스에게는 돈이 필요했고, 그러면 브레케에게 살해 동기가 생기는군요. 하지만 브레케에겐 이미 살해 동기가 있으니까, 사실 별 도움은 안 되네요. 어떻게 생각해, 랑산? 브레케가 사진 속 남자일 가능성을 '배제'해도 될까?"

랑산이 고개를 저었다. "사진이 심하게 뭉개져서 브레케에게 어떤 결정적 특징이 있지 않는 한 누구도 배제할 수는 없어요."

"누구 가서 브레케 엉덩이를 확인할 사람 있나?" 리즈가 물었고 모두 웃음을 터트렸다.

순턴이 조용히 헛기침을 했다. "브레케가 그 사진 때문에 몰네스를 살해했다면 어째서 사진을 두고 갔을까요?"

긴 침묵.

"우리 지금 시간낭비하고 있다고 생각하는 사람은 나뿐인가?" 리즈가 한참 지나서 물었다.

에어컨이 털털거렸고, 해리가 보기에는 날이 더운 한 온종일 그럴 것 같았다.

해리는 대사관저 정원 입구에 서 있었다.

"해리?" 루나가 눈을 깜빡이며 눈에 묻은 물기를 짜내면서 물 밖으로 나왔다.

"안녕." 해리가 말했다. "어머니는 주무시는구나."

루나가 어깨를 으쓱했다.

"옌스 브레케를 체포했다."

해리는 루나가 뭐라고 대꾸하고 이유를 물어봐주기를 기다렸지만 루나는 아무 말도 하지 않았다. 해리는 한숨을 쉬었다. "이런 일로 귀찮게 할 생각은 없어, 루나. 그래도 난 이 일에 엮여 있고 너도 그렇고 하니까, 우리가 서로 도울 수 있지 않을까 싶은데."

"그래요." 루나가 말했다. 해리는 루나의 말투를 해석하려 했다. 그리고 곧장 본론으로 들어가기로 했다.

"그 사람에 관해서 조금이라도 더 알아내야 해. 어떤 부류인지, 그자 스스로 주장하는 그런 인간이 맞는지, 그런 거 말이야. 그 사람과 네 어머니의 관계에서 시작할 수 있을 것 같아. 그러니까 나이 차이가 꽤 나는 것……."

"그 사람이 엄마를 이용해먹는 것 같아요?"

"말하자면, 그래."

"엄마가 그 사람을 이용한 거라면 몰라도 그 반대는……?"

해리는 버드나무 아래 의자에 앉았지만 루나는 계속 서 있었다.

"엄마는 그 사람이랑 같이 있을 때 제가 근처에 있는 걸 좋아하지 않아서 사실 그 사람을 알 기회가 전혀 없었어요."

"나보다는 잘 알잖아."

"제가요? 흠. 그 사람이 서글서글해 보이지만 겉으로만 그런 거예요. 적어도 저한테 친근하게 대하려고 해요. 저를 킥복싱에 데려간 것도 그 사람 생각이었어요. 아마 제가 다이빙을 하니까 스포츠에 관심이 있는 줄 알았겠죠. 그 사람이 엄마를 이용해먹는 거냐고요? 잘 모르겠어요. 죄송해요, 별로 도움이 못 되네요. 그 나이의 남자들이 무슨 생각을 하는지는 모르니까. 형사님도 딱히 속을 드러내지 않고……."

해리는 선글라스를 고쳐 썼다. "고맙다, 정말 고마워, 루나. 어머니한테 일어나면 전화해달라고 말씀드려줄래?"

루나는 수영장 가장자리에서 물을 등지고 서서 풀쩍 뛰어 해리를 위해 다시 공중제비를 돌면서 등을 아치형으로 굽히고 머리부터 떨어졌다. 해리는 수면에 물보라가 이는 모습을 보고 돌아서 나왔다.

점심식사 후 해리와 뇨는 엘리베이터를 타고 옌스 브레케가 아직 구금되어 있는 2층으로 내려왔다.

브레케는 체포된 날 입었던 양복을 입고 있지만 셔츠 단추를 풀고 소매를 걷어 올려서 이제는 중개인으로 보이지 않았다. 땀에 젖은 앞머리가 이마에 붙어 있었다. 그는 놀란 얼굴로 테이블에 얌전히 올려놓은 두 손을 뚫어져라 바라보고 있었다.

"이쪽은 제 동료 뇨입니다." 해리가 말했다.

브레케가 고개를 들어 태연한 척 고개를 끄덕였다.

"사실 물어볼 게 딱 하나 있습니다." 뇨가 말했다. "1월 7일 화요일 5시에 지하주차장으로 대사가 차를 세워둔 곳까지 따라 내려갔습니까?"

브레케가 해리를 보았다가 다시 뇨를 보았다.

"그랬다니까요." 브레케가 말했다.

뇨는 해리를 보고 고개를 끄덕였다.

"고맙소." 해리가 말했다. "그거면 됐어요."

28

1월 17일 금요일

차들이 엉금엉금 기어갔고, 에어컨에서는 불길하게 쌕쌕 소리가
났다. 해리는 머리가 지끈거렸다. 뇨는 바클레이스 타일랜드로 들
어가는 주차장 차단기 앞에 차를 세우고 창문을 내렸다. 단정하게
다림질한 유니폼을 입은 남자가 짐 러브는 자리에 없다고 했다.

뇨는 경찰 신분증을 제시하면서 비디오 테이프 하나를 보고 싶
다고 설명했지만 주차요원은 탐탁잖게 고개를 저으면서 경비업
체에 문의해야 한다고 말했다. 뇨는 해리를 돌아보고 어깨를 으쓱
했다.

"지금 살인 사건을 수사하는 중이라고 말하세요." 해리가 말했다.

"벌써 말했어요."

"그럼 우리가 좀 더 설명을 해줘야겠군."

해리는 차에서 내렸다. 더위와 습기가 얼굴에 훅 끼쳤다. 물이
끓는 솥뚜껑을 연 느낌. 해리는 기지개를 켜고 느릿느릿 차를 돌
았을 뿐인데 벌써 조금 어지러웠다. 주차요원은 2미터에 육박하는
키에 눈이 충혈이 된 '파랑'이 다가오자 인상을 찌푸리면서 총에
손을 댔다.

해리는 주차요원 앞에 서서 우거지상을 하고는 왼손으로 주차요원의 벨트를 움켜잡았다. 주차요원이 소리를 질렀지만 저항할 새도 없이 해리가 그의 벨트를 풀고 오른손을 바지 속에 집어넣었다. 주차요원의 몸이 땅에서 들렸다. 팬티가 찢어지면서 요란한 소리가 났다. 뇨가 뭐라 소리를 질렀지만 이미 늦었다. 해리가 벌써 의기양양하게 흰색 팬티를 높이 들고 있었다. 다음 순간 팬티가 다시 주차요원의 바지 속으로, 숱이 무성한 덤불 속으로 들어갔다. 그리고 해리는 천천히 차를 돌아서 다시 올라탔다.

"옛날 수법이에요." 해리가 눈이 휘둥그레진 뇨에게 말했다. "이제부터는 당신이 협상을 맡아야 해요. 더워 죽겠네……."

뇨는 차에서 뛰어내려서 잠깐 담판을 지은 후 머리를 차 안으로 들이밀고 고개를 끄덕였고, 해리가 두 사람을 따라서 지하로 내려가는 동안 주차요원은 적당히 거리를 두고 성난 눈초리로 해리를 노려보았다.

비디오 플레이어에서 윙 하는 소리가 났고, 해리는 담뱃불을 붙였다. 어떤 때는 니코틴이 정신 작용을 자극하는 것 같았다. 담배 한 대가 필요할 때가 있는 것이다.

"좋아요." 해리가 말했다. "그러니까 브레케가 진실을 말한다고 보는 겁니까?"

"형사님도 그러시잖아요." 뇨가 말했다. "아니면 저를 여기로 데리고 내려오시지 않았겠죠."

"맞아요." 해리는 담배연기에 눈이 매웠다. "여기서는 내가 그렇게 생각하는 이유를 확인할 수 있으니까요."

뇨는 화면을 보고 단념한 듯 고개를 절레절레 흔들었다.

"이 테이프에는 1월 13일 월요일부터 녹화되어 있어요." 해리가 말했다. "밤 10시경."

"틀렸어요." 뇨가 말했다. "이건 우리가 지난번에 본 살해 당일, 그러니까 1월 7일자 녹화 내용하고 똑같아요. 화면 구석에 날짜도 있잖아요."

해리는 담배연기를 동그랗게 말아서 내뿜었지만 어디선가 들어온 한 줄기 바람에 동그라미가 이내 흩어졌다.

"녹화된 내용은 같은데 날짜는 매번 달랐어요. 내 짐작으로는 우리의 팬티 없는 친구한테 물어보면 자기네가 기계에서 날짜와 시각을 간단히 조작할 수 있고 화면에서도 바뀔 수 있다고 확인해줄 것 같은데요."

뇨가 주차요원을 돌아보았고, 그는 어깨를 으쓱하고 고개를 끄덕였다.

"그래도 이 테이프가 언제 녹화된 건지는 알 길이 없어요." 뇨가 말했다.

해리는 모니터를 향해 고개를 끄덕였다. "아침에 내가 지내는 아파트 앞 탁신 다리의 차 소리에 잠이 깨면서 문득 이런 생각이 들더군요." 해리가 말했다. "차가 너무 적다. 여기는 분주한 비즈니스 단지의 6층짜리 주차장이에요. 그런데 4시에서 5시 사이 한 시간 동안 차가 '두 대' 지나가더군요."

해리는 담배를 튕겨서 재를 털었다.

"또 이런 생각도 들더군요." 해리는 자리에서 일어나 화면에서 시멘트 위의 검은 선들을 가리켰다. "젖은 타이어 자국. 차량 두 대가 남긴 자국. 방콕에서 마지막으로 도로가 젖은 때가 언제였습니까?"

"두 달 전요. 그보다 더 되지는 않았을 거예요."

"틀렸어요. 사흘 전, 1월 13일 10시에서 10시 반 사이에 망고 소나기가 쏟아졌어요. 비가 내 셔츠 속으로 다 들어왔죠."

"예, 맞아요." 뇨가 말했다. 그리고 얼굴을 찡그렸다. "그런데 이 테이프들은 중간에 끊긴 적이 없어요. 1월 7일이 아니라 13일에 찍힌 테이프라면 그 기간만큼 잘려나간 부분이 있어야 되는데."

해리는 주차요원에게 1월 13일 날짜가 적힌 카세트를 찾으라고 했고, 30초쯤 지나서 화면이 21:30에 정지했다. 5초 정도 화면에 눈보라가 일더니 다시 안정을 되찾았다.

"이 테이프는 여기서 잘린 겁니다." 해리가 말했다. "지금 나오는 화면은 이전 테이프에 녹화된 장면이에요." 해리는 날짜를 가리켰다. "1월 1일 05:25."

해리는 주차요원에게 화면을 일시정지하라고 말했고, 그들이 앉아서 화면을 보는 동안 해리는 담배를 마저 다 피웠다.

뇨가 입 앞에서 두 손을 맞댔다. "그러니까 누군가 테이프에 손대서 대사의 차가 주차장에 들어온 적 없는 것처럼 보이게 만들었다는 말이군요. 왜요?"

해리는 대답하지 않았다. 그는 화면을 보았다. 05:25. 오슬로에 새해가 밝기 35분 전이다. 그때 어디에 있었던가. 뭘 하고 있었지? 슈뢰데르에 있었나? 아니, 분명 슈뢰데르는 문을 닫았을 시각이다. 해리는 그때 분명 자고 있었다. 어쨌든 불꽃놀이는 전혀 기억나지 않았다.

경비업체는 짐 러브가 1월 13일에 야간 경비를 서고 있었다고 확인해주었고, 군말 없이 짐 러브의 주소와 전화번호를 뇨에게 넘겼다. 뇨가 러브의 집에 전화해봤지만 아무도 받지 않았다.

"순찰차를 보내서 확인해." 리즈가 말했다. 리즈는 드디어 뭐든 구체적으로 진행되자 들떠 보였다.

순턴이 사무실에 들어와 리즈에게 파일을 하나 건넸다.

"짐 러브한테 전과는 없어요." 순턴이 말했다. "다만 나르코에 들어간 저희 비밀요원 중에 마이산이라는 친구가 그자의 인상착의를 알아봤어요. 마이산이 미스 쥬엔의 집에서 몇 번 본 남자와 동일인인 것 같습니다."

"그게 무슨 뜻입니까?" 해리가 물었다.

"그자가 아편 얘기를 떠들었잖아요, 꼭 무고했던 것만은 아닐지도 모른다는 말이에요." 뇨가 말했다.

"미스 쥬엔의 집은 차이나타운에 있는 아편굴이거든요." 리즈가 설명했다.

"아편굴? 그건, 어…… 불법 아닌가요?"

"불법이죠."

"죄송해요. 어리석은 질문이었군요." 해리가 말했다. "하지만 경찰이 그런 깃들과 싸우는 줄 알았어요."

"그쪽 동네에선 어떤지 모르겠지만, 해리, 여기서는 현실적으로 해결할 방법을 찾으려고 해요. 미스 쥬엔의 집을 폐쇄하면 바로 다음 주에 다른 아편굴이 새로 문을 열어요. 아니면 아편쟁이들이 그냥 길에서 피우기도 하겠죠. 미스 쥬엔의 집이 있어서 좋은 건, 우리가 통제하고 비밀요원들이 자유자재로 드나들 수 있다는 것, 아편으로 뇌를 뒤죽박죽으로 만들기로 선택한 사람들이 비교적 나쁘지 않은 환경에서 아편을 피울 수 있다는 거예요."

누가 헛기침을 했다.

"게다가 미스 쥬엔이 섭섭지 않게 돈을 내기도 하죠." 〈방콕포스

252

트〉너머에서 중얼거리는 소리가 들렸다.

리즈는 못 들은 척했다.

"그자가 오늘 출근도 하지 않고 집에도 없다면 분명 미스 쥬엔의 집에서 대나무 매트에 널브러져 있겠군. 자네가 해리하고 가서 몰래 알아보지그래, 뇨? 마이산이랑 얘기 좀 해봐. 그 친구가 도와줄 수 있을 거야. 우리 관광객님께도 구경시켜드리면 좋잖아."

29

1월 17일 금요일

마이산과 해리는 좁은 골목으로 들어갔다. 골목 안으로 뜨거운 바람이 불고 허물어질 것 같은 벽을 따라 쓰레기가 굴러다녔다. 뇨는 차에 남아 있었다. 마이산이 보기에 뇨는 멀리서도 경찰 냄새를 풍기는 탓이었다. 게다가 마이산은 셋이 같이 나타나면 미스 쮸엔쪽 사람들에게 의심을 살 거라고 우려했다.

"아편을 피우는 게 솔직히 사교적인 활동은 아니잖아요." 마이산이 미국인과 거의 비슷한 억양으로 설명했다. 해리는 그런 억양과 도어스 티셔츠가 마약반 비밀경찰에게는 조금 과하지 않나 생각했다. 마이산은 보통 문의 두 배는 되는, 열려 있는 연철 대문 앞에서 멈춰 서서 오른발 부츠 뒤축으로 아스팔트 바닥에 꽁초를 비벼 끄고 안으로 들어갔다.

밝은 데 있다가 갑자기 들어가서 처음에는 아무것도 보이지 않았지만, 나지막이 중얼거리는 목소리를 들으면서 어느 방으로 사라지는 두 사람의 등을 따라갔다.

"젠장!" 문틀에 머리를 찧은 해리는 귀에 익은 웃음소리가 들려서 돌아보았다. 어둠 속에서 벽 쪽으로 거대한 형체를 본 것 같았지만 잘못 본 걸 수도 있었다. 우가 아마도 오늘은 눈에 띄고 싶지 않은 모양이었다. 해리는 앞에 간 두 사람을 놓치지 않으려고 걸음을 재촉했다. 그들이 계단 아래로 사라졌고, 해리는 뛰다시피 그들을 쫓아갔다. 지폐가 오가고 겨우 비집고 들어갈 만큼 문이 열렸다.

방 안에는 굴속 같은 냄새와 지린내, 연기와 달콤한 아편 냄새가 진동했다.

해리가 아편굴에 관해 아는 거라고는, 세르지오 레오네의 영화에서 실크 사롱*을 걸치고 커다란 쿠션이 놓인 푹신한 침대에 누워 있는 여자들이 로버트 드 니로를 시중들던 장면이 전부였다. 영화에서는 모든 것이 따스한 노란 조명에 비춰져서 장면에 성스러운 분위기가 흘렀다. 적어도 해리의 기억에는 그렇게 남아 있었다. 하지만 이곳은 은은한 조명 외에는 할리우드를 떠올릴 만한 분위기가 거의 없었다. 공기 중에 떠도는 먼지 때문에 숨쉬기가 곤란했고, 벽을 따라 놓여 있는 2단 침대 몇 개 말고는 모두가 단단히 다져진 흙바닥에 깐 러그와 대나무 매트에 쓰러져 있었다.

어둡고 축축한 공기 중에 숨죽인 기침소리와 쇳소리 나는 목소리가 울려서 해리는 그 방에 몇 명 없는 줄 알았다. 하지만 점차 어두운 조명에 눈이 익자 넓은 방이 보이고 거의 다 남자인 걸로 보이는, 백 명이 넘는 사람들이 보였다. 기침소리 말고는 섬뜩할 만큼 조용했다. 대다수가 잠든 것 같았고, 잠들지 않은 사람들도 거의 움직이지 않았다. 해리는 늙은 남자가 두 손으로 파이프를 잡고 광대뼈 주위의 쭈글쭈글한 살갗이 팽팽해질 정도로 힘껏 빨아들이

* 동남아에서 남녀가 허리에 두르는 민속의상.

는 모습을 보았다.

이런 미친 짓에는 질서가 잡혀 있었다. 줄 맞춰 누워 있는 사람들은 정방형으로 나뉘어 가운데로는 사람이 지나다닐 만한 공간이 있어 흡사 공동묘지 같았다. 해리는 마이산을 따라 줄 맞춰 누워 있는 사람들 사이를 지나치면서 얼굴들을 확인하고 숨을 참으려 했다.

"그자가 보여요?" 마이산이 물었다.

해리는 고개를 저었다. "너무 어두운데요."

마이산이 씩 웃었다. "한동안 도둑을 없애려고 네온등을 단 적이 있어요. 그러자 사람들이 발길을 끊겼죠."

마이산은 어두운 방 안으로 더 깊이 들어갔다. 잠시 후 어둠 속에서 다시 나타나서 출구를 가리켰다. "그 흑인 녀석은 가끔 길 아래쪽에 있는 유파 하우스에도 드나든다던데요. 몇 명이서 아편을 가져가서 거기서 피운다는군요. 거기 주인은 그냥 눈감아주고."

해리는 어둠 속에서 사물을 보려고 동공이 확장된 상태로 다시 바깥 하늘에 믿음직스럽게 길러 있는 커다란 치과 램프에 노출됐다. 해리는 선글라스를 꺼내 썼다.

"해리, 싼 걸로 살 수 있는 곳을 내가 알아—."

"괜찮습니다. 이거면 됩니다."

그들은 뇨를 데리러갔다. 유파 하우스는 태국 경찰 신분증을 제시해야 방명록을 보여준다고 할 테고, 마이산은 이 동네에서 신분이 노출되기를 원하지 않았다.

"고마워요." 해리가 말했다.

"몸조심해요." 마이산이 이렇게 말하고 그림자 속으로 빨려 들어갔다.

유파 하우스의 프런트 직원은 놀이공원 거울에 비친 가느다랗게 왜곡된 이미지처럼 보였다. 길쭉한 얼굴이 움푹 들어간 좁은 어깨 위 목에 얹혀 있어 콘도르 같았다. 머리숱이 적고 수염이 지저분하게 헝클어져 있었다. 그는 예의를 차리면서 정중하게 나왔다. 검은 양복 차림의 그를 보고 해리는 장의사를 떠올렸다.

프런트 직원은 해리와 뇨에게 짐 러브라는 이름으로는 투숙한 사람은 없다고 단언했다. 그들이 인상착의를 설명하자 미소를 지으면서 고개를 저었다. 접수대 위에는 그곳의 기본 규칙이 적힌 안내판이 걸려 있었다. 무기 소지 금지, 냄새 나는 물건 금지, 침대에서 흡연 금지.

"잠시 실례할게요." 해리가 프런트 직원에게 양해를 구하고 뇨를 문 쪽으로 잡아당겼다. "저기, 거짓말하는 거 잘 읽잖아요……."

"어려워요." 뇨가 말했다. "베트남인이잖아요."

"그래서요?"

"응우옌까오끼*가 베트남전쟁 중에 자국민을 두고 뭐라고 했는지 몰라요? 베트남 사람은 타고난 거짓말쟁이라고 했어요. 세대를 거듭해 얻은, 진실은 불운밖에 가져오지 않는다는 교훈이 저 사람들 유전자에 새겨 있어요."

"저 사람이 지금 거짓말을 한다는 뜻이에요?"

"저도 모른다는 말입니다. 저 사람은 뛰어나요."

해리는 접수대로 돌아가서 마스터키를 달라고 했다. 프런트 직원이 초조하게 미소를 지었다.

해리는 약간 언성을 높여서 '마스터키'라고 똑똑히 발음하고는

* 베트남전쟁 당시 남베트남의 주요 지도자로 부통령까지 지낸 바 있다.

이를 악물고 미소를 지었다.

"이 호텔의 모든 방을 확인하고 싶소. 알겠어요? 규정에 어긋나는 게 하나라도 보이면 당연히 추가 조사를 위해 호텔을 폐쇄해야 할 텐데, 문제될 거 없겠죠."

프런트 직원은 고개를 저으면서 갑자기 영어를 못 알아듣는 양 굴었다.

"걱정하실 건 없을 것 같다고 말했어요. 침대에서 흡연을 금한다고 안내판에 적혀 있으니까."

해리는 안내판을 떼서 접수대에 탕 내려놓았다.

직원은 안내판을 빤히 응시했다. 그의 콘도르 목 아래 어딘가가 꿀렁거렸다.

"304호실에 존스라는 사람이 있어요." 직원이 말했다. "아마 그 사람일 거예요."

해리는 뇨를 돌아보고 웃었고, 뇨는 어깨를 으쓱했다.

"존스 씨는 지금 방에 있습니까?"

"체크인한 뒤로 계속 방에 있어요."

직원이 그들을 2층으로 안내했다. 방문에 노크했지만 대답이 없었다. 뇨가 직원에게 문을 열라고 신호를 보내면서 종아리 권총집에서 장전된 35mm 검정색 베레타를 꺼내서 안전장치를 풀었다. 직원의 머리가 닭대가리처럼 움찔했다. 그는 열쇠를 돌리고 황급히 두 걸음 물러섰다. 해리는 조심스럽게 문을 밀었다. 커튼이 쳐져 있고 실내가 어두웠다. 해리는 문 안으로 손을 넣어 전등을 켰다. 침대 위에서 짐 러브가 눈을 감은 채 헤드폰을 쓰고 꼼짝도 않고 누워 있었다. 천장 선풍기가 웅웅 돌아가고 커튼이 흔들렸다. 침대 옆 머리맡 낮은 테이블에 물파이프가 놓여 있었다.

"짐!" 해리가 불렀지만 반응은 없었다.

해리는 잠들었거나 워크맨 볼륨이 높다고 생각하면서 방 안을 둘러보면서 짐에게 동행이 없는지 확인했다. 그러다 짐의 오른쪽 콧구멍에서 파리 한 마리가 느긋하게 나오는 것을 보았다. 해리는 침대에 다가가서 그의 이마에 손을 댔다. 차가운 대리석에 닿는 느낌이었다.

30

1월 17일 금요일

그날 밤, 랑산을 제외한 전원이 리즈의 사무실에 모였다.

"단서를 찾았다고 말해줘." 리즈가 협박조로 말했다.

"과학수사팀에서 많이 찾았어요." 뇨가 말했다. "인원을 세 명 보내서 지문하고 모발과 섬유를 한 뭉치 찾았어요. 유파 하우스는 한 6개월은 청소를 안 한 것 같았다는군요."

순턴과 해리가 웃자 리즈는 그들에게 눈을 부라렸다.

"실세로 살인 사건과 연결할 만한 단서는 있었나?"

"살인 사건인지 아직 모릅니다." 해리가 말했다.

"아니, 알아요." 리즈가 말을 잘랐다. "살인 사건 수사 중에 공범으로 의심되는 용의자가 경찰에 잡히기 몇 시간 전에 우연히 약물을 과다 복용하지는 않죠."

"교수대에 설 사람은 물에 빠져 죽지 않는다는 말이 노르웨이에 있습니다." 해리가 말했다.

"뭐라고요?"

"동감이라고요."

뇨는 죽을 만큼 과다 복용하는 경우가 아편쟁이들 사이에서는 흔치 않다고 덧붙였다. 대체로 과잉흡입하기 전에 의식을 잃는다고 했다. 문이 열리고 랑산이 들어왔다.

"새로운 소식이 있습니다." 랑산이 자리에 앉으면서 신문을 집었다. "사인이 나왔어요."

"부검 결과는 내일에야 나오는 줄 알았는데요." 뇨가 말했다.

"꼭 그렇진 않아. 과학수사팀 친구들이 아편에서 청산을 미량 검출했어요. 처음 빨아들인 순간 사망했을 겁니다."

잠시 테이블 주위가 조용해졌다.

"마이산을 데려와." 리즈가 다시 살아났다. "러브가 아편을 어디서 구했는지 알아내야 돼."

"그게 잘 될지 모르겠네요." 랑산이 경고했다. "마이산이 러브에게 아편을 대주던 자를 만나봤는데, 러브를 못 본 지 꽤 됐다고 했어요."

"좋아요." 해리가 말했다. "그나마 이제는 누군가 브레케를 범인으로 지목하게 만든다는 게 드러났어요."

"그게 우리한테 도움이 되진 않죠." 리즈가 말했다.

"과연 그럴까요?" 해리가 말했다. "브레케가 그냥 재수 없게 걸린 희생양이었는지 우리는 모릅니다. 아마 범인에게는 브레케를 지목할 만한 동기가 있었을 거예요. 해소되지 않은 불만 같은 거요."

"그래서요?"

"브레케를 풀어주면 아마 무슨 일이 벌어질 겁니다. 범인을 끌어낼 수 있을지도 몰라요."

"미안한데요." 리즈가 말했다. 그녀는 회의실 테이블을 응시했다. "브레케는 계속 잡아둘 겁니다."

"뭐요?" 해리는 자기 귀를 의심했다.

"서장님 명령이에요."

"하지만……."

"원래 그런 거예요."

"노르웨이를 가리키는 새로운 단서가 나왔어요." 랑산이 말했다. "과학수사팀에서 칼에 묻은 기름의 성분 분석 결과를 노르웨이 측 동료들에게 보내서 확인했어요. 순록 기름으로 밝혀졌어요. 태국 에는 그런 게 많지 않잖아요. 과학수사팀의 한 친구는 산타클로스 를 체포하라고 하더군요."

뇨와 순턴이 낄낄거렸다.

"그런데 오슬로에서 노르웨이의 사미족이 칼을 보호하기 위해 순록 기름을 쓴다고 알려왔습니다."

"태국 칼에 노르웨이 기름이라. 이거 점점 재미있어지는군." 리 즈가 벌떡 일어섰다. "잘들 들어가. 가서 푹 쉬고 내일에 대비해."

해리가 엘리베이터 앞에서 리즈를 불러 세우고 왜 그러는지 물 었다.

"이봐요, 해리. 여긴 태국이고 여기만의 규칙이 있어요. 서장님 이 끼어들어서 오슬로 경찰청장에게 우리가 범인을 찾았다고 말했 어요. 서장님은 브레케가 범인이라고 생각하시고, 제가 새로 들어 온 소식을 말씀드렸더니 별로 마음에 들어 하지 않으셨어요. 그리 고 브레케에게 알리바이가 생길 때까지는 계속 잡아두라고 하셨어 요."

"그래도—."

"체면, 해리, 체면이요. 태국에서는 어릴 때부터 절대 실수를 인 정하지 말라고 배워요."

"그러다 누가 실수한 건지 만천하에 밝혀지면요?"

"그러면 모두 힘을 합쳐서 실수인 것처럼 보이지 않게 만들어요."

때마침 엘리베이터 문이 열렸다가 리즈의 등 뒤에서 닫혔다. 그 문제에 관해서는 해리의 생각이 옳다고 인정하지 않아도 되었다. 해리는 'All Along the Watchtower'를 생각했다. 그리고 이번에는 반드시 여기서 나갈 길이 있을 거라는 소절도 기억났다.

과연 그럴까?

집 앞에 편지 한 통이 놓여 있고, 겉봉에 루나의 이름이 적혀 있었다.

해리는 셔츠 단추를 풀었다. 땀이 가슴과 배를 얇은 기름 막처럼 덮었다. 해리는 자기가 열일곱 살이었을 때 어땠는지 떠올려 보았다. 사랑에 빠졌던가? 아마도.

그는 편지를 뜯지도 않고 머리맡 테이블에 놓았고, 그대로 돌려줄 생각이었다. 그리고 침대에 비스듬히 눕자 자동차 50만 대와 에어컨이 그를 잠 속으로 끌어들이려 했다.

그는 비르기타를 생각했다. 오스트레일리아에서 만난, 그에게 사랑한다고 말한 스웨덴 여자. 에우네가 뭐라고 했더라? 해리가 '남에게 헌신하는 것을 두려워한다'고 했던가? 마지막에 든 생각은 모든 구원은 숙취로 완전해진다는 것이었다. 그 반대도 마찬가지이고.

31

1월 18일 토요일

엔스 브레케는 해리가 지난번에 본 뒤로 한숨도 자지 못한 몰골이었다. 눈에는 핏발이 섰고 손은 테이블 위에서 한시도 가만히 있지 못했다.

"그러니까 당신은 아프로 머리를 한 주차요원을 기억하지 못하는군요." 해리가 말했다.

엔스가 고개를 저었다. "말씀드렸다시피 저는 주차장으로 다니지 않아요."

"짐 러브는 잠깐 잊읍시다." 해리가 말했다. "당신을 감방에 집어넣으려고 하는 사람에게 집중하자고요."

"무슨 소리예요?"

"누군가 당신 알리바이를 깨트리려고 갖은 수고를 아끼지 않았어요."

엔스의 눈썹이 아치형으로 올라가서 이마선 위로 사라져버릴 것 같았다.

"누군가 CCTV 카메라에 1월 13일에 1월 7일자 테이프를 넣어서 대사의 차가 나오는 장면과 당신이 대사와 함께 주차장으로 내려오는 모습이 나오는 시간대를 지웠어요."

옌스의 눈썹이 다시 내려와서 'M'자로 일그러졌다. "예에?"

"잘 생각해봐요."

"저한테 적이 있다는 말씀인가요?"

"아마도. 아니면 그냥 당신을 희생양으로 삼는 게 편리해서였을 지도 모르고."

옌스는 목덜미를 문질렀다. "적이라뇨? 아무도 떠오르지 않아요. 그런 쪽으로는." 그의 얼굴이 환해졌다. "그러면 지금 절 내보내주신다는 거군요."

"미안하지만, 아직 혐의를 완전히 벗은 건 아닙니다."

"하지만 방금 말씀하시길……."

"서장이 알리바이가 입증될 때까지는 풀어주지 말라고 해요. 그래서 당신한테 머리를 쥐어짜라고 하는 겁니다. 그날 누군가, 누구 하나라도 없었습니까? 당신이 대사와 헤어진 다음부터 집에 도착할 때까지? 사무실에서 나갈 때나 택시를 잡을 때, 혹시 로비에 누구 없었어요? 도중에 편의점에 들르거나 하지는 않았습니까?"

옌스는 이마를 손끝에 댔다. 해리는 담뱃불을 붙였다.

"젠장, 해리! 그 비디오 얘기 때문에 머리가 텅 비어버렸어요. 당장은 아무것도 생각이 나지 않아요." 옌스는 신음소리를 내면서 손바닥으로 탁자를 쳤다. "어젯밤에 무슨 일이 있었는지 알아요? 제가 대사를 죽이는 꿈을 꿨다고요. 같이 정문으로 나가서 차를 타고 모텔에 가서 커다란 푸줏간 칼로 대사의 등을 찔렀단 말입니다. 그만두려고 했지만 몸이 말을 듣지 않고 꼭 로봇 안에 갇힌 것처럼 계속 찔러댔고, 저는……."

옌스는 말을 멈추었다.

해리는 아무 말도 하지 않고 그에게 필요한 시간을 주었다.

"문제는 제가 갇혀 있는 걸 싫어한다는 거예요." 옌스가 말했다. "이런 건 참아본 적이 없어요. 저희 아버지가 늘……."

옌스는 마른침을 삼키고 오른 주먹을 꽉 쥐었다. 해리는 그의 손마디가 하얗게 변하는 것을 보았다. 옌스가 거의 속삭이듯이 말을 이었다.

"누가 내게 와서 자백서에 서명만 하면 빼주겠다고 하면 나도 내가 어떻게 해버릴지 모르겠어요."

해리가 일어섰다. "뭐든 기억해봐요. 우리가 비디오 증거를 해결해줬으니까 이제는 당신도 좀 더 또렷이 기억해낼 수 있을 겁니다."

해리는 문 쪽으로 갔다.

"해리?"

해리는 왜 사람들은 상대가 등을 보이면 말이 많아지는지 의문이었다.

"예?"

"당신은 왜 제가 무죄라고 생각해요? 남들은 다 아니라고 하는데?"

해리가 돌아보지 않고 대답했다. "우선 첫째로 당신에게 불리한 증거가 전혀 없으니까요. 진부한 동기가 있고 알리바이가 없을 뿐이니까."

"그럼 둘째는요?"

해리는 웃으면서 고개를 돌렸다. "당신을 처음 본 순간부터 재수 없는 인간이라고 생각했으니까."

"그리고?"

"나는 사람들을 판단하는 데는 젬병이니까. 그럼 이만."

비아르네 묄레르는 한쪽 눈을 뜨고 샛눈으로 머리맡 테이블에 놓인 시계를 보고는 도대체 누가 새벽 6시에 전화해도 된다고 여기는지 궁금했다.

"지금 몇 시인지 알아요." 상사가 투덜댈 틈도 주지 않고 해리가 말했다. "저기, 저 대신 조사해주셔야 할 사람이 하나 있어요. 아직 구체적인 사실은 없고 그냥 직감이에요."

"직감?"

"예, 감이에요. 우리가 지금 노르웨이인을 쫓는 것 같고, 그래서 후보가 조금 줄었어요."

묄레르는 헛기침을 했고, 입안 가득 가래침이 고였다. "왜 노르웨이 사람이란 거야?"

"음, 몰네스의 재킷과 그를 죽인 칼에서 순록 기름이 미량 검출됐어요. 그리고 칼이 꽂힌 각도로 봐서 상대는 키가 꽤 큰 사람인 것 같아요. 그러니까 보통 태국인은 아닌 거죠."

"알았어. 그래도 기다려줄 수는 없었나, 홀레?"

"있었습니다." 해리가 말했다. 잠깐 침묵이 흘렀다.

"그런데 왜 안 그랬나?"

"지금 여기 수사관 다섯 분하고 경찰서장님께서 보스가 얼른 일어나서 움직여주시길 기다리고들 계시거든요."

묄레르는 두 시간 후 전화했다.

"이 친구를 조사해보라고 요청한 이유가 정확히 뭔가, 홀레?"

"칼을 보호하려고 순록 기름을 바른 사람이라면 틀림없이 노르웨이 북부에 가봤을 것 같아서요. 예전에 핀마르크에서 복무하고 돌아오면서 커다란 사미족 칼을 사온 친구 두 명이 떠올랐어요. 이바르 뢰켄이 몇 년간 국방부에 있었고 바르되에서 주둔했었죠. 그리고 그자가 칼을 쓸 줄 안다는 생각이 들었어요."

"자네 말이 맞을 수도 있어." 묄레르가 말했다. "그자에 관해 또 아는 거 있나?"

"많지는 않아요. 톤에 비그는 그자가 퇴직할 때까지 한직에 물러나 있는 줄 알더군요."

"흠, 범죄자 데이터베이스에는 그자에 관한 기록이 전혀 없어. 그런데……." 묄레르가 말을 멈췄다.

"그런데 뭐예요?"

"그런데 그자에 관한 파일이 있어."

"무슨 말씀이에요?"

"모니터에 그자의 이름이 뜨기는 하는데 파일이 열리지 않는 거야. 한 시간 후 후스비의 국방부 고위 사령부에서 전화가 와서 그사의 파일에 접근하려는 이유가 뭐냐고 묻더군."

"와우."

"이바르 뢰켄에 관해 알고 싶으면 서면으로 신청하라는 거야."

"신경 끄세요."

"벌써 껐네, 해리. 얻어낼 게 없을 거야."

"비세의 함메르볼하고는 얘기해봤어요?"

"응."

"뭐래요?"

"두말할 것도 없이 태국의 노르웨이인 소아성애자에 관한 파일은 없대."

268

"그럴 줄 알았어요. 빌어먹을 데이터 보호 때문이겠죠."

"그거하고는 상관없어."

"예?"

"몇 년 전에 데이터베이스화를 시작했지만 계속 최신으로 업데이트할 인력이 없어. 많아도 너무 많으니까."

해리가 전화해서 급히 만나자고 약속을 잡자 톤에는 비그는 오리엔탈 호텔의 어서스 라운지에서 차를 마시자고 제안했다.

"누구나 그리로 가거든요." 톤에가 말했다.

해리는 그 '누구나'란 백인 부유층에 잘 차려입은 사람들이라는 걸 발견했다.

"세계 최고의 호텔에 오신 걸 환영해요, 해리." 톤에가 로비의 암체어 깊숙이 파묻혀서 종알거렸다.

톤에는 파란색 면 스커트를 입고 무릎 위에 밀짚모자를 잡고 있었다. 그 모습이 로비의 다른 사람과 어우러져서 오래전 태평하던 식민지시대 분위기를 자아냈다.

그들은 어서스 라운지 안으로 들어가서 차를 받았고, 다른 백인들에게 정중히 목례했다. 다들 백인이라는 이유만으로 서로 인사를 나누어도 된다고 여기는 것 같았다. 해리는 쟁그랑 소리가 나도록 신경질적으로 찻잔을 내려놓았다.

"취향에 안 맞죠, 해리?" 톤에가 차를 홀짝이면서 장난스럽게 찻잔 너머로 바라보았다.

"제가 왜 골프 용품을 든 미국인들에게 생글거리고 있는지 납득하려고 노력하는 중입니다."

톤에가 웃었다. "아, 조금 세련된 분위기가 나쁠 건 없잖아요."

"언제부터 체크무늬 바지가 세련된 옷이 됐습니까?"

"흠, 그럼 세련된 사람들이라고 해두죠."

해리는 프레드릭스타라는 시골마을이 앞에 앉은 이 여자와는 전혀 어울리지 않았다는 뜻으로 알아들었다. 산펫이 생각났다. 다림질한 셔츠와 긴 바지로 갈아입고 뜨거운 햇볕에 나가 앉아 누추한 형편을 감춰서 손님들을 당황하게 만들지 않으려고 했던 늙은 운전기사. 해리가 지금까지 방콕의 외국인들에게서 본 그 무엇보다도 세련된 모습이었다.

해리는 톤에에게 태국의 소아성애자에 관해 아는 것이 있는지 물었다.

"태국이 그런 사람들을 많이 끌어들인다는 정도. 기억하시겠지만 작년에 노르웨이 사람 하나가 파타야에서 말 그대로 바지를 내린 채 붙잡혔어요. 노르웨이 신문들은 소년 셋이 경찰 앞에서 그 남자를 가리키는, 시선을 확 끄는 사진을 실었어요. 남자의 얼굴은 지워졌지만 아이들 얼굴은 그대로 실렸죠. 〈파타야메일〉 영문판은 그 반대였고요. 남자의 성과 이름을 사설에서 언급하고, 그 다음부터는 처음부터 끝까지 '노르웨이인'이라고 불렀죠." 톤에는 고개를 절레절레 흔들었다. "여기 사람들은 노르웨이라고는 들어본 적도 없었는데, 노르웨이 당국이 그 남자를 본국으로, 오슬로로 데려가려 한다는 말이 나오자 갑자기 누구나 노르웨이의 수도가 오슬로라는 사실을 알게 됐어요. 도대체 무슨 이유로 그 남자를 불러들이려 하는지 의아해 했어요. 여기 두면 아주 오래 철창신세를 졌을 테니까요."

"이 나라의 형벌이 그렇게 엄하다면 소아성애자는 왜 그렇게 많을까요?"

"태국 정부는 태국이 소아성애자들의 엘도라도*라는 오명을 지우고 싶어 해요. 합법적인 관광산업에도 타격을 주니까요. 하지만 외국인들을 잡아들여봤자 골치만 아프니까 최우선에 두지 않았어요."

"그러면 결과적으로 정부끼리 대적하는 겁니까?"

톤에는 갑자기 환하게 웃었다. 해리는 자기가 아니라 뒤에 지나가는 '누구나' 중 한 사람에게 보내는 미소라는 것을 알았다.

"그렇기도 하고 아니기도 해요." 톤에가 말했다. "일부는 협력해요. 예를 들어 스웨덴과 덴마크는 태국 정부와 협약을 맺었어요. 스웨덴이나 덴마크 국민이 연루된 사건에 자국 경찰을 파견해서 수사할 수 있는 조항을 넣었어요. 게다가 스웨덴과 덴마크 국민들은 태국에서 미성년자를 학대해도 자국으로 돌아가 유죄 판결을 받도록 규정한 법안까지 통과됐어요."

"그럼 노르웨이는요?"

톤에가 어깨를 으쓱했다. "우린 아직 협약을 맺지 않았어요. 노르웨이 경찰이 스웨덴과 덴마크에 상응하는 협약을 요구했다고는 하는데 제가 보기에는 파타야와 방콕의 사정이 어느 정도인지 잘 몰라서 그런 것 같아요. 껌 팔고 다니는 애들 본 적 있죠?"

해리는 고개를 끄덕였다. 팟퐁의 고고바 근처에 그런 애들이 널려 있었다.

"그건 암호예요. 껌은 그 애들을 살 수 있다는 뜻이고요."

해리는 진저리를 쳤다. 맨발에 눈동자가 까만 꼬마에게 리글리 껌 한 통을 사자 그 아이가 겁먹은 얼굴이 되었던 일이 떠올랐다. 그는 그저 거리에 사람이 많고 시끄러워서 그런 줄로만 알았다.

* 스페인 사람이 남아메리카의 아마존 강 연안에 있다고 상상하던 황금의 나라.

"이바르 뢰켄요, 부대사님이 장례식장에서 알려준 사람. 퇴역군인이라고 했죠? 그 사람이 사진에 관심이 있다는데 더 자세히 말해줄 수 있습니까? 그 사람이 찍은 사진을 본 적은?"

"아뇨, 하지만 장비는 본 적이 있는데, 꽤 인상적이던데요."

톤에는 얼굴이 화끈 달아올랐다. 해리가 어째서 무의식중에 빙그레 웃고 있었는지 깨달아서였다.

"그리고 인도차이나에 출장 다니는 거 말인데요, 그 사람이 그쪽으로 다녀온 게 확실합니까?"

"확실하냐고요? 그 사람이 왜 거짓말을 하겠어요?"

"혹시 그럴 만한 이유를 아세요?"

톤에는 실내가 조금 쌀쌀해지기라도 한 것처럼 팔짱을 꼈다. "모르겠네요. 차는 어땠어요?"

"부탁이 하나 있습니다, 톤에."

"뭔데요?"

"저녁식사에 초대해주세요."

톤에는 놀라서 고개를 들었다.

"시간이 되신다면." 해리가 덧붙였다.

톤에는 다시 장난스런 미소를 띠었다. "제 다이어리를 마음대로 보실 수 있잖아요, 해리. 언제든."

"좋습니다." 해리는 군침을 삼켰다. "혹시 오늘밤 7시에서 10시 사이에 이바르 뢰켄을 저녁식사에 초대해주실 수 있는지요."

톤에는 부끄러운 속내를 들키지 않기 위해 가면을 쓰는 법을 알았다. 해리가 사정을 설명하자 톤에는 그렇게 해주기로 동의하기까지 했다. 해리는 조금 더 크게 쟁그랑 소리를 내면서 찻잔을 내려놓고는 가야 된다면서 황급히, 그리고 어색하게 자리를 떴다.

32

1월 18일 토요일

누구든 집에 침입할 수 있다. 쇠지레를 문틀의 잠금장치 옆에 끼우고 쇳조각이 튕겨나갈 때까지 밀면 된다. 그러나 들어가는 것만큼이나 중요한 것이 불청객이 다녀간 사실을 눈치 채지 못하게 하는 정교한 기술이다. 바로 순턴이 완벽히 익힌 기술이었다.

이바르 뢰켄은 프라 핀클라오 다리 너머의 아파트 단지에 살았다. 순턴과 해리가 밖에서 한 시간 가까이 차를 세워놓고 기다린 후에야 뢰켄이 집에서 나왔다. 그들은 뢰켄이 혹시 놓고 나온 물건을 가지러 되돌아올 경우에 대비해서 10분 더 기다렸다.

건물 보안은 다소 느슨했다. 유니폼을 입은 남자 둘이 차고 문 옆에 서서 잡담을 나눴다. 두 경비는 백인 하나와 비교적 멀끔하게 차려입은 태국인 하나가 엘리베이터 쪽으로 가는 것을 확인하고는 다시 잡담을 이어갔다.

13층, 아니 엘리베이터 버튼에 적힌 대로라면 12B층에 뢰켄의 집이 있었다. 문 앞에 도착하자 순턴이 피크록*을 한 손에 하나씩

---

* 자물쇠 여는 도구.

들고 잠금장치에 꽂자마자 다시 뺐다.

"살살하시죠." 해리가 속삭였다. "너무 긴장하지 말아요. 시간은 얼마든지 있으니까. 다른 걸로 해봐요."

"다른 건 없어요."

순턴이 웃으면서 문을 밀었다.

믿기지 않았다. 뇨가 전에 은근히 겁주듯이 순턴이 경찰이 되기 전에 무슨 일을 했는지 힌트를 주었는데, 그게 농담만은 아니었던 모양이다. 하지만 설령 순턴이 과거에 범법자가 아니었다고 해도 지금 것은 엄연한 범법행위였다. 해리는 신발을 벗고 어두컴컴한 집 안으로 들어가면서 생각했다. 리즈는 수색영장을 받으려면 변호사의 서명이 있어야 하는데 그러면 서장한테 보고해야 한다고 했다. 서장이 분명 옌스 브레케에게 집중하라고 지시한 터라 자칫 문제가 될지 모른다고 리즈는 판단했다. 해리가 자기는 서장의 관할권에 속하지 않는다면서 뢰켄의 아파트 근처에서 어슬렁거리면서 상황을 지켜보겠다고 제안했다. 리즈는 해리의 말을 알아듣고 자기는 해리의 계획을 가급적 알고 싶지 않다고 말하면서도 순턴이 같이 움직이기 좋은 동료라고 언질을 주었다.

"차에 내려가서 기다려요." 해리가 속삭였다. "뢰켄이 나타나면 카폰으로 이 집 번호로 전화해서 벨을 세 번만, 딱 세 번만 울리고 끊어요, 알겠어요?"

순턴은 고개를 끄덕이고 갔다.

해리는 도로 쪽으로 난 창문이 없는 걸 확인한 후 전등을 켜고 전화기의 위치를 확인했다. 수화기를 들어서 신호음을 확인하고는 방 안을 휙 둘러보았다. 장식품 하나 없고, 온기도 없는 독신자 아파트였다. 삼면의 벽이 비어 있고 남은 한 면을 덮은 책장에는 세

우거나 눕혀 꽂은 책들이 있었고 평범한 휴대용 텔레비전 한 대가 있었다. 널찍한 방의 가운데에는 다리를 얹은 가대가 달린 나무 테이블과 제도용 램프가 하나 있었다.

한구석에는 사진 가방 두 개가 열려 있고 카메라 스탠드가 벽에 기대 있었다. 테이블은 가느다란 종잇조각에 덮여 있었다. 테이블 가운데에 가위 두 개가, 큰 것과 작은 것 하나씩 놓여 있는 걸로 봐서 종잇조각은 사진을 자르고 남은 자투리 같았다.

카메라 두 대가, 라이카와 망원렌즈가 달린 니콘 F5가 멍하니 해리를 보고 있었다. 옆에는 야간 투시 쌍안경이 있었다. 해리는 전에도 이런 걸 본 적이 있다. 잠복근무할 때 사용한 이스라엘 제품이었다. 배터리로 외부의 모든 광원을 보강해서 맨눈에는 캄캄한 어둠밖에 보이지 않는 것도 볼 수 있었다.

침실로 연결된 문이 하나 있었다. 침대를 정리하지 않은 것으로 보아 뢰켄은 방콕에서 가정부를 쓰지 않는 소수의 외국인들 중 한 명인 듯했다. 가정부를 쓰는 데는 돈이 많이 들지 않았다. 해리는 외국인들이 이런 식으로 이 나라의 고용에 일조한다고 기대하는 것 같다는 이야기를 들었다.

침실에는 욕실이 딸려 있었다.

해리는 욕실 전등을 켜자마자 뢰켄이 가정부를 쓰지 않는 이유를 알았다.

욕실은 암실로도 쓰이는 것 같았다. 독한 화학약품 냄새가 진동하고 벽이 흑백사진으로 도배되어 있었다. 사진 건조용으로 욕실을 가로질러 매어둔 줄에 사진이 줄줄이 매달려 있었다. 사진에는 남자의 옆모습이 가슴부터 하반신까지 찍혀 있었고, 해리는 이제야 사진을 가리던 것이 창틀이 아니라는 걸 알았다. 창문의 상단은 연꽃과 부처를 주제로 한 정교한 유리 모자이크였다.

열 살도 안 돼 보이는 소년은 강제로 펠라티오를 하는 중이고, 카메라가 아주 가까이 줌인해서 아이의 눈동자까지 보였다. 텅 비어 있었다. 어딘가 다른 데에 가 있는, 아무것도 보고 있지 않는 눈이었다.

아이는 티셔츠 한 장 말고는 발가벗은 채였다. 해리는 선명하지 않은 사진에 더 가까이 다가갔다. 남자는 한 손을 자기 엉덩이에 대고 다른 한 손을 아이의 뒤통수에 대고 있었다. 유리 모자이크 너머로 남자의 옆모습 형태가 보였지만 얼굴생김을 알아보는 건 불가능했다. 순간 비좁고 독한 냄새가 진동하는 욕실이 쪼그라들더니 벽에 붙어 있던 사진들이 해리를 향해 요동쳤다. 해리는 욱하는 심정을 누르지 못하고 반쯤 광분하고 반쯤 체념해서 사진을 갈기갈기 찢었다. 관자놀이에서 맥박이 세차게 뛰었다. 그는 거울에 비친 자기 얼굴을 흘끔 보고는 사진을 옆구리에 잔뜩 끼운 채 정신없이 비틀거리며 뛰쳐나갔다. 그리고 의자에 털썩 주저앉았다.

"망할 아마추어 같으니!" 해리는 이렇게 내뱉고는 다시 호흡을 가다듬었다.

분명 계획에 어긋나는 행동이었다. 일단은 아무런 흔적도 남기지 않고 그냥 그 집에 무엇이 있는지 확인한 다음에 뭐든 나오면 나중에 수색영장을 받아서 다시 오기로 한 터였다.

해리는 벽의 한 지점을 노려보면서 고집불통 서장을 설득하려면 구체적 증거를 가져가야 한다고 스스로를 설득했다. 서둘러 움직이면 그날 밤 안으로 변호사에게 연락해서 뢰켄이 저녁을 먹고 돌아올 때쯤이면 필요한 서류를 들고 기다릴 수 있었다. 해리는 혼자 이리저리 머리를 굴려보다가 야간 투시 쌍안경을 집어 들어 스위치를 켜고 창밖을 내다보았다. 창문은 뒷마당으로 나 있었고, 해리는 무의식중에 사진에 나온 유리 모자이크가 있는 창틀을 찾아보았다. 하지만 쌍안경의 뿌연 초록색 고글 안에는 회반죽 벽면만 빙빙 도는 것처럼 보였다.

해리는 시계를 힐끗 보았다. 사진을 다시 걸어놓아야 할 것 같았다. 서장이 그의 설명에 만족해야 할 터였다. 그러다 순간 피가 얼어붙었다.

무슨 소리가 들렸다. 말하자면 천 가지 소리가 들렸지만 그중 하나의 소리는 이제는 익숙해진, 도로의 불협화음을 이루는 소리가 아니었다. 그 소리는 복도에서 들려왔다. 기름칠이 잘 된, 철컥 하는 소리였다. 기름과 금속. 누군가 문을 열었다는 생각이 든 순간 순턴을 떠올렸지만 문득 방금 들어온 사람이 최대한 소리를 내지 않으려 하고 있다는 생각이 들었다. 해리가 숨죽이는 동안 그의 뇌는 무서운 속도로 소리 저장고를 헤집었다. 오스트레일리아의 소리 전문가에게서 우리 귓속의 고막이 백만 가지 주파수 사이의 압력 차이를 감지할 수 있다고 들은 적이 있다. 이번 것은 문손잡이가 돌아가는 소리가 아니라 최근에 기름칠한 총의 공이치기가 당겨지는 소리였다.

해리는 방 뒤쪽의 하얀 벽 앞에 살아 있는 표적처럼 서 있었고, 전등 스위치는 반대편 벽의 문 옆에 있었다. 해리는 테이블 가운데에 놓인 커다란 가위를 움켜잡고 몸을 낮게 웅크려 제도용 램프에서 연결된 전선을 따라 콘센트로 향했다. 플러그를 뽑은 다음 딱딱한 플라스틱 콘센트에 가위를 힘껏 박았다.

콘센트에서 파란 불꽃이 일고 낮은 폭발음이 들렸다. 칠흑 같은 어둠이 찾아왔다.

전기 충격으로 팔에 감각이 사라지고 플라스틱과 금속이 타는 고약한 냄새가 코를 찔렀다. 해리는 신음하면서 벽을 따라 미끄러지듯 움직였다.

귀를 기울여봤지만 들리는 소리라고는 밖의 차 소리와 자신의 심장고동뿐이었다. 어쩌나 심하게 쿵쾅거리던지 겉으로도 심장박동이 느껴질 정도였고, 전속력으로 달리는 말을 탄 느낌이었다. 무언가 조심스럽게 바닥을 누르는 소리가 들렸고, 해리는 그가 신발을 벗은 걸 깨달았다. 손에는 아직 가위가 들려 있었다. 그림자가 움직이는 것을 볼 수 있을까? 그건 알 수 없었다. 너무 어두워서 하얀 벽조차 보이지 않았다. 침실 문이 삐걱 하더니 이어서 딸깍 소리가 났다. 침입자가 전등을 켜려고 했지만 합선되어 실내의 모든 퓨즈가 나간 것 같았다. 그걸 보면 상대는 적어도 집 안의 구조를 잘 아는 사람이었다. 하지만 뢰켄이었다면 순턴이 전화했을 텐데. 혹시? 순턴의 머리가 차창에 기대 있고 귀 위쪽에 작은 구멍이 난 광경이 뇌리를 스쳤다.

해리는 현관문으로 기어가야 하나 싶었지만 어쩐지 상대가 그러기를 기다리고 있는 것 같았다. 방문을 여는 순간 해리의 실루엣이 외케른의 사격연습장 표적처럼 보일 것이다. 젠장! 상대는 아마 지금 어딘가 바닥에 앉아서 방문을 향해 총을 조준하고 있을 것이다.

순턴과 연락만 된다면! 그러다 퍼뜩 목에 걸린 쌍안경이 생각났다. 해리는 쌍안경을 눈에 댔지만 누가 렌즈에 콧물을 문질러놓은 것처럼 초록색으로 뿌옇게 보였다. 그는 가능한 한 멀리까지 초점을 잡았다. 여전히 모든 것이 흐릿했지만 테이블 건너편 벽 앞에 서 있는 사람의 형체가 보였다. 상대는 팔을 구부리고 총을 천장에 겨누고 있었다. 테이블 끝에서 벽까지 2미터쯤 돼 보였다.

해리는 맹렬히 덤벼들면서 두 손으로 테이블 상판을 잡고 공성용 망치처럼 앞으로 들었다. 신음소리가 나고 총이 바닥에 떨어지는 쿵 소리가 들리자 해리는 테이블 위로 미끄러져 넘어가서 머리통 같은 것을 붙잡았다. 그리고 팔로 목을 단단히 잡아채서 조였다.

"Politiet*!" 해리가 외치면서 차가운 금속성의 가위 날을 상대의 따뜻한 얼굴에 댔을 때 상대는 꿈쩍도 하지 않았다. 그들은 잠시 서로 뒤엉킨 채 그대로 서서, 칠흑 같은 어둠 속에서 낯선 사람 둘이 마라톤을 끝낸 것처럼 헐떡거리면서 숨을 골랐다.

"홀레?" 상대가 신음하듯 말했다.

해리는 자신이 패닉 상태에서 노르웨이 말로 외친 걸 깨달았다.

"이제 풀어주면 고맙겠소. 나 이바르 뢰켄이오. 괜한 짓 하지 않겠소."

* 경찰이다.

33

1월 18일 토요일

뢰켄이 초에 불을 붙이는 동안 해리는 뢰켄의 특수 제작된 글록 31을 살펴보았다. 그리고 탄창을 떼서 주머니에 넣었다. 해리가 이제까지 잡아본 총들 중에서 가장 묵직했다.

"그 총은 한국에서 복무할 때 받았소." 뢰켄이 말했다.

"그렇군요. 한국. 거기서는 뭘 했습니까?"

뢰켄은 성냥을 서랍 안에 넣고 테이블을 사이에 두고 해리와 마주 앉았다.

"노르웨이가 유엔과 함께 한국에 야전병원을 세웠고, 젊은 소위였던 나는 짜릿한 일을 원했소. 1953년의 휴전 이후에도 나는 계속 유엔에 남아서 당시 신설된 난민최고대표사무소에서 일했소. 북한에서 휴전선을 넘어 들어온 난민들 때문에 무법지대 같았지. 그때 그걸 베개 밑에 넣어두고 잤소." 뢰켄이 총을 가리켰다.

"그렇군요. 그다음에 뭘 했습니까?"

"방글라데시와 베트남. 기아, 전쟁, 보트피플. 그러고 나니까 노르웨이 생활이 하찮게 느껴져서 도저히 견딜 수가 없었소. 몇 년을 못 버티고 다시 밖으로 나가야 했어요. 알잖소."

해리는 몰랐다. 더욱이 앞에 앉은 호리호리한 남자에 관해 무엇을 믿어야 할지 판단이 서지 않았다. 매부리코에 움푹 들어간 강렬한 눈빛의 남자는 늙은 추장 같았다. 머리는 하얗게 새고 얼굴은 햇볕에 그을리고 주름이 잡혀 있었다. 더구나 이런 상황에서도 전혀 불안해 보이지 않아서 해리는 더욱 경계를 늦추지 않았다.

"왜 돌아왔습니까? 제 동료는 어떻게 통과했습니까?"

백발의 노르웨이인은 이리처럼 씩 웃었고, 깜박이는 촛불에 금니가 반짝 빛났다.

"당신네가 타고 온 차는 이 동네와는 썩 어울리지 않소. 여기는 툭툭하고 택시, 고물차밖에 없거든. 그래서 일단 모퉁이를 돌아서 당신네를 감시할 만한 카페에 들어갔소. 차 안에 두 명이 있는데 둘 다 다소 지나치게 똑바로 앉아 있더군. 조금 있다가 차에 불이 켜지고 당신네가 차에서 내렸소. 둘 중 하나가 경비를 서겠구나 싶어서 당신 동료가 다시 내려올 때까지 기다렸소. 그다음에 음료를 다 마시고 택시를 잡아타고 지하주차장으로 내려가서 엘리베이터로 올라왔소. 합선시킨 건 제법 괜찮은······."

"보통 사람은 길가에 서 있는 차를 알아보지 못하죠. 훈련을 받았거나 경계해야 하는 사람이 아니라면."

"음, 뭣보다도 톤에 비그는 저녁식사 초대 연기가 오스카상감은 아니더군."

"그래서 '정말로' 여기서 뭐하시는 겁니까?"

뢰켄은 바닥에 흩어진 사진과 장비에 손을 뻗었다.

"사진을 찍어서 먹고 삽니까?······ 저런 사진?" 해리가 물었다.

"그렇소."

해리는 맥박이 빨라졌다. "태국에서는 그런 죄로 몇 년이나 감옥에 갇히는지 아십니까? 못해도 10년은 들어앉아 있어야 할걸요."

뢰켄이 웃었다. 짧고 건조한 웃음. "내가 머저리인 줄 아는 거요, 형사님? 수색영장이 있었다면 몰래 문을 따고 들어오진 않았겠지. 내가 이 집에서 한 짓으로 처벌당할 수 있다고 해도 당신과 당신 동료가 한 짓 덕분에 처벌을 면할 거요. 판사라면 누구도 당신네가 이런 방법으로 확보한 증거를 인정해주지 않을 테니까. 단지 변칙적 방법일 뿐 아니라 엄연한 불법이니까. 내심 장기 체류를 염두에 두고 있나 보군, 홀레."

해리는 총으로 뢰켄을 때렸다. 수도꼭지를 튼 것처럼 뢰켄의 코에서 피가 쏟아져 나왔다.

뢰켄은 꼼짝도 않고 그저 꽃무늬 셔츠와 흰 바지가 빨갛게 물드는 것을 내려다보았다.

"이건 진짜 태국 비단인데. 싸구려가 아니라."

해리는 거기서 멈추기는커녕 분노가 점점 더 끓어올랐다.

"그 정도 살 형편은 되잖아, 이 변태 새끼야. 사람들이 이런 쓰레기 같은 물건에 돈을 꽤 쓸 테니까." 해리는 바닥에 흩어진 사진을 발로 찼다.

"글쎄, 그건 잘 모르겠군." 뢰켄이 하얀 손수건으로 코를 틀어막았다. "나야 정부의 임금기준에 따라 받으니까. 해외 체류 시 조정해주긴 하지만."

"대체 무슨 소리야?"

금니가 다시 반짝 빛났다. 해리는 총을 너무 꽉 잡아서 손이 아프기 시작했다. 탄창을 빼놓아서 그나마 다행이었다.

"당신이 모르는 게 두 가지 있소, 홀레. 혹시 들었을 수도 있겠지만, 당신네 경찰청장은 이런 걸 불필요하다고 생각할 게요. 당신네 살인 사건 수사와는 전혀 상관이 없으니까. 그런데 이제 내가 드러났으니 나머지는 당신도 잘 알 거요. 경찰청장과 외무부의 닥편 토르후스가 나한테 당신이 대사의 서류가방에서 발견한 사진에 관해 설명해주라고 하더군. 당신도 물론 그 사진이 내 것인 줄 알겠지만." 뢰켄은 손바닥을 펴고 말을 이었다. "그 사진하고 여기 보이는 이 사진들은 소아성애자 수사와 관계가 있소. 모종의 이유로 추후 지시가 내려올 때까지 비밀에 부쳐진 수사였소. 난 이자를 여섯 달 넘게 감시해왔고. 이 사진들은 증거요."

더 고민할 필요도 없었다. 그 말이 사실이라는 것을 해리도 알았다. 모든 정황이 딱딱 들어맞아서 마치 그동안 마음속으로 내내 알았던 것 같았다. 뢰켄이 극비로 하던 업무, 사진 장비, 야간 투시 쌍안경, 베트남과 라오스 출장, 모든 것이 들어맞았다. 그리고 앞에서 코피를 흘리고 있는 남자는 갑자기 적이 아니라 동료이자 협력자가 되었고, 해리는 그런 사람의 코를 뭉개버리려고 한 셈이었다.

해리는 천천히 고개를 끄덕이고 총을 테이블에 내려놓았다.

"좋아요, 당신 말 믿어보죠. 그런데 이게 왜 그렇게 극비여야 합니까?"

"스웨덴과 덴마크가 태국 정부와 태국에서 발생한 성범죄 수사에 관해 협약을 맺은 건 아시오?"

해리는 고개를 끄덕였다.

"음, 노르웨이가 태국 정부와 협상을 벌이는 중이고, 그사이 나는 철저히 비공식적으로 수사를 진행하고 있소. 그자를 잡아들이고도 남았겠지만 기다려야 했소. 지금 체포하면 우리가 태국 영토 내에서 불법으로 수사한 사실이 드러나고, 그런 일은 정치적으로 용납되지 않으니까."

"그럼 당신은 누구 밑에서 일합니까?"

뢰켄이 손바닥을 폈다. "대사관."

"그건 나도 알아요. 누구한테 명령을 받느냐는 겁니다. 이 일의 배후에 누가 있죠? 의회는 어떻습니까? 그쪽에서도 압니까?"

"정말로 거기까지 알고 싶소, 홀레?"

강렬한 눈이 해리의 눈을 똑바로 보았다. 그는 무슨 말인가 하려다가 말고 고개를 저었다.

"사진 속 남자가 누군지 말해주십시오."

"못 해요. 미안하오, 홀레."

"아틀레 몰네스인가요?"

뢰켄은 테이블을 응시하면서 미소를 지었다. "아니, 대사는 아니오. 그분이 바로 이 일을 벌인 장본인이니까."

"그럼—?"

"말했다시피 지금은 당신한테 말해줄 이유가 없소. 당신 사건과 내 사건이 연결된 걸로 밝혀지면 논의할 여지가 있을지 모르지만 그것도 다 윗선에서 결정할 일이오." 뢰켄이 일어섰다. "피곤하군."

"어떻게 됐어요?" 해리가 차에 타자 순턴이 물었다.

해리는 담배 한 개비 빌려달라고 하고는 허기진 사람처럼 담배 연기를 폐 속으로 빨아들였다.

"아무것도 찾지 못했어요. 헛걸음했나 봐요. 저자는 깨끗한 것 같아요."

해리는 그의 아파트에 앉아 있었다.

뢰켄의 아파트에서 돌아온 후 해리는 반시간 가까이 쇠스와 통화했다. 사실 쇠스가 대화 전부를 이끌다시피 했다. 일주일 남짓 사이에 한 사람의 일상에 얼마나 많은 일이 일어날 수 있는지 믿기 힘들 정도였다. 쇠스가 아버지에게 전화했고 저녁을 먹으러 갈 예정이라고 했다. 자신이 요리를 할 생각이고 아버지가 조금 마음을 열면 좋겠다고 했다. 해리도 그러기를 바랐다.

그다음에 해리는 노트를 휙휙 넘기고 다른 전화번호로 전화를 걸었다.

"여보세요?" 전화선 저쪽에서 말소리가 나왔다.

해리는 숨을 죽였다.

"여보세요?" 저쪽에서 다시 말했다.

해리는 전화를 끊었다. 루나의 목소리에 애원하는 것 같은 기미가 묻어났다. 해리는 자신이 왜 루나에게 전화했는지 전혀 몰랐다. 잠시 후 삑 하고 전화벨이 울렸다. 해리는 수화기를 들고 루나의 목소리가 나오길 기다렸다. 옌스 브레케였다.

"알아냈어요." 흥분한 말투였다. "엘리베이터를 타고 주차장에서 사무실로 올라가다가 2층에서 어떤 여자와 마주쳤어요. 여자는 4층에서 내렸고요. 그 여자가 절 기억할 거예요."

"왜죠?"

저쪽에서 다소 긴장한 듯 클클 웃는 소리가 들렸다. "제가 데이트 신청을 했었거든요."

"그 여자한테 데이트 신청을 했다고요?"

"네, 맥엘리스에서 일하는 여자예요. 전에도 두어 번 본 적이 있어요. 엘리베이터에 우리 둘만 있었고, 웃는 모습이 너무 귀여워서 저도 모르게 그만."

잠시 침묵이 흘렀다.

"그게 '지금' 생각났다고요?"

"아뇨, 그 일이 '언제' 일어났는지, 그러니까 대사를 차까지 배웅한 다음에 있었던 일이란 게 지금 생각난 거예요. 왠지 그 전날인줄 알았거든요. 그러다가 문득 그 여자가 2층에서 엘리베이터에탔고, 그렇다면 내가 더 아래층에서 올라갔을 거라는 생각이 든 거예요. 평소엔 지하주차장에 내려가지 않으니까요."

"그래서 그 여자가 뭐라고 했습니까?"

"그러자고 했어요. 저는 곧 후회했지만. 그냥 한번 던져본 거라서, 여자한테 명함을 달라고 하고 언제 연락해서 약속을 잡겠다고했죠. 물론 구체적 증거는 없지만 틀림없이 그 여자도 저를 잊어버리지는 않았을 거예요."

"그 여자 명함은 아직 가지고 있습니까?"

"예, 정말 대단하지 않아요?"

해리는 신중히 생각했다. "잠깐, 옌스, 다 좋은데 그렇게 간단하지가 않아요. 당신에겐 아직 알리바이가 없어요. 이론상 당신이 엘리베이터를 타고 다시 내려갔을 수도 있어요. 그냥 사무실에 놓고온 물건을 가지러 간 걸 수도 있잖아요?"

"아." 옌스는 얼떨떨한 목소리였다. "그래도……."

옌스는 입을 닫았고, 해리는 한숨 소리를 들었다.

"제길, 당신 말이 맞네요, 해리."

해리는 전화를 끊었다.

34

1월 19일 일요일

해리는 깜짝 놀라 잠이 깼다. 탁신 다리에서 올라오는 단조롭게 웅웅거리는 소리 너머로 차오프라야 강에서 배가 출항하는 요란한 소리가 들렸다. 기적 소리가 들리고 불빛 때문에 눈이 부셨다. 해리는 침대에 일어나 앉아서 두 손에 얼굴을 묻고 기적 소리가 멈추기를 기다리다가 그 소리가 전화벨 소리라는 것을 깨달았다. 그는 마지못해 수화기를 집었다.

"저 때문에 깼어요?" 다시 옌스였다.

"괜찮아요." 해리가 말했다.

"저 정말 멍청이예요. 어찌나 멍청한지 감히 형사님께 이런 말씀을 드려도 될지 모르겠어요."

"그럼 하지 말든가요."

침묵이 흐르고 전화기에 동전을 넣는 딸깍 소리만 났다.

"농담이에요. 어서 하세요."

"좋아요, 해리. 제가 밤새 뜬눈으로 누워서 그날 밤 사무실에서 뭘 했는지 생각해봤거든요. 있잖아요, 제가 몇 달 전 통화거래 내역은 소수점까지 기억하는 사람이거든요. 그런데 살인죄를 뒤집어

쓸 판국에 감방에 들어앉아 있으면서도 사실에 관한 단순한 정보가 떠오르지 않는 겁니다. 아시겠어요?"

"그럴 수도 있겠군요. 이런 얘기는 다 하지 않았나요?"

"알았어요. 사정이 이렇게 된 거예요. 제가 그날 밤 사무실에서 전화를 막았다고 말씀드린 거 생각나시죠? 여기 누워서 이게 소드의 법칙*이라는 생각을 하고 있었어요. 전화를 열어놓고 누가 전화했다면 통화가 녹음돼서 제가 어디 있었는지 입증할 수 있었겠죠. 그러면 형사님도 쓸데없이 시간낭비하지 않아도 됐고요. 그 주차요원이 비디오를 보여드린 것처럼."

"요점이 뭡니까?"

"천만다행으로, 그날 제가 걸려오는 전화는 차단했어도 제 쪽에서는 전화를 걸 수는 있었다는 게 생각났어요. 제가 우리 회사 로비 여직원에게 전화해서 제 사무실에 올라가서 녹음기를 확인해달라고 했어요. 그랬더니 제가 전화를 건 기록이 나왔고, 저도 전부 생각났어요. 8시에 제가 오슬로에 있는 여동생한테 전화했어요. 정말 놀랍지 않아요!"

해리는 맞장구쳐줄 생각이 들지 않았다.

"동생이 알리바이를 대줄 수 있었는데도, 당신은 정말 기억해내지 못했다는 겁니까?"

"예. 왜 그랬는지 아세요? 동생이 집에 없었거든요. 그냥 자동응답기에 대고 제가 전화했었다고 메시지만 남겼어요."

"그리고 당신은 기억하지 못했고요?" 해리가 재차 물었다.

"이보세요, 해리. 그런 전화는 수화기를 내려놓기도 전에 까먹잖

---

* 어떤 일을 하고자 할 때 뜻하지 않은 일에 의해 방해받는 경향이 있다는 법칙.

아요. 안 그래요? 상대가 받지 않은 전화까지 일일이 다 기억하세요?"

해리는 브레케의 말이 옳다고 인정하지 않을 수 없었다.

"변호사는 만나봤습니까?"

"오늘은 아니요. 형사님께 먼저 말씀드리고 싶었어요."

"좋아요, 옌스. 지금 변호사한테 연락하세요. 난 당신 사무실로 사람을 보내서 당신이 한 말을 확인할 테니까."

"이런 녹음기는 법정에서도 효력이 있어요." 브레케의 목소리가 조금 긴장되어 있었다.

"긴장 풀어요, 옌스. 오래 걸리지는 않을 거예요. 이제 당신을 풀어줘야 할 겁니다."

브레케가 숨을 내쉬자 수화기에서 치직거리는 소리가 났다. "방금 그 말 다시 해주세요, 해리."

"당신을 풀어줘야 할 겁니다."

옌스가 기묘하고도 건조하게 웃었다. "어떻게 되든 제가 식사대접 한번 할게요, 해리."

"사양하겠습니다."

"왜요?"

"저는 경찰이니까요."

"그럼 심문하는 거라 치죠."

"그럴 생각 없어요, 옌스."

"좋으실 대로."

아래 도로에서 펑 소리가 났다. 아마 불꽃놀이이거나 타이어 펑크가 났으리라.

"생각해보죠."

해리는 수화기를 내려놓고 욕실에 들어가서 거울을 보았다. 이렇게 오래 열대지방에 머물고도 아직도 이리 허여멀건할 수 있느냐고 자문했다. 해리는 딱히 햇빛을 좋아한 적은 없지만 살을 태우는 데 이렇게 오래 걸린 적은 없었다. 혹시 작년의 생활습관 때문에 색소 생성에 문제가 생긴 걸까? 그는 얼굴에 찬물을 끼얹고 슈뢰데르의 거무튀튀한 술꾼들을 떠올리고 다시 거울을 보았다. 흠, 그나마 코가 햇볕에 타서 포트와인색이 되었다.

35

1월 19일 일요일

"다시 원점으로 돌아왔어." 리즈가 말했다. "브레케에게는 알리바이가 생겼고, 뢰켄은 당분간 잊어야 하고. 참, 방문 경찰관을 죽이려고 했던 거인 사이코패스는 아직 잡히지 않았지." 리즈가 의자를 뒤로 젖히고 천장을 가만히 살폈다. "의견들 없나? 없으면 여기서 회의를 끝내고 각자 하고 싶은 일을 하도록. 그런데 아직 보고서 몇 개가 안 들어왔던데 늦어도 내일 오전까지는 볼 수 있겠지."

경관들이 발을 질질 끌면서 사무실에서 나갔다. 해리는 그대로 있었다.

"왜요?"

"아무것도 아니에요." 해리가 불을 붙이지 않은 담배를 입에 물고 있어서 담배가 아래위로 까딱거렸다. 리즈 크럼리 경위가 그녀의 사무실은 금연임을 통지한 터였다.

"뭔가 있는데요?"

해리의 입꼬리에 옅은 미소가 떠올랐다. "그게 바로 제가 알고 싶은 겁니다, 경위님. 뭔가 있다는 걸 아신다는 거."

리즈의 미간에 심각한 주름이 잡혔다. "할 말이 생각나면 그때 말해줘요."

해리는 입에 문 담배를 빼서 다시 담뱃갑에 넣었다. "네." 그리고 일어섰다. "그렇게 할게요."

옌스 브레케가 의자에 기대앉아서 싱글벙글 웃었다. 얼굴이 상기되어 나비넥타이가 반짝거렸다. 해리는 옌스를 보고 생일을 맞은 소년을 떠올렸다.

"한동안 갇혀 있었던 게 다행이라는 생각까지 들어요. 그 덕에 소박한 것들을 아주 소중히 여기게 됐거든요. 동 페리뇽 1985 같은 거요."

옌스가 손가락을 튕겨서 웨이터를 부르자, 웨이터가 그들의 테이블로 급히 다가와 와인 쿨러에서 물이 뚝뚝 떨어지는 샴페인을 꺼내 옌스의 잔을 채웠다.

"전 이렇게 해줄 때가 좋아요. 슈퍼맨이 된 기분이 들거든요. 어떻게 생각해요, 해리?"

해리는 손가락으로 잔을 만졌다. "그럴 수도 있겠군요. 사실 제 취향은 아닙니다."

"우린 달라요, 해리."

옌스가 선언하듯 말하면서 씩 웃었다. 그의 정장이 다시 몸에 꼭 맞는 듯 보였다. 아니면 거의 똑같은 정장으로 바꿔 입었다든가. 해리는 어느 쪽인지 알 수 없었다.

"사람들에게 공기가 필요한 만큼 어떤 사람들에게는 사치가 필요해요." 옌스가 말했다. "비싼 차, 좋은 옷, 약간의 좋은 서비스가 꼭 있어야만, 음, 내가 존재한다는 걸 느낄 수 있어요. 아시겠어요?"

해리는 고개를 저었다.

"으음." 옌스는 샴페인 잔의 가느다란 손잡이 부분을 잡았다. "우리 두 사람 중에서 저는 퇴폐적인 쪽이에요. 당신이 받은 인상을 믿으세요. 저는 재수 없는 자식이 맞아요. 그리고 세상에 우리 재수 없는 자식들을 위한 공간이 있는 한 저는 계속 이런 인간으로 남고 싶어요. 건배skål."

옌스는 샴페인을 머금고 음미한 후 꿀꺽 삼켰다. 그러고는 씩 웃으면서 나직이 기쁨의 탄성을 내질렀다. 해리는 피식 웃으며 자신의 잔을 들었지만 옌스가 못마땅한 표정으로 보았다.

"물이라니. 이제 인생을 즐기실 때도 되지 않았어요, 해리? 자신에게 그렇게까지 엄격하게 굴 건 없잖아요."

"가끔 그래야 할 때가 있어요."

"말도 안 돼. 인간은 모두 본질적으로 쾌락주의자예요. 다만 누군가는 그걸 깨닫기까지 더 오래 걸릴 뿐이죠. 여자 있어요?"

"아뇨."

"있을 때도 되지 않았나요?"

"물론. 하지만 그게 인생을 즐기는 거랑 무슨 상관인지 모르겠군요."

"당연히 상관이 있죠." 옌스가 잔을 물끄러미 들여다보았다. "제가 여동생 얘기 한 적 있었죠?"

"당신이 전화했다는?"

"네. 걔도 혼자거든요."

해리는 웃었다. "나한테 신세졌다고 생각하지 말아요, 옌스. 내가 한 건 없어요. 당신을 체포한 것밖에."

"농담이 아니에요. 근사한 여자예요. 편집자인데 제 생각엔 일을 너무 많이 해서 남자를 찾을 시간이 없는 것 같아요. 남자들이 겁먹고 떠나게 만들기도 하고요. 꼭 당신 같아요. 엄격하고 자기만의 생각이 있고. 그나저나 그거 알아요? 노르웨이 여자들이 미스 무슨 무슨 상을 받고 나서 기자들에게 자기를 소개해야 할 때면 꼭 이런 식으로 말해요. 자기만의 생각이 있다? 자기만의 생각이란 건 1크로네에 두 개쯤 하는 것 같던데."

엔스는 수심에 잠긴 듯 보였다.

"동생은 성년이 됐을 때 어머니 이름을 썼어요. 그때는 복수심에서 그랬어요."

"당신 여동생과 제가 썩 어울릴 것 같진 않군요."

"왜요?"

"음, 저는 겁쟁이예요. 제가 찾는 사람은 사회복지 쪽에서 일하면서 자기를 내세우지 않는 여자예요. 아주 아름다워서 감히 아무도 말해주지 않는 여자."

엔스가 웃었다. "제 동생이랑은 양심의 가책을 느끼지 않고 결혼해도 돼요. 그 애를 좋아하지 않아도 괜찮고요. 워낙 바쁜 애라서 어차피 자주 보지도 못할 테니까."

"그런데 왜 그런 동생한테 직장이 아니라 집으로 전화했습니까? 당신이 전화했을 때는 낮 2시였어요."

엔스는 고개를 절레절레 흔들었다. "이건 비밀인데요. 저는 도무지 시차 계산이 안 돼요. 시간을 더해야 하는지 빼야 하는지 모르겠어요. 엄청 창피한 일이에요. 아버지는 저보고 벌써 예비 노인성 치매라고 하셨어요. 외가 쪽 대물림이라면서."

엔스는 곧 자기 동생은 그런 증상이 전혀 없다고 장담하고 오히려 정반대라고 덧붙였다.

"됐어요, 옌스. 당신 얘기나 더 해봐요. 결혼할 생각은 있습니까?"

"쉿, 그런 얘기는 하지 말죠. 결혼이라는 말만 들어도 심장이 벌렁거리니까." 옌스는 진저리를 쳤다. "문제는 제가 일부일처제에 적합하지 않으면서도 또 낭만주의자라는 겁니다. 결혼하면 딴 여자들하고 자면 안 되잖아요. 무슨 뜻인지 아시죠? 다시는 딴 여자랑 섹스를 못한다고 생각하면 가슴이 갑갑해져요. 안 그래요?"

해리는 공감하려고 해보았다.

"제가 정말로 엘리베이터에서 만난 그 여자랑 데이트를 했다고 쳐봐요. 그럼 어떻게 됐을 거 같아요? 얼마나 아찔해요? 내가 아직 다른 여자에게 관심을 보일 수 있다는 것만 증명됐을 뿐이잖아요. 사실 패배감도 조금 있어요. 힐데에게는……." 옌스가 말을 골랐다. "힐데에게는 다른 누구에게서도 본 적이 없는 뭔가가 있어요. 정말이에요, 제가 좀 볼 줄 알거든요. 그게 뭔지 설명할 수 있을지는 모르겠지만 다시는 발견하기 어려울 거라는 건 아니까 잃고 싶지 않아요."

해리는 이제껏 들어본 핑계 중 가장 그럴듯하다고 생각했다. 옌스는 손가락 사이에서 잔을 돌리면서 한쪽 입꼬리를 내리고 씩 웃었다.

"구치소에 들어간 일이 진짜 저한테 영향을 주긴 했나 봐요. 평소에는 이런 얘기 안 하거든요. 제 친구들한테는 말하지 않는다고 약속해주세요."

웨이터가 테이블로 다가와서 손짓으로 그들을 불렀다.

"어서요. 벌써 시작됐어요." 옌스가 말했다.

"뭐가 벌써 시작됐다는 겁니까?"

웨이터가 앞장서서 레스토랑 뒤편으로 가서 주방을 통과하고 좁은 층계참으로 올라갔다. 복도에 빨래 통이 쌓여 있고 웬 노파가 의자에 앉아 그들을 향해 씩 웃으면서 시커먼 이빨을 드러냈다.

"빈랑이에요." 엔스가 말했다. "아주 무서운 습관이죠. 뇌가 썩고 이빨이 다 빠지도록 저걸 씹어대거든요."

문 안에서 함성이 들렸다. 웨이터가 문을 열자 창문 하나 없는 로프트가 나왔다. 스무 명에서 서른 명 정도 되는 남자들이 바짝 붙어서 빙 둘러 서 있었다. 팔을 휘두르고 손가락질을 하면서 자기네끼리 정신없이 빠르게 모서리가 접힌 지폐를 세고 건넸다. 대부분 백인이고 몇몇은 옅은 색 리넨 양복을 입고 있었다.

"투계예요." 엔스가 설명했다. "사설로 운영하는 곳이죠."

"왜 그렇죠?" 해리는 말소리가 들리게 하려고 소리를 질러야 했다. "내 말은, 태국에서는 투계가 아직 합법이라고 어디서 읽었거든요."

"어느 정도까지는. 당국에서는 발톱을 발뒤꿈치에 묶어서 닭들이 서로 죽이지 못하게 하는 변형된 형태의 투계만 허용해요. 시간 제약도 두고요. 죽을 때까지 싸우게 놔두면 안 돼요. 그런데 여기서는 옛날 규칙대로 시합을 벌이고 판돈에도 상한선이 없죠. 가까이 가볼까요?"

해리는 앞에 모인 남자들 위로 비죽 솟아 있어서 링이 잘 보였다. 수탉 두 마리, 둘 다 적갈색과 주황색을 띤 닭들이 머리를 흔들면서 서로에게 관심이 없는 듯 날개를 펼치고 활보했다.

"저 닭들을 어떻게 싸우게 만듭니까?" 해리가 물었다.

"걱정 마세요. 저놈들은 형사님하고 저보다 더 서로를 싫어하거든요."

"왜요?"

옌스가 해리를 보았다. "같은 링에 올라간 수탉이니까요."

잠시 후 수탉들이 신호라도 받은 것처럼 서로에게 덤벼들었다. 보이는 거라고는 퍼덕이는 날개와 풀풀 날리는 지푸라기뿐이었다. 남자들이 미친 듯이 소리를 질러대고 몇몇은 펄쩍펄쩍 뛰었다. 이상하게 들큼한 아드레날린과 땀 냄새가 퍼져나갔다.

"볏 가운데가 갈라진 녀석 보여요?" 옌스가 말했다.

해리에겐 보이지 않았다.

"저놈이 이겨요."

"그걸 어떻게 압니까?"

"몰라요. 그냥 아는 거예요. 싸우기 전에 알았어요."

"어떻게……."

"묻지 마시라니까요." 옌스가 씩 웃었다.

고함소리가 사라졌다. 수탉 한 마리가 링에 남았다. 몇몇이 신음하고 회색 리넨 양복을 입은 남자가 실망한 듯 모자를 바닥에 내팽개쳤다. 해리는 죽어가는 수탉을 보았다. 깃털 밑 근육이 파르르 떨리더니 이내 미동도 없었다. 기괴한 광경이었다. 날개와 다리와 비명이 어우러진 치열한 싸움판 같았다.

피 묻은 깃털 하나가 해리의 얼굴을 가볍게 스쳤다. 수탉은 헐렁한 바지를 입은 남자에게 들려서 링 밖으로 나갔다. 남자는 금방이라도 울음을 터트릴 것처럼 보였다. 다른 수탉이 다시 뻐기듯 활보하기 시작했다. 이제는 해리의 눈에도 갈라진 볏이 보였다.

웨이터가 돈뭉치를 들고 옌스에게 다가왔다. 옌스를 힐끗거리는 사람도 있고 고개를 끄덕이는 사람도 있지만 아무도 아무 말도 하지 않았다.

"잃어본 적은 없어요?" 그들이 다시 레스토랑으로 돌아왔을 때 해리가 물었다. 옌스는 시가에 불을 붙이고 리처드 헤네시 40퍼센트라는 숙성된 코냑을 주문했다. 웨이터가 두 번이나 이름을 확인했다. 여기 있는 옌스가 간밤에 해리가 전화로 위로하던 그 사람이라는 게 믿기지 않았다.

"도박이 왜 병이고, 직업이 아닌지 알아요, 해리? 도박꾼은 위험을 사랑하거든요. 도박꾼은 짜릿한 불확실성을 위해 살고 숨 쉬어요."

옌스는 시가 연기를 내뿜으며 커다란 동그라미를 만들었다.

"그런데 저는 정반대예요. 저는 위험을 제거하려고 극단까지 몰아붙일 수 있어요. 오늘 딴 돈으로 제가 들인 비용과 저의 모든 노력을 충당할 수 있고, 결코 적은 돈이 아니에요, 결코."

"그럼 한 번도 잃은 적 없어요?"

"합당한 수익이에요."

"합당한 수익? 그럼 도박꾼들은 머지않아 가진 것을 다 저당 잡힐 거라는 말이군요."

"대충 비슷해요."

"그래도 결과를 안다면 도박의 매력이 조금 사라지지 않을까요?"

"매력?" 옌스가 돈뭉치를 들었다. "이거면 매력은 충분한데요. 도박은 제게 이런 걸 주지 못하잖아요." 옌스는 한 손바닥을 펴서 보란 듯이 옆으로 펼쳤다.

"전 단순한 사람이에요." 옌스는 타들어가는 시가를 물끄러미 바라보았다. "좋아요, 솔직히 말하죠. 제가 매력은 조금 부족합니다."

옌스가 갑자기 시끄럽게 웃었다. 해리도 덩달아 웃지 않을 수 없었다.

옌스가 손목시계를 보고 벌떡 일어났다.

"미국장이 열리기 전에 할 일이 많아요. 엄청 정신없이 돌아갈 거예요. 나중에 뵙죠. 제 동생 생각도 좀 해보시고요."

옌스는 밖으로 나갔고, 해리는 그 자리에 남아 담배를 피우면서 잠시 그의 동생을 생각해봤다. 그리고 택시를 타고 팟퐁으로 갔다. 해리는 자신이 뭘 찾는지도 모른 채 어느 고고바에 들어가서 맥주를 주문할 뻔했다가 급히 밖으로 뛰쳐나왔다. 르부셰론에서 개구리 다리를 먹었는데, 식당 주인이 와서 형편없는 영어로 노르망디로 돌아가고 싶은 마음이 간절하다고 말했다. 해리는 그에게 아버지가 디데이*에 거기에 있었다고 말했다. 정확한 사실은 아니지만 프랑스인 식당 주인의 사기를 북돋워주었다.

해리는 음식 값을 치르고 다른 바를 찾았다. 말도 안 되게 높은 구두를 신은 여자가 그의 옆에 앉아서 커다란 갈색 눈으로 그를 빤히 바라보고는 입으로 해주길 원하는지 물었다. 물론 간절하지, 생각하고는 고개를 저었다. 그는 술잔 선반 위에 걸린 텔레비전에서 맨체스터 유나이티드 경기의 하이라이트가 나오는 것을 보았다. 거울 속에는 그의 바로 뒤에 있던 작고 분위기 있는 무대에서 여자들이 춤을 추고 있었다. 여자들은 아주 작은 금색별을 가슴에 붙이고 유두를 가려서 바의 나체 금지 규정을 간신히 지켰다. 여자들은 몸매가 고스란히 드러나는 바지에 숫자를 하나씩 붙이고 있었다. 해리는 숫자가 무슨 의미인지 묻지 않았지만 손님이 바에서 여

---

* 제2차 세계대전의 연합군의 공격개시일.

자를 사고 싶을 때 착오를 막기 위해 붙이는 숫자라는 것을 알았다. 20번. 해리는 그 여자를 전에 본 적이 있다. 딤은 네 명의 여자들 뒤에서 춤을 추면서 지친 눈으로 바에 앉아 있던 남자들을 레이더처럼 죽 훑었다. 간간이 입가에 언뜻 미소가 스쳤지만 눈에는 전혀 생기가 살아나지 않았다. 딤이 열대지방 유니폼 같은 옷차림의 남자와 친해진 것 같았다. 독일인이야. 해리는 이유는 모른 채 짐작했다. 그는 흐느적흐느적 좌우로 흔들리는 딤의 엉덩이와 뒤돌아설 때 찰랑이는 윤기 있는 검은 머리카락과 몸속에 조명을 켠 듯은은히 빛나는 살결을 보았다. 눈만 아니면 미인이었을 텐데, 하고 해리는 생각했다.

잠깐 거울 속에서 그녀와 눈이 마주쳤고, 해리는 이내 불편해졌다. 딤이 알아보는 눈치는 아니었지만 해리는 눈을 들어 텔레비전 화면을 보았고, 화면에는 교체되는 선수의 등이 보였다. 같은 번호. '솔샤르'라고 셔츠 위쪽에 적혀 있었다. 해리는 미몽에서 깨듯 정신이 번쩍 들었다.

"젠장!" 해리가 고함을 지르면서 컵을 넘어뜨리는 바람에 그에게 공들이던 매춘부의 무릎 위로 콜라가 쏟아졌다. 해리는 사람들을 밀치고 뛰쳐나갔고 뒤에서 분개하면서 악을 쓰는 소리가 들렸다. 당신은 친구가 아니야!

36

1월 19일 일요일

초록색 복장의 두 남자가 덤불을 헤치며 진격했고, 그중 한 남자가 부상당한 전우를 어깨에 들쳐 메고 몸을 낮게 숙였다. 그들은 부상병을 땅에 쓰러진 나무 뒤에 내려놓고 소총을 들어 조준하고 덤불을 향해 발사했다. 건조한 목소리로 동티모르가 수하르토 대통령과 그의 무자비한 정권에 저항하면서 가망 없는 투쟁을 벌이고 있다고 설명했다.

연단에서 한 남자가 초조하게 부스럭거리며 서류를 넘겼다. 그는 멀리까지 돌아다니면서 자신의 조국에 관해 강연해왔고, 오늘 저녁은 중요한 시간이었다. 태국 외신기자 클럽 회의실에는 4, 50명 정도 밖에 모이지 않았지만 모두 활기차 보이는 데다 수백만 독자에게 메시지를 전할 수 있다는 확신에 차 있었다. 그는 백 번은 틀어온 영상을 보았고, 2분 후면 사선으로 걸어 들어가야 한다는 사실을 알았다.

이바르 뢰켄은 누가 그의 어깨에 손을 얹고 속삭이자 자기도 모르게 흠칫 놀랐다. "얘기 좀 합시다, 당장."

뢰켄은 어둑어둑한 실내에서 해리의 얼굴을 알아보았다. 뢰켄이 일어나서 해리와 함께 밖으로 나가는 동안 어느 게릴라가 화상으로 얼굴의 절반이 가면처럼 굳어버린 모습으로 자신이 지난 8년간 인도네시아 밀림에서 생활한 이유를 설명했다.

"난 어떻게 찾았소?" 밖으로 나오자 뢰켄이 물었다.

"톤에 비그와 얘기했습니다. 여기는 자주 오십니까?"

"자주가 어느 정도를 말하는지는 모르지만 늘 새로운 소식을 듣고 싶으니까요. 그리고 여기서 도움이 되는 사람들을 만납니다."

"이를테면 스웨덴과 덴마크 대사관 사람들인가요?"

금니가 반짝였다. "말했다시피 새로운 소식을 놓치고 싶지 않소. 무슨 일이오?"

"전부 다."

"아 그래요?"

"당신이 누굴 쫓는지 알아요. 그리고 두 사건이 관련이 있다는 것도."

뢰켄의 얼굴에 미소가 가셨다.

"웃기는 건, 내가 처음 여기 왔을 때 당신이 감시하던 곳에서 엎드리면 코 닿을 데 갔었더군요."

"그럴 리가." 뢰켄이 비꼬는 투로 말하는지 아닌지 알 수 없었다.

"크럼리 경위가 관광이나 하자면서 강 상류로 데려간 적이 있어요. 그때 버마에서 방콕으로 사원 하나를 통째로 옮겨놓은 노르웨이 사람의 집을 보여줬어요. 대사가 죽던 날 통화한 사람인데 아직 연락이 안 됩니다. 보르크라고 그 사람의 친구를 장례식에서 만났는데, 사업차 집을 비웠다고 하더군요. 오베 클리프라를 아시죠?"

뢰켄은 대답하지 않았다.

"아까 축구 경기를 보다가 두 사건이 연결된 걸 깨달았어요."

"축구 경기?"

"세계에서 제일 유명한 노르웨이인이 우연히도 클리프라가 좋아하는 클럽에서 뛰더군요."

"그래서요?"

"올레 군나르 솔샤르의 등번호가 몇 번인지 아십니까?"

"아뇨, 내가 그걸 어찌 압니까?"

"전 세계의 소년들은 알아요. 케이프타운에서 밴쿠버까지 스포츠용품점에서 그 선수의 셔츠를 살 수 있어요. 가끔 어른들도 사고요."

뢰켄은 고개를 끄덕이면서 해리를 뚫어져라 응시했다. "20번." 해리가 말했다.

"그 사진에 있던 거죠. 다른 두 가지도 떠올랐어요. 몰네스의 등에 꽂힌 칼자루에 특이한 유리 모자이크가 있었고, 미술사 교수는 태국 북부 지방의 아주 오래된 칼로, 아마 샨족 사람들이 만든 물건일 거라고 했어요. 아까 저녁에 그 교수를 만났어요. 샨족은 버마의 일부 지역까지 퍼져나갔는데 이주한 곳에서 우선 사원을 지었다더군요. 그 지방 사원의 독특한 특징은 그 칼에 있던 것과 같은 유리 모자이크로 창문과 문을 장식한다는 점이고요. 여기로 오는 길에 그 교수를 찾아가서 당신이 찍은 사진을 한 장 보여줬어요. 샨 사원에 있던 창문이라는 데 의심의 여지가 없다고 하더군요, 뢰켄."

강연자가 강연을 시작하는 소리가 들렸다. 스피커에서 날카로운 금속성의 목소리가 흘러나왔다.

"잘했소, 홀레. 이제 어쩌시게요?"

"지금부터 당신이 막후에서 무슨 일이 벌어지고 있는지 말해주면 나머지는 내가 나서서 수사할 겁니다."

뢰켄이 큰소리로 웃었다. "농담하는 겁니까?"

해리는 농담이 아니었다.

"재미있는 제안이기는 하지만, 홀레, 그런다고 될 일이 아니오. 내 보스들이—."

"'제안'은 맞는 말이 아닌 것 같군요, 뢰켄. '최후통첩'이라고 하셔야죠."

뢰켄이 더 큰소리로 웃었다. "배포가 대단하군. 그건 인정하겠소, 홀레. 다만 어째서 당신이 최후통첩을 할 수 있는 입장이라고 생각하는 게요?"

"제가 방콕의 경찰서장에게 무슨 일이 벌어지고 있는지 알리면 당신 입장이 아주 곤란해질 테니까요."

"그들이 당신을 내칠 거요, 홀레."

"왜죠? 우선 여기서 제 임무는 살인 사건을 수사하는 일이지, 오슬로의 몇몇 관료들의 뒤를 봐주는 일이 아닙니다. 개인적으로 당신이 소아성애자를 잡아들이려고 애쓰는 데는 반대하지는 않지만 그건 제 책임이 아니에요. 그리고 그 사람들이 불법 수사를 감춰 온 사실이 의회에 들어가면, 저보다 쫓겨날 위험이 더 큰 사람들이 많을 텐데요. 공범이 돼서 같이 이 일을 비밀에 부치는 게 오히려 실업자가 될 가능성을 높일 것 같단 말입니다. 담배 태우시겠습니까?"

해리는 새로 뜯은 스무 개비짜리 카멜을 내밀었다. 뢰켄은 고개를 젓다가 생각을 바꿨다. 해리는 두 사람의 담배에 불을 붙였고, 그들은 벽에 붙은 의자에 앉았다. 강당에서 요란한 박수갈채가 들렸다.

"왜 그냥 넘어가지 않는 게요, 홀레? 여기서 당신이 할 일은 사건을 깔끔하게 매듭짓고 소란을 피우지 않는 것인 줄 알잖소. 어째서 바람 부는 대로 따라가서 당신이나 우리 모두가 골치 아픈 일을 피하게 해주지 않는 게요?"

해리는 담배를 깊이 빨았다가 한 번에 길게 내쉬었다. 연기가 거의 다 몸속에 남았다.

"카멜을 다시 피우기 시작한 건 올가을이었어요." 해리가 담뱃갑을 톡톡 치면서 말했다. "예전에 카멜을 피우던 여자친구가 있었어요. 자기 담배에는 손도 못대게 했죠. 나쁜 습관이 밸 수 있다고 생각한 겁니다. 둘이서 인터레일로 여행하던 중 팜플로나에서 칸^{Cannes} 구간의 기차 안에서 제 담배가 떨어졌어요. 여자친구는 절혼내주고 싶다고 했어요. 열 시간 가까이 달리는 여정이라, 결국 저는 다른 칸 승객한테 가서 담배를 빌렸어요. 여자친구는 자기 카멜을 피우고 있었고요. 이상하죠?"

해리는 담배를 들고 은은한 불빛을 붙었다.

"음, 저는 칸에 도착할 때까지 담배를 꾸고 다녔어요. 처음에는 여자친구도 재미있어 했어요. 그런데 제가 파리의 레스토랑에서까지 다른 테이블을 기웃거리자 여자친구는 별로 재미없다면서 자기 담배를 피워도 된다고 말하더군요. 그런데 제가 거절했어요. 암스테르담에서는 여자친구가 노르웨이 친구들을 만났는데, 자기 담배가 테이블에 있는데도 제가 그 친구들한테 담배를 꾸자 제가 유치하게 군다고 생각했어요. 카멜을 한 갑 사주면서 구걸하러 다니는 짓은 이제 그만두라고 했지만 저는 담배를 호텔방에 놓고 나갔죠. 오슬로로 돌아가서도 계속 그랬더니 저더러 머리가 돌았다고 하더군요."

"이 얘기에 요점이 있습니까?"

"네, 결국 여자친구가 담배를 끊었거든요."

뢰켄은 피식 웃었다. "그럼 해피엔딩이구먼."

"거의 비슷한 시기에 런던에서 온 음악가를 만나더군요."

뢰켄은 캑캑거렸다. "그럼 당신이 도를 넘은 거로군."

"그렇죠."

"그런데도 그 일에서 배운 게 없소?"

"없어요."

그들은 말없이 담배를 피웠다.

"그렇군." 뢰켄이 담배를 비벼 끄면서 말했다. 사람들이 회의실에서 나오기 시작했다. "어디 가서 맥주나 한잔합시다. 다 얘기해 드리리다."

"오베 클리프라는 도로를 건설해요. 그것 말고는 알려진 게 거의 없죠. 알려진 바로는 스물다섯 살에 공과대학에서 학위를 따지 못하고 평판이 좋지 않은 상태로 태국으로 건너왔고, 이름을 페데르센에서 클리프라로 바꿨다고 하더군요. 클리프라는 그자가 어릴 때 살던 올레순의 한 지역 이름이고."

그들은 깊숙한 가죽소파에 앉아 있었다. 앞에는 스테레오와 텔레비전과 테이블이 있고, 테이블에는 맥주 한 잔과 물 한 병, 마이크 두 개와 노래책이 놓여 있었다. 뢰켄이 가라오케로 가자고 했을 때 해리는 처음에는 농담인 줄 알았지만 이유를 듣고 납득했다. 이름을 대지도 않고 방음이 되는 방을 시간 단위로 빌리면서, 마시고 싶은 음료도 주문하고 아무한테도 방해받지 않는 곳이라고 했다. 게다가 사람들이 적당히 있어서 그들이 다녀가도 눈에 띄지 않는다는 거였다. 한마디로 비밀 회동에는 최적의 장소였고, 뢰켄이 이곳을 찾은 건 이번이 처음은 아닌 것 같았다.

"평판이 좋지 않다니 무슨 일이 있었습니까?"

"우리가 이 사건을 캐기 시작하자 올레순에서 미성년자 소년들과 두어 차례 사건이 있었던 사실이 드러났소. 신고가 들어가지는 않았지만 소문이 퍼져서 그자는 옮겨야 할 때라고 판단한 거요. 여기 와서는 엔지니어링 회사를 등록하고 자기를 박사로 소개하는 명함을 만들고 자기가 도로를 건설할 수 있다면서 여기저기 문을 두드리고 다녔소. 20년 전에는 도로 건설 사업을 따낼 방법은 두 가지밖에 없었소. 정부에 인맥이 있거나 돈이 아주 많아서 뇌물을 먹일 수 있거나. 클리프라에겐 둘 다 없었고, 당연히 불리한 처지였소. 하지만 그자는 지금과 같은 재산을 쌓을 수 있게 해준 두 가지를 배웠소. 태국어과 아부. 나는 아직 아부에 관해서는 잘 모르겠지만, 그자는 여기 사는 노르웨이인들에게 자기가 아부를 잘한다고 떠벌린 모양이오. 아주 능숙하게 웃어줄 줄 알아서 태국인들조차 과하다고 받아들일 정도라고 우기더군요. 게다가 새로 사귄 몇몇 정치인들과는 어린 소년들에 대한 관심을 나누었지. 그런 인물들과 함께 범죄를 저지르는 게 불리하지 않았을 게요. 이른바 호프웰 방콕 고가도로 및 열차 시스템, 곧 BERTS 건설에 관한 계약서가 배포된 상황이었으니까."

"도로 및 열차요?"

"그렇소. 이 도시의 어디에서든 거대한 강철 기둥을 땅에 박는 걸 봤을 겁니다."

해리는 고개를 끄덕였다.

"현재 그런 기둥이 6천 개가 있는데 더 늘어날 거요. 단지 고속도로를 건설하기 위해서만이 아니라, 그 위로 기차가 다닐 겁니다. 지금 우리는 이 도시가 질식하지 않도록 구제하기 위해 건설하려는 250억 크로네 상당의 초현대적 고속도로 50킬로미터와 철도 60킬로미터에 관해 얘기하는 중이오. 이해가 가시오? 이 사업은 세계 어느 도시의 도로 건설보다도 방대한 사업, 그러니까 아스팔트와 침목의 구세주인 거요."

"그리고 클리프라가 그 사업에 뛰어들었고요?"

"아무도 누가 참여했는지 아닌지 모르는 것 같소. 분명한 사실은 원래 뛰어들었던 홍콩 유수의 기업이 손을 뗐고, 예산과 일정이 엎어질 판이라는 겁니다."

"예산이 초과됐나요? 충격이군요." 해리가 건조하게 말했다.

"하지만 그렇게 되면 틀림없이 다른 회사들에 더 많이 돌아간다는 뜻이고, 내 생각에는 클리프라가 이미 이 사업에서 확실히 자리를 잡은 것 같아요. 일부 업체가 발을 빼면 정치인들로서는 나머지 업체들끼리 담합한 입찰가를 받아들여야 할 거요. 클리프라가 손에 든 케이크를 한입 베어 물 자금력이 된다면 머지않아 이 지역 최대의 기업가가 될 수 있소."

"예, 그런데 이게 아동학대하고 무슨 상관이 있습니까?"

"힘 있는 자들은 자기네 입맛대로 법을 바꾸는 경향이 있으니까요. 현 정부의 청렴성을 의심할 근거는 없지만, 정치적인 영향력이 있는 사람을 체포했다가 건설 사업 자체가 더 지연된다면 그자를 본국으로 송환할 가능성이 높지는 않을 겁니다."

"그래서 당신은 뭘 하고 있습니까?"

"상황이 유동적이오. 우리는 새로운 본국 송환 협정이 발효되기를 기다리고 있소. 일단 효력이 발생하면 조금 기다렸다가 클리프라를 체포하고 태국 정부에는 그 사진들이 협정이 체결된 이후에 찍은 거라고 해명할 생각이오."

"그리고 그자는 미성년자와 성관계를 맺은 죄로 유죄 판결을 받고요?"

"살인죄가 추가될 수도 있고."

해리는 의자에 앉은 채 움찔했다.

"당신 혼자만 그 칼이 클리프라와 관계가 있다고 짐작한 줄 안 거요, 형사님?" 뢰켄은 이렇게 말하면서 파이프에 불을 붙이려고 했다.

"그 칼에 관해 아십니까?" 해리가 물었다.

"그날 톤에 비그를 데리고 대사의 신원을 확인하러 간 사람이 납니다. 그때 사진을 두어 장 찍어뒀소."

"경찰들이 빙 둘러서서 지켜보는 와중에요?"

"흠, 아주 작은 카메라요. 손목시계에 들어갑니다, 요렇게." 뢰켄이 미소를 지었다. "아무 데서나 살 수 있는 물건은 아니오."

"그래서 유리 모자이크가 클리프라의 집과 관련이 있다고 생각했다고요?"

"클리프라에게 사원을 판 일과 관련된 사람들 중 하나와 꾸준히 연락해왔소. 랑군* 마하시 센터에 있는 '폰지**'요. 그 칼은 사원의 장식이었는데 클리프라가 샀다고 했소. 그 승려 말로는 그런 칼은 두 개씩 만든다더군요. 똑같이 생긴 칼이 하나 더 있을 겁니다."

"잠깐." 해리가 말했다. "그 승려에게 연락했다면 먼저 그 칼이 버마 사원과 관계가 있다는 사실을 눈치 챘다는 뜻이군요."

* 미얀마 수도 양곤의 옛 이름.
** 출가한 승.

309

뢰켄이 어깨를 으쓱했다.

"어서요." 해리가 말했다. "당신도 미술사가는 아니잖습니까? 우리는 교수를 만나보고서야 그 칼이 샨족인지 뭔지와 관계가 있는지 알아냈어요. 그런데 당신은 어디다 물어보기도 전에 클리프라를 의심했죠."

뢰켄은 손가락을 데고 신경질적으로 성냥을 던졌다.

"살인 사건이 클리프라와 모종의 관계가 있다고 믿을 만한 근거가 있었소. 아시다시피 난 대사가 살해당한 날 클리프라의 집 건너편 아파트에 앉아 있었소."

"그리고?"

"아틀레 몰네스가 7시쯤 차를 몰고 들어왔소. 8시에 대사와 클리프라가 대사의 차를 타고 떠났고."

"그 두 사람이 확실합니까? 그 차를 봤는데 여느 대사관 차량처럼 창문에 선팅을 해서 차 안이 거의 보이지 않던데요."

"차가 도착했을 때 카메라 렌즈를 통해 클리프라를 봤소. 차가 차고에 서 있었고, 거기서 집 안으로 통하는 문이 하나 있어서 처음에는 클리프라가 일어서서 그 문으로 걸어가는 모습만 보였소. 그러다 한동안 아무도 보이지 않다가 대사가 거실에서 서성이는 모습이 보였지. 그 후 다시 차가 떠났고, 클리프라가 떠났소."

"그 사람이 대사라고 단언할 순 없어요."

"어째서?"

"당신이 앉아 있던 자리에서는 하반신만 보일 테니까요. 나머지는 모자이크에 가려 있었어요."

뢰켄이 웃었다. "흠, 그거면 충분해요." 그는 이렇게 말하고 마침내 파이프에 불을 붙였다. 뢰켄은 만족스럽게 파이프를 빨았다.

"그렇게 샛노란 양복을 입고 돌아다닐 사람은 한 사람밖에 없으니까."

해리는 다른 때라면 억지로라도 웃어줬을 테지만 지금은 머릿속에 너무 많은 생각이 떠올랐다.

"토르후스와 경찰청장은 왜 이런 보고를 받지 못했을까요?"

"그 사람들이 몰랐다고 누가 그럽디까?"

해리는 눈 안쪽에서 누르는 압박이 느껴졌다. 정치인들이 처음부터 그에게 철저히 비밀로 한 것이다. 그는 때려 부술 뭔가를 찾아 주변을 둘러보았다.

37
1월 19일 일요일

그가 아파트에 도착했을 때는 11시가 다 되었다.

"손님이 오셨어요." 정문 경비가 말했다.

해리는 엘리베이터를 타고 올라가 수영장 옆에 누워서 루나가 헤엄치면서 내는 조용하고 규칙적인 물소리에 귀를 기울였다.

"너 집에 가야 돼." 잠시 후 해리가 말했다. 루나는 대답하지 않았고, 해리는 일어나서 그의 아파트까지 걸어 내려갔다.

비아르네 묄레르는 창가에 서서 밖을 내다보았다. 초저녁이지만 밖은 이미 캄캄했다. 가까운 시일 내에 추위가 물러날 기미가 보이지 않았다. 아들들은 아주 신이 나서 언 손가락과 빨간 볼을 하고 식탁에 앉아 누가 제일 멀리 뛰었는지 다투었다.

세월이 아주 빠르게 흘렀다. 그가 아이들을 안고 스키를 탄 채로 그레프센콜렌 산마루에서 산비탈을 가르고 내려온 때가 얼마 전이었는데. 어제는 아이들 방에 들어가 책을 읽어줄까 물었더니 아이들은 시큰둥한 표정을 지었다.

트리네가 그에게 피곤해 보인다고 말했다. 그런가? 아마도. 생각할 게 많았다. 처음 PAS 자리를 수락했을 때 생각한 것보다 훨씬 많았다. 보고서와 회의, 예산 문제가 없는 날에는 경관이 문을 쾅쾅 두드리면서 묄레르도 해결하지 못할 문제를 들고 들어왔다. 아내가 별거를 원한다든가 주택융자를 감당하지 못하겠다든가 신경이 날카로워졌다든가 하는 문제.

묄레르가 그 자리를 수락하고 수사를 지휘하면서 기대한 경찰 업무는 부수적 일이 되었다. 게다가 그는 아직 행간을 읽거나 진급을 놓고 게임을 벌인 적이 없다. 이따금 계속 그 자리에 있어야 할지 의문이었지만 아내가 높은 수준의 급여에 만족하는 것을 알았다. 아이들은 점프용 스키를 원했다. 어쩌면 이제 그동안 사달라고 졸라대던 컴퓨터를 사줘야 할 때인지도 몰랐다. 조그만 눈송이가 창유리에서 소용돌이쳤다. 묄레르는 그만큼 훌륭한 경찰이었다.

전화벨이 울렸다.

"묄레르입니다."

"홀레예요. 지금까지 다 알고 계셨습니까?"

"여보세요? 해리, 자넨가?"

"제가 선택된 건, 특별히 이번 수사를 처음부터 시작하지 않기 위해서였다는 거 아셨습니까?"

묄레르는 목소리를 낮추었다. 점프용 스키와 컴퓨터는 잊었다. "지금 무슨 소리 하는지 통 모르겠네."

"전 다만 오슬로의 그 사람들이 처음부터 살인 용의자로 점찍어 둔 사람이 있었다는 사실을 보스는 몰랐다는 말을 듣고 싶습니다."

"그래, 해리. 난 몰라…… 그러니까 난 자네가 지금 무슨 소리 하는지 통 모르겠다는 말이야."

"경찰청장과 외무부의 닥핀 토르후스는 대사가 모텔에 도착하

313

기 30분 전에 오베 클리프라라는 노르웨이인과 함께 차를 타고 클리프라의 집에서 출발한 사실을 처음부터 알고 있었어요. 뿐만 아니라 클리프라에게 대사를 살해할 확실한 동기가 있다는 것도요."

묄레르는 털썩 주저앉았다. "그래서?"

"클리프라는 방콕 최대의 거부예요. 대사는 돈 문제로 궁지에 몰려 있었고, 아동학대와 관련해서 클리프라에 대한 불법 수사를 진행하고 있었어요. 대사가 시신으로 발견됐을 때 대사의 서류가방에는 클리프라가 어떤 소년과 함께 찍힌 사진이 들어 있었고요. 대사가 무슨 일로 클리프라를 찾아갔는지 상상하기는 어렵지 않죠. 대사는 이 일은 자기 혼자만 아는 일이고 사진도 직접 찍었다고 어떻게든 클리프라를 납득시켰을 겁니다. 그런 다음에 '모든 복사본'에 대한 가격을 제시했겠죠. 이렇게들 말하지 않던가요? 물론 대사가 복사본을 몇 장이나 만들어뒀는지 확인할 방법은 없지만 클리프라는 아마 대사 같은 구제불능 도박꾼이라면 또 찾아와서 협박할 거라고 판단했을 겁니다. 다시, 또다시요. 그래서 같이 차를 타고 나가자고 하고 은행 앞에서 내리면서 대사에게 모텔에 먼저 가서 기다리면 돈을 찾아가지고 뒤따라가겠다고 말했을 겁니다. 클리프라는 모텔에 도착해서 방을 알아볼 필요도 없었어요. 대사의 차가 앞에 서 있었을 테니까요. 젠장, 그 양반은 칼을 추적해서 클리프라를 찾아내기까지 했어요."

"그게 누군가?"

"뢰켄. 이바르 뢰켄요. 늙은 정보 장교인데 몇 년째 여기서 활동해온 사람이에요. 유엔 소속으로 난민 문제를 담당한다고는 하지만 그걸 어떻게 알아요? 제 생각엔 주로 NATO나 그 비슷한 데서 월급을 받는 것 같아요. 그자가 몇 달째 몰래 클리프라를 감시하고 있었어요."

"대사는 그 사실을 몰랐고? 대사가 수사를 시작했다고 하지 않았나?"

"무슨 소리예요?"

"자네 말로는 대사가 클리프라를 협박하러 가긴 했지만 정보 장교가 자기네를 지켜보고 있다는 걸 알았다는 뜻이잖아."

"물론 알았겠죠. 뢰켄한테 사진을 받았으니까. 그게 뭐요? 노르웨이 대사가 방콕에서 제일 돈 많은 노르웨이인을 의례적으로 방문하는 걸 의심할 이유는 없잖아요."

"그럴지도. 그 뢰켄이라는 자가 또 뭐라고 하던가?"

"제가 이 일에 선택된 진짜 이유를 말해줬어요."

"그게 뭔데?"

"클리프라에 대한 수사를 아는 사람들이 모험을 한 겁니다. 자기네가 잡히기라도 하는 날에는 대혼란이 야기될 테니까요. 정치권에서 격렬한 저항이 일어나고 사람들 목이 달아나고, 뭐 그런. 그래서 대사가 살해된 채 발견되자 살인 사건 수사가 그들이 비밀리에 진행 중인 수사까지 뻗어오지 않도록 하려면 누구에게 책임을 지워야 좋을지 생각을 떠올린 겁니다. 적절한 타협점을 찾아서 뭔가 하긴 하되 그들의 정체가 드러나지 않는 선에서 해야 했어요. 노르웨이 경찰을 하나 보내면 아무것도 하지 않는다는 비난은 면할 수 있었죠. 저한테는 태국 경찰이 불쾌하게 받아들일까봐 팀 단위로 보내지 못하는 거라고 했고요."

해리의 웃음소리가 지구와 위성 사이의 어딘가에서 날아가던 다른 대화와 섞였다.

"대신 그들은 뭐든 파헤칠 가능성이 가장 적어 보이는 인물을 골랐어요. 닥핀 토르후스가 조사를 마치고 완벽한 후보를 찾았죠. 절대 아무 문제도 일으키지 않을 사람. 해리 홀레는 하는 일이 거의 없으니 완벽한 후보였겠죠. 밤이면 맥주 상자 앞에 쭈그려 앉아 있고 낮에는 숙취로 조느라 여념이 없을 테니까. 만약 누가 의문을 표하면 해리 홀레가 오스트레일리아에서 유사한 사건을 해결하고 추천을 많이 받았다는 구실을 대서 자기네의 선택을 정당화할 수 있었으니까요. 그래도 모자라면 PAS 묄레르가 보증했고, 그야말로 가장 정확히 판단할 수 있는 인물이라고 떠넘기면 되니까."

묄레르는 방금 들은 이야기가 마음에 들지 않았다. 이제는 명확히 알 것 같아서 더 싫었다. 그가 이런 질문을 던졌을 때 경찰청장은 책상 너머에서 빤히 응시하면서 눈에 띄지 않을 정도로 눈썹을 추켜세웠다. 그것은 명령이었다.

"그런데 왜 토르후스와 청장님이 자기네 자리까지 걸고 소아성애자 하나를 잡아들이려 할까?"

"좋은 질문이에요."

침묵. 둘 다 머릿속에 떠오른 생각을 감히 입 밖으로 꺼내지 못했다.

"그럼 이제 어쩌지, 해리?"

"지금은 우리 자리 지키기 작전이에요."

"무슨 소리야?"

"혼자 덤터기 쓰고 싶은 사람은 없다는 말입니다. 뢰켄도 그렇고 저도 그렇고. 뢰켄하고 저는 일단 이 일에 관해서는 함구하고 함께 힘을 모아 클리프라를 잡아들이기로 했어요. 거기서도 이 사건을 맡아주시겠죠, PAS? 곧장 스토르팅에로 갈 건가요? 보스도 자리를 지키셔야죠."

묄레르는 그 말을 곱씹어보았다. 정말로 자리를 지키고 싶은지 의문이었다. 최악의 상황은 그가 다시 경찰 업무를 해야 하는 정도였으니까.

"보통 문제가 아니야, 해리. 생각 좀 해봐야겠네. 다시 전화할게, 알았나?"

"알았어요."

그들은 우주의 다른 대화로부터 희미한 신호를 받고 있었다. 그러다 갑자기 조용해졌다. 그들은 별들의 소리에 귀를 기울였다.

"해리?"

"예?"

"생각이고 뭐고. 같이 하세."

"그러실 줄 알았어요, 보스."

"그자를 체포하면 전화하게."

"아 참, 깜빡한 말이 있어요. 대사가 살해당한 뒤로 클리프라를 본 사람이 없어요."

38

1월 20일 월요일

뢰켄이 야간 투시 쌍안경을 해리에게 건넸다.

"경계 해제." 뢰켄이 말했다. "여기 돌아가는 사정은 내가 압니다. 경비가 진입로 아래 정문 옆 경비실로 들어갈 거요. 그리고 20분 동안은 순찰을 돌지 않아요."

그들은 클리프라의 집에서 100미터쯤 떨어진 어느 집의 로프트에 앉아 있었다. 창을 판자로 다 막았지만 판자 사이에 쌍안경이 들어갈 틈이 있었다. 아니면 카메라나. 그들이 있는 로프트와 용머리로 장식한 클리프라의 티크 저택 사이에는 야트막한 집들이 늘어서 있었다. 그리고 길 하나와 가시철조망을 둘러친 하얀색의 높은 담장이 있었다.

"이 도시에서 문제가 하나 있다면 어디에나 사람이 있다는 거요. 언제나. 그러니 설렁설렁 걷다가 저기 저 집 뒤에서 담을 넘어야 하오."

뢰켄이 그쪽을 가리키자 해리가 쌍안경을 잡았다.

뢰켄이 해리에게 몸에 달라붙는 어두운 색 옷을 입고 오라고 주문한 터였다. 해리는 검정색 청바지와 낡은 검정색 조이 디비전 티

셔츠를 입었다. 티셔츠를 입으면서 크리스틴을 생각했다. 그나마 해리가 그녀를 웃게 만든 유일한 물건이었다. 조이 디비전. 그걸로 그녀가 카멜을 좋아하지 않게 된 사건을 만회할 줄 알았다.

"어서 갑시다." 뢰켄이 말했다.

밖에는 바람 한 점 불지 않았고, 자갈길에 먼지가 일었다. 소년들이 '타크로'를 하면서 둥글게 서서 작은 고무공을 발로 차서 공을 계속 공중에 띄우느라 검정색 복장의 '파랑' 두 명을 보지 못했다. 해리와 뢰켄은 길을 건너고 집들 사이로 미끄러져 들어가서 아무한테도 들키지 않고 담장 아래에 도착했다. 안개 자욱한 밤하늘에 수백만 개의 크고 작은 조명에서 나오는 탁한 노란 빛이 반사되어 이렇게 늦은 밤에도 방콕은 완전히 어두워지지 않았다. 뢰켄은 작은 배낭을 담장 너머로 던지고 얇고 좁은 고무매트로 철조망을 덮었다.

"먼저 가시오." 뢰켄이 깍지를 껴서 해리에게 발판을 대주었다.

"당신은 어쩌려고요?"

"내 걱정은 말고, 어서요."

뢰켄이 해리를 들어 올려서 해리는 담장 꼭대기 기둥을 잡을 수 있었다. 한 발로 매트를 디디고 철조망에 고무가 찢어지는 소리를 들으면서 다른 한 발을 획 넘겼다. 롬스달 축제에서 어떤 소년이 깃대 아래 밧줄걸이용 막대에 밧줄이 감겨 있던 걸 잊고 깃대를 타고 내려갔다는 이야기를 떠올리지 않으려 했다. 할아버지 말로는 거세된 소년의 비명이 피오르 건너편까지 들렸다고 했다.

다음 순간 뢰켄이 해리 옆에 서 있었다.

"와, 진짜 빠르시네요." 해리가 속삭였다.

"연금수령자의 하루치 운동이었소."

연금수령자가 앞장섰다. 두 사람은 머리를 숙이고 잔디밭을 가로지르고 집의 벽을 따라 뛰다가 모퉁이에서 멈추었다. 뢰켄이 쌍안경을 꺼내고 경비가 다른 쪽을 본다는 확신이 들 때까지 기다렸다.

"지금!"

해리는 출발하면서 자기는 투명인간이라고 생각하려 했다. 차고까지 멀지는 않았지만 불이 켜져 있고 그들과 경비실 사이에는 은폐물이 없었다. 뢰켄이 뒤에 바짝 따라왔다.

해리는 집 안에 잠입할 방법이 얼마나 있겠냐 싶었지만 뢰켄은 사소한 부분까지 하나하나 계획을 세워야 한다고 고집을 피웠다. 뢰켄이 마지막 결정적인 순간까지 서로 꼭 붙어서 뛰어가야 한다고 주장하자, 해리는 한 사람은 뛰고 남은 사람은 망을 보는 편이 더 현명한 방법이지 않느냐고 물었다.

"뭐 하러? 들키면 알게 될 거요. 따로 다니면 발각될 위험만 두 배로 커져요. 요즘 경찰은 아무것도 가르치지 않나 보군요?" 나머지 계획에도 해리가 반박할 구석은 전혀 없었다.

흰색 링컨 컨티넨탈이 차고를 거의 다 차지하고 있었고, 차고 옆문은 짐작대로 집으로 연결되어 있었다. 뢰켄은 옆문 자물쇠가 현관문보다 쉬울 거라고 자신했다. 게다가 그쪽은 정문에서 보이지도 않았다.

뢰켄은 피크록을 꺼내서 자물쇠를 따기 시작했다.

"시간 재고 있소?" 뢰켄이 속삭였고, 해리는 고개를 끄덕였다. 시간표대로라면 경비가 다음번 순찰을 돌 때까지 16분이 남았다.

12분이 지나자 해리는 온몸이 근질거리기 시작했다.

13분이 지나자 순턴이 연기처럼 나타나주면 좋겠다고 생각했다.

14분이 지나자 이번 작전을 포기해야 한다는 판단이 섰다.

"여기서 나갑시다." 해리가 속삭였다.

"조금만 더." 뢰켄이 자물쇠 앞에서 허리를 숙인 채 말했다. "몇 초만 더."

"당장!" 해리가 이를 악물고 말했다.

뢰켄은 대답하지 않았다. 해리는 숨을 들이쉬고 뢰켄의 어깨에 팔을 둘렀다. 뢰켄이 돌아보았고, 둘이 눈이 마주쳤다. 금니가 반짝였다. "빙고." 뢰켄이 속삭였다.

문이 소리도 없이 열렸다. 그들은 살금살금 안에 들어가서 가만히 문을 닫았다. 순간 차고에서 발소리가 들리고 문 위의 창문으로 손전등 불빛이 비치더니 손잡이가 요란하게 흔들렸다. 그들은 등을 벽에 붙이고 서 있었다. 해리는 숨을 참았고, 심장이 쿵쾅거리면서 온몸으로 피를 내보냈다. 그리고 발소리가 서서히 멀어졌다.

해리는 목소리를 낮추기가 쉽지 않았다. "20분이라면서요!"

뢰켄이 어깨를 으쓱했다. "얼추."

해리는 입을 벌리고 숨을 쉬면서 숫자를 셌다.

그들이 손전등을 켜고 안으로 들어가려던 순간 해리의 발밑에서 으드득 소리가 났다.

"이게 뭐죠?" 해리가 손전등으로 발밑을 비추었다. 짙은 색 쪽모이세공 바닥에 작고 하얀 덩어리가 부서져 있었다.

뢰켄은 손전등으로 회반죽을 바른 벽을 비추었다.

"에잇, 한심한 클리프라 자식. 이 집은 원래 티크로만 지었어야 하는데. 이걸 보니 그 자식에 대한 존경심이 싹 가시는군." 뢰켄이 말했다. "어서, 해리. 시간이 없소!"

그들은 뢰켄의 지시에 따라 신속하고 체계적으로 집을 뒤졌다. 해리는 정신을 집중해서 뢰켄이 말한 대로 물건을 옮기기 전에 원

래 위치를 기억하고 지문을 남기지 않고 서랍과 벽장을 열기 전에
는 테이프 쪼가리가 붙어 있는지 살폈다. 두 시간쯤 지나서 그들은
부엌 식탁에 앉았다. 뢰켄이 아동포르노 잡지 몇 권과 오랫동안 사
용한 흔적이 없는 리볼버 한 자루를 찾아냈다. 그는 둘 다 사진을
찍었다.

"놈은 급하게 떠났소." 뢰켄이 말했다. "침실에 빈 여행 가방이
두 개 있고, 욕실에 세면도구 주머니가 있었소. 옷장에는 옷이 잔
뜩 들어 있었고."

"여행 가방이 하나 더 있었을지도 모르잖아요." 해리가 말했다.

뢰켄은 한심함과 관대함이 뒤섞인 표정으로 해리를 보았다. 열
심히는 하는데 딱히 명석하지는 않은 신병을 바라보는 눈빛이라고
해리는 생각했다.

"세면도구 주머니를 두 개 가진 남자는 없소, 홀레."

홀레가 아니라 신병이라고 하고 싶겠지. 해리는 생각했다.

"방이 하나 남았소." 뢰켄이 말했다. "2층 사무실이 잠겨 있는데,
그 방 자물쇠는 내가 못 여는 독일제 괴물이오." 그는 배낭에서 쇠
지레를 꺼냈다.

"이걸 꺼낼 일은 없었으면 했는데." 뢰켄이 말했다. "일이 끝나
면 저 문은 못쓰게 되어 있을 거요."

"상관없어요." 해리가 말했다. "벌써 놈의 슬리퍼를 엉뚱한 선반
에 올려놓은 것 같으니까."

뢰켄이 낄낄댔다.

그들은 지렛대로 자물쇠가 아니라 경첩을 뜯었다. 해리의 반응
이 너무 굼떠서 육중한 문이 요란하게 쿵 소리를 내면서 방 안쪽
으로 넘어갔다. 그들은 잠시 그대로 서서 경비의 고함소리를 기다

렸다.

"들렸을까요?" 해리가 물었다.

"아니. 주민 한 명당 소음이 너무 많은 동네라 쿵 소리 한 번은 거의 알아채지 못할 거요."

손전등 불빛이 노란 바퀴벌레처럼 위아래로 정신없이 벽을 비추었다.

책상 위의 벽에 빨간색과 흰색의 맨체스터 유나이티드 플래카드가 걸려 있고 그 아래에는 팀의 포스터 액자가 걸려 있었다. 그리고 그 아래에는 나무에 배를 조각한 빨간색과 흰색의 도시 문장紋章이 있었다.

손전등이 사진에 멈추었다. 사진 속 남자는 환하게 웃고 있었다. 턱이 이중으로 단단히 잡혀 있고 약간 튀어 나온 두 눈이 즐거운 듯 반짝였다. 오베 클리프라는 잘 웃는 사람 같았다. 금발 곱슬머리가 바람에 날렸다. 분명 선상에서 찍은 사진이었다.

"소아성애자 사진에 딱 들어맞지는 않는군요." 해리가 말했다.

"그런 소아성애자는 드물어요." 뢰켄이 말했다. 해리는 뢰켄을 힐끗 보았지만 손전등 때문에 잘 보이지 않았다. "저게 뭐지?"

해리가 돌아보았다. 뢰켄은 손전등으로 한구석의 회색 철제 상자를 비추었다. 해리는 단번에 알아보았다.

"저게 뭔지는 제가 말해줄 수 있죠." 해리는 드디어 뭔가 보탬이 될 수 있어서 기뻐했다. "저건 무려 50만 크로네짜리 녹음기예요. 저거랑 똑같은 물건을 브레케의 사무실에서 봤어요. 전화 통화가 녹음되면 내용과 시간 코드를 조작할 수 없어서 법적 분쟁에서 쓸 수 있어요. 전화상으로 몇 백만씩이나 거래하는 사람에겐 좋은 물건이죠."

해리는 책상에 놓인 서류를 넘겨보았다. 서류 겉장에는 일본과 미국의 기업들 이름이 보이고, 합의서와 계약서, 합의서 초고와 초고 수정본이 있었다. 곳곳에서 BERTS 사업이 눈에 띄었다. 해리는 맨 위에 있던, 바클레이스 타일랜드라고 적혀 있는, 스테이플러로 찍힌 책자를 보았다. 퓨리델이라는 회사에 관한 보고서였다. 그리고 손전등을 위로 비추어 벽에 걸린 물건 앞에서 멈추었다.

"그럼 그렇지! 여기 봐요, 뢰켄. 이건 분명 당신이 말한 다른 칼이에요."

뢰켄은 대답하지 않았다. 해리에게 등지고 있었다.

"내 말 들었어요……?"

"나가야 돼요, 해리. 당장."

해리가 돌아보니 뢰켄이 손전등으로 벽에 붙은 작은 상자를 비추었고, 상자에서 빨간 불빛이 깜빡이고 있었다. 순간 뜨개질바늘에 귀가 찔린 느낌이었다. 삑삑거리는 소리가 어찌나 큰지 순간 귀가 먹먹했다.

"지연 경보예요!" 뢰켄이 벌써 발을 성큼성큼 떼면서 소리쳤다. "손전등 꺼!"

해리는 어둠 속에서 휘청거리면서 뢰켄을 쫓아 계단을 내려갔다. 그들은 차고 옆문으로 향했다.

"잠깐만요." 해리는 무릎을 꿇고 앉아 손으로 마룻바닥의 회반죽 덩어리를 쓸었다.

밖에서 사람들 말소리와 열쇠가 짤랑이는 소리가 들렸다. 달빛이 문 위 창문의 유리 모자이크를 통과하면서 푸른빛을 띠고 그들 앞의 쪽모이세공 바닥에 떨어지고 있었다.

"뭐 하는 거요?"

해리가 대답할 틈도 없이 빗장이 돌아가는 소리가 들렸다. 그들은 간신히 옆문에 도착했고, 잠시 후 머리를 숙이고 뛰어서 잔디밭을 가로질렀다. 그사이 신경질적으로 울려대는 경보음이 등 뒤에서 서서히 멀어졌다.

"위기일발이었소." 담을 넘어 반대편에 내려와서 뢰켄이 말했다. 해리는 뢰켄을 보았다. 달빛에 그의 금니가 빛났다. 뢰켄은 숨이 차는 것 같지도 않았다.

39

1월 20일 월요일

해리가 가위를 콘센트에 꽂았을 때 벽 어딘가에서 전선이 타버린 터라 그들은 깜박이는 촛불 앞에 앉아야 했다. 뢰켄이 방금 짐 빔 한 병을 땄다.

"코는 왜 찡긋거리시오, 홀레? 이 냄새 싫소?"

"그 냄새는 아무 문제없죠."

"그럼 맛이?"

"맛도 훌륭하죠. 짐 빔과 저는 오랜 친구였어요."

"아." 뢰켄은 자기 잔에 넉넉히 따랐다. "이젠 별로 친하지 않은가 보군요?"

"다들 이 녀석이 저한테 나쁜 영향을 미친다고 해서요."

"그럼 요새는 누구랑 친합니까?"

해리는 콜라 병을 들었다. "미국 문화 제국주의."

"이제 완전히 끊은 거요?"

"가을에 맥주를 꽤 마셨어요."

뢰켄이 킬킬댔다.

"그래서 그런 거로군. 대체 토르후스가 왜 당신을 골랐는지 곰곰이 생각해봤거든요."

해리는 에둘러 칭찬하는 말인 걸 알았다. 뢰켄은 토르후스가 더 머저리 같은 후보를 택할 줄 알았다. 그래서 다른 이유가 있을 거라고, 무능한 경찰인 거 말고 뭔가 더 있을 거라고 생각한 것이다.

해리는 짐 빔 쪽으로 고갯짓을 했다. "그거면 역겨운 게 가라앉습니까?"

뢰켄이 눈썹을 추켜올렸다.

"그거면 잠시나마 그 일이 잊혀지나요? 그 아이들 말입니다. 사진, 온갖 추잡한 사진?"

뢰켄은 급히 술을 들이켜고 다시 한 잔 따랐다. 한 모금 홀짝이고 술잔을 내려놓고는 몸을 젖혀 의자에 기댔다.

"나는 이런 일을 할 만한 특별한 자격이 있소, 해리."

해리는 무슨 뜻인지 어렴풋이 감이 잡혔다.

"나는 놈들이 무슨 생각을 하고, 무엇 때문에 그런 짓을 하고, 무엇에서 쾌감을 느끼고, 어떤 유혹을 견디고 어떤 것을 참지 못하는지 압니다." 뢰켄은 파이프를 만들었다. "내가 기억하는 한 나는 늘 그들을 알았던 것 같소."

해리는 대꾸할 말을 찾지 못했다. 그래서 잠자코 있었다.

"끊었다고 했소? 그런 거 잘 하시오, 해리? 뭐든 끊는 거 말이오. 그 담배 얘기처럼. 그냥 결심하면 무슨 일이 벌어지든 꿋꿋이 버팁니까?"

"예, 그런 것 같아요." 해리가 말했다. "문제는 결심하기까지 쉽지는 않다는 데 있죠."

뢰켄이 다시 킬킬댔다. 해리는 꼭 저런 식으로 킬킬대던 옛 친구를 떠올렸다. 그 친구는 시드니 땅속에 묻히고도 밤마다 해리를 찾아왔다.

"그럼 우린 같은 신세군." 뢰켄이 말했다. "난 평생 어린아이에게 손도 대본 적이 없소. 그런 꿈을 꾸고 상상하고 그래서 울부짖은 적은 있어도 행동으로 옮긴 적은 없소. 이해가 가시오?"

해리는 마른침을 삼켰다.

"처음 양부한테 강간당한 때가 몇 살이었는지 정확히 모르지만 아마 다섯 살도 안 됐을 거요. 열세 살에 그 자식의 허벅지에 도끼를 꽂았소. 동맥을 쳐서 쇼크 상태가 되어 거의 죽다 살았지. 살아남기는 했지만 휠체어 신세가 됐소. 그 자식은 그냥 사고를 당했다고 말하더군. 나무를 베다가 도끼 자루를 놓쳤다고. 그걸로 우리가 서로에게 빚진 게 없다고 생각한 것 같소."

뢰켄은 잔을 들고 갈색 액체를 들여다보았다.

"아마 대단한 역설이라고 생각할 테지만." 뢰켄이 말했다. "성적으로 학대당한 아이들이 나중에 가해자가 될 확률이 통계적으로 가장 높아요."

해리는 인상을 찌푸렸다.

"사실이오." 뢰켄이 말했다. "소아성애자는 자기네가 아이들에게 가하는 행동이 얼마나 고통스러운지 정확히 알아요. 가해자들 중 다수가 그런 공포와 혼란, 죄책감을 직접 경험해봤거든. 일부 심리학자들은 성적 흥분과 죽음에 대한 갈망 사이에 밀접한 관계가 있다고 주장한다는 거 아시오?"

해리는 고개를 저었다. 뢰켄은 한 번에 잔을 비우고 인상을 썼다.

"뱀파이어에게 물리는 거랑 같아요. 죽은 줄 알았는데 다시 눈을 뜨고 나서 자신이 뱀파이어가 된 걸 깨닫지. 영원히 죽지 않고 피에 대한 채워지지 않는 갈증에 시달리는 거요."

"그리고 영원히 죽음을 갈망하고요?"

"그래요."

"당신은 왜 다릅니까?"

"사람은 다 달라요, 홀레." 뢰켄은 파이프에 담배를 마저 눌러 담고 테이블에 놓았다. 그가 검정색 터틀넥 스웨터를 벗자, 그의 벗은 몸이 땀으로 번들거렸다. 근육질에 건장한 체격이지만 살이 처지고 근육이 줄어서 그 역시 나이를 먹었고 언젠가 죽는다는 사실을 보여주었다.

"바르되의 장교식당에 있던 내 사물함에서 아동포르노 잡지가 발견됐을 때 부대 지휘관에게 불려갔소. 운이 좋았던 것 같아요. 그들이 나를 신고하지는 않았으니까. 감점 기록을 주지 않을 테니 그냥 공군을 그만두라더군요. 나는 정보 장교의 지위를 통해 한때 스페셜 서비스라고 불리던 CIA 전신과 접촉했소. 그들이 나를 미국의 한 과정에 넣었다가 노르웨이 야전병원에서 일하라는 명목으로 한국으로 보낸 거요."

"그럼 지금은 정확히 누구 밑에서 일하십니까?"

뢰켄은 그런 건 중요하지 않다는 듯 어깨를 으쓱했다.

"부끄럽지 않아요?" 해리가 물었다.

"물론 부끄럽소." 뢰켄이 피곤한 미소를 띠면서 말했다. "날마다. 그게 내 약점이오."

"그런데 왜 저한테 이런 이야기를 다 털어놓으시는 겁니까?" 해리가 물었다.

"흠, 첫째, 난 너무 늙어서 잘 숨기지 못하오. 둘째, 나를 떠나 생각해야 할 사람들이 있으니까. 셋째, 수치심은 지적 차원보다는 감정적 차원에 존재하니까."

그의 한쪽 입꼬리가 올라가면서 냉소가 떠올랐다.

"한때 〈성적 행동 기록〉을 구독하면서 학자들이 나를 어떤 종류의 괴물로 규정하는지 찾아봤소. 수치심보다는 호기심에서. 스위스의 어느 소아성애자 수도승에 관한 논문을 읽었소. 그 수도승은 평생 아무 짓도 하지 않았을 텐데도 논문의 중간에 혼자 방에 들어가 문을 걸어 잠그고 유리 파편이 든 대구 간유를 마셨고, 덕분에 난 그 논문을 끝까지 읽지 못했소. 나는 나 자신을, 양육과 환경의 산물이지만 그럼에도 도덕적 인간으로 여기고 싶소. 그럭저럭 나자신을 견뎌내는 거요, 홀레."

"하지만 소아성애자가 어떻게 아동 매춘에 관한 활동을 할 수있습니까? 그러면 흥분되는 겁니까?"

뢰켄은 테이블을 응시하면서 생각에 잠겼다. "여자를 강간하는 환상을 품어본 적 있소, 홀레? 대답하지 않아도 돼요, 그런 적 있는 거 아니까. 그렇다고 당신이 누군가를 강간하고 싶은 건 아니잖소. 또한 당신이 강간 사건을 수사하는 데 적합하지 않은 것도 아니고. 인간이 어떻게 자제력을 잃는지 이해할 수는 있지만 사실 아주 간단한 문제요. 잘못된 일. 법에 어긋나는 행위. 그 자식은 대가를 치러야 할 거요."

뢰켄은 세 번째 잔을 벌컥 들이켰다. 병의 라벨까지 술이 비었다.

해리는 고개를 절레절레 흔들었다. "미안해요, 뢰켄. 받아들이기가 힘들군요. 아동포르노를 구입한다면 당신도 그런 범죄에 가담한 셈입니다. 당신 같은 사람들이 없다면 애초에 이런 구역질나는 시장도 생기지 않았을 테니까요."

"맞소." 뢰켄의 눈이 게슴츠레해졌다. "난 성자가 아니오. 그래요, 난 세상을 지금과 같은 비통의 계곡으로 만드는 데 일조했소.

내가 무슨 말을 할 수 있겠소? 노래 가사처럼, 비가 오면 나도 남들처럼 비에 젖어요."

해리는 갑자기 늙어버린 느낌이었다. 늙고 지친 기분.

"그 회반죽 덩어리는 뭐였소?" 뢰켄이 물었다.

"그냥 엉뚱한 생각이 들었어요. 몰네스의 차 트렁크에서 나온 스크루드라이버의 회반죽하고 같은 걸까 문득 궁금했거든요. 누르스름하고. 여느 백색 도료하고는 다르게 완전한 흰색이 아니에요. 이걸 분석해서 트렁크에서 나온 회반죽하고 비교해보려고요."

"그럼 그게 무슨 뜻이오?"

해리는 어깨를 으쓱했다. "뭐가 무슨 뜻인지는 아무도 몰라요. 사건을 수사하면서 수집한 정보의 99퍼센트가 쓸모없는 정보예요. 다만 1퍼센트가 앞에 나타날 때를 대비해서 바짝 경계하는 거죠."

"맞는 말씀." 뢰켄은 눈을 감고 의자에 편히 기댔다.

해리는 아래층으로 내려가 밖으로 나가서 리버풀 모자를 쓴 이빨 빠진 사내에게서 왕새우 누들수프를 샀다. 사내는 검은 솥단지에서 국자로 수프를 떠서 비닐봉지에 담아 봉지를 묶고 잇몸을 드러냈다. 해리는 부엌에서 수프 접시 두 개를 찾았다. 뢰켄을 흔들어 깨우자 그가 벌떡 일어났고, 둘이 말없이 먹었다.

"이번 수사를 명령한 사람이 누군지 알 것 같아요." 해리가 말했다.

뢰켄은 대답하지 않았다.

"당신은 태국과의 약정서에 서명 날인할 때까지 첩보활동을 시작하지 않고 기다릴 수 없었어요. 급박한 상황이었으니까. 빨리 결과를 내고 싶어서 경솔하게 나간 거예요."

331

"포기를 모르는군."

"지금 그게 중요한가요?"

뢰켄이 수프를 떠서 후후 불었다. "증거를 수집하는 데에는 시간이 필요하지. 몇 년이 걸릴 수도 있고. 시간이라는 요인이 다른 무엇보다 중요했소."

"제 생각엔 서면 기록으로는 주동자를 추적할 수 있는 증거가 없어요. 발각되더라도 외무부의 토르후스 하나겠죠. 제 말 맞죠?"

"유능한 정치인들은 매사에 문제가 생길 경우에 대비하잖소? 그들이 국무장관에게 더러운 일을 떠넘긴 거요. 그리고 국무장관은 명령하지 않아요. 그냥 국장에게 앞에 막힌 출세 가도를 뚫으려면 어떻게 해야 할지 말해줄 뿐."

"혹시 지금 아스킬드센 국무장관 얘깁니까?"

뢰켄은 후루룩 소리를 내면서 새우를 입에 넣고 말없이 씹었다.

"그럼 토르후스가 작전을 주도하게 하려고 뭘 제시했을까요? 외무부 장관 자리?"

"난 모르오. 그런 얘기는 하지 않으니까."

"경찰청장은 어때요? 그분도 이번에 꽤나 위험을 감수하잖아요?"

"그분은 괜찮은 사회민주당원이지 아마."

"정치적 야망?"

"아마도. 어쩌면 그들 중 누구도 당신이 생각하는 것만큼 크게 위험을 감수하지 않을지도 모르오. 대사와 같은 건물에서 사무실을 쓴다고 해서—."

"그러니까 당신은 그쪽에 고용되어 있군요? 그러면 누구 밑에서 일하십니까? 프리랜서인가요?"

뢰켄은 수프에 비친 자기 얼굴을 보고 웃었다. "말해봐요, 당신의 그 여자는 어떻게 됐소, 흘레?"

해리는 당황해서 뢰켄을 보았다.

"담배를 끊은 여자."

"말씀드렸잖아요. 영국인 음악가를 만나서 둘이 같이 런던으로 가버렸다고."

"그다음엔?"

"그다음에 무슨 일이 있었다고 누가 그래요?"

"당신이. 그 여자 얘기를 하는 투가." 뢰켄은 웃었다. 그는 숟가락을 내려놓고 의자에 기댔다. "어서요, 흘레. 그 여자가 정말로 담배를 끊었소? 영원히?"

"아뇨." 해리가 나직이 말했다. "하지만 이젠 끊었어요. 영원히."

해리는 짐 빔을 바라보다가 눈을 감고 유일한 온기, 처음 한 잔의 온기를 기억해내려 했다.

그는 뢰켄이 잠들 때까지 그대로 앉아 있었다. 그리고 늙은 남자의 옆구리에 팔을 걸어 침대에 데려다 눕히고 담요를 덮어주고 나왔다.

리버가든의 경비도 잠들어 있었다. 해리는 경비를 깨울까 하다가 그러지 않기로 했다. 오늘밤엔 누구든 잠을 좀 자둬야 하니까. 그의 아파트 문 밑에 편지 한 통이 끼워져 있었다. 그는 편지를 뜯지도 않고 지난번 편지와 함께 머리맡 테이블에 놓고 창가로 가서 화물선이 탁신 다리 아래로 시커멓게, 소리 없이 미끄러져 지나가는 모습을 보았다.

40

1월 21일 화요일

해리는 10시가 다 돼서 사무실에 도착했다. 마침 사무실에서 나오던 뇨와 마주쳤다.

"들으셨어요?"

"듣다니 뭘요? 해리가 하품을 했다.

"오슬로의 경찰청장에게서 명령이 떨어졌다는데요."

해리는 고개를 절레절레 흔들었다.

"오늘 오전 회의에서 들었어요. 거물급들이 만났다던데."

해리가 벌컥 문을 열고 들어서자 리즈가 자리에 앉은 채 움찔했다.

"안녕하세요, 해리?"

"아뇨, 안녕 못합니다. 5시까지 잠자리에 들지 못했거든요. 수사 규모를 축소한다니 그게 무슨 소립니까?"

리즈가 한숨을 쉬었다. "우리 대장님들께서 따로 회담을 하셨나 봐요. 그쪽 경찰청장이 예산과 인력 부족 얘기를 꺼내면서 형사님을 돌려보내달라고 하셨고, 우리 서장님은 이번 사건이 터지면서 제쳐둔 다른 살인 사건들 때문에 초조해하기 시작하셨죠. 물론 이 사건을 처박아두자는 건 아니고 다만 정상적인 우선순위에 따라 감축하자는 거예요."

"무슨 뜻입니까?"

"그러니까 이틀 내로 형사님을 꼭 비행기에 태우라는 지시가 내려왔다고요."

"그래서요?"

"제가 1월에는 항공권이 거의 매진이라서 못해도 일주일은 걸린다고 했죠."

"그럼 일주일은 번 셈이네요?"

"아뇨, 이코노미 클래스가 매진이면 퍼스트 클래스로 끊으라네요."

해리는 웃었다. "3만 크로네. 예산 부족이라면서요? 그분들이 어째 안절부절못하시네요, 리즈."

리즈가 등을 기대자 의자가 삐걱거렸다.

"그 얘기 하고 싶어요, 해리?"

"경위님은?"

"그러고 '싶은지' 모르겠네요. 어떤 일은 그냥 놔두는 게 상책이라."

"그럼 그렇게 하시든가?"

리즈는 고개를 돌리고 블라인드를 올린 다음 창밖을 내다보았다. 해리가 앉은 자리에서는 햇살이 리즈의 빛나는 정수리에 하얀 후광을 드리우는 것처럼 보였다.

"국가 기관에 속한 신임 경찰 한 명이 받는 평균 임금이 얼마인지 알아요, 해리? 한 달에 150달러예요. 경찰 인력이 12만 명인데, 다들 가족을 부양하려고 고군분투하지만 자기 하나 먹고살기도 빠듯할 정도예요. 그중 몇 사람이 봉급을 보충하려고 보고도 못 본 척하는 게 그렇게 이상할까요?"

"아뇨."

리즈는 한숨을 쉬었다. "개인적으로 전 한 번도 그냥 넘어간 적이 없어요. 혹시 모르죠, 제가 조금 지나쳤을 수도 있지만 전 그런 게 편치 않아요. 무슨 걸스카우트 서약처럼 들리지만 실제로 누군가는 맡은 일을 해야 하잖아요."

"더욱이 그건 당신의……."

"책임감, 맞아요." 리즈는 지친 미소를 지었다. "누구나 자기만의 십자가를 짊어지고 있죠."

해리가 마침내 입을 열었다. 리즈는 커피를 가져오고 중앙 교환대에 전화를 연결하지 말라고 일러두었다. 해리의 말을 들으며 뭔갈 받아 적고, 커피를 더 가져오고, 천장을 물끄러미 쳐다보다 욕설을 터트리더니 마침내 해리에게 생각 좀 하게 나가 있으라고 말했다.

한 시간이 지나서 리즈가 해리를 다시 불러들였다. 리즈는 무섭게 화를 냈다.

"젠장, 해리. 지금 저더러 뭘 해달라고 부탁하는 건지 압니까?"

"네. 경위님도 아시는 것 같군요."

"당신과 뢰켄이란 사람의 뒤를 봐주면 제 자리를 내놔야 할지도 몰라요."

"고맙습니다."

"꺼져요!"

해리는 씩 웃었다.

†

방콕 상공회의소에서 전화를 받은 여자는 해리가 영어로 말하자 전화를 끊어버렸다. 해리는 뇨에게 대신 전화를 걸어달라고 부탁하고 퓨리델이라는 이름을 적었다. 클리프라의 사무실에서 발견한 보고서의 맨 앞장에 적혀 있던 이름. "뭐하는 곳인지, 소유주가 누구인지 같은 것 좀 알아봐줘요."

뇨가 전화하러 갔고, 해리는 손가락으로 책상을 두드리다가 수화기를 들고 전화를 걸었다.

"홀레입니다." 저쪽에서 대답이 들렸다. 물론 아버지의 이름이었지만 그것은 습관이자 가족을 의미한다는 것을 해리는 알았다. 아버지는 어머니가 여전히 거실의 초록색 의자에 앉아서 자수를 놓거나 책을 읽는다는 듯 말했다. 해리는 벌써 아버지가 어머니에게 말하기 시작한 건 아닌지 의심이 들었다.

아버지는 방금 일어났다고 했다. 해리는 오늘은 뭘 할 거냐고 물었고, 라우란의 오두막에 갈 거라는 말을 듣고 놀랐다.

"나무 좀 베려고." 아버지가 말했다. "나무가 다 떨어져가네."

아버지는 오두막을 거의 찾지 않았다.

"어찌 지내느냐?" 아버지가 물었다.

"잘 지내요. 조만간 집으로 돌아갈 거예요. 쇠스는 어때요?"

"잘 있다. 그런데 요리사는 하면 안 되겠어."

둘 다 웃었다. 해리는 쇠스가 일요일 점심상을 차리고 난 후의 부엌이 어떤 모습일지 상상해보았다.

"흠, 쇠스한테 좋은 걸 사다줘야 한다." 아버지가 말했다.

"찾아볼게요. 아버지는요? 갖고 싶은 거 있으세요?"

침묵이 흘렀다. 해리는 속으로 스스로에게 욕을 했다. 부자가 둘 다 같은 생각을 하고 있다는 걸 해리는 알았다. 아버지가 원하는 건 방콕에서 살 수 없었다. 매번 이런 식이었다. 어쩌다 아버지를 아버지 안에서 끌어냈다는 생각이 들 때마다 어머니를 떠올리게 하는 말이나 행동을 했고, 아버지는 다시 정신을 놓고 스스로 침묵의 고립 상태로 들어갔다. 쇠스에게는 더 심했다. 해리가 없을 때 쇠스는 갑절로 외로워했다.

아버지가 기침을 했다. "그럼…… 태국 셔츠나 한 장 사오렴."

"네?"

"그래, 그게 좋겠다. 그리고 괜찮은 나이키 운동화 한 켤레. 태국에서는 값이 쌀 테니까. 어제 전에 신던 운동화를 꺼내 보니까 더는 못 쓰겠더구나. 그나저나 조깅은 하니? 하네클라이바에서 테스트를 받을 거냐?"

해리는 수화기를 내려놓으며 가슴 위쪽에 이상한 응어리를 느꼈다.

그리고 해리는 온종일 아무것도 하지 않았다.

낙서를 하고 낙서가 뭘 닮았는지 생각했다.

옌스가 전화해서 수사가 어떻게 되고 있는지 물었다. 해리는 국가 기밀이라고 대답했고, 옌스는 이해는 하지만 다른 유력한 용의자가 나타났다는 소식을 들어야 다리 뻗고 잘 수 있을 것 같다고 말했다. 그러더니 좀 전에 전화로 들은 농담을 해리에게 해주었다. 어느 산부인과 의사가 동료 의사에게 자기 환자의 클리토리스가 꼭 오이 피클 같다고 말했다. "그렇게 커?"라고 동료가 묻자 "아니, 그만큼 짜." 하고 산부인과 의사가 대답했다나.

옌스는 금융계에서 떠도는 질 떨어지는 농담이라면서 사과했다.

나중에 해리는 이 농담을 뇨에게 해주려고 했지만 쑥스러운 설정이라서 영어로도 뇨의 언어로도 뜻이 전해지지 않았다.

해리는 리즈의 사무실에 가서 잠깐 앉아 있어도 되느냐고 물었다. 한 시간 후 리즈는 말없이 앉아 있는 존재를 더는 견디지 못하고 나가달라고 말했다.

해리는 다시 르부셰론에서 저녁을 먹었다. 프랑스 남자가 프랑스어로 말을 걸었고, 해리는 미소를 지으면서 노르웨이어로 뭐라고 답해주었다.

해리는 또 그녀의 꿈을 꾸었다. 빨강머리가 흩날리고 차분하고 안정된 두 눈. 그다음에 항상 이어지는 장면, 그러니까 그녀의 입과 안구에서 해초가 뻗어 나오는 장면을 기다렸지만 그런 일은 일어나지 않았다.

"옌스예요."

해리는 잠이 깨서야 자기가 잠결에 전화를 받은 걸 알았다.

"옌스?" 해리는 왜 갑자기 심장이 빠르게 뛰는지 궁금해졌다.

"미안해요, 해리. 하지만 비상사태예요. 루나가 사라졌어요."

해리는 잠이 확 달아났다.

"힐데가 제정신이 아니에요. 루나가 저녁시간에는 집에 돌아와야 하는데 벌써 새벽 3시예요. 제가 경찰에 신고해서 경찰이 순찰차에 알렸지만 형사님께도 도움을 요청하고 싶어서요."

"무슨 도움요?"

"무슨 도움이냐고요? 저도 모르죠. 이리로 와주실래요? 힐데가 울고불고 해요."

현장의 모습이 눈에 선했다. 나머지는 직접 확인하고 싶지 않았다.

"이봐요, 옌스. 지금으로선 내가 할 수 있는 일이 많지 않군요.

부인이 너무 심하게 취하지 않았으면 안정제를 한 알 드시게 하고 루나의 친구들한테 전화를 돌려보세요."

"경찰도 그렇게 말하던데. 힐데 말로는 루나에겐 친구가 없대요."

"젠장!"

PART 5

COCKROACHES

41

1월 22일 수요일

힐데 몰네스는 안정제를 먹기 힘들 정도로 취해 있었다. 이미 너무 많이 취해서 더 취하는 수밖에 달리 방법이 없었다.

옌스는 알아채지 못한 것 같았다. 그는 뭔가에 홀린 짐승처럼 부엌으로 뛰어 갔다가 물과 얼음을 들고 나왔다.

해리는 소파에 앉아 힐데의 횡설수설을 반쯤 흘려들었다.

"힐데는 무서운 일이 벌어진 것 같대요." 옌스가 말했다.

"실종자의 80퍼센트 이상이 멀쩡히 돌아온다고 말씀드리세요." 해리는 자기가 한 말을 힐데의 횡설수설로 통역해야 하는 것처럼 말했다.

"그 얘기는 했어요. 그래도 힐데는 누가 루나한테 해코지할 것 같대요. 뼛속 깊이 느껴진다고."

"말도 안 돼요!"

옌스가 의자 끝에 걸터앉아 두 손을 맞잡았다. 그는 아무 생각도 행동도 할 수 없는 얼굴로 애원하듯 해리를 보았다. "루나와 힐데가 요즘 부쩍 많이 다퉜어요. 혹시라도…… 엄마를 벌주려고 집을 나간 건 아닌지 모르겠어요. 전혀 가능성 없는 얘기는 아니잖아요."

힐데 몰네스는 기침을 했고, 소파가 흔들렸다. 힐데는 일어나 앉아서 진을 조금 더 들이켰다. 토닉을 빠트린 지는 한참 됐다.

"가끔 저래요." 옌스는 힐데가 옆에 없는 것처럼 말했다. 어떤 면에서 힐데가 거기에 없다는 것을 해리도 알 수 있었다. 힐데는 입을 벌리고 조용히 코를 골고 있었다. 옌스가 힐데를 힐끗 보았다.

"처음 만났을 때 힐데가 제게 말라리아에 걸리지 않으려고 토닉을 마신다고 했어요. 키니네가 들어 있잖아요. 그런데 진을 섞지 않으면 맛이 심심하죠." 옌스는 힘없이 미소를 짓고 다시 수화기를 들어 발신음이 제대로 나는지 확인했다. "혹시 루나가……."

"알아요." 해리가 말했다.

그들은 테라스에 앉아 도시의 소음을 들었다. 공기 드릴 소리가 웅웅거리는 차 소리 너머로 들렸다.

"새 고가도로예요." 옌스가 말했다. "요새 밤낮 없이 공사 중이죠. 새 도로가 저쪽 지구를 곧장 가로지를 거예요." 옌스가 가리켰다.

"이 사업에 오베 클리프라라는 노르웨이 사람이 뛰어들었다던데. 그 사람을 압니까?" 해리는 곁눈질로 옌스를 보았다.

"오베 클리프라, 그럼요, 알죠. 그 양반이 거래하는 중개회사 중에서 저희 회사가 제일 커요. 저도 그분한테 통화거래를 많이 해드렸고요."

"아 그래요? 지금은 사정이 어떤지 압니까?"

"사정? 회사들을 엄청 매입하고 있죠. 이런 얘기 말인가요?"

"어떤 회사들이죠?"

"대부분 사업가가 이끄는 소규모 업체들이에요. 그 양반은 하청업체를 사들여서 BERTS 교통 계약에서 지분을 더 많이 차지할 수 있는 역량을 키우려고 해요."

"그게 현명한 방법인가요?"

옌스는 들떠 보였고, 생각을 다른 데로 돌릴 수 있어서 안도하는 눈치였다. "매입 자금을 댈 수만 있다면 괜찮죠. 예상 수수료를 받기 전에 회사들이 도산하지만 않는다면."

"퓨리델이라는 회사 알아요?"

"잘 알죠." 옌스가 웃었다. "클리프라가 저희 회사에 그 업체에 대한 몇 가지 분석을 의뢰해서 저희가 매입하라고 추천해줬어요. 아니, 그런데 형사님은 퓨리델을 어떻게 아세요?"

"아주 운이 좋은 추천은 아니었군요. 맞죠?"

"그렇죠, 딱히……." 옌스는 난처한 얼굴이었다.

"어제 그 회사에 사람을 보내서 조사하게 했거든요. 알고 보니 사실상 파산한 거나 다름없더군요." 해리가 말했다.

"맞는 말씀이긴 한데, 무슨 일로 퓨리델에 그렇게 관심을 보이시는 거죠?"

"이렇게 말하죠. 난 클리프라에게 관심이 더 많다고. 당신은 그 사람의 자산 규모를 대충 알잖아요. 이번 일이 그 사람에게 얼마나 타격을 줄까요?"

옌스는 어깨를 으쓱했다. "평소라면 문제 될 거 없지만 BERTS를 따내려고 신용 대출로 그 많은 회사를 매입했어요. 죄다 카드로 만든 집인 셈이죠. 바람 한 점만 불어도 폭삭 주저앉을 수 있어요. 잘 아시겠지만. 그리고 클리프라도 그걸 알았어요."

"그러니까 그자는 당신네 회사, 아니 당신이라고 해야 하나? 아무튼 당신의 조언으로 퓨리델을 매입한 거군요. 2주 만에 퓨리델이 파산하고 이제는 그자가 쌓은 게 전부 일개 브로커의 조언 때문에 무너질 판이고. 기업 분석에 관해서는 잘 모르지만 3주면 아주

344

짧은 기간이란 정도는 알겠군요. 그자는 당신이 자기한테 엔진 빠진 중고차를 팔았다고 생각했겠군요. 당신 같은 악덕 업자는 감방에 들어가야 한다고."

해리가 무슨 생각을 하는지 옌스도 슬슬 알아챘다.

"설마 오베 클리프라가…… 농담이시죠?"

"흠, 가설이 하나 있어요."

"뭔데요?"

"오베 클리프라는 모텔에서 대사를 살해하고 의심의 손가락이 당신에게 향하게 만든 겁니다."

옌스가 일어섰다. "지금 완전 헛짚으신 거예요, 해리."

"앉아서 들어봐요, 옌스."

옌스는 의자에 주저앉으면서 한숨을 쉬었다. 해리는 테이블 위로 몸을 내밀었다.

"오베 클리프라는 공격적인 사람이죠? 이른바 행동파잖아요?"

옌스는 우물쭈물 대답했다. "그렇죠."

"아틀레 몰네스가 클리프라의 약점을 잡고 있고 마침 그가 재정적으로 간신히 버티고 있던 중에 거액의 돈을 요구한다고 칩시다."

"어떤 걸 잡고 있는데요?"

"일단은 그냥 몰네스에게 돈이 필요하고 그가 클리프라의 인생을 아주 불편하게 만들 수 있는 어떤 자료를 손에 넣었다고 해두죠. 평소라면 클리프라도 그 정도는 감당할 수 있었겠지만 이미 궁지에 몰린 상태라 압박감이 컸겠죠. 궁지에 몰린 쥐 같은 신세. 내 말 알아들어요?"

옌스는 고개를 끄덕였다.

"둘이 대사의 차를 타고 클리프라의 집을 나섭니다. 클리프라가 남부끄러운 자료와 돈을 교환하려면 좀 더 은밀한 장소로 가자고 우긴 겁니다. 대사는 반대하지 않아요. 일리가 있으니까. 클리프라가 은행 앞에서 내리고 대사를 먼저 모텔로 보낼 때까지만 해도 당신을 염두에 두는 것 같지는 않아요. 대사를 먼저 보낸 건 나중에 몰래 모텔에 들어가기 위해서죠. 그러다 문득 어떤 생각이 들었겠죠. 어쩌면 일석이조가 될 수 있겠다는 생각. 클리프라는 대사가 그날 오후에 당신을 찾아갔으니 어차피 당신이 경찰에 소환될 거라고 판단해요. 그러다 잠시 이런 생각을 해보는 거죠. 혹시 '친절한' 에르 브레케에게 그날 밤 알리바이가 없지 않을까?

"대체 그 사람이 왜 그런 생각을 합니까?"

"이튿날 당신에게 기업 분석을 받기로 했으니까요. 당신과 오래 거래한 사람이니 당신이 어떤 식으로 일하는지 조금은 알았겠죠. 어쩌면 공중전화로 당신 사무실에 전화까지 걸어보고 당신이 전화를 받지 않는 걸 확인하고 알리바이를 입증할 사람이 없는 걸로 확신할 수도 있어요. 피 맛을 봤으니 이제는 한발 더 나아가서 당신이 거짓말을 한다고 경찰을 설득하고 싶어진 겁니다."

"비디오 녹화테이프는요?"

"당신은 클리프라가 자주 찾는 통화자문이니까 당신네 주차장 시스템을 알아요. 어쩌면 몰네스가 지나가는 말로 당신이 차까지 배웅하러 내려왔다고 말했을 수도 있고, 그래서 당신이 경찰 진술에서 그 부분을 언급할 줄 아는 겁니다. 그리고 어느 정도 생각이 있는 수사관이라면 비디오로 그 부분을 확인하리라는 것도 알고."

"그러니까 오베 클리프라가 주차장 직원을 매수하고 나중에 청산으로 죽였다는 겁니까? 미안하지만, 해리, 오베 클리프라가 흑인 청년과 실랑이를 벌이고는 아편을 사서 자기 집 부엌에서 아편에 청산을 섞는다는 게 도저히 상상이 안 가네요."

해리는 담뱃갑에서 하나 남은 담배를 꺼냈다. 가능한 한 오래 아껴둔 담배였다. 해리는 손목시계를 힐끗 보았다. 사실 루나가 새벽 5시에 전화할 거라고 생각할 이유가 없었다. 그래도 그는 전화기를 시야에 두려고 했다. 그가 불을 찾을 겨를도 없이 옌스가 얼른 라이터를 내밀었다.

"고마워요. 클리프라의 배경에 관해 아는 게 있습니까, 옌스? 그자가 여기 오면서 다방면에 능통한 사람인 척했지만 실은 노르웨이에 추잡한 소문이 돌기 시작해서 도망쳐온 건 알았습니까?"

"그자가 노르웨이에서 다니던 공과대학을 졸업하지 못했다는 건 알았어요, 네. 나머지는 처음 듣는 얘기군요."

"그런 도망자라면, 이미 한 사회에서 밀려난 사람이라면 수단과 방법을 가리지 않고 성공하려고 하지 않을까요? 더욱이 그 수단이 세상 어디서나 받아들여진다면? 클리프라는 세계에서 제일 부패한 나라 중 한곳에서 세계에서 가장 부패한 산업에 30년 넘게 몸담은 사람이에요. 이런 노래 들어본 적 있어요? '비가 오면 나도 남들처럼 비에 젖는다.'"

옌스는 고개를 저었다.

"그러니까 내 말은 사업가 클리프라는 여느 사업가들과 같은 규칙에 따라 행동한다는 겁니다. 사업가들은 손에 더러운 것을 묻히면 안 돼요. 그래서 다른 사람들을 사서 더러운 일을 대신 처리하게 만들죠. 내가 보기에 클리프라는 짐 러브가 어떻게 죽었는지 몰랐을 겁니다."

해리는 담배를 빨았다. 생각만큼 맛이 좋지는 않았다.

"그렇군요." 옌스가 한참 지나서 입을 열었다. "그래도 그 양반

347

이 파산한 데는 그만한 이유가 있었는데, 왜 제 탓을 하는지 모르 겠군요. 어떻게 된 거냐면, 우리가 다국적 기업에서 퓨리델을 매입 했는데, 그 기업이 다른 자회사들에서 달러가 들어오는 동안에는 퓨리델의 달러 채무 가격을 고정하지 않았던 겁니다."

"뭐라고요?"

"간단히 말하면, 퓨리델이 떨어져 나와서 클리프라의 소유로 들 어가면서 달러화가 엄청난 압박을 받게 된 겁니다. 시한폭탄 같았 죠. 제가 클리프라에게 달러 선물을 팔아치워서 당장 부채를 탕감 하자고 말했지만 클리프라는 달러가 과대평가되어 있으니까 기다 려보자고 했어요. 정상적인 통화 변동이라면서 그야말로 최악의 시나리오로 아슬아슬하게 줄타기를 하고 있었던 거죠. 그런데 상 황은 최악의 시나리오보다도 더 심각했어요. 달러 가치가 바트에 비해 3주간 두 배 가까이 상승하자 퓨리델의 채무도 두 배로 뛴 겁 니다. 3주간 파산하지 않던 퓨리델이 '사흘'만에 파산한 거예요!"

옌스가 '사흘'이라는 말을 큰 소리로 말하는 바람에 힐데 몰네스 가 움찔하면서 잠결에 뭐라고 중얼거렸다. 옌스는 걱정스러운 얼 굴로 돌아보고는 힐데가 옆으로 돌아누워 다시 코를 골 때까지 기 다렸다.

"사흘이라고요!" 옌스는 다시 속삭이면서 엄지와 검지로 얼마나 짧은 시간인지 표현했다.

"그럼 클리프라가 당신을 탓하는 게 합리적이지 않다고 보시는 겁니까?"

옌스는 고개를 끄덕였다. 해리는 담배를 비벼 껐다. 김빠지는 결 말이었다.

"클리프라에 관해서 내가 아는 바로, 그자의 사전에 '합리'라는 단어는 없어요. 인간 본성의 불합리한 구석을 과소평가하지 마세요, 옌스."

"무슨 뜻이죠?"

"못을 박다가 엄지를 맞으면 벽에다 뭘 던질까요?"

"망치?"

"흠, 망치가 된 기분이 어떻습니까, 옌스 브레케?"

5시 반에 해리는 경찰서에 전화해서 세 명을 거친 후 그럭저럭 영어를 구사할 줄 아는 사람에게 닿았고, 그녀는 경찰서에는 아무 소식도 들어오지 않았다고 말했다.

"그 애는 나타날 거예요." 그녀가 말했다.

"꼭 올 겁니다." 해리가 말했다. "어디 호텔에 가 있을 거예요. 곧 아침 먹기 전에 전화가 올 겁니다."

"네?"

"내 생각엔…… 됐어요. 도와줘서 고마워요."

옌스가 해리를 따라 계단을 내려갔다. 해리는 하늘을 올려다보았다. 하늘이 서서히 밝아오고 있었다.

"이번 일이 다 끝나면 형사님께 부탁드릴 게 하나 있어요." 옌스가 말했다. 그는 숨을 깊이 들이쉬고 멋쩍게 웃었다. "힐데가 제 청혼을 받아줘서 들러리가 필요해요."

해리는 2초쯤 지나서야 무슨 말인지 알아들었다. 어찌나 놀랐는지 대답할 말이 떠오르지 않았다.

옌스는 자기 구두코를 내려다보고 있었다. "남편을 잃은 지 얼마 되지 않아서 이렇게 결혼을 서두르는 게 이상하게 보이는 건 알지만 그만한 이유가 있어요."

"예, 그래도……."

"우리가 오래 안 사이가 아니라고요? 저도 알아요, 해리. 그래도 형사님이 없었다면 저는 지금쯤 자유의 몸이 아니었겠죠." 옌스는 턱을 들고 미소를 지었다. "아무튼 생각 좀 해보세요."

해리가 길가에서 택시를 잡는 사이 동쪽 옥상 위의 하늘이 밝아 왔다. 배기가스의 아지랑이는 밤새 사라지는 줄 알았는데 그냥 집 들 사이에 내려앉아 잠들어버렸다. 이제 아지랑이가 해와 함께 떠 올라 붉게 물드는 장엄한 일출을 만들어냈다. 그들은 실롬 로드를 달렸고, 도로변의 기둥들이 핏빛으로 물든 아스팔트 위로 잠든 공룡처럼 조용히 기다란 그림자를 드리웠다.

해리는 침대에 앉아서 머리맡 테이블을 물끄러미 바라보았다. 지금까지 편지의 존재를 까맣게 잊고 있었다. 그는 최근에 온 봉투 부터 집어서 열쇠로 뜯었다. 봉투 두 개가 똑같아서 둘 다 루나에 게서 온 편지인 줄 알았다. 타이핑을 해서 레이저 프린트로 인쇄한 편지이고 내용은 짧고 간결했다.

해리 홀레. 당신이 보이는군. 더는 가까이 오지 마시오.
그 애는 당신이 집으로 돌아가는 비행기를 타면 무사히 건강하게 돌아갈 거요.
당신이 어디에 있든 난 찾아낼 수 있소. 당신은 혼자야. 철저히 혼자. 20.

해리는 누가 목을 조르는 것 같아서 몸을 일으키고야 간신히 숨 을 쉬었다.

이럴 수는 없어. 이럴 수는. 다시는 안 돼.

당신이 보이는군…… 20.

놈은 이쪽에서 아는 것을 안다.

당신은 혼자야.

누군가 했던 말이다. 해리는 수화기를 들었다가 다시 내려놓았다. 생각, 생각을 해. 우는 아무것도 가져가지 않았어. 해리는 수화기를 다시 들어서 송화기를 뜯었다. 원래 있어야 하는 마이크 옆에 칩처럼 생긴 검은색의 작은 뭔가가 있었다. 전에도 본 적이 있는 물건이었다. 러시아 모델로, 짐작건대 CIA에서 쓰던 도청장치보다 더 좋은 물건이었다. 그가 머리맡 테이블을 거칠게 발로 차서 테이블이 튕겨나갔고, 얼얼한 발의 통증 때문에 다른 모든 고통이 누그러졌다.

42

1월 22일 수요일

리즈는 커피 잔을 입에 가져가서 큰소리로 후루룩거리며 마셨고, 뢰켄은 눈썹을 추켜세우면서 대체 저 인간은 누구냐고 묻듯 해리를 흘끔거렸다. 그들은 밀리 가라오케에 모였다. 벽에 붙은 사진 속에서 백금색 머리의 마돈나가 갈구하는 눈빛으로 그들을 내려다보고 있고, 'I Just Called to Say I Love You'의 디지털 반주가 경쾌하게 흐느적거리며 흘러나왔다. 해리는 리모컨으로 끄려 했다. 모두 편지를 읽었고, 아직 아무도 아무 말도 하지 않았다. 해리가 맞는 버튼을 찾았고, 음악이 뚝 끊겼다.

"이 얘기를 하려고 만난 겁니다." 해리가 말했다. "보시다시피 새는 구멍이 있어요."

"우라는 자가 당신 전화기에 부착한 도청 장치는 어떻소?" 뢰켄이 물었다.

"그것만으로는 우리가 이자를 쫓고 있다는 걸 어떻게 알았는지가 설명되지 않아요. 아무튼 앞으로는 여기서 만나요. 우리가 첩자를 찾아내면 우리를 클리프라에게 데려다줄 수는 있을지 모르지만 왠지 거기서부터 시작하면 안 될 것 같아요."

"왜 안 돼요?" 리즈가 물었다.

"첩자가 클리프라만큼 위장술에 능하다는 느낌이 들거든요."

"정말요?"

"그 편지에서 클리프라는 자기가 내부자에게서 정보를 얻었다는 사실을 내비치고 있어요. 우리가 첩자를 찾을 가능성이 있다면 절대로 이런 행동을 하지 않았을 거예요."

"어째서 가장 명백한 질문을 하지 않는 거요?" 뢰켄이 물었다. "그 첩자가 우리 중 하나가 아니라는 보장이 있소?"

"없어요. 다만 그랬다면 이미 잃은 셈이니까 위험을 감수하는 수밖에요."

나머지 둘은 고개를 끄덕였다.

"말할 것도 없이 시간은 우리 편이 아니에요. 역시 말할 것도 없이 그 애한테도 불리한 상황이에요. 이런 납치 사건에서 70퍼센트 정도는 결국 피해자가 살해당해요." 해리는 가능한 한 중립적 어조로 말하려 했고, 생각과 감정이 모두 눈에 드러나는 자신을 알기에 그들의 눈길을 피했다.

"그럼 어디서부터 시작할까요?" 리즈가 물었다.

"제거하는 작업부터 시작합시다." 해리가 말했다. "그 애가 없는 곳을 지워나가요."

"놈이 그 애를 데려갔다면 국경을 넘지는 못했을 거요." 뢰켄이 말했다. "또 호텔에도 체크인하지 못하고."

리즈가 동의했다. "아마 어딘가 둘이 오래 숨어 있을 만한 장소가 있을 거예요."

"놈은 혼자일까요?" 해리가 물었다.

"클리프라는 어떤 범죄조직과도 관계가 없어요." 리즈가 말했다.

"이런 철저히 계획된 범죄 유형에서는 납치 따위로 장난치지 않아요. 짐 러브 같은 아편쟁이를 처리할 사람 정도는 쉽게 찾을 수 있어요. 하지만 백인 소녀를, 그것도 대사의 딸을 납치하는 거라면…… 누구를 사서 시키든 아주 꼼꼼히 따져보고 동의했을 거예요. 경찰 전체가 자기를 쫓으리라는 걸 알 테니까요."

"그럼 그자 혼자 한 짓이라는 겁니까?"

"말했다시피 그자는 조직에 속하지 않았어요. 조직에는 충성심과 전통이 있어요. 하지만 클리프라가 청부업자를 고용했다고 해도 100퍼센트 믿을 수는 없어요. 청부업자가 얼마 안 가서 클리프라가 그 애를 원하는 이유를 알아내서 그걸로 그자를 공격할 수도 있으니까요. 짐 러브를 제거한 걸 보면 정체를 들키지 않기 위해 무슨 짓이라도 할 사람이에요."

"좋아요, 그자가 혼자 움직인다고 칩시다. 애를 어디다 숨겼을까요?"

"장소야 얼마든지 있죠." 리즈가 말했다. "그자의 회사에서 소유한 부동산이 엄청날 테고, 그중 몇 군데는 비어 있을 테니까요."

뢰켄은 요란하게 기침을 하다가 잠시 호흡을 가다듬고 침을 삼켰다.

"난 오래전부터 클리프라에게 은밀한 밀회 장소가 있을 거라고 짐작했소. 가끔 놈이 사내아이 둘을 차에 태우고 나갔다가 다음 날 아침까지 돌아오지 않을 때가 있었지. 그 장소는 끝내 알아내지 못했소. 분명 어디에도 등록되지 않았으면서 아무에게도 방해받지 않는, 방콕에서 멀지 않은 곳일 거요."

"그 애들을 찾아서 물어보면 안 될까요?" 해리가 말했다.

뢰켄은 어깨를 으쓱하고 리즈를 보았다.

"여긴 대도시예요." 리즈가 말했다. "경험상 그런 애들은 우리가 찾아 나서면 아침 햇살을 받은 이슬처럼 사라져버려요. 게다가 그러려면 다른 인력을 끌어들여야 하고요."

"좋아요, 그건 관둡시다." 해리가 말했다. "우리가 뭘 하는지 클리프라가 낌새를 채면 안 돼요."

해리는 펜으로 장단에 맞춰 테이블 가장자리를 톡톡 두드렸다. 짜증스럽게도 "I Just Called to Say I Love You"가 아직 귓전에 맴돌았다.

"그럼, 요약하자면 클리프라는 이번 납치 사건을 단독으로 저질렀고, 방콕에서 차로 갈 수 있는 한적한 장소에 있는 겁니다."

"이제 우리 뭘 합니까?" 뢰켄이 물었다.

"전 파타야에 갈게요." 해리가 말했다.

해리는 외국인 사회의 변두리에 와 있었다. 해리는 그동안 이 사람이 이번 사건에서 중요한 인물이라는 느낌을 받지 못했고, 그저 날씨 좋은 곳을 찾아온 또 한 명의 노르웨이인에 지나지 않는다고 여겼다. 로알 보르크는 장례식에서와 같은 모습이었다. 여전히 생기 넘치는 푸른 눈에 금목걸이를 걸고 있었다. 해리가 집 앞에서 큰 사륜구동 토요타를 돌리는 사이 보르크는 문 앞에 서 있었다. 먼지가 자갈길에 자욱이 내려앉는 동안 해리는 안전벨트와 시동키 때문에 애를 먹었다. 그리고 여느 때처럼 차문을 열자 훅 밀려드는 뜨거운 공기에 미처 대비하지 못한 채 반사적으로 숨을 헐떡였다. 공기 중에 짠맛이 나는 것으로 보아 야트막한 산마루 너머에 바다가 있을 것이다.

"오는 소리를 들었소." 보르크가 말했다. "차가 참 대단하군요."

"제일 큰 차로 빌렸습니다." 해리가 말했다. "여기서는 이런 차를 최고로 쳐준다고 하더군요. 이 나라에서 왼쪽으로 운전하는 별난 사람들을 상대하려면 이런 차가 한 대 필요하죠."

보르크가 웃었다. "그때 내가 말한 새 고속도로는 찾았소?"

"예, 찾았습니다. 그런데 공사가 아직 덜 끝나서 두어 군데는 모래주머니로 막아놨더군요. 그래도 다들 그 길로 다니기에 저도 따라갔습니다."

"잘한 것 같군요." 보르크가 말했다. "합법은 아니지만 그렇다고 또 불법도 아니거든. 우리가 이런 나라와 사랑에 빠지는 게 불가사의하지 않습니까?"

그들은 신발을 벗고 집 안으로 들어갔다. 차갑고 시원한 석재 타일에 해리의 맨발이 얼얼했다. 거실에는 프리드쇼프 난센과 헨리크 입센, 노르웨이 왕족의 사진이 걸려 있었다. 그중 한 사진 속의 소년이 서랍장에 앉아 눈을 가늘게 뜨고 카메라를 응시하고 있었다. 열 살 정도로 보이는 소년은 축구공을 옆구리에 끼고 있었다. 서류와 신문이 식당의 식탁과 피아노 위에 차곡차곡 쌓여 있었다.

"정리하면서 살려고 노력하는 편이라서." 보르크가 말했다. "어떤 일이 왜 일어났는지 알아내려고요."

그는 쌓여 있는 서류더미 중 서류 하나를 가리켰다. "저건 이혼 서류예요. 저걸 노려보면서 잊지 않으려고 애씁니다."

어려 보이는 여자가 쟁반을 들고 들어왔다. 해리는 여자가 부어준 커피를 홀짝이다 얼음처럼 차가운 걸 알고 의아한 듯 소녀를 보았다.

"결혼은 하셨소, 홀레?" 보르크가 물었다.

해리는 고개를 저었다.

"잘됐소. 계속 멀리하세요. 얼마 안 가서 그들이 앞서나가려고 할 거요. 아내는 날 망쳐놓았고, 다 큰 아들도 똑같은 짓을 하려고 해요. 그런데 난 내가 그들에게 무슨 잘못을 했는지 모르겠어요."

"어떻게 여기까지 오시게 됐습니까?" 해리가 물으면서 다시 한 모금 마셨다. 맛이 그리 나쁘지는 않았다.

"텔레베르켓*이 태국 전화회사에 교환대 두 대를 설치하는 동안 내가 여기 지사에서 일했어요. 세 번째 출장 이후로 다시 돌아가지 않았소."

"한 번도요?"

"이혼도 했고 내게 필요한 건 여기 다 있었으니까요. 한동안은 노르웨이의 여름과 피오르와 산, 뭐 그런 것들이 그립다고 진지하게 믿었어요." 보르크는 벽에 걸린 사진 쪽으로 고갯짓을 했다. 나머지는 그 사진들이 대신 설명해준다는 듯이. "그 뒤로 두 번 노르웨이에 갔는데 두 번 다 일주일 만에 돌아왔어요. 견딜 수가 없어서. 노르웨이 땅에 발을 디디는 순간부터 여기로 돌아오고 싶었소. 이제는 내가 이 나라에 속해 있다는 사실을 깨달은 게지."

"무슨 일을 하시나요?"

"은퇴를 코앞에 둔 통신 컨설턴트요. 가끔씩 일거리를 받고, 많이 받지는 않아요. 앞으로 살날이 얼마나 남았고 그동안 얼마 정도 필요할지 계산해보려고 해요. 독수리 무리한테는 단 1외레**도 남기고 싶지 않으니까." 보르크는 웃으면서 사악한 냄새를 날려버리려는 듯 이혼서류 위에서 손을 저었다.

"오베 클리프라는 어떤가요? 그 사람은 왜 아직 여기 남아 있습

---

* 현재의 텔레노르. 노르웨이 통신회사.
** 100분의 1 크로네.

니까?"

"클리프라요? 흠, 그 양반도 사정은 비슷할 것 같군요. 여기 사는 누구에게도 굳이 돌아가야 할 이유가 없소."

"클리프라에게는 돌아가지 말아야 할 이유가 충분할 것 같던데요."

"그 소문은 전부 헛소리요. 오베가 그런 짓거리를 저질렀다면 그 양반하고는 절대로 아무것도 같이 하지 않았을 겁니다."

"확신해요?"

보르크의 눈이 반짝였다. "안 좋은 일로 이곳에 온 노르웨이 사람이 한둘은 있어요. 보시다시피 나는 여기 노르웨이 사회에서 일종의 원로인 셈이고, 우리는 같은 동포가 여기서 저지른 짓에 대해 어떤 책임감을 느낀다오. 여기는 대부분 품위 있는 사람들이고 우리가 해야 할 일은 뭐든 다 해왔소. 망할 소아성애자들이 파타야의 평판을 더럽힌 바람에 누가 우리한테 어디 사냐고 물어보면 다들 나클루아나 좀티엔 같은 지역이라고 답하기 시작했지요."

"'해야 할 일은 뭐든'이라는 게 정확히 무슨 뜻인가요?"

"이렇게 말씀드리지. 둘은 고국으로 돌아갔고, 하나는 안타깝게도 돌아가지 못했소."

"그 하나가 창문에서 내던져진 건가요?" 해리가 물었다.

보르크는 큰소리로 웃었다. "아뇨, 우린 그런 짓까지는 하지 않습니다. 다만 태국 경찰이 노를란 억양으로 익명의 제보를 받은 건 처음이겠죠."

해리가 미소를 지었다. "아드님인가요?" 해리는 서랍장에 놓인 사진을 가리키며 물었다.

보르크는 조금 놀란 기색이더니 고개를 끄덕였다.

"괜찮은 젊은이 같군요."

"저때는 그랬지요." 보르크가 슬픈 눈으로 미소를 지으며 혼잣말로 되풀이했다. "그랬지요."

해리는 손목시계를 보았다. 방콕에서 차로 세 시간 가까이 걸렸는데 오는 내내 초보운전자처럼 운전하다가 마지막 몇 킬로미터를 남기고서야 조금 긴장이 풀렸다. 돌아갈 때는 두 시간 남짓 걸릴 것 같았다. 해리는 서류철에서 사진 세 장을 꺼내서 테이블에 놓았다. 뢰켄이 충격을 극대화하려고 24×30 센티미터로 확대 인화한 사진이었다.

"저희 짐작에는 오베 클리프라가 방콕 인근에 은신처를 두었을 것 같습니다. 도와주시겠습니까?"

43

1월 22일 수요일

전화선 저편의 쇠스는 행복해 보였다. 안데르스라는 남자를 만났다고 했다. 최근에 송으로 이사 와서 쇠스와 같은 층에 사는 남자로, 한 살 연하였다.

"그 친구도 안경 썼어. 그래도 상관없어. 엄청 잘생겼거든."

해리는 웃으면서 쇠스가 새로 점찍은 남자를 그려보았다.

"그리고 정말 제정신이 아니야. 우리가 아이를 낳아도 사람들이 가만 놔둘 줄 아나봐. 한번 상상해보라고."

해리는 상상해보고 앞으로 조금 어려운 대화가 오갈 수 있겠다고 생각했다. 그래도 당장은 쇠스가 무척 행복한 말투여서 해리도 기분이 좋았다.

"오빠는 왜 슬퍼?" 숨을 들이마시는 동시에 물어서 아버지가 쇠스를 만나러온 적이 있다는 소식에서 자연스럽게 이어졌다.

"내가 슬프다고?" 해리는 이렇게 반문하면서도 쇠스가 늘 그 자신보다 그의 심리상태를 더 잘 진단할 수 있다는 것을 알았다.

"응, 뭔가 슬픈 일이 있어. 스웨덴 여자 때문이야?"

"아니, 비르기타 때문이 아니야. 지금 마음 쓰이는 일이 있지만 금방 괜찮아질 거야. 내가 다 해결할 거야."

"좋아."

쇠스가 말하지 않는 동안에는 그들 사이의 드문 침묵이 찾아왔다. 해리는 전화를 끊어야겠다고 말했다.

"오빠?"

"응, 쇠스?"

쇠스가 마음의 준비를 하는 소리가 들렸다.

"우리 이제 다 잊을 수 없을까?"

"뭘?"

"저기, 그 남자 말야. 안데르스랑 난, 우린…… 아주 잘 지내고 있어. 그 일은 더 이상 생각하고 싶지 않아."

해리는 입을 다물었다. 그리고 심호흡을 했다. "그자가 널 공격했어, 쇠스."

쇠스가 곧 울먹이며 말했다. "알아. 그건 다시 말하지 않아도 돼. 더는 그 생각을 하고 싶지 않아, 진심이야."

쇠스는 코를 훌쩍였고, 해리는 가슴이 조여드는 느낌이었다.

"부탁이야, 오빠?"

해리는 수화기를 움켜쥐고 있다는 느낌이 들었다. "생각하지 마. 생각하지 마, 쇠스. 다 잘될 거야."

그들은 두 시간 가까이 코끼리부들 풀밭에 누워서 해가 넘어가기를 기다렸다. 100여 미터 떨어진 잡목림 끝에 태국 전통 양식에 따라 대나무와 목재로 지어지고 중앙에 옥외 테라스를 갖춘 작은 집 한 채가 보였다. 대문은 없고 현관으로 들어가는 작은 자갈길만 하나 있었다. 집 앞에 화려한 새장처럼 생긴 것이 기둥 위에 놓여 있었다. '프라품'이라는, 어떤 장소를 지켜주는 수호신을 모시는 사당이었다.

"집주인은 귀신들을 달래서 집 안에 들어오지 못하게 막아야 해요." 리즈가 다리를 펴면서 말했다. "그래서 음식이나 향, 담배처럼 귀신들의 기분을 풀어줄 만한 물건을 바쳐야 하죠."

"그걸로 됩니까?"

"이번엔 아니죠."

그들은 살아 있는 존재의 기척을 듣지도 보지도 못했다. 해리는 다른 생각을 하려고 애쓰면서 안에 무엇이 있을지는 생각하지 않았다. 방콕에서 차로 한 시간 반밖에 걸리지 않았지만 완전 딴 세계에 와 있는 기분이었다. 그들은 헛간 뒤편 길가의 돼지우리 옆에 차를 대고 수풀이 우거진 가파른 산비탈로 난 길을 찾아서 로알 보르크가 클리프라의 작은 별장이 있는 곳이라고 일러준 높은 평지로 올라갔다. 숲은 신록이 우거지고 하늘은 푸르고 무지개의 모든 빛깔을 가진 새들이 위에서 날아다녔다. 해리는 누워서 소리를 들었다. 정적. 처음에는 귀를 탈지면으로 막았나 싶었지만 곧이어 어찌된 영문인지 깨달았다. 오슬로를 떠난 뒤로 사방에 정적이 흐르는 순간을 경험해보지 못했던 것이다.

어둠이 내리자 정적도 끝났다. 여기저기서 부스럭대고 웡웡거리면서 교향악단이 악기를 조율하는 것 같은 소리가 들리기 시작했다. 이어서 꽥꽥거리고 깍깍거리는 소리와 함께 콘서트가 시작되고 크레셴도로 올라가자 숲속의 울부짖는 소리와 시끄럽고 귀를 찢는 것처럼 날카로운 비명이 교향악에 합류했다.

"이 모든 동물이 줄곧 여기 있었다고요?" 해리가 물었다.

"저한테 묻지 마요." 리즈가 대답했다. "전 도시 아이였어요."

해리는 차가운 뭔가가 살갗을 스치는 느낌이 들어서 얼른 손을 치웠다.

뢰켄이 클클 웃었다. "그냥 개구리들이 밤마실 나온 거요." 아니나 다를까 조금 있으니 사방에서 개구리가 튀어나와서 제멋대로 폴짝폴짝 뛰어다니는 것 같았다.

"흠, 개구리 정도는 괜찮아요." 해리가 말했다.

"개구리는 먹잇감이기도 하지." 뢰켄이 말했다. 그는 검은색 후드를 머리에 썼다. "개구리가 있는 곳에는 뱀도 있소."

"농담 말아요!"

뢰켄이 어깨를 으쓱했다.

해리는 진실을 알고 싶은 마음은 없었지만 자기도 모르게 질문이 튀어나왔다. "어떤 뱀요?"

"코브라가 대여섯 종 되고, 초록살무사랑 러셀살무사에다 그밖에도 아주 많소. 조심해요. 태국에서 제일 흔한 뱀 서른 종 가운데 스물여섯 종이 독사라더군."

"젠장. 독사인지 어떻게 압니까?"

뢰켄은 다시 어설픈 신참 보는 표정을 지었다. "해리, 확률을 생각하면 그냥 전부 독사라고 보면 될 거요."

8시였다.

"전 준비됐어요." 리즈가 다급히 말하면서 스미스앤드웨슨 650이 장전됐는지 벌써 세 번째 확인했다.

"무섭소?" 뢰켄이 물었다.

"그냥 우리가 일을 끝내기 전에 서장님이 눈치 챌까봐 그래요." 리즈가 말했다. "방콕에서 교통경찰의 평균 기대수명이 몇 살인지 모르시죠?"

뢰켄은 리즈의 어깨에 손을 얹었다.

"좋아요, 갑시다." 리즈가 머리를 숙이고 키 큰 풀숲으로 뛰어 들어가 어둠 속으로 사라졌다.

뢰켄이 쌍안경으로 그 집을 살피는 사이 해리는 리즈가 경찰서 무기고에서 루거 SP101 한 자루를 빌리면서 같이 받아온 코끼리 잡는 총을 들고 앞을 겨누었다. 종아리 총집은 익숙하지 않지만 재킷을 입는 게 불가능한 기후에서는 어깨 총집을 차지 않는다. 보름달이 중천에 떠 있어서 창문과 문의 형체 정도는 알아볼 수 있었다.

리즈가 손전등을 한 번 깜빡했다. 창문 아래 자리를 잡았다는 신호였다.

"당신 차례요, 해리." 해리가 머뭇거리는 걸 보고 뢰켄이 말했다.

"에잇, 뱀 얘기는 꼭 하셨어야 했나요?" 해리가 허리띠에 칼을 찼는지 확인하면서 말했다.

"뱀 안 좋아해요?"

"흠, 제가 만난 뱀들의 첫인상이 영 별로여서요."

"뱀에 물리면 반드시 잡아야 돼요. 그래야 딱 맞는 해독제를 찾을 수 있어요. 그러면 다음번에 물릴 때는 상관없어요."

뢰켄이 어둠 속에서 웃고 있는지 보이지는 않았지만 왠지 그럴 것 같았다.

해리는 어둠 속에서 서서히 형체를 드러내는 집 쪽으로 뛰었다. 뛰고 있어서 용마루의 무시무시한 용머리 형상이 꼭 움직이는 것 같았다. 하지만 집은 완전히 죽은 듯 보였다. 배낭에 든 큰 망치 손잡이가 자꾸 등을 때렸다. 그는 그 자리에 멈춰 서서 뱀을 생각했다.

그는 두 번째 창문 앞에 도착해서 뢰켄에게 신호를 보내고 쭈그리고 앉았다. 한동안 뛰어본 적이 없어서인지 심장이 요동쳤다. 바로 옆에서 고른 숨소리가 들렸다. 뢰켄이었다.

해리가 최루가스를 쓰자고 해봤지만 뢰켄이 단칼에 묵살한 터였다. 최루가스를 뿌리면 자기네도 아무것도 보지 못할 뿐 아니라, 클리프라가 루나의 목에 칼을 대고 그들을 기다리고 있을 거라고 생각할 만한 근거도 없다고 했다.

뢰켄이 주먹을 들어 해리에게 신호를 보냈다.

해리는 고개를 끄덕였다. 입이 바짝 마르는 느낌은 아드레날린이 솟구쳐서 딱 알맞게 혈관을 타고 흐른다는 분명한 신호였다. 손에 쥔 총자루가 축축했다. 해리는 뢰켄이 망치를 휘두르기 전에 문이 안쪽으로 열리는지 확인했다.

달빛이 쇠망치에 반사되었고, 뢰켄은 서브를 넣는 테니스선수처럼 엄청난 괴력으로 망치를 내리쳐서 쾅 소리와 함께 자물쇠를 박살냈다.

잠시 후 해리는 안으로 들어가서 손전등으로 방 안을 빙 둘러서 비추었다. 그녀가 바로 보였지만 손전등은 나름의 지침을 어기는 듯 계속 돌아갔다. 부엌 선반, 냉동고, 긴 의자, 십자가. 짐승들의 소리는 이제 들리지 않았다. 다시 시드니로 돌아가서 쇠사슬 소리와 정박지에 서 있는 배의 뱃전을 때리는 파도 소리, 아마도 비르기타가 갑판에 죽은 채 쓰러져 있어서인지 갈매기들이 질러대는 비명밖에 들리지 않았다.

의자 네 개가 딸린 식탁과 벽장, 맥주 두 병, 바닥에 쓰러진 채 머리 밑으로 피를 흘리고 손은 여자의 머리카락에 가려진 남자, 의자 아래엔 총이 한 자루, 과일 접시와 빈 화병을 그린 그림. '슈

틸리벤*. '나튀르 모르트**'. 정물화. 손전등 불빛이 그녀를 훑었고, 해리는 다시 그것을 보았다. 손, 테이블 다리에 기대어 위로 향한 손. 루나의 목소리가 들렸다. "느껴져요? 영생을 누릴 수 있어요!" 마치 온힘을 다해 마지막으로 죽음에 저항하는 것 같았다. 문, 냉동고, 거울. 해리는 눈앞이 아득해지기 전 잠깐 거울 속에서 자신의 모습을 보았다. 후드를 뒤집어쓴 검은 옷의 형상. 사형집행인처럼 보였다. 해리는 손전등을 떨어뜨렸다.

"괜찮아요?" 리즈가 그의 어깨에 손을 얹으면서 물었다. 해리는 대답하려고 입을 열었지만 목소리가 나오지 않았다.

"이자는 오베 클리프라, 맞소." 뢰켄이 말했다. 그는 죽은 남자 옆에 쭈그리고 앉았고, 천장에 매달린 알전구가 그를 비추었다. "정말 이상해. 몇 달 동안 이자를 지켜봤는데." 뢰켄은 남자의 이마에 손을 댔다.

"건드리지 마요!"

해리가 뢰켄의 옷깃을 잡고 일으켜 세웠다. "건드리지⋯⋯!" 그리고 얼른 손을 놓았다. "미안해요, 전⋯⋯ 그냥 아무것도 건드리지 마요. 아직 안 됩니다."

뢰켄은 아무 말도 않고 해리를 응시했다. 리즈의 있지도 않은 눈썹 사이에 다시 깊은 주름이 잡혔다.

"해리?"

해리는 의자에 털썩 주저앉았다.

"이제 다 끝났어요, 해리. 안타깝네요, 정말 유감이지만 다 끝났

* 독일어로 정물화.
** 프랑스어로 정물화.

366

어요."

해리는 고개를 저었다.

리즈는 해리에게 기대어 크고 따뜻한 손을 해리의 목에 얹었다. 그의 엄마가 그랬던 것처럼. 젠장, 젠장, 젠장.

해리는 일어나서 리즈를 밀치고 밖으로 나갔다. 리즈와 뢰켄이 집 안에서 속삭이는 소리가 들렸다. 해리는 하늘을 쳐다보고 별 하나를 찾으려 했지만 아무것도 보이지 않았다.

자정이 다 되어 해리는 그 집 앞에 도착했다. 힐데 몰네스가 문을 열었다. 해리는 고개를 떨어뜨렸다. 미리 전화하지 않은 터라 힐데의 숨소리에서 곧 눈물을 흘릴 것 같은 기운이 느껴졌다.

그들은 거실에서 서로 마주 보고 앉았다. 진 술병에 술이 남지 않은 것이 보였고, 힐데는 충분히 정신이 맑아 보였다. 힐데는 눈물을 닦았다. "다이빙 선수가 될 아이였어요, 아시죠?"

해리는 고개를 끄덕였다.

"그런데 일반부 시합에는 출전하지 못했어요. 심판들이 우리 딸을 어떻게 심사해야 할지 모를 거라고 하더군요. 어떤 사람들은 공정하지 않다고도 했어요. 한 팔로 다이빙하는 게 더 유리하다면서."

"유감입니다." 해리가 말했다. 이 집에 도착해서 처음 나온 말이었다.

"그 애는 몰랐어요." 힐데가 말했다. "알았다면 나한테 그런 식으로 말하진 않았겠죠." 힐데가 얼굴을 일그러뜨리면서 흐느꼈고, 눈물이 작은 개울이 되어 입가의 주름을 타고 흘렀다.

"뭘 몰랐다는 건가요, 몰네스 부인?"

"제가 아픈 거요!" 힐데는 큰소리로 말하고 두 손에 얼굴을 묻었다.

"아프다니요?"

"아니면 제가 왜 이렇게 저를 마취시키겠어요? 제 몸은 곧 먹혀버릴 거예요. 그냥 썩어서 죽은 세포만 남겠죠."

해리는 아무 말도 하지 않았다.

"딸애한테 말하려고 했어요." 힐데가 손가락 사이로 속삭였다. "의사들이 6개월 남았대요. 하지만 그 애한테 좋은 날에 말하고 싶었어요."

힐데의 목소리는 거의 들리지 않을 정도였다. "그런데 어디 좋은 날이 와야죠."

해리는 앉아 있을 수 없어서 일어섰다. 정원이 내려다보이는 큰 창문으로 갔고, 벽에 걸린 가족사진을 외면했다. 거기서 누구와 눈이 마주칠지 알고 있었다. 달빛이 수영장 수면에 반사되었다.

"그 사람들이 다시 전화한 적 있습니까? 부군께서 돈을 빌린 사람들요."

힐데는 손을 내렸다. 울어서 두 눈이 벌겋고 지저분했다.

"전화가 왔었는데, 마침 옌스가 여기 있어서 대신 받아줬어요. 그 뒤로는 연락이 없었고요."

"그러니까 그 사람이 부인을 보살피는 건가요?"

해리는 자기가 왜 힐데에게 이런 질문을 하는지 의아했다. 어쩌면 힐데를 위로하려는 서툰 시도로, 그녀에게는 아직 누군가 있다고 말해주려고 한 건지도 몰랐다.

힐데는 말없이 고개를 끄덕였다.

"그럼 이제 결혼하실 겁니까?"

"반대하세요?"

해리는 힐데롤 돌아보았다. "아뇨, 제가 왜요?"

"루나……." 힐데는 더 이상 말을 잇지 못했고, 눈물이 다시 뺨을 타고 흘렀다. "살면서 이만큼 사랑을 받아본 적이 없어요, 홀레. 생을 마감하기 전에 단 몇 달이라도 행복하길 바라는 게 지나친 부탁일까요? 우리 딸이 허락해줄 수 없을까요?"

해리는 수영장에 작은 꽃잎 한 장이 떠 있는 것을 보았다. 말레이시아에서 오는 화물선이 떠올랐다.

"그 사람을 사랑하십니까, 프루 몰네스?"

침묵이 이어지는 동안 해리는 팡파르가 울릴 줄 알았다.

"그 사람을 사랑하느냐고요? 그게 무슨 상관이죠? 그 사람을 사랑한다고 상상할 수 있어요. 절 사랑해주는 사람이면 누구든 사랑할 수 있을 것 같아요. 이해가 가세요?"

해리는 바 쪽을 흘깃 보았다. 세 걸음 거리에 있었다. 세 걸음, 얼음 두 조각과 술 한 잔. 눈을 감자 술잔 속에서 얼음조각이 갈라지는 소리, 그가 갈색 액체를 따르는 사이 술병에서 콸콸 쏟아지는 소리, 마침내 소다와 알코올이 만나서 쉬이 하고 터지는 소리가 들렸다.

44

1월 23일 목요일

해리가 범죄 현장으로 돌아왔을 때는 아침 7시였다. 5시에 잠들려는 노력을 포기하고 옷을 입고 주차장에 세워둔 렌터카에 올라탔다. 주위에 아무도 없었고, 과학수사팀은 밤샘 감식을 끝낸 터라 적어도 앞으로 한 시간 안에는 나타나지 않을 터였다. 해리는 주황색 폴리스 라인을 젖히고 안으로 들어갔다.

햇빛이 있을 때 오니 사뭇 달라 보였다. 평화롭고 관리가 잘돼 있었다. 표면이 거친 나무 바닥의 핏자국과 시신 두 구가 있던 자리를 표시해둔 분필 자국만이 해리가 간밤에 본 방과 같은 방이라는 사실을 말해주었다.

유서는 발견되지 않았지만 아무도 무슨 일이 벌어졌는지에 관해 의문을 품지 않았다. 문제는 오베 클리프라가 왜 그녀를 쏘고 나서 자신을 쏘았냐는 데 있었다. 게임이 끝난 걸 알았을까? 어느 경우든 어째서 그녀를 그냥 돌려보내지 않았을까? 어쩌면 죽일 계획은 아니었는지도, 그녀가 도망쳤다거나 그를 돌게 만드는 말을 해서 쏜 것인지도 모른다. 그러고는 자신을 쏘았을까? 해리는 머리를 긁었다.

해리는 루나의 시신이 있던 자리의 분필 표시와 깨끗이 씻겨나가지 않은 혈흔을 살폈다. 클리프라는 그들이 발견한 댄웨슨으로 그녀의 목을 쏘았다. 총알이 목을 관통해서 대동맥이 찢어졌고, 대동맥에서 다량의 혈액이 솟구쳐서 부엌 싱크대까지 흘러간 후 심장 박동이 멈추었다. 부검의 소견으로는 뇌에 산소가 충분히 공급되지 않아서 곧바로 의식을 잃고 서너 번 심장박동이 있은 후 사망했을 거라고 했다. 창문에 난 구멍을 보면 클리프라가 그녀를 쏠 때 어디에 서 있었는지 알 수 있었다. 각도가 직각이었다.

해리는 바닥을 보았다.

클리프라의 머리가 있던 자리에 혈액이 검게 응고되어 후광처럼 보였다. 그게 다였다. 클리프라는 자기 입에 총을 쏘았다. 해리는 감식반 사람들이 이중 대나무 벽에 총알이 들어간 지점을 표시해둔 분필 자국을 보았다. 그는 클리프라가 어떻게 쓰러졌을지 그려보다가 고개를 갸웃했다. 방아쇠가 당겨지기 전에 루나가 어디에 있었는지 의문이 들었다.

해리는 밖으로 나가 총알이 나온 지점을 찾았다. 구멍을 들여다보자 반대편 벽에 걸린 그림이 곧장 보였다. 정물화. 이상해. 그는 클리프라의 시신이 있던 자리가 보일 줄 알았다. 그는 곧 그들이 전날 밤에 누워 있던 풀밭으로 향했다. 도중에 파충류를 만나지 않으려고 발을 세게 구르면서 가다가 귀신들의 사당 앞에 멈추었다. 살포시 웃는 작은 부처상이 배를 불룩 내밀고 방을 거의 차지하고, 시든 꽃 몇 송이가 꽂힌 화병이 있고, 필터 담배 네 개비와 타다 만초 두 개가 있었다. 도자기 부처상 뒤의 하얀색 작은 구멍은 총알이 어디 박혔는지 보여주었다. 해리는 스위스 군용 칼을 꺼내서 찌그러진 납덩이를 비틀어 빼냈다. 그리고 집 쪽을 돌아보았다. 총알이 수평으로 곧장 날아온 터였다. 클리프라는 자기를 쏘았을 때 당연히 서 있었다. 어째서 그가 누워 있었다고 생각했을까?

해리는 다시 안으로 돌아갔다. 뭔가 석연치 않았다. 모든 것이 아주 멀쩡하고 잘 정돈되어 있었다. 그는 냉장고를 열었다. 비어 있었다. 두 사람의 생존에 필요한 것이라곤 없었다. 부엌 벽장문을 열자 진공청소기가 빠져나와 그의 커다란 엄지발가락에 떨어졌다. 해리는 욕을 하고 청소기를 다시 들어서 벽장 안에 넣었지만 문을 닫기 전에 다시 넘어왔다. 가까이 가보니 진공청소기를 고정시키는 고리가 있었다.

체계적이야. 해리는 생각했다. 이 집에는 체계가 있었다. 하지만 누군가 체계를 건드렸다.

해리는 냉동고 위에서 맥주병들을 치우고 문을 열었다. 흐릿한, 붉은 고기가 그를 향해 빛났다. 포장이 되어 있지 않고 그냥 뭉텅뭉텅 큼직하게 자른 덩어리였고, 곳곳에 피가 얼어붙어 검은 막을 형성했다. 해리는 한 덩어리를 꺼내서 살펴보고는 자기만의 병적인 상상을 욕설로 내뱉고 다시 집어 넣었다. 평범한 진짜 돼지고기처럼 보였다.

해리는 무슨 소리가 들려 돌아보았다. 어떤 형체가 꼼짝 않고 문 앞에 서 있었다. 뢰켄이었다.

"맙소사, 놀랐잖소, 해리. 아무도 없는 줄 알았는데. 여기서 뭐하는 거요?"

"아무것도요. 이것저것 살펴보고 있어요. 그러는 당신은요?"

"소아성애자 사건에 쓸 만한 증거가 있는지 찾아보려고요."

"왜요? 그자가 죽었으니 그 사건은 끝난 거 아닌가요?"

뢰켄은 어깨를 으쓱했다. "이제 우리의 비밀 수사가 세간의 주목을 받을 판이니 우리가 정당한 일을 했다는 사실을 입증할 확실한 증거가 필요하오."

해리는 뢰켄을 보았다. 저 사람 지금 긴장한 건가?

"빌어먹을, 당신에겐 사진이 있잖아요. 그보다 더 확실한 증거가 어디 있다고요?"

뢰켄이 미소를 짓기는 했지만 금니가 보일 정도는 아니었다. "그 말이 맞는 거 같군, 해리. 내가 걱정 많은 노인네라 확실히 해두고 싶은 건지도. 뭐 찾은 거 있소?"

"이거요." 해리는 납 총알을 내밀었다.

"흠." 뢰켄이 총알을 살폈다. "어디서 찾았소?"

"저기 귀신의 집에서요. 이유는 알아내지는 못했어요."

"왜요?"

"클리프라가 자신에게 총을 쏠 때 반드시 서 있었어야 하거든요."

"그래서요?"

"그랬으면 피가 솟구쳐서 부엌 바닥에 다 튀었겠죠. 그런데 클리프라가 쓰러져 있던 자리 말고는 피가 없었어요. 거기서도 많이 나온 건 아니고요."

뢰켄은 손끝으로 총알을 집었다. "자살 사건의 진공효과라고 들어본 적 있소?"

"설명해 봐요."

"피해자가 공기를 폐에서 다 내보내고 입으로 총구를 물면 진공상태가 돼요. 그래서 총알이 관통한 부위가 아니라 입안으로 혈액이 흘러들어가요. 피가 입에서 위 속으로 흘러내려가서 이런 식으로 작은 수수께끼를 남기지요."

해리는 뢰켄을 보았다. "처음 듣는 얘기군요."

"서른 몇 살 먹은 사람이 다 알면 인생이 따분하지." 뢰켄이 말했다.

톤에 비그가 전화해서 노르웨이의 모든 주요 신문사에서 전화가 왔고 개중에 피에 굶주린 자들이 조만간 방콕에 도착할 거라고 통보해왔다고 말했다. 노르웨이의 헤드라인은 불과 얼마 전에 사망한 대사의 딸에게 집중되었다. 오베 클리프라는 방콕에서 지위를 얻었지만 노르웨이에서는 알려지지 않은 인물이었다. 〈카피탈〉*에서 2년 전에 클리프라를 인터뷰한 적은 있지만 페르 스톨레 뢰닝** 도 안네 그로스볼도 그를 게스트로 부르지 않았다. 클리프라가 대중의 시선을 피한 탓도 있었다.

'대사의 딸'과 '익명의 거물급 노르웨이인'이 둘 다 총을 맞아 사망했고, 침입자나 도둑의 총에 맞았을 가능성이 높다고 보도되었다.

하지만 태국에서는 신문마다 클리프라의 사진으로 도배가 되었다. 〈방콕포스트〉의 기자는 도둑이 들었다는 경찰의 가정에 의문을 제기했다. 그러면서 클리프라가 루나 몰네스를 살해한 후 스스로 목숨을 끊었을 가능성을 배재할 수 없다고 주장했다. 나아가 이번 사건이 BERTS 교통 사업에 어떤 결과를 초래할지에 관해 제멋대로 추측 기사를 썼다. 해리는 깊은 인상을 받았다.

그러나 양국 모두 태국 경찰이 발표한 정보가 너무 적다고 성토했다.

* 노르웨이의 경제지.
** 노르웨이의 언론인.

해리는 차를 몰고 클리프라의 집 앞에 가서 경적을 울렸다. 솔직히 이 큰 토요타 지프가 마음에 들기 시작했다. 경비가 나왔고 해리는 차창을 내렸다.

"경찰이에요. 전화한 사람입니다."

경비가 의무적인 경비의 표정을 짓고는 대문을 열어주었다.

"현관문도 열어주실 수 있습니까?" 해리가 물었다.

경비는 지프의 발판에 올라탔고, 해리는 자기를 뜯어보는 시선을 느꼈다. 해리는 차고에 차를 세웠다. 경비가 열쇠꾸러미를 철렁거렸다.

"현관문은 반대편에 있어요." 경비가 말했다. 해리는 자기도 안다고 발설할 뻔했다. 경비는 열쇠를 자물쇠에 꽂고 돌리려다 말고 해리를 돌아보았다. "혹시 우리 전에 만난 적이 있어요, 형사님?"

해리는 빙긋이 웃었다. 어떻게 알았지? 애프터셰이브 때문인가? 비누 냄새인가? 냄새는 뇌가 가장 잘 기억하는 감각이라고 했다.

"그럴 리가요."

경비는 미소로 대답했다. "죄송해요, 형사님. 다른 사람이었나 봅니다. '파랑'들은 당최 구분이 안 가서요."

해리는 눈알을 굴리다가 딱 멈췄다. "저기요, 클리프라가 집에서 나가기 직전에 파란색 대사관 차가 여기 들어왔던 거 기억나십니까?"

경비는 고개를 끄덕였다. "차를 기억하는 거야 식은 죽 먹기죠. 그 차도 '파랑'이 타고 왔어요."

"그 사람이 어떻게 생겼습니까?"

경비는 웃었다. "말씀드렸다시피 제가……."

"뭘 입고 있었습니까?"

경비는 고개를 저었다.

"양복요?"

"그런 것 같아요."

"노란 양복. 노란색, 닭처럼?"

경비는 찡그린 표정 그대로 해리를 보았다. "닭요? 닭처럼 양복을 입는 사람이 어디 있어요."

해리는 어깨를 으쓱했다. "가끔 있더군요."

해리는 지난번에 뢰켄과 함께 들어온 복도에 서서 벽에 난 작고 둥근 동그라미를 살폈다. 누군가 사진을 나사못 하나로 걸어보려다가 그만둔 것 같았다.

해리는 사무실로 올라가서 서류를 휙휙 넘겨보았고, 컴퓨터 전원을 켜자 비밀번호를 묻는 화면이 나왔다. 그는 'MAN U'라고 넣어보았다. "올바르지 않습니다."

공손한 언어야, 영어는.

'OLD TRAFFORD' 역시, "올바르지 않습니다."

컴퓨터가 자동으로 잠기기 전에 마지막으로 한 번 더. 해리는 그 방에서 단서를 찾으려는 듯 방 안을 훑어보았다. 대체 어떤 작자야? 그는 킬킬 웃었다. 아무렴. 노르웨이에서 제일 흔한 비밀번호. 그는 P-A-S-S-W-O-R-D라고 입력하고 엔터를 눌렀다.

컴퓨터가 잠시 머뭇거리는 듯했다. 그러더니 전원이 꺼지고 흰 바탕에 까만 글씨로 그다지 공손하지 않은 메시지, 접근이 거부되었다는 메시지가 떴다.

"젠장."

해리는 컴퓨터를 껐다가 켰지만 하얀 화면만 나왔다.

그는 서류를 휙휙 넘겨보다가 퓨리델의 최근 주주 명단을 발견했다. 유한회사인 엘렘 사라는 새 주주가 주식 3퍼센트를 보유한 것으로 명단에 올라 있었다. 엘렘. 갑자기 말도 안 되는 생각이 스쳤지만 해리는 부정했다.

해리는 서랍 바닥에서 녹음장치 매뉴얼을 찾았다. 그리고 손목시계를 보고 한숨을 쉬었다. 어서 매뉴얼을 읽어봐야 했다. 반시간쯤 지나서 그는 테이프를 틀었다. 대부분 클리프라가 태국어로 지껄이는 소리였지만 퓨리렐이라는 이름이 두 번 언급되었다. 세 시간 후 해리는 포기했다. 사건 당일에 대사와 통화한 내용은 어디에도 담겨 있지 않았다. 사실 그날 이후로는 아무것도 담겨 있지 않았다. 해리는 테이프 하나를 주머니에 쑤셔 넣고 녹음기를 끄고 나가는 길에 컴퓨터를 발로 찼다.

45

1월 24일 금요일

감정이 많이 올라오지는 않았다. 장례식에 참석하는 것이 마치 텔레비전 재방송을 보는 것 같았다. 같은 장소, 같은 목사, 같은 유골함, 장례식이 끝나고 햇빛으로 나갈 때 동공이 받는 같은 충격, 계단 위에 서서 믿기지 않는 얼굴로 서로를 보는 같은 사람들. 거의 같은 사람들. 해리는 로알 보르크에게 인사를 건넸다.

"형사님이 찾았소?" 이 말이 전부였다. 보르크의 놀란 눈에는 회색 막이 덮여 있었고, 어딘가 달라 보였다. 이번 일로 몇 살은 더 들어 보였다.

"저희가 찾았어요."

"아직 어린애잖소." 질문처럼 들렸다. 보르크는 어떻게 이런 일이 일어날 수 있는지 누가 설명해주기를 바라는 것 같았다.

"덥군요." 해리가 화제를 바꿔보려 했다.

"오베가 있는 곳은 더 뜨거울 거요." 보르크는 덤덤하게 말했지만 말투가 더 딱딱하고 쓸쓸했다. 그는 손수건으로 눈썹을 닦았다. "그나저나 더위를 피해서 쉬어야 할 것 같소. 집으로 돌아가는 비행기 표를 예매했어요."

"집요?"

"그래요, 노르웨이. 이왕이면 빨리. 친구 놈한테 전화해서 만나고 싶다고 했소. 한참 통화하고 나서야 친구가 아니라 그 친구 아들인 걸 알았어요. 허허. 망령이 나려나. 노망난 할아버지, 보통 일이 아니에요."

교회의 그늘 속에 산펫과 미스 아오가 사람들에게서 떨어져서 함께 서 있었다. 해리는 그들에게 다가가 그들의 '와이'에 화답했다.

"잠깐 뭣 좀 물어봐도 될까요, 미스 아오?"

아오는 산펫을 힐끗 보고 고개를 끄덕였다.

"대사관에서 우편물을 분류하시잖아요. 혹시 퓨리델이라는 회사에서 온 우편물이 있었는지 기억납니까?"

아오는 질문을 곰곰이 생각하고는 미안한 미소를 지었다. "기억 안 나요. 우편물이 아주 많아서요. 원하시면 내일 대사님 집무실을 살펴봐드릴 수 있어요. 시간이 좀 걸릴지는 모르지만. 정리정돈을 잘하시던 분이 아니라서."

"제가 생각하는 사람은 대사님이 아니에요."

아오는 무슨 소리인지 모르겠다는 표정이었다.

해리는 한숨을 쉬었다. "중요한 건지조차 모르지만 뭐든 찾으면 나한테 연락해줄래요?"

아오는 산펫과 눈이 마주쳤다.

"그럴 겁니다, 형사님." 산펫이 대답했다.

해리가 리즈의 사무실에 앉아서 기다리고 있을 때 리즈가 헐레벌떡 들어왔다. 리즈의 이마에 땀방울이 맺혀 있었다.

"맙소사." 리즈가 말했다. "신발 밑창이 녹아내릴 정도예요."

"브리핑은 어떻게 됐습니까?"

"잘한 것 같아요. 윗분들이 사건을 잘 해결했다고 칭찬해주시고 보고서에 관해서는 세세하게 묻지 않았어요. 익명의 제보자가 우리를 클리프라한테 데려다줬다고 꾸며낸 이야기까지 믿던데요. 서장님이 뭔가 미심쩍다고 생각하셨어도 괜한 분란을 일으키고 싶지 않으셨겠죠."

"그렇겠죠. 어쨌든 그분이 얻는 게 없잖아요."

"비꼬는 건가요, 홀레 씨?"

"전혀 아니에요, 미스 크럼리. 그저 순진해빠진 젊은 경찰이 게임의 규칙을 이해하기 시작한 거죠."

"아마도. 하지만 다들 속으로는 클리프라가 죽어서 다행이라고 생각할 거예요. 이 사건이 법정까지 갔다면 불편한 진실이 다 까발려졌을 테니까요. 단지 경찰청장 한둘이 아니라 양국 정부에도 불편한 진실 말이에요."

리즈가 신발을 벗어던지고 만족스럽게 등을 기댔다. 의자 스프링이 삐걱거리는 사이 땀에 젖은 발 냄새임이 분명한 악취가 사무실에 퍼졌다.

"그래요, 여러 사람에게 눈에 띄게 편리하다는 생각이 들지 않아요?" 해리가 말했다.

"무슨 소리예요?"

"모르겠어요. 뭔가 냄새가 나는 것 같아요."

리즈가 양쪽 엄지발가락을 힐끗 보고는 해리를 보았다.

"혹시 어디서 편집증 환자 같다는 말 들어본 적 없어요, 해리?"

"예, 물론. 그렇다고 해서 초록색 외계인들이 우리를 쫓아다니지 않는 건 아니에요."

리즈는 아연했다. "진정해요, 해리."

"노력할게요."

"그래서 언제 떠나요?"

"법의학자와 과학수사팀을 만나고 바로."

"그 사람들은 왜 꼭 만나야 돼요?"

"편집증을 해결하려고요. 저기…… 몇 가지 황당한 생각을 했어요."

"알았어요." 리즈가 말했다. "식사는 하셨어요?"

"네." 해리는 거짓말을 했다.

"아, 혼자 밥 먹는 거 싫은데. 그냥 저 밥 먹을 때 같이 있어줄래요?"

"다음에 하시죠."

해리는 일어나서 사무실을 나섰다.

젊은 법의학자는 안경을 닦으면서 말했다. 말이 끊어지는 시간이 지나치게 길어질 때가 있어서 해리는 느리게 흘러나오던 말이 아예 끊긴 건가 싶었다. 하지만 말은 다시 이어지고 또 이어지면서 코르크 마개가 저절로 빠진 양 끊임없이 흘러나왔다. 해리가 그의 영어를 흠잡을까 봐 겁내는 것처럼 들렸다.

"남자는 거기서 최장 이틀간 쓰러져 있었어요." 법의학자가 말했다. "이런 더위에서 그 이상 있었다면 시신이……." 그는 볼을 불룩하게 부풀이면서 두 팔로 직접 보여주었다. "……거대한 가스 기구처럼 됐을 겁니다. 그리고 냄새도 났을 테고요. 그 여자애는……." 그는 해리를 보고 다시 볼을 부풀렸다. "상기와 같아요."

"클리프라가 총에 맞고 얼마 후 사망했습니까?"

법의학자는 입술에 침을 발랐고, 해리는 말 그대로 시간이 흐르는 게 느껴지는 것 같았다.

"곧바로."

"여자는요?"

법의학자는 손수건을 주머니에 쑤셔 넣었다.

"즉시."

"그러니까 둘 중 하나라도 총을 맞은 후 움직였을 가능성이 있느냐는 겁니다. 경련을 일으키거나 뭐 그런 걸로요."

법의학자는 안경을 쓰고 제대로 썼는지 확인하고는 다시 벗었다.

"아뇨."

"이런 글을 읽은 적이 있어요. 프랑스혁명 당시, 단두대가 나오기 전에 아직 사람이 직접 처형하던 시대에는 사형수들에게 이렇게 말했다고 해요. 사형집행인이 가끔 실수하기도 하니까 처형 후 일어서서 처형대를 떠날 수 있으면 그대로 풀어주겠다고. 몇몇은 목이 달아난 채로 일어서서 몇 발자국 떼기까지 했지만 결국 쓰러져서 군중에게 어마어마한 박수갈채를 받았어요, 물론. 제 기억이 정확하다면, 어느 과학자의 설명으로는 뇌가 어느 정도까지 미리 계획을 짜놓으면 머리가 잘리기 전에 엄청난 양의 아드레날린이 심장으로 몰려서 근육이 초과 시간 동안 움직일 수 있다는 겁니다. 닭의 목을 자를 때 일어나는 일이죠."

법의학자는 실실 웃었다. "아주 재밌네요, 형사님. 하지만 황당무계한 소리가 아닌가 싶습니다."

"그럼 이건 어떻게 설명하실래요?"

해리는 법의학자에게 클리프라와 루나가 쓰러져 있는 사진을 건넸다. 법의학자는 사진을 보고는 안경을 쓰고 자세히 살폈다.

"설명하라니 뭘요?"

해리는 사진을 가리켰다. "거길 보세요. 남자의 손이 여자의 머리카락에 덮여 있잖아요."

법의학자는 눈에 먼지가 들어가서 해리가 말하는 부분이 보이지 않는 양 눈을 깜빡였다.

해리는 손을 저어 파리를 쫓았다. "들어보세요, 우리의 잠재의식이 본능적으로 결론을 끌어낼 수 있다는 거 아시죠?"

의사는 어깨를 으쓱했다.

"음, 그걸 의식하지 않고 제가 내린 결론은 클리프라는 분명 저기 누운 채로 자신에게 총을 쏘았다는 겁니다. 그래야만 여자의 머리카락 밑에 남자의 손이 들어가 있을 수 있으니까요. 그런데 총알의 각도를 보면 클리프라는 서 있었어요. 어떻게 여자를 쏘고 나서 자기를 쏘았는데 여자의 머리카락이 남자의 손 아래가 아니라 위에 있을 수 있습니까?"

법의학자는 안경을 벗고 다시 닦았다.

"어쩌면 여자가 둘 다 쏜 건지도 모르죠." 법의학자가 이렇게 말했지만 해리는 이미 떠나고 없었다.

해리는 선글라스를 벗고 눈이 부셔서 실눈을 뜨고 그늘에 가려진 레스토랑을 보았다. 누군가 손을 흔들었고, 해리는 야자수 아래 테이블로 향했다. 햇살에 금속 안경테가 반짝이고 남자가 일어섰다.

"메시지 받았나 보군요." 닥핀 토르후스가 말했다. 그의 셔츠 겨드랑이 밑으로 크고 짙은 동그라미가 생겼고, 재킷은 의자 등받이에 걸려 있었다.

"전화하셨다고 크럼리 경위한테 들었습니다. 여긴 무슨 일로 오셨습니까?" 해리가 물으면서 손을 내밀었다.

"대사관 행정 업무차 왔소. 오늘 아침에 도착해서 서류를 좀 처리했소. 그리고 새 대사를 임명해야 해서요."

"톤에 비그요?"

토르후스는 보일 듯 말 듯 미소를 지었다. "두고 봐야죠. 고려할 게 많아요. 여기선 뭘 먹을 수 있소?"

웨이터가 벌써 테이블 옆에 와 있었고, 해리는 웨이터에게 묻듯 바라보았다.

"장어요." 웨이터가 말했다. "베트남 별미죠. 베트남산 로제 와인이랑……."

"아뇨, 됐어요." 해리는 말을 끊고 메뉴판을 찬찬히 들여다보고는 코코넛밀크 수프를 가리켰다. "미네랄워터도 주시고요."

토르후스는 어깨를 으쓱하고 같은 걸로 달라는 듯 고개를 끄덕였다.

"축하하오." 토르후스가 이쑤시개로 잇새를 쑤시며 말했다. "언제 떠납니까?"

"고맙습니다만 축하인사 받기에는 이른 것 같습니다, 토르후스. 아직 석연치 않은 부분이 있어서요."

이쑤시개가 멈추었다. "석연치 않은 부분? 그런 건 당신 소관이 아니오. 짐 싸서 집으로 돌아가시오."

"그렇게 간단치가 않습니다."

관료다운 냉정한 푸른 눈이 번득였다. "다 끝났소, 아시겠소? 이 사건은 해결됐소. 어제 오슬로에서는 클리프라가 대사와 대사의 딸을 살해했다는 기사가 신문 일면을 장식했소. 그래도 우린 살아

남을 거요, 홀레. 지금 방콕 경찰서장이 한 말 때문에 이러는 것 같군. 사건의 동기를 못 찾겠다면서 클리프라가 미쳐서 그랬을 수 있다고 한 말. '지나치게' 단순하고 '전혀' 납득이 가지 않지. 그런데 중요한 건 사람들이 그 말을 믿으면 돼요. 그리고 지금 사람들은 믿고 있소."

"그래서 이번 스캔들은 기록에 남습니까?"

"그렇기도 하고 아니기도 하오. 모텔 사건은 어떻게든 덮어둘 거요. 총리가 스캔들에 휘말리지 않는 게 중요해요. 지금은 다른 생각할 일이 많소. 언론사들이 여기로 전화해서 대사 살인 사건에 관한 뉴스를 왜 더 일찍 공개하지 않았느냐고 묻고 있소."

"뭐라고 답하셨습니까?"

"내가 대체 뭐라고 답할 수 있겠소? 언어 문제, 오해, 태국 경찰이 애초에 잘못된 정보를 보냈다, 뭐 그런 소리지."

"그 사람들이 믿어주던가요?"

"아니, 믿지 않소. 그렇다고 그들도 우리가 잘못된 정보를 제공했다고 비난할 수는 없소. 보도에는 대사가 호텔에서 사망한 채 발견됐다고 나갔고, 그건 사실이니까. 대사의 딸과 클리프라를 발견했을 때 뭐라고 했소, 홀레?"

"전 아무 말 안 했습니다." 해리가 심호흡을 했다. "이봐요, 토르후스, 제가 클리프라의 집에서 그자가 소아성애자라는 사실을 보여주는 포르노 잡지를 두어 권 발견했어요. 그런데 경찰 보고서 어디에도 언급되지 않았더군요."

"그렇습니까? 음, 음." 토르후스의 말투에는 단 한순간도 그가 무언가 숨기고 있다는 기미가 드러나지 않았다. "어쨌든 당신은 태국에서 더는 할 일이 없소. 묄레르가 가능한 한 서둘러 돌아오길 바라더군요."

델 듯이 뜨거운 코코넛밀크 수프가 테이블에 놓였고, 토르후스는 미심쩍은 표정으로 그릇을 보았다. 그의 안경에 김이 서렸다.

"포르네부 공항에 도착하면 〈베르덴스강〉에서 당신 사진을 잘 찍어줄 거요." 토르후스가 신랄하게 말했다.

"거기 빨간 거 한번 드셔보세요." 해리가 손짓했다.

46

1월 24일 금요일

리즈의 말에 따르면 수파와디야말로 태국에서 발생한 대다수의 살인 사건을 해결한 장본인이었다. 그에게 가장 중요한 도구는 현미경과 시험관 몇 개, 리트머스 종이였다. 그는 해리의 맞은편에 앉아서 햇살처럼 활짝 웃고 있었다.

"그건 맞습니다, 해리. 저희한테 주신 회반죽 부스러기의 석회 도료는 대사의 차 트렁크에서 나온 스크루드라이버의 가루와 성분이 동일했습니다."

수파와디는 해리의 질문에 예나 아니오로 답하는 데서 만족하지 않고 질문 전체를 되풀이해서 오해의 소지를 남기지 않으려 했다. 그의 언어 습득 능력은 탁월했다. 그는 영어의 질문과 대답이 태국인에게 난해할 수 있다는 점을 인지했다. 가령 해리가 태국에서 버스를 잘못 타고 이상하다 싶어서 다른 승객한테 "이거 후아람퐁 가는 버스 아니죠?"라고 물으면 태국인은 "예"라고 대답하는데, "예, 당신 말이 맞아요, 이건 후아람퐁 가는 버스가 아니에요"라는 뜻이다. '파랑'들은 이런 상황이 벌어지는 것을 안다. 수파와디는 경험상 대다수 파랑들이 그다지 똑똑하지 않은 편이라서 질문이 어떻게 작동하는지 인식하지 못한다는 것을 잘 알고, 마침내 질문 전체에 대답하는 방법이 최선이라는 결론에 이르렀다.

"그 말도 맞습니다, 해리. 클리프라의 오두막에서 나온 진공청소기 먼지주머니의 내용물이 무척 흥미롭더군요. 대사의 차 트렁크의 카펫 섬유와 대사의 양복과 클리프라의 재킷에서 나온 섬유가 들어 있었거든요."

해리는 이 말을 받아 적으면서 점점 흥분했다. "제가 보내드린 테이프 두 개는 어떻습니까? 시드니로 보냈습니까?"

수파와디는 아까보다 더 활짝, 더할 나위 없이 환하게 웃었다. 그가 가장 흡족해 하는 대목이었기 때문이다.

"지금은 20세기예요, 형사님. 테이프를 '보내지' 않습니다. 그러면 적어도 나흘은 걸릴 겁니다. 테이프를 DAT 테이프에 녹음해서 형사님이 알려준 그 소리 전문가에게 이메일로 녹음 파일을 보냈습니다."

"에이, 그런 게 가능해요?" 해리가 묻자 수파와디는 기분이 좋으면서도 갑갑했다. 해리는 컴퓨터광들만 만나면 늙어버린 기분이 들었다. "그래서 헤수스 마르케스가 뭐라고 하던가요?"

"먼저 제가 자동응답기 메시지로는 전화를 건 장소가 어떤 곳인지 알아내는 게 불가능하다고 말했습니다. 그런데 형사님 친구분이 아주 설득력 있게 말씀하시더군요. 주파수 영역과 헤르츠에 관해 한참 설명하셔서 꽤 공부가 됐습니다. 예를 들어 이런 거 아십니까? 우리 귀는 1마이크로 초 안에 100만 가지 소리를 구별할 수 있다는 거? 그분하고 제가 아마—."

"결론요, 수파와디?"

"결론은, 두 개의 녹음 파일은 각기 다른 사람의 목소리이지만 둘 다 같은 방에서 녹음됐을 가능성이 높다는 겁니다."

해리는 심장이 두근거렸다.

"냉동고에 있던 고기는 어때요?"

"역시 형사님 말씀이 맞았어요. 냉동고에 있던 고기는 돼지고기예요."

수파와디는 눈을 깜빡이고 득의양양하게 웃었다. 해리는 뭔가 더 있다는 것을 눈치 챘다.

"그리고?"

"그런데 모두 돼지 피는 아니었어요. 일부는 사람 피였어요."

"누구한테 들었습니까?"

"그게, DNA 감식으로 확답을 얻으려면 며칠 걸릴 테고, 그래서 일단 정확도가 90퍼센트인 답변만 드릴 수 있습니다."

수파와디에게 트럼펫이 있었다면 우선 팡파르부터 불었을 것 같았다.

"그 피는 우리의 친구, 클리프라의 피예요."

마침내 해리는 사무실에 있던 옌스에게 연락이 닿았다.

"어떻게 지내십니까, 옌스?"

"좋아요."

"확실해요?"

"무슨 말씀이세요?"

"목소리가……." 해리는 그의 목소리가 어떻게 들리는지 적절한 단어를 찾지 못했다. "조금 슬픈 목소리네요." 해리가 말했다.

"예. 아니에요. 뭐라 말하기가 쉽지 않네요. 힐데가 가족을 다 잃었으니……." 옌스는 말끝을 흐렸다.

"당신은요?"

"말도 마세요."

"어서요, 옌스."

"그냥 제가 이 결혼을 무르고 싶다고 해도 지금은 불가능해요."

"왜죠?"

"왜긴요, 힐데에게는 이제 저 하나 남았잖아요, 해리. 힐데를 생각하고 힐데가 겪은 일들을 생각해야 하는 줄 알면서도 자꾸만 나를 생각하고 나는 어떻게 될지를 생각하게 되네요. 제가 누가 봐도 나쁜 놈이긴 해도 이런 상황이 두려워요. 이해가 가세요?"

"그렇겠군요."

"어휴, 이게 다 그냥 돈만 얽힌 일이라면…… 적어도 저 스스로 납득할 만한 구석이 있겠죠. 그런데 이건…….." 그는 적당한 단어를 찾았다.

"감정요?" 해리가 말했다.

"맞아요. 진짜 짜증나는 그거요." 옌스가 서글프게 웃었다. "어쨌든 마음을 정했어요. 평생 한 번이라도 나만 생각하지 않는 일을 해보기로. 형사님도 오셔서 제가 조금이라도 미적거리는 것 같으면 당장 엉덩이를 차주세요. 힐데가 다른 일들을 생각해야 해서 벌써 날을 잡았어요. 4월 4일. 방콕의 부활절, 어때요? 힐데도 밝은 면을 보려고 하고 술도 줄이기로 거의 결심했어요. 우편으로 항공권을 보내드릴게요, 해리. 제가 형사님께 많이 의지하는 거 잊지 말아주세요. 그러니 제발 빠져나가려고 하지 마세요."

"내가 들러리로 제일 적합한 후보라면 대체 사회생활을 어떻게 해왔는지 상상이 안 가네요, 옌스."

"제가 주위사람들에게 적어도 한 번은 사기를 쳤거든요. 들러리

연설에서 이런 얘기는 듣고 싶지 않아서요, 됐습니까?"

해리는 웃었다. "좋아요, 며칠 생각할 시간을 주세요. 그나저나 부탁할 게 하나 있어서 전화했습니다. 퓨리델의 소유주들 중 엘렘이라는 회사에 관해 알아보는 중인데요, 회사등기부를 뒤져서 겨우 방콕에 사서함이 하나 있고 주식 자본금을 갚았다는 정도밖에 확인하지 못했어요."

"아마 비교적 새로운 소유주일 것 같은데. 그런 이름은 들어본 적이 없어요. 제가 전화를 돌려서 좀 알아볼게요. 다시 전화할게요."

"아뇨, 옌스. 이건 극비예요. 리즈하고 뢰켄, 나만 아는 일이라서 아무한테도 말하면 안 됩니다. 경찰 내부의 누구도 안 돼요. 우리 셋이 오늘밤 비밀회동을 가질 예정이니 그전까지 뭐든 알아봐주면 좋겠습니다. 전화할게요, 네?"

"좋습니다. 어깨가 무겁네요. 그 사건은 다 끝난 줄 알았는데."

"오늘 밤에 끝날 겁니다."

바위를 뚫는 공기 드릴 소리에 귀가 먹먹했다.

"조지 월터스 씨입니까? 해리가 작업복 차림의 남자들이 일러 준, 노란 안전모를 쓴 남자의 귀에 대고 소리쳤다.

남자는 해리를 돌아보았다. "예, 댁은 누구요?"

발밑으로 20미터 아래에서 차들이 달팽이처럼 느릿느릿 기어가고 있었다. 다시 오후의 교통정체가 시작되려는 모양이었다.

"홀레 형사입니다. 노르웨이 경찰이에요."

월터스는 설계도를 말아서 옆에 있던 두 남자 중 한 사람에게 건넸다.

"아, 예."

그는 드릴로 구멍을 뚫고 있던 남자에게 잠깐 쉬라고 손짓했다. 드릴이 꺼지자 고막에 필터를 댄 것처럼 비교적 고요한 순간이 찾아왔다.

"바커군요." 해리가 말했다. "LHV5."

"오호, 이 녀석을 만난 적이 있나보죠?"

"몇 해 전 여름에 건설현장에서 일한 적이 있어요. 그런 걸 들고 일해서 콩팥까지 다 흔들렸죠."

월터스가 고개를 끄덕였다. 눈썹이 햇볕에 하얗게 탈색됐고, 무척 피곤해 보였다. 중년의 얼굴에 주름이 깊게 잡혀 있었다.

해리는 집과 고층건물의 황야를 로마의 수도관처럼 가로지르는 콘크리트 도로를 가리켰다. "그러니까 이게 BERTS, 방콕의 구세주군요?"

"예." 월터스가 해리와 같은 방향을 보면서 대답했다. "지금 바로 그 위에 서 계십니다."

월터스의 목소리에 묻어난 경외감과 그가 사무실이 아니라 현장에 나와 있는 점으로 미루어 보아, 퓨리델 사장은 회계보다 공학을 더 좋아할 거라고 해리는 생각했다. 회사의 달러 부채를 해결하는데 지나치게 개입하기보다는 건설 사업이 진척되는 과정을 보고 싶어 하는 사람이었다.

"중국의 만리장성이 생각나는군요." 해리가 말했다.

"이건 사람을 끌어들입니다. 내쫓는 게 아니라."

"클리프라와 이 사업에 관해서 여쭤볼 게 있어서 왔습니다. 그리고 퓨리델에 관해서도요."

"비극이에요." 월터스가 이렇게 말했지만 구체적으로 어떤 걸

두고 하는 말인지 알 수 없었다.

"클리프라와 아는 사이였습니까, 월터스 씨?"

"딱히 알았다고 말하기는 어렵네요. 이사회에서 몇 번 마주쳤고, 두어 번 전화가 왔어요." 월터스는 선글라스를 썼다. "그게 답니다."

"두어 번 전화가 왔다고요? 퓨리델이면 꽤 큰 회사가 아닙니까?"

"직원이 800명이 넘습니다."

"이 회사 사장님이시잖아요. 그런데 하청을 준 기업의 소유주와 거의 대화해본 적이 없다는 겁니까?"

"비즈니스 세계에 오신 걸 환영해요." 월터스는 다른 건 전혀 관심 밖이라는 식으로 도로와 도시를 살폈다.

"클리프라는 퓨리델에 꽤 큰돈을 투자했어요. 그런 사람이 별로 관심이 없었다고 말하시는 겁니까?"

"그 양반은 우리 회사의 운영 방식에는 아무 불만이 없어 보였어요."

"엘렘 사라는 회사에 관해 아시는 거 있습니까?"

"주주 명단에서 그 이름을 본 적이 있어요. 최근에는 저희가 다른 일에 정신이 팔려 있었어요."

"달러 부채를 청산할 방법 말인가요?"

월터스는 다시 해리를 돌아보았다. 해리는 선글라스에 비친 일그러진 자기 모습을 보았다.

"그 문제에 관해 뭘 아십니까?"

"당신네 회사를 계속 운영하려면 차환*을 해야 한다는 것 정도는

---

* 借換. 증권을 새로 발행하여 얻은 돈으로 이미 발행되어 있는 증권을 상환함.

압니다. 이제 회사가 증권거래소에 올라 있지 않으니 정보를 제공할 의무는 없겠죠. 그래서 당분간 회사 사정을 외부에 알리지 않은 채, 구세주가 나타나서 자본을 대주기를 바라겠죠. BERTS 계약을 더 따낼 판인데 패배를 인정하자니 무척 당혹스러웠을 거고요. 아닌가요?"

월터스는 기술자들에게 쉬어도 된다는 신호를 보냈다.

"제 짐작에, 그 구세주가 곧 나타날 겁니다." 해리가 말을 이었다. "그자가 회사를 헐값에 사들이고 계약이 들어오기 시작하면 대단한 부자가 될 겁니다. 당신네 회사가 곤경에 처한 걸 아는 사람이 몇이나 됩니까?"

"이보세요, 저기―."

"홀레입니다. 이사회는 물론 알 테고. 또 누가 압니까?"

"우리는 모든 소유주에게 정보를 제공합니다. 그 외에는 상관도 없는 일에 관해 모두에게 떠들어댈 이유가 없지요."

"누가 회사를 매입할 것 같습니까, 월터스 씨?"

"나는 총관리자예요." 월터스가 쏘아붙였다. "주주들에게 고용된 사람이라고요. 소유주 문제에는 관여하고 싶지 않군요."

"당신과 직원들 800명이 해고당한다고 해도요? 이 일을 계속하지 못한다고 해도요?" 해리는 옅은 안개 속으로 사라지는 콘크리트 쪽으로 고갯짓했다.

월터스는 대답하지 않았다.

"사실은 어쩌면 노란 벽돌 길* 같은 건지도 몰라요.《오즈의 마법사》에 나오는 말, 아시죠?"

---

* 《오즈의 마법사》에서 '행복으로 이어지는 길', '명예나 부로 가는 길'이라는 의미.

조지 월터스는 천천히 고개를 끄덕였다.

"이봐요, 월터스 씨, 제가 클리프라의 변호사와 다시 돌아온 소액주주 두 명한테 전화해봤어요. 지난 며칠 동안 엘렘이라는 회사가 당신이 보유한 퓨리델 주식을 다 사들였다더군요. 다른 사람들은 어차피 누구도 퓨리델을 차환하지 못할 테니, 비록 이 회사를 떠나기는 했지만 투자금을 다 잃지 않게 돼서 그나마 다행으로 여기고요. 소유주들에게는 관심이 없다고 하시지만요, 월터스 씨, 당신이 책임져야 할 일인 것 같군요. 엘렘이 당신네 새 소유주예요."

월터스는 선글라스를 벗고 손등으로 눈을 문질렀다.

"엘렘 사 뒤에 누가 있는지 말씀해주시지요, 월터스 씨?"

드릴이 다시 진동하기 시작했고, 해리는 월터스의 말을 듣기 위해 가까이 다가가야 했다.

해리는 고개를 끄덕였다. "바로 그 얘기를 듣고 싶었던 겁니다." 그는 큰소리로 대답했다.

47

1월 24일 금요일

이바르 뢰켄은 다 끝났다는 걸 알았다. 몸속의 섬유 조직 하나도 포기하지는 않았지만, 다 끝났다. 극심한 공포의 순간이 파도처럼 밀려와 그를 휩쓸고 지나갔다. 그사이 뢰켄은 자기가 죽을 거라는 사실을 알았다. 순전히 머리로 내린 결론이었지만 확신은 얼음이 녹듯이 서서히 그에게 스며들었다. 미라이*에서 부비트랩을 만나 똥냄새 나는 대나무 막대기가 허벅지에 꽂히고 다른 막대기가 발을 뚫고 무릎까지 올라왔을 때조차 한순간도 죽을 거라고는 생각하지 않던 그였다. 일본에서 고열에 시달리며 사지를 떨면서 누워, 발을 절단해야 한다는 말을 들었을 때도 차라리 죽겠다고 말하긴 했지만 죽음은 대안이 아니며 죽는 건 불가능하다고 생각했다. 그들이 마취약을 가져왔을 때 그는 간호사가 든 주사기를 쳐서 떨어뜨렸다.

멍청이. 그리고 그들은 그의 발을 놔두었다. 그는 병상 머리맡 벽에 '고통이 있는 곳에 삶이 있다'라고 새겼다. 오카베의 병원에

---

* 베트남 남부의 작은 마을로, 1968년에 미국이 주민들을 대량 학살했다.

1년 가까이 입원한 채 감염된 혈액과의 싸움에서 승리했다.

그는 혼잣말로 오래 살았다고 말했다. 오래. 어쨌든 중요한 일이었다. 그리고 그는 더 힘든 일을 겪어온 사람들을 봤다. 그런데 왜 저항하지? 그의 몸은 안 된다고 말하고 있었다. 그가 평생 안 된다고 말해온 것처럼. 그는 욕망에 이끌려 선을 넘으려고 할 때 안 된다고 응수했고, 군대에서 쫓겨나고 그들이 그를 무너뜨리려 할 때도 안 된다고 말했으며, 모멸감에 사로잡히고 상처가 벌어져서 자기 연민에 빠지려 할 때도 안 된다고 말했다. 하지만 다른 무엇보다도 스스로 눈을 감아버리려 할 때 안 된다고 말했다. 그런 이유에서 그는 모든 것을 흡수하며 살아왔다. 전쟁과 고통, 야만성, 용기, 인간애. 얼마나 많은지 반박을 두려워하지 않고 오래 살았다고 말할 수 있었다. 지금 같은 상황에서도 그는 눈을 감지 않았다. 거의 깜빡이지도 않았다. 뢰켄은 자기가 죽을 것이라는 사실을 알았다. 눈물이 남아 있었다면 울었을 것이다.

리즈가 손목시계를 보았다. 8시 반이었다. 리즈와 해리는 밀리 가라오케에서 한 시간 가까이 기다렸다. 사진 속 마돈나도 더는 갈구하는 표정이 아니라 불안해 보였다.

"그분 어디 있어요?" 리즈가 말했다.

"뢰켄은 옵니다." 해리가 말했다. 그는 창가에 서 있었다. 블라인드를 올리고 창문에 비친 그의 모습으로 실롬 로드를 엉금엉금 기어가는 차들의 헤드라이트가 빠르게 번졌다.

"그 사람하고 언제 통화했어요?"

"경위님하고 전화 끊고 바로요. 집에서 사진과 카메라 장비를 정리하고 있다고 했어요. 뢰켄은 올 겁니다."

해리는 손등으로 눈을 눌렀다. 아침에 일어날 때 눈이 따끔거리고 빨갰다.

"시작합시다." 그가 말했다.

"무슨 소리예요?"

"전부 살펴봐야 해요. 마지막으로 한번 재구성해봐요."

"좋아요. 그런데 왜죠?"

"리즈, 우리는 처음부터 엉뚱한 길에 들어섰어요."

해리가 끈을 놓자 블라인드가 요란하게 떨어졌고, 마치 무언가가 두꺼운 나뭇잎을 뚫고 떨어지는 것 같은 소리가 났다.

뢰켄은 의자에 앉아 있었다. 눈앞의 테이블에는 칼이 일렬로 놓여 있었다. 모두 몇 초 만에 사람을 죽일 수 있는 칼이었다. 사실 다른 인간을 죽이는 게 얼마나 쉬운지 생각하면 이상했다. 어찌나 쉬운지 간혹 대다수의 사람들이 그만큼 늙을 수 있다는 게 신기할 정도였다. 오렌지 껍질을 벗기듯이 한 번 스윽 그으면 목이 잘린다. 순식간에 피가 솟구쳐서 단 몇 초 만에 사망에 이른다. 적어도 요령을 아는 사람이 살인을 저지른다면.

등을 찌를 때는 상당히 정교해야 했다. 칼을 2, 30번 휘두르고도 아무것도 건드리지 못할 수도 있다. 큰 해를 입히지 않고 살점만 난도질하는 것이다. 그러나 해부학을 알고 폐나 심장을 찌르는 법을 익히면 그다음부터는 어린애 장난이었다. 앞에서 찌른다면 아래쪽을 겨냥하고 위로 끌어올려서 흉곽 밑으로 들어가 주요 장기를 찌르는 방법이 최선이었다. 하지만 척추 측면을 노린다면 뒤에서 찌르는 편이 수월하다.

사람을 쏘는 건 얼마나 쉬울까? 아주 쉬웠다. 그가 처음 사람을 죽인 건 한국에서 반자동 소총으로 쏘았을 때였다. 조준하고 방아쇠를 당기면 사람이 넘어간다. 그게 다였다. 양심의 가책이나 악몽 혹은 신경쇠약도 없었다. 전쟁 중이라 그랬을 수도 있지만 그것만으로 다 설명된다고 생각하지는 않았다. 혹시 그에게 공감 능력이 결핍되었을까? 어느 심리학자가 그에게 설명해준 바로는, 그가 소아성애자가 된 이유는 손상된 영혼 때문이었다. 악마라고 말했어도 틀리지는 않았을 것이다.

"좋아요, 이제부터 잘 들어요." 해리는 리즈의 맞은편에 앉아 있었다. "살인이 있던 날 대사의 차는 7시에 오베 클리프라의 집으로 갔지만 대사가 운전하지 않았어요."

"안 했어요?"

"네. 경비가 노란 양복을 입은 사람을 본 기억이 없대요."

"그래서요?"

"그 옷 봤잖아요, 리즈. 주유소 종업원도 신중해 보이게 만드는 옷. 그런 양복을 보고도 잊어버릴 것 같아요?"

리즈는 고개를 저었고 해리는 말을 이었다.

"운전자는 그 차를 차고에 넣고 문 옆의 초인종을 눌렀어요. 클리프라가 문을 열자 눈앞에 총부리가 보였을 겁니다. 방문자는 안으로 들어가서 문을 닫고 클리프라에게 입을 열라고 정중히 부탁했어요."

"정중히?"

"이야기에 조금 색채를 더하려고 애쓰는 중입니다. 됐어요?"

리즈는 입을 벌리고 손가락을 입술에 댔다.

"그다음에 총신을 입에 집어 넣고 물라고 명령한 다음 냉혹하고

무자비하게 총을 쐈어요. 총알이 클리프라의 뒤통수를 뚫고 나와 벽에 박혔죠. 범인은 피를 닦고…… 음, 얼마나 난장판이었을지 아실 거예요."

리즈는 고개를 끄덕이고 계속하라는 듯 손을 저었다.

"한마디로, 수수께끼의 인물은 흔적을 싹 다 제거했어요. 마지막으로 트렁크에서 스크루드라이버를 가져와서 벽에 박힌 총알을 빼냈고요."

"그걸 어떻게 알아요?"

"복도 바닥에서 회반죽 부스러기와 총알이 남긴 구멍을 발견했어요. 과학수사팀에서 우리가 트렁크에게 발견한 스크루드라이버의 회반죽과 동일 성분이라고 증명해줬고요."

"그리고요?"

"그리고 범인은 다시 차로 가서 대사의 시신을 옮기고 스크루드라이버를 제자리에 갖다놨어요."

"그럼 대사는 벌써 죽었군요?"

"그 얘기는 나중에 할게요. 범인은 대사의 양복으로 갈아입고 클리프라의 사무실에 들어가서 샨족의 칼 두 자루 중 한 자루와 은신처 열쇠를 가져갔어요. 또 클리프라의 사무실에서 잠깐 전화를 걸고 통화 테이프를 가져갔죠. 그런 다음 클리프라의 시신을 트렁크에 넣고 8시 무렵에 떠났어요."

"이야기를 따라가기가 쉽지 않아요, 해리."

"8시 반에 범인은 왕리의 모텔에 체크인했어요."

"저기요, 해리. 왕리가 대사를 체크인한 사람으로 지목했잖아요."

"왕리는 침대에 엎드려 죽은 남자가 체크인한 사람과 동일인이 아니라고 의심할 만한 근거가 없었어요. 왕리가 본 사람은 노란 양복을 입고 선글라스 뒤에 숨은 '파랑'이었으니까요. 그리고 대사의 신원을 확인했을 때는 시신의 등에 꽂힌 칼 때문에 왕리의 주의가 분산됐을 겁니다."

"그래요, 칼은 어떻게 된 거죠?"

"대사가 칼에 찔려 죽은 건 맞지만 모텔에 도착하기 한참 전이었어요. 사미족 칼 같아요. 순록 기름이 발라져 있었으니까요. 노르웨이의 핀마르크에 가면 아무 데서나 구할 수 있는 칼이에요."

"하지만 법의학자 말로는 자상이 샨족 칼과 일치했잖아요."

"흠, 그럴 겁니다. 샨족의 칼이 사미족의 칼보다 더 길고 더 넓어서 그 칼로 먼저 찔렀다고 볼 수는 없어요. 지금은 그냥 내 말을 따라오세요. 범인은 시신 두 구를 싣고 호텔에 도착해서 프런트에서 가능한 한 멀리 떨어진 방을 달라고 했어요. 그래야 차를 후진해서 대사를 몇 미터 떨어진 방으로 옮길 수 있으니까요. 게다가 준비가 됐다고 먼저 연락할 때까지는 방해하지 말아달라고 부탁했어요. 방에 들어가서 다시 옷을 갈아입고 대사에게 노란 양복을 입혔죠. 그런데 긴장한 나머지 실수를 저지르고 말아요. 전에 내가 대사가 분명 여자를 만나려던 것 같다고 말한 거 기억나요? 평소보다 허리띠를 한 칸 더 조였다면서?"

리즈는 혀를 입천장에 댔다 떼는 소리를 냈다. "범인이 허리띠를 채울 때 닳은 구멍을 찾지 않았군요."

"사소한 실수이고 정체가 발각될 정도는 아니었지만 이 살인 사건이 앞뒤가 맞아떨어지지 않는다는 느낌을 주는 여러 가지 사소한 단서들 중 하나였어요. 대사가 침대에 엎드려 있을 때 범인은 원래 있던 상처에 샨족의 칼을 조심스럽게 밀어 넣은 다음 손잡이를 닦고 모든 흔적을 없앴어요."

"그러니까 모텔방에 피가 많지 않았던 것도 설명되네요. 다른 어디선가 살해당했으니까. 왜 법의학자가 그걸 알아채지 못했을까요?"

"칼에 찔렸을 때 상처에서 피가 얼마나 나온다고 장담하는 건 쉽지 않아요. 어느 동맥이 잘리고 칼날이 어디까지 흐름을 막는지에 따라 달라지거든요. 9시 무렵에 범인은 클리프라를 트렁크에 실은 채 클리프라의 은신처로 출발했어요."

"범인은 은신처가 어딘지 알았군요? 그렇다면 틀림없이 클리프라를 아는 사람이었어요."

"잘 아는 사람."

테이블에 그림자 하나가 드리웠고, 남자가 뢰켄의 맞은편에 앉았다. 발코니가 열려 있어서 귀가 먹먹할 정도로 차 소리가 들어오고 고약한 배기가스 냄새가 진동했다.

"준비됐나?" 뢰켄이 물었다.

머리를 땋은 거인이 그를 보았고, 뢰켄이 태국어로 말해서 놀란 눈치였다.

"준비됐다." 거인이 답했다.

뢰켄은 창백한 얼굴로 미소를 지었다. 몹시 지치는 느낌이었다. "그럼 뭘 기다리는 거냐? 빨리 해!"

"범인은 클리프라의 은신처에 도착해서 문을 따고 클리프라를 냉동고에 집어넣었어요. 그런 다음 트렁크를 물로 닦고 진공청소기로 빨아들여서 우리가 시신이 있던 흔적을 발견하지 못하게 만들었어요."

"좋아요, 그런데 이걸 다 어떻게 알아냈어요?"

"과학수사팀에서 냉동고에서 클리프라의 혈흔을 검출했고, 진공청소기에서 트렁크와 시신 두 구의 옷 섬유 조직을 찾아냈거든요."

"맙소사. 그러니까 대사는 지난번에 우리가 차를 살펴볼 때 형사님이 말씀하셨던 것처럼 결벽증 환자가 아니었네요?"

해리는 미소를 지었다. "대사가 결벽증 환자나 깔끔한 사람이 아니라는 건 집무실을 보고 알았어요."

"저 지금 제대로 들은 건가요? 형사님이 '실수'했다고 인정하는 겁니까?"

"예, 그래요." 해리는 검지를 들었다. "하지만 클리프라는 결벽증에 깔끔한 사람이었어요. 오두막이 아주 깨끗하고 정리가 잘되어 있던 거 기억나요? 벽장에는 진공청소기를 제자리에 고정하는 고리까지 있었죠. 그런데 제가 벽장문을 열었을 때 청소기가 빠져나왔어요. 청소기를 마지막에 쓴 사람은 익숙하지 않았던 거죠. 그래서 진공청소기 먼지주머니를 과학수사팀에 보냈어요."

리즈는 천천히 고개를 저었고, 해리는 말을 이었다.

"냉동고에 든 고기를 보고 시체를 몇 주 동안 보관하면서도 시체가……." 해리는 볼을 부풀리고 두 손으로 보여주었다.

"형사님 좀 이상해요." 리즈가 말했다. "병원에 가보셔야겠어요."

"마저 들을 겁니까, 말 겁니까?"

리즈는 마저 듣고 싶었다.

"그다음에 놈은 모텔로 돌아가 차를 세워놓고 방에 들어가서 차 열쇠를 대사의 주머니에 넣었어요. 그러고는 야밤을 틈타 홀연히 종적을 감췄죠. 문자 그대로."

"잠깐만요! 우리가 차로 오두막에 갔을 때 편도로 90분이 걸렸어요. 맞죠? 여기서 거의 비슷한 거리예요. 우리 친구 딤이 11시 반에 시신을 발견했으니까, 형사님 말대로 범인이 모텔에서 출발한 이후로 2시간 반이 지나서였어요. 대사의 시신이 발견되기 전에 모텔로 돌아왔다는 건 말이 안 되잖아요. 혹시 그 부분은 놓치신 건가요?"

"그럴 리가. 그 구간을 직접 달려보기도 했어요. 9시에 출발해서 오두막에서 반시간 기다렸다가 다시 돌아왔어요."

"그리고?"

"12시 15분에 도착했어요."

"보세요. 말이 안 되잖아요."

"우리가 조사했을 때 딤이 차에 대해 뭐라고 했는지 기억나요?" 리즈는 윗입술을 물었다.

"차는 생각나지 않는다고 했어요." 해리가 말했다. "차가 거기 없었으니까. 12시 15분에 두 사람은 프런트에서 경찰을 기다리고 있었고 대사의 차가 몰래 들어오는 것을 알아채지 못했어요."

"맙소사, 전 우리가 아주 신중한 살인범을 다루는 줄 알았어요. 범인이 돌아왔을 때 경찰이 그를 맞이했을 수도 있군요."

"신중한 자이긴 한데 자기가 모텔로 돌아오기 전에 시신이 발견될 줄은 미처 예상하지 못한 거죠. 먼저 연락하기 전에는 딤을 방으로 보내지 말라고 했잖아요. 하지만 왕리가 참을성 없이 계획을 망쳐버릴 뻔했던 거죠. 범인이 차 열쇠를 갖다놓을 때 의심하지 못했을 거예요."

"그럼 눈먼 행운이었네요?"

"범인은 어떤 일도 운에 맡기지 않아요."

분명 만주인이야. 뢰켄은 생각했다. 지린성 출신이겠지. 한국전쟁 중에 뢰켄은 만주 사람들이 키가 크다는 이유로 붉은 군대가 만주에서 병사를 많이 모집했다는 말을 들었다. 타당하든 아니든 그 사람들은 진창에 더 깊이 빠지고 더 큰 표적이 되었다. 방 안에 있던 다른 남자가 그의 뒤에서 노래를 흥얼거렸다. 확실하지는 않지만 'I Wanna Hold Your Hand' 같았다.

중국인은 테이블에 있던 칼을 들고 있었다. 70센티미터 길이의 약간 휜 사브르를 단순히 칼이라고 부를 수 있다면 말이다. 그는 야구선수가 방망이를 고르듯 칼을 손에 올려놓고 무게를 가늠하고는 한마디도 않고 머리 위로 들었다. 뢰켄은 이를 악물었다. 바르비투르* 투여로 인한 기분 좋은 나른함이 사라진 동시에 혈관 속의 피가 얼어붙고 자제력을 잃었다. 그가 소리를 지르며 테이블에 손을 묶은 가죽끈을 세게 잡아당기는 사이 등 뒤에서 흥얼거리는 소리가 다가왔다. 그의 손이 뢰켄의 머리카락을 움켜잡고 뒤로 홱 잡아채더니 그의 입에 테니스공을 쑤셔 넣었다. 까끌까끌한 표면이 혀와 입천장에 닿았고, 압지처럼 침을 빨아들여서 비명을 질러도 희미한 신음밖에 나오지 않았다.

지혈대가 팔뚝에 너무 꽉 묶여 있어서 손에 감각이 없었고, 사브르가 탁 하는 소리를 내며 떨어졌지만 아무것도 느껴지지 않아서 순간 칼이 빗나간 줄 알았다. 그러다 칼날의 저편에 오른손이 보였다. 잘린 단면이 깔끔했다. 절단된 하얀 뼈 두 개가 튀어나와 있었

* 진정제와 최면제로 쓰이는 약물.

다. 요골과 척골*. 남의 몸에서 이런 뼈들을 본 적이 있지만 자기 것은 본 적이 없었다. 지혈대 덕분에 피는 많이 나오지 않았다. 흔히 생각하듯 순식간에 절단하면 아프지 않다는 건 사실이 아니었다. 참을 수 없는 고통이 밀려왔다. 뢰켄은 쇼크가 오기를, 아무것도 느껴지지 않는 마비 상태가 되기를 기다렸지만 그쪽 길은 즉각 차단되었다. 줄곧 흥얼거리던 남자가 그의 위팔에 주사기를 찔렀다. 셔츠 위, 혈관을 찾아보지도 않은 채로. 이것이 바로 모르핀의 위력이었다. 어느 부위에 주입하든 효과가 나타났다. 뢰켄은 살아남을 수 있다는 것을 깨달았다. 꽤 오랜 시간 동안. 저들이 원하는 만큼 오래.

"루나 몰네스는 어떻게 된 거예요?" 리즈가 성냥개비로 잇새를 쑤시면서 물었다.

"루나는 언제고 그자가 원할 때 차에 태웠을 거예요." 해리가 말했다.

"그런 다음에 클리프라의 은신처로 데려갔군요. 그다음엔 어떻게 됐죠?"

"창문의 혈흔과 총알구멍을 보면 루나가 오두막에서 언제 총에 맞았는지 알 수 있어요. 아마 도착한 직후였을 겁니다."

해리는 루나를 이렇게 살인 피해자로 말할 때가 수월했다.

"그건 이해가 안 가요." 리즈가 말했다. "왜 루나를 납치하고 바로 죽였을까요? 루나를 이용해서 형사님이 수사하지 못하게 막는 데 목적이 있었던 것 같은데. 그러려면 루나가 살아 있어야 하잖아

* 팔의 아랫마디에 있는 두 뼈.

요. 형사님은 그자의 요구를 들어주기 전에 루나가 무사한지 증거를 보여달라고 했을 테니까요."

"그럼 제가 어떻게 그자의 요구를 들어줬을까요?" 해리가 물었다. "노르웨이로 돌아가요? 그러면 루나는 웃으면서 집으로 뛰어가고? 우리를 압박할 수단이 전혀 없어지는데도 단지 제가 자기를 가만히 놔둔다고 약속했다는 이유만으로 안도의 한숨을 내쉴 수 있었을까요? 정말로 이런 식으로 흘러갔을 거라고 생각하세요? 그자가 루나를 그냥 풀어줄 거라고……?"

해리는 리즈의 눈을 보고 자기가 언성을 높인 것을 알았다. 그는 입을 닫았다.

"아니요, 전혀. 범인이 무슨 생각을 하고 있었을지 얘기해본 거예요." 리즈는 해리에게 눈을 고정하고 말했다. 걱정스러운 듯 다시 미간에 주름이 잡혀 있었다.

"미안해요, 리즈." 해리가 손끝으로 턱을 눌렀다. "제가 피곤한가 봐요."

해리는 일어서서 다시 창가로 갔다. 유리창 안쪽의 찬 기운과 바깥쪽의 습하고 더운 공기가 만나 유리창에 얇고 희뿌연 막을 만들었다.

"그자가 루나를 납치한 건 제가 필요 이상으로 캐낼까 봐 겁먹어서가 아니었어요. 그자는 그렇게 생각할 이유가 없었어요. 어차피 나는 한 치 앞도 내다보지 못했으니까요."

"그럼 루나를 납치한 동기가 뭐였을까요? 우리의 가설을 확인하자면, 대사와 짐 러브가 살해된 배경에는 클리프라가 있었잖아요?"

"그건 부차적 동기였어요." 해리가 잔에 대고 말했다. "주요 동기는 그자가 루나까지 죽여야 했다는 거예요. 제가…….."

옆방에서 희미하게 중저음의 목소리가 들렸다.

"네, 해리?"

"제가 그 애를 만났을 때 그 애는 이미 죽을 운명이었어요."

리즈는 숨을 들이마셨다. "9시가 다 돼가요, 해리. 뢰켄이 오기 전에 범인이 누군지 말해줄 거죠?"

뢰켄은 7시에 아파트 문을 잠그고 거리로 내려가서 택시를 잡아 타고 밀리 가라오케로 가려고 했다. 그때 차 한 대가 보였다. 토요타 코롤라. 운전석에 앉은 남자가 차 안에 꽉 들어찼다. 조수석에 다른 사람의 형체도 보였다. 뢰켄은 차로 다가가서 그들이 원하는 게 뭔지 알아보려다가 그전에 잠시 시험해보기로 했다. 뢰켄은 그들이 무엇을 쫓고 있고 누가 보낸 자들인지 알 것 같았다.

뢰켄은 택시를 잡아타고 몇 블록 이동하면서 코롤라가 미행하는 것을 확인했다.

택시 기사는 뒷자리의 '파랑'이 관광객이 아닌 걸 알아보고 마사지를 제안하지 않았다. 하지만 뢰켄이 몇 번 둘러서 가달라고 부탁하자 처음 들었던 생각을 재고하는 듯했다. 뢰켄은 거울 속에서 기사와 눈이 마주쳤다.

"관광 오셨습니까, 손님?"

"예, 관광 좀 하려고요."

10분 후 더는 의심의 여지가 없었다. 그는 경찰 둘을 달고 비밀 회동 장소로 가야 했던 것이다. 뢰켄은 서장이 어떻게 그들의 비밀 회동을 알아챘는지 궁금했다. 수사관 하나가 규칙을 살짝 어기고 외국인들과 협조했다고 해서 서장이 왜 그렇게 불쾌하게 받아들였는지 의아했다. 규칙을 지키지는 않았을지 몰라도 결국 성과가 있었다.

수아 파 로드는 정체 상태였다. 택시 기사는 버스 두 대 사이로 비집고 들어가서 건설 중인 기둥들을 가리켰다. 지난주에 강철 기둥 하나가 넘어져서 운전자 한 명이 사망했다. 뢰켄도 그 기사를 읽은 적이 있다. 사진도 실려 있었다. 택시 기사는 고개를 절레절레 흔들고 헝겊을 꺼내서 계기판과 창문, 부처상과 왕족의 사진을 닦고는, 한숨을 내쉬면서 〈타이 라드〉를 운전대에 올리고 스포츠면을 펼쳤다.

뢰켄은 뒷자리 창밖을 내다보았다. 그가 탄 택시와 토요타 코롤라 사이에는 차 두 대 밖에 없었다. 뢰켄은 손목시계를 보았다. 7시 반. 머저리 둘을 따돌릴 수 있다고 해도 어차피 늦을 것이다. 뢰켄은 마음을 정하고 택시 기사의 어깨를 가볍게 건드렸다.

"아는 사람이 보이네요." 뢰켄은 영어로 말하고 손으로 뒤쪽을 가리켰다.

택시 기사는 미심쩍은 얼굴로 '파랑'이 돈도 안 내고 도망칠까 봐 의심했다.

"금방 돌아올게요." 뢰켄은 이렇게 말하고 뒷문으로 간신히 빠져나갔다.

수명이 하루 단축됐군. 뢰켄은 이렇게 생각하면서 쥐 한 가족을 기절시킬 만큼의 이산화탄소를 마시면서 침착하게 차들 사이를 빠져나가 토요타로 향했다. 한쪽 헤드라이트가 어딘가에 부딪혔는지 뢰켄의 얼굴을 정면으로 비추었다. 뢰켄은 할 말을 준비하면서 그들의 놀란 표정을 기대했다. 몇 미터 앞에서부터 차 안에 있는 두 사람을 알아볼 수 있었다. 갑자기 확신이 없어졌다. 두 사람의 모습에는 어딘지 석연치 않은 구석이 있었다. 경찰들이 대개 똑똑하지 않은 편이라고는 해도 적어도 누군가를 미행할 때는 신중함이 첫 번째 계명이라는 정도는 알았다. 그런데 조수석의 남자는 해가 진 지 좀 됐는데도 선글라스를 쓰고 있었고, 운전석의 덩치는 유독 튀었다. 뢰켄이 막 돌아서려던 순간에 차문이 열렸다.

"어이, 선생." 부드러운 목소리였다. 망했다. 뢰켄은 다시 택시로 돌아가려고 했지만 차 한 대가 비집고 들어오는 바람에 길이 막혔다. 뢰켄은 코롤라를 돌아보았다. 중국인이 다가오고 있었다. "어이, 선생." 반대편 차선의 차들이 움직이기 시작할 때 그가 다시 불렀다. 허리케인 속에서 속삭이는 소리처럼 들렸다.

뢰켄은 언젠가 맨손으로 사람을 죽여본 적이 있다. 토끼찍기라는, 위스콘신 훈련소에서 배운 방법대로 상대의 후두를 박살낸 것이다. 하지만 아주 오래전 일이고, 그때는 그도 젊었다. 그리고 겁에 질려 있었다. 지금은 그저 화가 치밀 뿐이었다.

그래봐야 소용이 없을 터였다.

두 팔이 그를 감싸고 발이 땅에서 들리자 뢰켄은 힘을 써볼 수 없으리라는 걸 알았다. 소리를 질러보려 했지만 성대를 울리는 데 필요한 공기가 몸에서 다 빠져나가버렸다. 별이 총총한 하늘이 서서히 도는 것 같더니 천을 씌운 차 안의 천장에 가려졌다.

뢰켄의 목덜미에 뜨겁고 얼얼한 숨결이 닿았고, 그는 코롤라의 앞유리를 내다보았다. 선글라스를 낀 남자가 택시 옆에서 운전석 창문으로 쪽지를 건네고 있었다. 뢰켄을 잡아챈 손아귀의 힘이 풀리자 그는 더러운 공기가 샘물이라도 되는 양 떨면서 한 번에 길게 들이마셨다.

택시 기사가 창문을 올렸고, 선글라스를 낀 남자가 다시 그들에게 돌아왔다. 남자가 선글라스를 벗고 고장 난 헤드라이트 불빛 안으로 들어오자 뢰켄은 그를 알아보았다.

"옌스 브레케?" 뢰켄이 놀라서 중얼거렸다.

48

1월 24일 금요일

"옌스 브레케?" 리즈가 버럭 소리를 질렀다.

해리는 고개를 끄덕였다.

"말도 안 돼! 알리바이는요? 그놈의 완벽하다는 테이프에도 그자가 8시에 여동생에게 전화한 걸로 나왔잖아요?"

"예, 그자가 동생한테 전화한 건 맞지만 발신지는 그의 사무실이 아니었어요. 대체 왜 일중독자 여동생에게 업무 시간에 집으로 전화했느냐고 물어봤어요. 그자 말로는 노르웨이가 몇 시인지 깜빡했다더군요."

"그리고?"

"통화 중개인이 다른 나라가 몇 시인지 '깜빡'한다는 소리 들어본 적 있어요?"

"이해가 안 가요."

"클리프라의 사무실에도 옌스와 비슷한 기계가 있는 걸 보자 모든 게 명쾌하게 풀리더군요. 옌스가 클리프라를 쏜 후 거기서 여동생이 집에 없는 줄 알면서도 집으로 전화해서 자동응답기에 기록을 남기고 테이프를 가지고 나온 거예요. 전화한 시각은 나와도 전화한 장소는 나오지 않거든요. 우리는 그 테이프가 다른 녹음기에서 녹음됐을 가능성을 생각하지 못했죠. 하지만 클리프라의 사무실에서 빼낸 테이프라는 건 입증할 수 있어요."

"어떻게요?"

"1월 7일 이른 오후에 대사의 휴대전화로 클리프라에게 전화한 기록이 있던 거 생각나요? 클리프라의 사무실에 있던 테이프에는 어디에도 그 통화 기록이 없어요."

리즈가 웃었다. "그 자식은 알리바이를 물 샐 틈 없이 짜놓고 유치장에 앉아서 비장의 카드를 꺼낼 때를 기다렸군요? 그래야 최대한 설득력 있게 보일 테니까."

"말투에서 존경심이 느껴지는데요, 경위님."

"순전히 직업적인 겁니다. 그자가 처음부터 전부 계획했다고 보세요?"

해리는 손목시계를 보았다. 그의 뇌가 아까부터 모스 부호로 뭔가 잘못되었다는 메시지를 보내기 시작했다.

"확실한 거 하나는, 옌스가 저지른 짓은 모두 계획되어 있었다는 겁니다. 사소한 부분 하나까지도 우연에 맡기지 않는 자예요."

"어떻게 그렇게 확신해요?"

"흠." 해리는 빈 잔을 얼굴에 댔다. "그자가 말해줬으니까요. 이긴다는 확신 없이는 시작하지도 않는다고."

"그럼 그자가 대사를 어떻게 살해했는지도 알아냈겠군요?"

"우선 놈은 대사를 따라 지하주차장까지 내려갔어요. 이건 로비여직원이 증명해줄 수 있어요. 그런 다음 다시 엘리베이터를 타고 위로 올라갔어요. 이건 놈이 엘리베이터에서 데이트를 신청한 여자가 증명해줄 수 있고요. 대사는 아마 주차장에서 죽였을 겁니다.

대사가 차에 탈 때 사미족 칼로 등을 찌르고 열쇠를 빼앗은 거죠. 시신을 트렁크에 넣은 다음에 차를 잠그고 엘리베이터로 가서 위에서 누가 버튼을 누르기를 기다렸어요. 그래야 그가 다시 올라간 사실을 증명해줄 다른 목격자를 확보할 수 있었으니까요."

"그자가 여자에게 데이트 신청을 한 것도 자기를 기억하게 만들려는 수작이었군요."

"그래요. 다른 사람이 나타났다면 다른 계획을 세웠겠죠. 그런 다음 외부에서 걸려오는 전화를 모두 차단해서 바쁜 것처럼 꾸며놓고 다시 엘리베이터로 내려가서 대사의 차를 몰고 클리프라의 집으로 간 겁니다."

"그런데 대사를 주차장에서 살해했다면 카메라에 잡혔을 텐데요."

"CCTV 테이프가 왜 사라진 것 같아요? 물론 아무도 옌스의 알리바이를 깨트리려 하진 않았어요. 놈은 짐 러브에게 테이프를 넘겨 받았어요. 킥복싱 경기장에서 만났던 저녁에 놈이 급히 사무실로 돌아갔잖아요. 미국 고객들과 통화하려던 게 아니라 짐 러브를 만나 자기가 대사를 죽인 장면을 덮어버리려던 거였어요. 그리고 타이머를 다시 프로그래밍해서 누군가 그의 알리바이를 깨트리려고 하는 것처럼 보이게 만들었어요."

"왜 그냥 원래 있던 테이프를 없애지 않은 거죠?"

"놈은 완벽주의자예요. 몇몇 젊고 총명한 수사관들이 머지않아 녹화 내용과 시각이 일치하지 않는다는 사실을 알아챌 거라고 예상한 거죠."

"어떻게요?"

"다른 날 저녁 시간 테이프로 문제의 장면을 덮었으니까요. 머지 않아 경찰이 그 건물에서 일하는 사람들을 만나볼 테고, 1월 7일 5시 이후로 30분 동안 해당 카메라 앞을 지나갔다고 증언하는 사람들이 나타날 테니까요. 테이프가 조작된 증거는 물론 그 사람들이 테이프에 '없다'는 사실일 테고요. 비와 젖은 타이어 덕분에 더 빨리 알아챈 거죠."

"그러니까 형사님은 그자가 원하는 경찰보다 훨씬 똑똑한 건 아니군요?"

해리는 어깨를 으쓱했다. "네. 그래도 전 그 덕에 살아남았어요. 짐 러브는 살아남지 못했고. 그래서 독이 든 아편으로 대가를 치렀죠."

"그가 증인이어서요?"

"말했다시피 옌스는 위험을 감수하는 걸 좋아하지 않아요."

"하지만 동기는요?"

해리는 볼을 부풀렸다. 대형 트럭이 브레이크를 거는 것 같은 소리가 났다.

"전에 제가 6년간 5천만 크로네가 넘는 돈을 처분할 수 있는 권리라면 대사를 죽일 만한 동기가 되는지 의문이라고 했던 거 기억나요? 그게 아니었어요. 그 권리를 평생 갖는다면 옌스 브레케가 세 사람을 죽일 만한 동기로 충분하죠. 유언장에는 루나가 성인이 되면 돈을 상속받지만 루나가 죽으면 그 돈이 어떻게 되는지는 명시되어 있지 않아서 그 돈은 상속 서열을 따르게 돼요. 말하자면 재산이 힐데 몰네스의 소유가 되는 겁니다. 유언장은 이제 힐데가 재산에 손대는 걸 막지 못해요."

"옌스가 무슨 수로 힐데에게 돈을 받아요?"

"놈은 아무것도 하지 않아도 돼요. 어차피 힐데 몰네스는 6개월

밖에 살지 못하니까요. 옌스가 힐데와 결혼하고, 완벽한 신사를 연기하기에 충분한 시간이에요."

"그러니까 그자가 남편과 딸을 제거해서 힐데가 죽으면 그자가 재산을 상속받을 수 있군요?"

"그게 다가 아니에요." 해리가 말했다. "그 돈은 이미 써버렸거든요."

리즈가 미간을 찌푸렸다.

"놈은 퓨리델이라는, 부도 직전의 회사를 인수했어요. 바클레이스 타일랜드의 예상대로 상황이 전개되면 퓨리델의 가치는 놈이 지불한 금액의 20배로 상승할 수 있어요."

"그런데 왜 다른 사람들은 팔려고 했을까요?"

"퓨리델의 사장인 조지 월터스 말로는, '다른 사람들'이란 소액 주주 두어 명인데 이들은 오베 클리프라가 대주주가 되면 엄청난 일이 일어날 거라고 판단해서 오베 클리프라에게 자기네 주식을 팔지 않으려고 했대요. 그런데 클리프라가 사라진 후 달러 부채로 인해 퓨리델이 무너질 수 있다는 정보를 듣고는 기꺼이 옌스의 제안을 받아들인 거예요. 클리프라의 재산을 관리하는 변호사 사무실도 마찬가지예요. 총 구매가가 1억 크로네 정도죠."

"그런데 옌스가 아직 돈을 받은 건 아니잖아요."

"월터스 말로는 그 금액의 절반은 서명과 동시에 지급되고, 나머지 절반은 6개월 후에 지급된대요. 처음 절반을 어떻게 해결할 생각이었는지는 저도 몰라요. 어디 다른 데서 긁어모았겠죠."

"그럼 힐데가 6개월 안에 죽지 않으면 어떻게 해요?"

"왠지 옌스가 반드시 그렇게 만들 거라는 느낌이 드는군요. 부인의 술에 뭔가를 타서……."

리즈는 골똘히 허공을 응시했다. "그자는 이렇게 절묘한 시점에 자기가 퓨리델의 새 주인으로 나타나면 의심을 살 거라고 생각하지 못했을까요?"

"아니요, 그래서 엘렘 사라는 이름으로 주식을 사들인 거예요."

"그자가 그 회사의 배후에 있다는 걸 누군가 밝혀낼 수도 있잖아요."

"그자는 배후에 없었어요. 표면적으로는. 힐데의 이름으로 설립된 회사니까요. 하지만 물론 힐데가 죽으면 그자가 상속하죠."

리즈는 입모양으로 소리 없이 '오'라고 말했다. "이런 걸 다 어떻게 알아냈어요?"

"월터스의 도움을 받았어요. 다만 클리프라의 집에서 퓨리델의 주주 명단을 보고 의심이 들었죠."

"정말요?"

"엘렘." 해리가 빙그레 웃었다. "처음에는 이바르 뢰켄을 의심했어요. 그 사람이 베트남전쟁에서 얻은 별명이 LM이거든요. 그런데 정답은 그보다 더 시시해요."

"난 포기할래요."

"엘렘Ellem을 뒤집으면 멜레Melle가 되잖아요. 힐데 몰네스의 결혼 전 성이죠."

리즈는 동물원 구경거리라도 되는 양 해리를 바라보았다.

"진짜 사람 같지 않아요." 리즈가 중얼거렸다.

옌스는 손에 든 파파야를 보았다.

"그거 알아, 뢰켄? 파파야를 한입 베어 물면 토사물 맛이 나. 알고 있었나?"

그는 과육에 이빨을 박았다. 과즙이 볼을 타고 흘렀다.

"그다음에는 여자의 성기 맛이 나지."

그는 몸을 뒤로 기대고 웃었다.

"있잖아, 여기 차이나타운에서는 파파야 하나에 5바트야. 거저나 다름없지. 누구나 사 먹을 수 있어. 파파야를 먹는 건 말하자면 소박한 즐거움이라고나 할까. 그리고 여느 소박한 즐거움처럼 완전히 사라져버리기 전에는 그 소중함을 몰라. 그건 마치……." 옌스는 적절한 비유를 찾는 것처럼 손짓했다. "마치 엉덩이를 닦을 수 있는 것과 같아. 아니면 자위를 하거나. 손 하나만 있으면 다 되거든."

그는 중지로 뢰켄의 잘린 손을 얼굴 앞에 들었다.

"당신한테는 아직 하나 남아 있잖아. 그걸 생각해. 그리고 손이 없으면 하지 못할 '모든' 것을 생각해보라고. 내가 벌써 생각해봤으니까 좀 도와주지. 오렌지 껍질을 못 까고, 낚싯바늘에 미끼를 못 꿰고, 여자 몸을 애무하지도, 혼자 바지 단추도 채우지 못해. 그래, 심지어 자기한테 총을 쏘지도 못해. 혹시나 그러고 싶은 유혹에 빠진대도 말이야. 뭘 하든 남한테 도움을 받아야 돼. 뭐든 말이야. 잠깐 생각해보라고."

손에서 뚝뚝 떨어진 피가 테이블 가장자리에서 튕겨서 뢰켄의 셔츠에 붉은 점들을 남겼다. 옌스가 손을 내려놓았다. 손가락들이 천장을 가리켰다.

"반대로 말이야, 두 손 다 멀쩡하면 인간이 할 수 있는 일에는 한계가 없어. 사람 목을 졸라 죽이고 관절을 비틀고 골프채를 잡을 수도 있지. 현대 의학이 얼마나 발전했는지 알아?"

옌스는 뢰켄이 대답하지 않으리라는 확신이 들 때까지 기다렸다.

"신경 하나 손상시키지 않고 다시 꿰매서 붙일 수 있어. 팔을 헤집고 들어가서 신경을 찾아서 고무줄처럼 잡아당겨. 6개월이면 애초에 손이 잘렸었나 싶을걸. 물론 당신이 빨리 병원에 갈 수 있느냐, 손을 잊지 않고 가져가느냐에 달려 있지."

그는 뢰켄의 의자 뒤를 지나서 뢰켄의 어깨에 턱을 괴고 귀에다 속삭였다.

"얼마나 괜찮은 손인지 보라고. 아름답지 않아? 미켈란젤로 그림에 있던 손과 거의 비슷해. 그걸 뭐라고 하더라?"

뢰켄은 대답하지 않았다.

"왜 있잖아, 리바이스 광고에 나오는 거."

뢰켄은 정면의 한 지점에 시선을 고정했다. 옌스가 한숨을 쉬었다.

"우리 둘 다 미술 전문가는 아닌 것 같군, 응? 흠, 이번 일이 끝나면 유명한 그림을 몇 점 사서 그런 게 내 흥미를 돋우는지 알아볼까 봐. 그나저나 너무 늦지 않게 손을 꿰매려면 얼마나 남은 것 같나? 한 시간? 얼음에 넣으면 더 오래 갈 수도 있을 텐데. 미안하지만 오늘은 얼음이 다 떨어진 것 같아. 다행히도 여기서 안스부트 병원까지는 차로 15분밖에 안 걸려."

그는 심호흡을 하고 뢰켄의 귀에 입을 바짝 대고 소리를 질렀다.

"홀레랑 그 여자는 어디 있냐니까?"

뢰켄은 움찔하고 치아를 드러내며 고통스럽게 웃었다.

"미안해." 옌스가 말했다. 그는 뢰켄의 볼에 튄 파파야 조각을 집었다. "내가 그들을 꼭 찾아야 해서 그래."

뢰켄의 입술이 달싹이면서 거친 목소리가 새어나왔다. "네가 옳아……."

"뭐라고?" 옌스가 말했다. 옌스가 뢰켄의 입으로 몸을 숙였다. "뭐라 그랬어? 크게 말해, 친구!"

"파파야 말이야, 네 말이 맞아. 토사물 냄새가 나."

리즈가 머리 위에서 손을 포갰다.

"짐 러브 말이에요. 옌스가 부엌에서 청산을 아편에 섞는 모습이 잘 그려지지 않아요."

해리가 실실 웃었다. "옌스가 클리프라를 두고 똑같이 그렇게 말했어요. 당신 말이 맞아요. 그자는 누군가의 도움을 받았어요. 프로한테."

"구인광고를 내서 그런 사람을 찾을 수는 없잖아요. 아닌가요?"

"안 되죠."

"혹시 우연히 만난 사람일까요? 살벌한 동네로 가서. 아니면……." 리즈는 해리의 시선을 느끼고 말을 끊었다. "네?" 리즈가 말했다. "뭔데요?"

"빤하지 않아요? 우리의 오랜 친구 우예요. 우랑 옌스가 처음부터 같이 한 짓이에요. 우에게 내 전화기에 도청장치를 심어놓으라고 한 사람도 옌스였어요."

"대사의 빚쟁이들 밑에서 일하던 사람이 옌스 밑에서도 일했다니 우연의 남발 같은데요."

"왜냐면 우연이 아니니까요. 힐데 몰네스는 대사가 죽은 후 깡패 사채업자들한테서 전화가 오다가 옌스가 전화를 받은 뒤로는 전화가 오지 않았다고 했어요. 옌스가 그들에게 겁을 주었을 것 같지는 않고 이렇게 생각해보자고요. 우리가 타이 인도 트레블러스를 갔을 때 미스터 소렌센이 몰네스 집안과는 볼일이 없다고 했어요. 그

자가 진실을 말한 것 같아요. 내 생각엔 옌스가 대사의 빚을 다 갚
아줬어요. 대신 다른 서비스를 받기로 했겠죠, 그건 물론."

"우의 서비스."

"맞아요." 해리는 손목시계를 보았다. "빌어먹을, 이 양반은 어떻
게 된 거지?"

리즈가 일어서면서 한숨을 쉬었다. "전화해봐요. 잠들었을 수도
있으니까."

해리는 턱을 긁적이면서 생각에 잠겼다. "아마도."

뢰켄은 가슴께에 고통을 느꼈다. 심장에 문제가 있었던 적은 없
지만 증상은 조금 알았다. 만일 심장마비라면 사망할 만큼 강력한
것이기를. 어차피 죽을 거라면 옌스에게서 쾌락을 빼앗을 수 있으
면 좋으련만. 아무도 모를 일이지만 어쩌면 옌스가 아무런 쾌락을
맛보지 않을 수도 있었다. 어쩌면 뢰켄만큼이나 옌스에게도 그저
해치워야 할 일이었는지도 몰랐다. 총알 하나면 사람이 쓰러지고
그걸로 끝이다. 뢰켄은 옌스를 보았다. 그의 입이 움직이는 것을
보았고, 놀랍게도 아무 소리도 들리지 않았다.

"그래서 오베 클리프라가 나한테 퓨리델의 달러 채무를 해결해
달라고 부탁했을 때 말이야, 전화가 아니라 점심식사를 앞에 두고
있었다니까." 옌스가 말했다. "내 귀가 의심스럽더군. 5억 달러나
되는 금액을 주문을 하면서 추적 가능한 기록을 전혀 남기지 않고
구두로 전달하다니! 반평생을 기다려도 찾아오지 않는 그런 기회
잖아."

옌스는 냅킨으로 입을 닦았다.

"나는 사무실로 돌아가서 내 명의로 달러를 거래했지. 달러가 하

락하면 거래를 퓨리델로 옮겨서 우리가 얘기한 대로 달러 채무를 청산했다고 말하면 그만이니까. 달러가 상승하면 수익은 내 주머니에 챙기고 클리프라가 달러 금리를 사들이라고 부탁했다고 딱 잡아떼면 되고. 그자는 아무것도 증명할 수 없었으니까. 그래서 어떻게 됐는지 알아, 이바르? 이바르라고 불러도 괜찮지?"

엔스는 냅킨을 뭉쳐서 문 옆의 쓰레기통을 겨냥했다.

"그래, 클리프라가 바클레이스 타일랜드의 경영진에게 이 일을 알리겠다고 협박했어. 나는 그자에게 바클레이 타일랜드가 그자의 편을 든다면 그 손실을 갚아줄 각오를 해야 할 거라고 설명했지. 회사 최고의 중개인을 잃게 될 거라고도 했고. 간단히 말해서, 회사로서는 내 편을 들어줄 수밖에 별 도리가 없다는 소리야. 그랬더니 그자가 정치권 인맥을 동원하겠다고 협박하더군. 근데 그거 아나? 그자는 거기까지 가보지도 못했어. 내가 골칫거리를, 그러니까 오베 클리프라를 제거하는 동시에 그의 회사인 퓨리델을, 인기가 치솟을 회사를 인수할 수 있겠다는 사실을 깨달았거든. 그리고 내가 그렇게 말한 건, 한심한 주식 투기자들이 하는 식으로 그런 걸 바라고 믿어서가 아니었어. 나는 그렇게 될 줄 '알았어'. 그렇게 되도록 내가 만들 거니까." 엔스의 눈빛이 반짝였다. "해리 흘레라는 작자와 그 대머리 여자가 오늘밤 죽을 걸 아는 것처럼. 그렇게 될 테니까." 엔스는 손목시계를 보았다. "템푸스 푸기트*, 이바르. 당신한테 뭐가 최선인지 생각할 때야, 안 그래?"

뢰켄이 텅 빈 눈으로 그를 보았다.

"무섭지 않나, 응? 어려운 문제인가?" 엔스는 약간 멍한 얼굴로

---

* tempus fugit, '세월은 유수 같다'라는 뜻의 라틴어.

단추 구멍에서 실밥을 잡아당겼다. "그들이 어떻게 발견될지 말해줄까, 이바르? 각자 장대에 묶인 채 강 어딘가에서 발견될 거야. 총알이 박혀 몸과 얼굴이 땅에 떨어진 미트파이처럼 뭉개져서. 전에 이런 표현을 들어본 적 있나, 이바르? 없어? 당신이 어렸을 때는 이런 말을 쓰지 않았나 봐? 난 한 번도 그게 어떤 모습인지 떠오르지 않았거든. 내 친구 우한테서 문자 그대로 배의 프로펠러가 사람의 살갗을 도려내서 속살이 드러날 수 있다는 말을 듣기 전까지는 말이야. 무슨 말인지 알겠어? 우가 동네 마피아한테서 배운 깔끔한 수법이지. 물론 사람들은 그들 둘이 무슨 짓을 저질렀기에 마피아를 그렇게 화나게 했는지 궁금해 할지는 몰라도 절대로 사실을 알아내지 못하겠지. 안 그래? 당신한테서는 더더욱. 두 사람이 어디 있는지 말해주면 공짜 수술도 받고 5백만 달러도 손에 넣을 테니까. 당신은 지금까지 수도 없이 사라졌다가 새로 신분을 만드는 일들을 해왔잖아. 안 그래?"

이바르 뢰켄은 옌스의 입술이 움직이는 것을 보고 아득히 울리는 목소리를 들었다. 배의 프로펠러, 5백만, 새 신분이라는 말들이 펄럭이며 지나갔다. 뢰켄은 스스로 생각하기에 한 번도 영웅이었던 적이 없고 영웅으로 죽겠다는 분에 넘치는 욕구를 느껴본 적도 없었다. 하지만 옳고 그름의 차이를 알았고, 상식선에서 옳은 일을 하려고 노력해왔다. 옌스와 우 말고는 그가 고개를 빳빳이 들고 죽음을 맞았는지 알아줄 사람도 없을 테고, 정보부와 외무부의 참전 용사들 중 맥주 한 잔을 앞에 놓고 늙은 뢰켄의 이야기를 할 사람도 없을 것이다. 그 역시 이러거나 저러거나 관심이 없었다. 그에게 사후의 평판 따위는 중요하지 않았다. 평생 비밀을 안고 살아온 그이기에 죽음 역시 비밀스러운 편이 자연스러워 보였다. 하지만 지금이 당당한 태도로 맞이할 상황이 아니라고 해도, 옌스가 원하는 것을 해줘봤자 죽음만 앞당길 뿐이었다. 그리고 더는 아무런 통증도 느껴지지 않았다. 그러니 이제 그마저도 가치를 잃었다. 옌스의 제안을 자세히 들었다고 해도 별반 달라지지는 않았을 것이다. 어떻게 하든 달라질 건 없었다. 순간 허리띠에 채운 휴대전화가 삑삑거리기 시작했다.

49

1월 24일 금요일

전화를 끊으려는 순간 딸깍 소리와 새로운 신호음이 들렸다. 해리는 전화가 뢰켄의 집 전화에서 휴대전화로 넘어간 걸 알았다. 그는 신호음이 일곱 번 더 울리도록 기다렸다가 단념하고 데스크 너머의 머리를 땋은 여자에게 전화를 빌려줘서 고맙다고 말했다.

"문제가 생겼어요." 해리가 이렇게 말하면서 방으로 돌아왔다. 리즈는 신발을 벗고 꺼칠꺼칠한 발을 들여다보고 있었다.

"길이 막혀서 그래요." 리즈가 말했다. "항상 길이 막히니까."

"전화가 휴대전화로 넘어갔는데 그것도 받지 않았어요. 뭔가 안 좋아요."

"진정해요. 방콕은 그 양반한테는 평화로운 곳인데 무슨 일이 있겠어요? 휴대전화를 집에 놓고 나왔을 거예요."

"내가 실수를 했어요." 해리가 말했다. "옌스한테 오늘밤 우리가 만날 거라면서 엘렘 사의 배후에 누가 있는지 알아봐달라고 부탁했거든요."

"뭘 어쨌다고요?" 리즈가 테이블에서 발을 내렸다.

해리가 주먹으로 테이블을 치는 바람에 커피 잔이 흔들렸다. "젠장, 젠장, 젠장! 그자가 어떻게 나오는지 보고 싶었어요."

"어떻게 나오다니? 해리, 이건 게임이 아니에요!"

"저도 게임하는 건 아니에요. 우리가 같이 놈에게 전화해서 어디선가 놈을 잡으려고 했어요. 원래는 레몬그라스였어요."

"전에 같이 갔던 레스토랑요?"

"여기서 가깝기도 하고 놈의 근거지에서 매복하는 것보다는 덜 위험하니까. 우리는 셋이니까 우와 같은 식으로 체포할 생각이었어요."

"그래놓고 엘렘을 언급해서 놈이 겁먹고 달아나게 만들었다고요?" 리즈가 으르렁댔다.

"옌스는 바보가 아니에요. 벌써 낌새를 챘을 거예요. 들러리를 서달라는 둥 허튼소리로 나를 시험하면서 내가 자기를 지켜보는지 확인하려고 했어요."

리즈가 코웃음을 쳤다. "무슨 마초 같은 헛소리예요! 당신네 둘이 이번 일에 사적으로 얽혀 있다면 정신 차려요. 맙소사, 해리, 나는 당신이 이런 일에 과분할 만큼 프로인 줄 알았어요."

해리는 대꾸하지 않았다. 리즈의 말이 백번 옳았다. 그가 아마추어처럼 굴었다. 어쩌자고 엘렘 사를 언급했을까? 다른 백 가지 구실로 끼워 맞출 수 있었다. 어쩌면 옌스가 했던 말, 어떤 사람들은 단지 위험을 위한 위험을 좋아한다는 말이 맞는지도 몰랐다. 어쩌면 그는 옌스가 한심하게 생각하던 도박꾼이었는지 몰랐다. 아니야, 그건 아니야. 적어도 그건 아니야. 할아버지는 언젠가 거위가 땅에 있을 때엔 총을 쏘지 않는 이유를 말해주었다. 좋은 일이 아니어서라고 했다.

그래서였나? 할아버지께 물려받은 사냥꾼의 윤리였을까? 사냥

감에게 공중에 떠 있을 때 쏘겠다고 겁을 주어서 상징적으로 도망칠 기회를 주는 것.

생각이 꼬리에 꼬리를 물었다. 리즈가 끼어들었다.

"그럼 이제 어쩔 겁니까, 형사님?"

"잠깐만요." 해리가 말했다. "뢰켄한테 반시간을 줍시다. 그때까지 나타나지 않으면 내가 옌스한테 전화할게요."

"옌스가 안 받으면요?"

해리는 심호흡을 했다. "그럼 서장에게 전화해서 경찰력을 총동원합시다."

리즈는 이를 악물고 욕을 했다. "교통경찰이 되면 어떤지 내가 말했던가요?"

옌스는 뢰켄의 휴대전화 화면을 보고 낄낄댔다. 전화벨은 끊긴 상태였다.

"아주 좋은 전화야, 이바르." 옌스가 말했다. "에릭손이 참 잘 만들어, 안 그래? 발신자 번호가 뜨잖아. 그래서 통화하기 싫은 사람이면 전화를 받지 않아도 되지. 내가 아주 헛짚은 게 아니라면 자네가 왜 나타나지 않는지 궁금해 하는 사람이 있군. 이 시간에 전화할 친구가 많지는 않을 텐데, 안 그런가, 이바르."

뢰켄은 전화기를 어깨 너머로 던졌고, 우가 옆으로 민첩하게 움직여서 받았다.

"누구 번호이고 어디인지 알아내. 당장."

옌스는 뢰켄 옆에 앉았다.

"이번 작전이 더 긴박해지는군, 이바르."

옌스는 자기 코를 틀어쥐고 의자 주위에 웅덩이가 생긴 바닥을 내려다보았다.

"진짜로, 이바르."

"밀리 가라오케랍니다." 우가 영어로 또박또박 말했다. "어딘지 압니다."

옌스가 뢰켄의 어깨를 툭툭 쳤다.

"미안하지만 우린 이만 가봐야겠어, 이바르. 우리가 돌아오면 병원에 가야 할 거야."

뢰켄은 발소리의 진동이 멀어지는 것을 느끼면서 문이 쾅 하고 닫힐 때의 공기 압력을 기다렸다. 그것은 오지 않았다. 대신 귓전에서 아득히 울리는 목소리가 들렸다.

"아 참, 잊어버릴 뻔했네, 이바르."

그의 관자놀이에 뜨거운 입김이 닿았다.

"놈들을 장대에 묶을 만한 게 필요한데. 지혈대 좀 빌려가도 될까? 나중에 돌려줄게. 내 약속하지."

뢰켄이 입을 열고 목에서 점액이 풀리는 느낌을 받으면서 으르렁댔다. 다른 누군가가 그의 뇌를 통제했고, 가죽끈이 홱 풀리는 느낌도 없이 피가 테이블에 쏟아지고 셔츠 소매가 피를 흡수해서 빨갛게 물들었다. 그는 문이 닫히는 것은 알아채지 못했다.

조용히 문을 두드리는 소리에 해리가 벌떡 일어났다.

뢰켄이 아니라 접수대 여자인 걸 보고 자기도 모르게 얼굴을 찡그렸다.

"당신 해리, 미스터?"

해리가 고개를 끄덕였다.

"전화요."

"내가 뭐랬어요?" 리즈가 말했다. "교통체증에 백 달러 걸게요."

해리는 여자를 따라 접수대로 가면서 무의식중에 윤기 있는 검은 머리채와 가느다란 목선이 루나와 닮았다고 생각했다. 해리는 여자의 목덜미에서 조금 흘러내린 검은 머리카락을 보았다. 여자가 돌아서서 잠깐 싱긋 웃고는 손을 내밀었다. 해리는 고개를 끄덕이고 수화기를 받았다.

"네?"

"해리? 나야."

해리는 혈관이 팽창하면서 심장이 혈액을 온몸으로 더 빨리 펌프질하는 감각을 느꼈다. 두 번 심호흡을 하고 침착하게 또박또박 말했다.

"뢰켄은 어디 있나, 옌스?"

"이바르? 그 양반은 할 일이 많아서 못 갔어."

해리는 옌스의 말투에서 그가 가식을 벗어던졌음을 감지했다. 지금 통화하는 이자는 옌스 브레케, 해리가 사무실에서 처음 만난 그 남자와 같은 사람이었다. 자기가 이길 걸 아는 자가 놀려대고 도발하는 말투, '최후의 일격'을 날리기 전에 한껏 즐기고 싶어하는 말투였다. 해리는 어떻게 해야 이자에게 불리한 한 방을 날릴 수 있었을지 찾아내려 했다.

"자네가 전화해주길 기다렸어, 해리." 이것은 간절히 원하는 사람의 목소리가 아니라 운전석에 앉아서 태연하게 한 손으로 운전대를 잡은 사람의 목소리였다.

"흠, 이번 게임은 네놈이 앞섰군, 옌스."

옌스가 웃었다. "난 늘 그러는 것 같은데, 해리. 기분이 어때?"

"지치는군. 뢰켄은 어디 있지?"

"루나가 죽기 전에 뭐라고 말했는지 알고 싶나?"

해리는 이마의 살갗 속이 따끔거리는 것 같았다. "아니." 그는 자신의 목소리를 들었다. "난 그저 뢰켄이 어디 있고, 네놈이 그 사람한테 무슨 짓을 했고, 우리가 네놈을 어디서 찾을 수 있는지 알고 싶을 뿐이야."

"해리, 세 가지 소원을 한꺼번에 말하기야?"

전화 마이크의 진동막이 그의 웃음소리에 진동했다. 그런데 뭔가 다른 것이 해리의 주의를 끌려고 안간힘을 쓰고 있었다. 해리가 언뜻 알아채지 못하는 뭔가가 있었다. 웃음소리가 뚝 끊겼다.

"이런 계획 하나를 실행에 옮기려면 얼마나 큰 자기희생이 필요한지 알아, 해리? 확인하고 또 확인하고, 계획이 차질을 빚지 않도록 온갖 자잘한 우회로를 미리 확인해보는지 아느냐고. 몸이 고생하는 건 말할 것도 없지. 살인도 살인이지만 그동안 감방에 들어앉아 있는 게 마냥 즐거웠겠나? 내 말을 믿지 못하겠지만 전에 내가 갇혀 있는 것에 관해 했던 말은 진심이야."

"그런데 번거롭게 왜 우회로를 일일이 확인했지?"

"전에도 말했잖아. 위험을 제거하려면 비용이 들지만 그만한 가치가 있다고. 항상 그만한 가치가 있어. 클리프라한테 뒤집어씌우느라 꽤나 공을 들였지."

"그러니까 좀 더 편한 방법도 있지 않았어? 죄다 죽이고 마피아 짓으로 돌려버리든가?"

"자네는 날 자네가 평소에 쫓는 패배자들로 생각하는군, 해리. 자네는 도박꾼들과 똑같아. 전체 그림, 그러니까 결과를 잊어버리지. 물론 몰네스랑 클리프라랑 루나를 더 간단한 방법으로 죽이고 아무런 흔적을 남기지 않을 수도 있었어. 하지만 그걸로는 충분하지 않았을 거야. 내가 몰네스의 재산과 퓨리델을 인수하면 누가 봐도 나한테 그들 셋을 다 죽일 만한 동기가 있다는 사실이 밝혀지지 않겠어? 살인 사건 세 건과 모든 사건에 동기가 있는 사람 하나. 경찰도 그 정도는 알아챌 수 있겠지, 안 그래? 망할 증거를 전혀 찾지 못했다고 해도 자네가 내 인생을 무척 불편하게 만들 수도 있었어. 그래서 자네를 위해서 다른 시나리오를 짜야 했던 거야. 피해자들 중 한 사람을 가해자로 둔갑시키는 시나리오. 너무 어려워서 자네가 알아채지 못할 정도도 아니고, 또 너무 쉬워서 자네가 재미를 느끼지 못할 정도도 아닌 걸로 말이야. 나한테 고마워해야 하네, 해리. 자네가 클리프라를 쫓을 때 그럴듯해 보이게 만들어줬으니까. 안 그래?"

해리는 반쯤 흘려들으면서 시간을 거슬러 올라갔다. 그러다 범인의 목소리가 귀에 들렸다. 배경의 물소리가 뭔가를 말해주려 했지만 다시 그에게 들리는 소리라고는 어디에서나 들릴 법한 희미하게 웅웅대는 음악소리뿐이었다.

"원하는 게 뭐야, 옌스?"

"내가 뭘 원하느냐고? 글쎄, 내가 뭘 원할까? 그냥 얘기 좀 하고 싶은데."

전화로 나를 붙잡아두려는 거야. 해리는 생각했다. 이자는 나를 지금 붙잡아두고 싶어 해. 왜지? 전자 드럼이 탕탕거리고 클라리넷이 지저귀는 소리가 들렸다.

"그래도 정확히 알고 싶다면, 내가 전화한 건……."

해리에게 'I Just Called to Say I Love You'의 연주가 들렸다.

"……자네 동료가 얼굴을 뜯어고칠 수 있다고 알려주려고. 어떻게 생각하나, 해리? 해리?"

수화기가 바닥에 닿을 듯 말 듯 앞뒤로 흔들리며 호를 그렸다.

해리는 주사를 맞은 것처럼 아드레날린이 짜릿하게 솟구치는 느낌을 받으면서 복도를 내달렸다. 머리를 땋은 여자가 공포에 질려서 벽에 붙은 사이 해리는 수화기를 떨어뜨리고 종아리 총집에서 루거 SP101을 꺼내서 단번에 막힘없이 장전했다. 해리가 경찰에 연락하라고 소리친 걸 여자가 알아들었을까? 지금은 그런 생각 할 겨를이 없었다. 놈은 여기 있었다. 해리는 첫 번째 문을 발로 차고 실눈을 뜨고 사격조준기 위로 충격에 빠진 네 사람의 얼굴을 똑바로 보았다.

"미안합니다."

다음 방에서는 순전히 놀라서 총을 쏠 뻔했다. 방 한가운데 짙은 피부색의 자그마한 태국인이 번쩍이는 은색 양복을 입고 포르노 스타일 선글라스를 쓰고 양손을 허리에 얹은 자세로 서 있었다. 2초쯤 지나서야 해리는 그 남자가 뭘 하고 있었는지 알아챘지만 그즈음 'Hound Dog*'의 다음 소절은 태국판 엘비스의 목구멍에 걸려 나오지 않았다.

해리는 복도를 노려보았다. 방이 적어도 50개는 되어 보였다. 머릿속 어딘가에서 경고음이 줄곧 울려댔지만 뇌가 과부화 상태라서 지금까지는 그 소리를 차단하려 했던 것이다. 이제는 크고 또렷이 들렸다. 리즈! 젠장, 젠장, 젠장. 옌스가 그를 전화기에 '붙잡아둔' 것이다.

해리는 전력질주로 복도를 내달렸고, 모퉁이를 돌자 그들이 있

---

* 엘비스 프레슬리가 리메이크한 곡.

던 방문이 열려 있는 것이 보였다. 더는 생각하지도, 두려워하지도 않고 희망을 걸지도 않았다. 그저 뛰면서 '어쩔 수 없이 사람을 죽여야 하는' 경계선을 넘었다는 사실을 깨달았다. 더는 악몽 같지도 않고, 더는 허리까지 차는 물속에서 달리는 것 같지도 않았다. 해리는 문 안으로 뛰어 들어가 소파 뒤에서 웅크린 리즈를 보았다. 총을 뒤로 돌렸지만 이미 늦었다. 뭔가가 그의 신장 아래를 가격해서 그의 몸에서 공기를 다 빼냈고, 다음 순간 목덜미를 조이는 느낌이 들더니 둘둘 감긴 마이크 선이 얼핏 보였다. 아주 지독한 입냄새가 났다.

해리는 팔꿈치를 뒤쪽으로 찔렀다. 팔꿈치가 어딘가 부딪히고 신음소리가 들렸다.

'타이*'라고 말하는 누군가의 목소리가 들리고 주먹 하나가 뒤에서 불쑥 나와서 해리의 귀 아래를 치는 바람에 해리는 정신이 아득해졌다. 턱뼈에 심각한 문제가 생긴 것 같았다. 이어서 목에 감긴 전선이 더 꽉 조여들었다. 해리는 전선에 손가락을 끼워보려 했지만 소용없었다. 혀가 힘없이 입에서 삐져나오려 했다. 누군가 입안에서 입을 맞추려고 하는 것처럼. 어쩌면 치과 치료비는 들지 않을 것 같았다. 이미 눈앞이 캄캄해지고 있었으니까.

뇌가 터질 것 같았다. 더 참을 수 없어서 죽으려고 했지만 몸이 말을 듣지 않았다. 해리는 본능적으로 팔을 저어봤지만 이번에는 그를 구해줄 뜰채가 없었다. 기도하는 수밖에 없었다. 시암 광장 다리 위에서 영생을 구걸하는 것처럼.

"그만!"

---

* 베트남어로 '손'이라는 뜻.

목에 감긴 전선이 느슨해지고 산소가 폭포처럼 폐 속으로 들어왔다. 더, 더 많이 마셔야 해! 실내에 공기가 충분하지 않은 것 같았고, 폐가 가슴에서 터져 나올 것 같았다.

"그 사람을 놔줘!" 리즈가 가까스로 무릎으로 일어나 앉아 스미스앤드웨슨 650을 해리 쪽으로 겨누었다.

우가 해리의 뒤에 쭈그려 앉아서 다시 전선을 조였지만 이번에는 해리가 왼손을 전선과 목 사이에 끼워두었다.

"이놈을 쏴요." 해리가 도널드 덕 목소리로 꺽꺽거렸다.

"놔줘! 당장!" 리즈의 동공이 두려움과 분노로 까맣게 변했다. 귀에서 흘러나온 피가 쇄골을 지나 옷깃으로 들어갔다.

"이놈은 놔주지 않을 거예요! 쏴야 돼요." 해리가 쉰 목소리로 속삭였다.

"당장!" 리즈가 소리쳤다.

"쏘라니까!" 해리가 고함을 질렀다.

"닥쳐요!" 총을 잡은 손이 흔들리고 리즈는 중심을 잡으려 했다.

해리는 우에게 등을 기댔다. 벽에 기대는 느낌이었다. 리즈의 눈에 눈물이 고였고, 고개가 앞으로 기울었다. 해리는 전에도 그런 모습을 본 적이 있다. 리즈는 심한 뇌진탕을 일으켰고, 그들에게는 시간이 거의 없었다.

"리즈, 이제 내 말 들어요!"

전선이 꽉 조여들었고, 손끝의 피부가 찢어지는 소리가 들렸다.

"지금 당신 동공이 풀렸고, 곧 쇼크 상태가 올 거예요, 리즈! 들어요! 너무 늦기 전에 지금 쏴야 돼요! 좀 있으면 의식을 잃을 거라고요, 리즈!"

리즈의 입술에서 흐느낌이 새어나왔다. "젠장, 해리! 못하겠어요. 난……."

전선이 버터를 가르듯 살을 파고들었다. 해리는 주먹을 쥐어보려 했지만 신경 몇 개가 찢어진 것 같았다.

"리즈! 날 봐요, 리즈!"

리즈는 눈을 깜빡이고 또 깜빡이면서 뿌연 눈으로 해리를 보았다.

"잘했어요, 리즈. 어떻게든 날 비껴서 쏘기만 하면 이놈이 맞는다니까!"

리즈는 입을 벌린 채 해리를 보았다가 총을 내리고 웃음을 터트렸다. 우가 앞으로 움직이려 해서 해리가 제지해보았지만 기관차 앞에 서 있는 꼴이었다. 그들이 리즈 위에 있을 때 해리의 얼굴 앞에서 뭔가 터졌다. 쓰라린 통증이 그의 신경 회로를 훑고 지나갔다. 새로운 통증, 이번에는 타는 것 같은 통증이었다. 리즈의 향수 냄새가 났고, 리즈의 몸이 우의 무게에 뒤로 넘어가 그들 셋이 바닥에서 꼼짝하지 못했다. 열린 문으로 폭풍 같은 메아리가 빠져나가서 복도로 퍼져나갔다. 그리고 정적이 흘렀다.

해리는 숨을 쉬고 있었다. 리즈와 우 사이에 끼여 있었지만 가슴이 들썩였다. 틀림없이 살아 있다는 뜻이었다. 뭔가 끊임없이 뚝뚝 떨어졌다. 그는 애써 기억을 눌렀다. 지금은 시간이 없었다. 젖은 밧줄, 차고 짠 물이 뚝뚝 떨어지던 갑판. 여긴 시드니가 아니다. 방울이 뚝뚝 리즈의 이마, 리즈의 눈꺼풀에 떨어졌다. 그러다 다시 리즈의 웃음소리가 들렸다. 리즈의 눈꺼풀이 올라갔고, 붉은 벽에 흰 테두리가 쳐진 검은 창 두 개가 나왔다. 할아버지가 도끼를 내리치자 쿵 하는 둔탁한 소리가 나더니 나무가 단단한 땅으로 쓰러졌다. 하늘은 파랗고 풀잎이 귀를 간질이고 갈매기가 시야로 드나들었다. 해리는 잠들고 싶었지만 얼굴에 불이 붙은 느낌이었고, 모공을 태운 화약에서 그의 살 냄새가 났다.

해리는 끙끙거리며 인간 샌드위치에서 빠져나왔다. 리즈가 두 눈을 부릅뜬 채로 아직 웃고 있었고, 해리는 리즈를 그대로 두었다.

해리는 등으로 우를 밀어서 옆으로 굴렸다. 우의 얼굴은 놀란 표정 그대로 얼어붙어 있었다. 이마에 총알이 박힌 채로 검은 상처에 항의하듯 입이 쩍 벌어진 상태였다. 우를 옮겼는데도 여전히 뚝뚝 떨어지는 소리가 들렸다. 해리는 뒤의 벽을 돌아보고 상상 속의 소리가 아니라는 것을 알았다. 마돈나의 머리색이 다시 바뀌어 있었다. 우의 땋은 머리가 액자 위에 달라붙어 마돈나를 흑발의 펑크스 타일로 바꿔놓았고, 에그노그*와 붉은 과일주스가 섞인 것 같은 뭔가가 뚝뚝 떨어지고 있었다. 두툼한 카펫에 떨어지면서 부드럽게 후드득 소리가 났다.

리즈가 여전히 웃고 있었다.

"파티라도 하나?" 문간에서 누군가의 목소리가 들렸다. "옌스는 초대하지 않았네? 난 우리가 친구인 줄 알았는데……."

해리는 돌아보지 않았다. 눈으로 바닥을 훑으면서 간절히 총을 찾아보았다. 우가 뒤에서 주먹을 날렸을 때 총이 테이블 아래나 의자 뒤로 떨어졌을 것이다.

"이거 찾고 계신가, 해리?"

물론. 해리는 천천히 돌아서서 자기가 빌려온 루거 SP101의 총구를 마주보았다. 입을 열어 무슨 말인가 하려던 순간 옌스가 총을 쏘려는 것을 보았다. 옌스는 두 손으로 총을 잡고 반동을 흡수하기 위해 몸을 약간 앞으로 내밀고 있었다.

---

* 맥주나 포도주에 달걀과 우유를 섞은 술.

해리에게는 슈뢰데르에서 의자를 뒤로 젖히던 경찰관이 겹쳐 보였다. 그의 젖은 입술, 웃지는 않지만 어쨌든 떠올라 있던 경멸의 미소가 보였다. 경찰청장이 잠시 침묵하라고 요구할 때와 같은 보이지 않는 미소였다.

"게임은 끝났어, 옌스." 해리는 자신의 목소리를 들었다. "이번에는 빠져나가지 못해."

"게임이 끝나? 아니, 누가 그 따위 소리를 해?" 옌스는 한숨을 쉬고 고개를 저었다. "삼류 액션 영화를 너무 많이 보셨군, 해리."

그의 손가락이 방아쇠를 감았다.

"하지만, 흠, 좋아, 이제 다 끝났어. 자네가 방금 내 계획보다 더 그럴듯하게 만들어줬어. 범죄조직의 심복 하나하고 서로의 총에 맞아 죽은 경찰관 둘이 발견되면 사람들은 누구 잘못이라고 생각할까?"

옌스는 한쪽 눈을 감았지만 3미터밖에 떨어져 있지 않아서 굳이 그럴 필요도 없었다. 도박꾼이 아니야. 해리는 이렇게 생각하면서 눈을 감고 무의식중에 숨을 들이쉬면서 최후의 순간을 받아들일 준비를 했다.

고막이 찢어졌다. 세 번. 역시 도박꾼이 아니야. 해리는 등이 벽에, 바닥에 닿는 느낌이 들었고, 어떻게 된 건지 몰랐다. 코르다이트* 냄새가 코를 찔렀다. 코르다이트 냄새. 해리는 전혀 납득이 가지 않았다. 옌스가 세 번 쏘지 않았나? 그러면 냄새가 나면 안 되는 거 아닌가?

"젠장!" 누군가 이불 속에서 소리치는 것 같은 소리가 들렸다.

---

* 총알, 폭탄 등에 쓰이는 화약.

연기가 날아가자, 리즈가 벽에 기대앉아서 한 손에는 연기 나는 총을 잡고, 다른 손으로는 배를 움켜잡은 모습이 보였다.

"맙소사, 놈이 날 쐈어요! 거기 있어요, 해리?"

내가 있나? 해리는 생각했다. 어렴풋이 엉덩이가 발에 채여 몸이 반쯤 돌아간 기억이 났다.

"어떻게 된 거예요?" 해리가 아직 귀가 먹먹한 채로 소리쳤다.

"내가 먼저 쐈어요. 놈을 맞혔어요. 확실히 맞혔어요, 해리. 어떻게 달아난 거죠?"

해리는 테이블 위의 컵을 떨어뜨리면서 겨우 몸을 가누어 두 발로 일어섰다. 왼쪽 다리에 감각이 없었다. 감각이 없다? 엉덩이에 손을 대보니 바지가 흠뻑 젖어 있었다. 해리는 눈으로 확인하고 싶지 않았다. 한 손을 내밀었다.

"총 이리 줘요, 리즈."

해리의 눈길은 문간에 고정되어 있었다. 피. 리놀륨 바닥에 피가 있었다. 저쪽이야. 저쪽이야, 홀레. 너를 위해 남겨둔 흔적을 따라가기만 하면 돼. 해리는 리즈를 보았다. 파란색 셔츠를 누른 손가락 사이로 붉은 장미가 피어나고 있었다. 젠장, 젠장, 젠장!

리즈는 신음하면서 스미스앤드웨슨650을 건넸다.

"놈을 잡아와요, 해리."

해리는 머뭇거렸다.

"이건 명령이에요!"

50

1월 24일 금요일

그는 걸음을 옮길 때마다 주저앉지 않기를 바라면서 다리를 앞으로 휙 내밀었다. 눈앞이 온통 어질어질했고, 뇌는 고통에서 도망치고 싶은 것 같았다. 그는 절뚝거리면서 접수대의 여자를 지나쳤다. 여자는 뭉크의 〈절규〉처럼 얼어붙었다.

"앰뷸런스 불러요!" 해리가 소리치자 여자가 깨어났다. "의사!"

그리고 해리는 밖으로 나왔다. 바람이 약해져 있었다. 숨 막힐 정도로 뜨겁기만 했다. 차 한 대가 비스듬한 각도로 제멋대로 도로를 가로지르며 아스팔트에 타이어 자국을 남겼고, 문이 열리고 운전자가 차에서 내려서 손을 흔들었다. 그는 위를 가리켰다. 해리는 두 팔을 들고 주위를 살피지도 않고 뛰어서 도로를 건너면서, 그가 겁 없이 건너는 걸 보면 차들이 알아서 멈출 거라고 생각했다. 끼익 하는 고무타이어의 비명이 들렸다. 해리는 남자가 가리키는 곳을 쳐다보았다. 회색 코끼리 형체의 캐러밴이 앞에 우뚝 서 있었다. 그의 뇌가 고장 난 카 라디오처럼 켜졌다 꺼지기를 반복했고, 외로운 트럼펫 소리가 밤을 채웠다. 넘치도록. 대형 트럭이 경적을 울리면서 해리의 발뒤꿈치를 아슬아슬하게 스치면서 질주하는 바람에 셔츠가 벗겨질 것 같았다.

해리는 다시 정신을 차리고 눈으로 콘크리트 기둥들을 훑었다. 고가도로의 노란 벽돌 길. BERTS 교통사업. 그래, 왜 아니겠어? 어찌 보면 타당해 보였다.

철제 사다리 하나가 해리가 서 있는 곳에서 15미터나 20미터 위로 콘크리트 구멍에 놓여 있었다. 틈새로 달의 한 조각이 보였다. 해리는 허리띠가 밑으로 늘어진 건 알았지만 총알이 허리띠를 끊고 엉덩이를 어떻게 만들어놨을지는 생각하지 않기로 했다. 총자루를 입에 물고 두 손으로 사다리를 잡고 몸을 끌어올렸다. 마이크선이 감겼던 상처가 사다리의 쇠붙이에 눌렸다.

아무것도 느껴지지 않아. 피가 빨간 고무장갑처럼 손을 덮었고, 사다리를 놓치자 욕을 했다. 오른발로 사다리 발판을 비스듬히 디디고 올라간 다음 발판을 디디고 다시 몸을 끌어올렸다. 이제는 좀 나았다. 기절하지만 않으면 된다. 그는 아래를 내려다보았다. 10미터? 절대로 기절하면 안 된다. 앞으로, 위로. 사방이 어두워졌다. 처음에는 눈이 안 보이는 줄 알고 멈추었지만 아래를 내려다보니 차들도 보이고 경찰 사이렌이 톱날처럼 공기를 가르는 소리도 들렸다. 다시 위를 보았다. 사다리 맨 꼭대기가 걸친 구멍이 캄캄했고, 이제는 달도 보이지 않았다. 하늘에 구름이 낀 건가? 물방울이 총신에 떨어졌다. 또 망고 소나기가 내리나? 그는 다음 칸으로 올라섰고, 그의 심장은 고동치다가 두어 번 박동을 빠트렸다가 다시 이어지면서 최선을 다해 뛰었다.

왜 이래야 하지? 해리는 이렇게 생각하면서 아래를 보았다. 곧 경찰차가 나타날 것이다. 옌스는 아마도 웃음소리를 남기며 유령의 길을 내달려 벌써 두 블록 떨어진 어느 사다리를 타고 내려가서, 짠, 하고 군중 속으로 사라졌을 것이다. 망할 오즈의 마법사.

물방울이 총자루를 따라 흘러서 해리의 다문 이빨로 들어갔다.

세 가지 생각이 한꺼번에 머리를 스쳤다. 첫째, 옌스가 밀리 가라오케에서 살아서 나오는 해리를 보았다면 도망치지 않았을 것이다. 선택의 여지가 없이 임무를 완수해야 했으니까.

둘째, 이게 빗방울이라면 달짝지근한 쇠 맛이 나지 않겠지.

셋째, 하늘에 구름이 낀 게 아니었다. 누군가 구멍을 막고 있고, 피를 흘리고 있었다.

상황이 다시, 아주 빠르게 전개되었다.

해리는 자신의 왼손에 아직 신경이 살아 있어서 사다리 발판을 잡을 정도가 되기를 바랐다. 해리가 오른손으로 입에 물고 있는 총을 잡은 순간 불꽃이 위쪽 발판을 때리고, 슝 하고 총알이 스치는 소리가 들리더니 무언가 바짓가랑이를 잡아당기는 느낌을 받았다. 곧바로 둥그런 검은 구멍을 향해 총을 겨누고 발사하면서 다친 턱으로 진동을 느꼈다. 총구에서 불꽃이 발사되고, 해리는 탄창을 비웠다. 계속 쏘았다. 틱, 틱, 틱. 빌어먹을 아마추어 같으니.

다시 달이 보였고, 해리는 총을 내던지고 총이 땅바닥에 닿기 전에 사다리를 기어올랐다. 잠시 후 그는 위에 올라가 있었다. 도로와 연장통, 건설 중장비들이 누군가 하늘에 매어둔 터무니없이 거대한 풍선의 노란 불빛을 받고 있었다. 옌스가 모래 더미에서 배위에 팔짱을 끼고 앉아서 몸을 앞뒤로 흔들면서 으르렁거리며 웃고 있었다.

"빌어먹을, 해리. 네가 정말 일을 망쳐버렸어. 보라고."

옌스는 팔을 풀었다. 피가 찐득하게 번들거리면서 부글부글 흘러나오고 있었다.

"검은 피. 네놈이 간을 맞혔다는 뜻이야, 해리. 의사가 금주령을 내릴지도 모르겠어. 좋지 않아."

경찰 사이렌 소리가 점점 커졌다. 해리는 숨을 고르려고 안간힘을 썼다.

"나라면 그건 걱정하지 않을 거야, 옌스. 태국 교도소에서 나오는 브랜디가 형편없다고 하더군."

해리는 절뚝거리면서 옌스에게 다가갔고, 옌스는 해리에게 총을 겨누었다.

"자, 자, 해리, 적당히 하지, 그냥 조금 아픈 거야. 돈이면 못 고치는 게 없어."

"넌 총알이 다 떨어졌어." 해리가 계속 다가갔다.

옌스가 웃으면서 기침을 했다. "노력이 가상하긴 한데, 해리, 총알이 떨어진 건 그쪽인 것 같은데. 이봐, 내가 셈 하나는 기가 막히잖아."

"그래?"

"하하. 자네한테 얘기한 줄 알았는데. 숫자. 그런 걸 아는 걸로 먹고 산다고."

그는 총을 잡지 않은 손의 손가락을 해리에게 펴보였다.

"두 발은 가라오케에서 자네랑 그 레즈비언한테, 세 발은 사다리에서. 그러니까 자네 걸로 한 발 남았지. 만일을 위해 조금 떼어둘 만한 가치가 있다니까."

해리는 이제 두 걸음밖에 떨어져 있지 않았다.

"삼류 액션 영화를 너무 많이 보셨군, 옌스."

"유명한 마지막 대사."

옌스는 똑바로 앉아서 미안한 표정을 지으면서 방아쇠를 당겼다. 틱 소리에 귀가 먹먹했다. 옌스의 부루퉁한 표정이 믿기지 않는 표정으로 바뀌었다.

"삼류 액션 영화에서나 총알이 여섯 발씩 들어 있지, 옌스. 그건 루거 SP101이야. 다섯 발이지."

"다섯 발?" 옌스가 눈을 부릅뜨고 총을 노려보았다. "다섯 발? 네가 어떻게 알아?"

"그런 걸 아는 걸로 먹고사니까."

발아래 도로에서 파란 불빛이 보였다. "그걸 나한테 넘기는 게 좋을 거야, 옌스. 경찰은 총을 보면 바로 발사하는 경향이 있거든."

옌스는 혼란에 빠진 얼굴로 해리에게 총을 건넸고, 해리는 총을 허리 밴드에 끼웠다. 허리띠가 없어서 총이 바짓가랑이로 떨어졌기 때문일까. 혹은 그냥 피곤한 탓이었을까. 어쩌면 옌스의 눈에서 항복 비슷한 뭔가를 보고 안도감이 밀려왔기 때문일까. 해리가 잠시 휘청하는 사이 주먹이 날아왔다. 옌스가 얼마나 빨리 움직이는지 모른 채 일격을 당했다. 왼쪽 다리에서 힘이 풀리고 이어서 머리가 으드득 소리를 내며 콘크리트에 부딪혔다.

해리는 잠깐 정신을 잃었다. 의식을 잃으면 안 돼. 전파가 필사적으로 기지국을 찾았다. 처음에 눈에 들어온 것은 번쩍이는 금니였다. 해리는 눈을 깜빡였다. 금니가 아니었다. 사미족 칼날에 비친 달빛이었다. 굶주린 칼이 활 모양으로 휜 채 그에게 내려왔다.

해리는 자신이 본능적으로 행동한 건지, 아니면 정신 작용을 거쳐서 나온 행동이었는지 끝내 모를 것이다. 그는 왼손을 편 채로 번쩍이는 칼을 향해 들었다. 칼은 아주 간단히 손바닥을 뚫었다. 칼자루까지 박히자 해리는 손을 치우고 성한 다리로 걷어찼다. 검은 피가 떨어지는 부분에 발길질을 하자, 옌스가 앞으로 몸을 숙이고 신음하면서 모래 더미에 쓰러졌다. 해리는 간신히 무릎을 딛고 일어나 앉았다. 옌스는 태아처럼 웅크린 채 두 손으로 배를 잡았다. 그는 비명을 질러댔다. 웃음인지 고통의 비명인지 분간이 가지 않았다.

"제길, 해리. 너무 아프잖아. 기막히게 아프네." 그는 헉 하고 숨을 내쉬고 끙끙 앓는 소리를 내더니 결국 웃었다.

해리는 두 발로 일어섰다. 그는 손 양쪽으로 튀어나온 칼을 보면서 어떻게 하는 게 가장 현명한 방법인지 확신이 서지 않았다. 빼야 하나, 아니면 그대로 두고 피가 멈추게 해야 하나? 저 아래 도로에서 확성기로 뭐라고 외치는 소리가 들렸다.

"이제 어떻게 될지 알아, 해리?" 옌스는 눈을 감고 있었다.

"잘 모르겠군."

옌스는 잠시 뜸을 들이며 마음을 가라앉혔다. "그럼 설명해주지. 경찰과 변호사, 판사들까지 다들 크게 한몫 챙길 거야. 해리 이 개자식, 내가 이번 일로 큰돈을 써야 된다고."

"무슨 소리야?"

"무슨 소리냐고? 이제 와서 또 노르웨이 보이스카우트 놀이를 하자는 건가? 모든 건 돈으로 살 수 있어. 돈만 있으면. 난 돈이 있고. 게다가⋯⋯." 그는 기침을 했다. "건설업에 지대한 관심을 갖고 있으면서 BERTS가 수포로 돌아가기를 원치 않는 정치인이 한둘은 있을 거라고."

해리는 고개를 저었다. "이번엔 아니야, 옌스. 이번엔 아니야."

옌스는 이빨을 드러내면서 고통스러운 미소와 찡그림이 뒤섞인 표정을 지었다. "내기할까?"

안 돼. 해리는 생각했다. 후회할 짓은 절대 하지 마, 홀레. 해리는

444

손목시계를 보았다. 직업상 반사적 행동이었다. 보고서에 적어 넣을 체포 시각.

"궁금한 게 하나 있다, 엔스. 크림리 경위는 내가 너한테 엘렘 사에 관해 물어서 정보를 너무 많이 노출했다고 하던데. 그랬는지도 모르지. 하지만 넌 오래전부터 알고 있었어. 네가 범인이라는 사실을 내가 안다는 걸, 아니야?"

엔스는 해리에게 초점을 맞추려고 애썼다. "좀 됐지. 그래서 네가 왜 그렇게 열심히 날 풀어주려고 했는지 납득이 안 갔어. 왜 그랬어, 해리?"

해리는 어지러워서 연장통에 앉았다.

"음, 어쩌면 그때만 해도 네가 범인인 걸 내가 안다고 자각하지 못했는지도 모르지. 어쩌면 네가 다음에 어떤 카드를 내밀지 궁금했는지도 몰라. 어쩌면 내가 직접 널 없애버리고 싶었는지도 모르고. 나도 몰라. 너는 무슨 근거로 내가 알았다고 생각한 거지?"

"누가 말해줬어."

"말도 안 돼. 오늘밤까지 난 한마디도 안 했어."

"네가 말하지 않아도 아는 사람."

"루나?"

엔스의 볼이 부들부들 떨리고 입꼬리에 하얀 침이 고였다. "그거 아나, 해리? 루나에겐 직감이라는 게 있었어. 나는 그걸 관찰력이라고 부르지. 넌 생각을 숨기는 법을 배워야 해, 해리. 적에게 속내를 들키면 안 되지. 여자한테 그녀를 여자로 만들어주는 무언가를 잘라버린다고 위협하면 그 여자가 무슨 말까지 해주는지는 믿기지 않을 정도야. 넌……."

"뭐라고 협박했지?"

"젖꼭지. 젖꼭지를 자른다고 겁을 줬어. 그거 어떻게 생각해, 해리?"

해리는 얼굴을 하늘로 들고 눈을 감았다. 비를 기다리는 것처럼.

"내가 뭐 잘못 말한 거 있어, 해리?"

해리는 뜨거운 공기가 콧구멍으로 들어가는 느낌을 받았다.

"그 애는 널 기다리고 있었어, 해리."

"오슬로에 있을 때 어느 호텔에 묵었지?" 해리가 조용히 물었다.

"루나는 네가 와서 구해줄 거라더군. 자기를 납치한 자가 누군지 넌 안다면서. 그 애가 아기처럼 울면서 의수로 마구 치는데 꽤 재 밌더라고. 그래서ㅡ."

철제 사다리가 흔들리는 소리. 챙, 챙, 챙. 그들이 사다리로 올라 오고 있었다. 해리는 아직 손에 박힌 칼을 보았다. 안 돼. 그는 급히 주변을 둘러보았다. 옌스의 목소리가 귓전에서 신경을 긁었다. 배 속 어딘가에서 기분 좋게 따끔거리는 느낌이 들고 머릿속에서 가 볍게 쉬익 하는 소리가 들리는 것이 꼭 샴페인에 취하는 기분이었 다. 하지 마, 홀레, 정신 차려. 하지만 그는 이미 자유낙하의 흥분에 젖어들었다. 그는 놓아버렸다.

연장통 자물쇠가 두 번의 발길질에 열렸다. 공기 드릴은 바커 사 의 20킬로그램밖에 안 되는 경량 모델이었고, 버튼을 누르자 바로 작동했다. 옌스는 얼른 입을 닫았고, 눈이 커지고 그의 뇌가 서서 히 무슨 일이 벌어질지 이해했다.

"해리, 설마ㅡ."

"눈 똑바로 떠." 해리가 말했다.

우르릉거리는 요란한 기계 소리가 발아래의 차 소리, 시끄럽게 지껄이는 확성기 소리, 덜컹거리는 철제 사다리 소리를 삼켜버렸다. 해리는 옌스 위에서 다리를 벌리고 서서 몸을 숙였다. 얼굴은 아직 하늘을 향한 채로 눈을 감았다. 비가 내렸다.

해리는 모래 더미로 쓰러졌다. 등을 대고 누워서 하늘을 노려보았다. 바닷가 모래밭. 그녀는 등에 크림을 발라달라고 했다. 그녀는 피부가 무척 민감했다. 그녀는 화상을 입고 싶지 않았고, 화상을 입지 않았다. 이윽고 그들이 도착했다. 시끄러운 말소리, 부츠 밑창이 콘크리트를 밟는 소리, 부드럽게 공이치기를 당기는 소리와 함께. 그는 눈을 떴지만, 불빛이 얼굴을 비추고 있어서 앞이 보이지 않았다. 손전등 불빛이 옮겨가면서 얼핏 랑산의 형체가 보였다.

담즙 냄새가 나더니 위 속의 내용물이 입과 코를 채웠다.

EPILOGUE

COCKROACHES

리즈는 눈을 뜨면서 회반죽에 'T'자로 금이 간 누런 천장이 보이리라는 것을 알았다. 2주 동안 그것만 쳐다보고 있었다. 두개골 골절로 아무것도 읽지 못하고 텔레비전도 못 보고 그저 라디오만 들어야 했다. 총상은 회복이 빠를 거라고, 중요 장기는 다치지 않았다고 했다.

어쨌든 리즈에게는 중요하지 않았다.

의사가 그녀를 보러 와서 자녀를 가질 계획이 있는지 물었다. 리즈는 고개를 저으며 나머지는 듣고 싶지 않다 했고, 의사는 묵묵히 그녀의 뜻에 따랐다. 시간은 충분하니 나쁜 소식은 나중에 들어도 된다. 지금은 좋은 소식에 집중하려 했다. 앞으로 몇 년은 교통 업무를 보지 않아도 된다든가. 그리고 경찰서장이 들러서 몇 주 쉬어도 된다고 말한다든가.

리즈의 눈길이 배회하다가 창턱으로 향했다. 고개를 돌리려 했지만 머리에 석유 굴착기 같은 장치가 달려 있어서 움직이지 못했다.

리즈는 혼자 있는 걸 좋아하지 않았다. 한 번도 좋아한 적이 없었다. 톤에 비그가 그 전날 찾아와서 해리가 어떻게 됐는지 아느냐고 물었다. 마치 그녀가 의식불명으로 누워 있는 동안 해리가 텔레파시로 연락하기라도 한 것처럼. 리즈는 톤에가 단지 직업적인 이유로만 걱정하는 것이 아님을 알아챘지만 내색하지 않았다. 그저 해리가 조만간 나타날 거라고만 말했다.

톤에 비그는 무척 쓸쓸하고 실의에 빠진 듯 보였다. 그래도 그녀는 살아남을 것이다. 그녀는 그런 부류였다. 신임 대사로 임명되어 5월부터 직무를 수행할 거라고 했다.

누군가 기침을 했다. 리즈는 눈을 떴다.

"잘 지내요?" 쉰 목소리가 들렸다.

"해리?"

라이터가 켜지고 담배 냄새가 났다.

"돌아온 거예요?" 그녀가 말했다.

"그냥 근근이 살고 있어요."

"뭐하고 지내요?"

"실험." 그가 말했다. "의식을 잃는 궁극의 방법을 찾아보려고요."

"병원에서 나갔다면서요."

"병원에서 더 해줄 수 있는 게 없어서요."

리즈는 공기를 조금씩 내보내면서 조심스럽게 웃었다.

"그 사람이 뭐라던가요?" 해리가 물었다.

"비아르네 묄레르? 오슬로에는 비가 온대요. 올해는 봄이 일찍 올 것 같다고. 그것 말고는 별말 없었어요. 저더러 대신 안부를 전해달라더군요. 양측 모두 안도의 한숨을 내쉰다고 했어요. 토르후스 국장이 뜬금없이 꽃다발을 들고 나타나서 당신 안부를 물었어요. 당신한테 축하해주라고 하더군요."

"그리고 또 뭐라던가요?" 해리가 재차 물었다.

리즈는 한숨을 쉬었다. "그래요, 제가 형사님 메시지를 전했고, 그분이 조사를 했대요."

"그리고?"

"브레케가 형사님 동생분 사건과 관련 있을 가능성이 희박하다는 거, 알잖아요."

"네."

해리가 담배를 빨자 필터에서 치직 소리가 났다.

"이제 놓아버려요, 해리."

"왜죠?"

"브레케의 전 부인은 질문을 알아듣지조차 못했어요. 자기가 브레케를 떠난 건 '따분한' 사람이어서였지, 다른 이유는 없었대요. 그리고……." 리즈는 숨을 들이쉬었다. "그리고 동생분이 폭행당했을 때 놈은 오슬로에 있지도 않았어요."

리즈는 해리가 이 말을 어떻게 받아들이는지 귀를 기울이려 했다.

"미안해요." 리즈가 말했다.

담배가 바닥에 떨어지고 고무창 뒤축으로 석재 타일에 비벼 끄는 소리가 들렸다.

"음, 그냥 경위님이 어떤지 보고 싶었어요." 그가 말했다. 의자 다리가 바닥에 긁히는 소리.

"해리?"

"여기 있어요."

"하나만 더요. 돌아와요. 그러겠다고 약속해줘요. 거기 있지 말고."

리즈는 그의 숨소리를 들었다.

"돌아올게요." 해리는 늘 들어온 이런 불평에 진력이 난 듯 억양 없이 대답했다.

52

그는 천장 나무 바닥에 금이 간 틈새로 새어드는 한 줄기 빛 속에서 춤을 추는 먼지를 보았다. 셔츠가 공포에 질린 여자처럼 몸에 찰싹 달라붙었고, 땀이 나서 입술이 따가웠으며, 토방 바닥의 고약한 냄새 때문에 속이 메스꺼웠다. 그러다 파이프를 건네받고는, 한 손으로 바늘을 집어 찐득한 검은 물질을 구멍에 펴서 눌렀다. 파이프에 불을 붙여 들고 있자 삶은 다시 느긋해졌다. 두 번째로 빨아들이자 그들이 나타났다. 이바르 뢰켄, 짐 러브, 힐데 몰네스. 세 번째로 빨아들이자 다른 사람들도 나타났다. 한 사람만 빼고. 그는 연기를 폐부 깊숙이 빨아들여서 터질 것 같은 느낌이 들 때까지 담고 있었고, 마침내 그녀가 나타났다. 그녀는 한쪽 얼굴에 햇살을 받으며 베란다 문 앞에 서 있었다. 두 걸음을 떼고 어두운 하늘을 향해 뛰어올라 발바닥에서 손끝까지 둥글게 휘어 완만한 호를 그리면서 영원히, 그리고 천천히 수면을 부드럽게 입맞춤하듯 가르고 물속으로 깊이 더 깊이 들어갔다. 그녀의 뒤에서 수면이 닫혔다. 물보라가 일고 파도가 수영장 가장자리로 철썩거렸다. 그러다 다시 잔잔해지고 초록색 물은 그녀가 애초에 존재한 적 없었던 것처럼 다시 하늘빛을 반사했다. 그는 마지막으로 한 번 빨아들이고 대나무 매트에 누워서 눈을 감았다. 그러자 부드럽게 철벅거리며 수영하는 소리가 들렸다.